MUERTE EN BLACKHEATH

MUERTE EN BLACKHEATH

BLACKHEATH

Anne Perry

Traducción de Borja Folch

GRUPO ZETA

Barcelona • Madrid • Bogotá • Buenos Aires • Caracas • México D.F. • Miami • Montevideo • Santiago de Chile

Título original: *Death on Blackheath*
Traducción: Borja Folch
1.ª edición: noviembre 2015

© 2014 Anne Perry
© Ediciones B, S. A., 2015
     Consell de Cent, 425-427 - 08009 Barcelona (España)
     www.edicionesb.com

Printed in Spain
ISBN: 978-84-666-5699-3
DL B 20858-2015

Impreso por LIBERDÚPLEX, S.L.
Ctra. BV 2249, km 7,4
Polígono Torrentfondo
08791 Sant Llorenç d'Hortons

Para Ileen Maisel

1

Pitt tiritaba en la escalera que conducía del patio a la acera y miraba los grumos de sangre y el pelo que tenía a sus pies. También había sangre en los cristales rotos, y en parte ya se había congelado. Había astillas dispersas por los escalones. El viento de enero gemía sobre aquel tramo del río en dirección a las graveras que se divisaban a lo lejos.

—Y la doncella, ¿ha desaparecido? —preguntó Pitt en voz baja.

—Sí, lo lamento, señor —respondió el sargento con tristeza. Su joven rostro reflejaba dureza a la luz gris del amanecer—. Al ver de quién era la casa pensé que debíamos avisarle enseguida.

—Ha hecho bien —lo tranquilizó Pitt.

Estaban en Shooters Hill, una zona residencial muy agradable en las afueras de Londres. No quedaba lejos de Greenwich, la Escuela Naval y el Observatorio Real, que marcaba la hora para el mundo entero. La imponente casa que se alzaba ante ellos en medio de la penumbra era la de Dudley Kynaston, un alto funcionario del Gobierno dedicado a cuestiones de defensa naval, un experto en armas de alguna clase. Un acto violento tan cerca de su casa era competencia de la Special Branch* y, por

---

* Special Branch (literalmente sección o unidad especial) es el término que suele utilizarse para definir unidades de la policía británica responsables

consiguiente, de Pitt como comandante. Hacía poco que lo habían ascendido a ese cargo y aún se sentía incómodo con el extraordinario poder que le confería. Quizá siempre sería así. Se trataba de una responsabilidad que, en última instancia, no podía compartir con nadie. Sus triunfos serían secretos y sus fracasos absolutamente públicos.

Contemplando las desalentadoras pruebas que tenía a sus pies, con gusto habría intercambiado papeles con el sargento que estaba a su lado. De joven, veinte años atrás, cuando contaba la edad de este, había pertenecido a la policía regular. Entonces se había ocupado de delitos corrientes: robos, incendios provocados, algún que otro homicidio, aunque muy pocos con implicaciones políticas y nunca relacionados con actos de terrorismo o violencia contra el Estado.

Se enderezó. Ahora vestía con elegancia, aunque no sin cierto desaliño, pero ni siquiera su nuevo abrigo de lana podía mitigar el viento gélido y cortante que lo hacía sentirse helado hasta los huesos. Soplaba desde un par de kilómetros río abajo, sin fuerza pero con la constante inclemencia de la humedad. Desde aquella altura alcanzaba a ver las riberas bajas del este envueltas en bruma y a oír el lastimero lamento de las bocinas de niebla.

—¿Dice que ha informado la primera criada que se ha levantado? —preguntó Pitt—. Eso tuvo que ser hace horas —agregó, echando un vistazo al pálido cielo matutino.

—Sí, señor —contestó el sargento—. La pinche. Poco más que una chiquilla, pero muy espabilada. La pobre se ha llevado un buen susto, con toda la sangre y el pelo; sin embargo, ha conservado su presencia de ánimo.

---

de asuntos de seguridad nacional. Llevan a cabo actividades de inteligencia, normalmente política, e investigaciones para proteger al Estado de amenazas de subversión o terrorismo. La primera Special Branch fue una unidad de la Policía Metropolitana de Londres formada en 1883 para combatir a la Hermandad Republicana Irlandesa, que en el siglo XIX desempeñó un papel decisivo en la lucha por la independencia de Irlanda. (N. del T.)

—¿No habrá ido corriendo hasta la comisaría a oscuras? —preguntó Pitt, incrédulo—. Debe de estar a un par de kilómetros de aquí, como mínimo.

—No, señor —respondió el sargento con tono de satisfacción—. Como he dicho, es bastante racional pese a tener unos trece años, diría yo. Ha vuelto a entrar para despertar al ama de llaves, una mujer muy sensata. Está autorizada a utilizar el teléfono y, tras comprobar que la sangre y el pelo eran de verdad, no restos de una pelea entre animales, ha telefoneado a la comisaría. Si no lo hubiese hecho, es probable que todavía estuviésemos de camino hacia aquí.

Pitt bajó la vista a la sangre, que tanto podía ser humana como animal. No obstante, los mechones de pelo eran largos, de un color castaño rojizo a la luz de la linterna, y solo podían ser humanos. También pensó que si no lo hubiese despertado el teléfono en su casa de Keppel Street, en la otra orilla del río, ahora estaría desayunando en la cocina, ajeno a aquella tragedia y a los pesares y complicaciones que pudiera traer aparejados.

Dio su conformidad con una especie de gruñido y, antes de poder añadir algo más, oyó pasos apresurados en la acera. Acto seguido apareció Stoker en el patio de servicio. Era el único hombre de la Special Branch en quien Pitt confiaba plenamente. Después de las traiciones que habían desembocado en el despido de Victor Narraway solo depositaba su confianza en quien se la hubiera ganado. Narraway había sido inocente y, tras desesperados esfuerzos y un elevado coste, así se había demostrado. Pero con todo y eso, aquel episodio había supuesto el fin de su carrera.

—Buenos días, señor —dijo Stoker con un ligero matiz de curiosidad en la voz. Bajó la mirada al tramo de escalones que iluminaba la linterna y luego se volvió hacia Pitt. Era un hombre enjuto con un rostro duro e inteligente aunque demasiado huesudo para ser guapo y demasiado adusto para tener encanto.

—Ha desaparecido una doncella —explicó Pitt. Miró otra

vez al cielo y a continuación a Stoker—. Anote cuanto vea con la máxima exactitud. Dibújelo. Tome muestras por si algún día las necesitamos como prueba. Más vale que se dé prisa. Si llueve, todo desaparecerá. Entretanto, hablaré con el servicio.

—Sí, señor. ¿Por qué tenemos que ocuparnos nosotros, señor? —preguntó mirando al sargento, pero dirigiéndose a Pitt—. Una sirvienta desaparecida... ¿No debería encargarse la policía local?

—El dueño de la casa es Dudley Kynaston, defensa naval... —contestó Pitt.

Stoker maldijo para sus adentros.

Pitt sonrió, contento de no haber oído con claridad sus palabras, aunque probablemente habría estado de acuerdo con ellas. Se volvió y llamó a la puerta de la antecocina. La abrió y pasó entre los estantes de las verduras hasta la cocina. Lo envolvieron de inmediato la calidez y los ricos aromas de los fogones. Era una estancia amplia en la que imperaba el orden. Sartenes de brillante cobre bruñido colgaban de ganchos. La porcelana limpia estaba apilada en el aparador. En los anaqueles había tarros de especias cuidadosamente etiquetados. Ristras de cebollas y manojos de hierbas secas pendían de las vigas del techo.

—Buenos días —saludó Pitt en voz alta y clara, y tres mujeres dejaron lo que estaban haciendo para volverse hacia él.

—Buenos días, señor —respondieron casi al unísono. La cocinera era una mujer rolliza y en ese momento sostenía en la mano un cucharón de madera. Una sirvienta con el delantal almidonado preparaba té con tostadas para llevarlo arriba, y la pinche pelaba patatas. Tenía el pelo moreno y rebelde y unos ojos muy grandes. En cuanto la vio, Pitt supo que era quien había salido y encontrado la sangre y los cristales rotos. Llevaba el uniforme gris arremangado por encima de los codos y el delantal tiznado tras encender los fogones.

La cocinera miró a Pitt con aprensión, sin saber dónde situarlo en la escala social. No era un caballero, puesto que había entrado por la puerta de atrás, y además carecía de la arrogancia de quienes están acostumbrados a la atención de la servidumbre. Por otra parte, parecía muy seguro de sí mismo de un modo peculiar, y le bastó un vistazo para comprobar que su abrigo era de primera calidad. Habida cuenta de las circunstancias, seguramente era alguna clase de policía por más que no pareciese un sargento corriente.

Pitt le dedicó una breve sonrisa.

—¿Podría hablar con su pinche, por favor? Le agradecería que me indicara una habitación tranquila donde no nos interrumpan. Si desea que el ama de llaves esté presente, no tendré inconveniente.

A pesar de que se trataba de una orden, Pitt formuló la pregunta como si fuese una solicitud, y le sostuvo la mirada el tiempo suficiente para asegurarse de que la cocinera lo entendiera.

—Sí, señor —dijo la cocinera con la voz tomada, como si tuviera la garganta seca—. Dora puede acompañarla. —Hizo una seña hacia la perpleja camarera—. Ya subiré yo esa bandeja a la señora Kynaston. Maisie, ve con el policía y explícale lo que quiera saber. Y sé cortés, ¿eh?

—Sí, cocinera —respondió Maisie obedientemente, y condujo a Pitt hasta la puerta. De pronto se volvió hacia él y lo miró de arriba abajo con ojo crítico—. Parece helado hasta la médula. ¿Le apetece una taza de té... señor?

Pitt no pudo evitar sonreír.

—Gracias, me vendría muy bien. ¿Tal vez Dora podría traernos una tetera?

Dora adoptó una expresión reprobadora. Ella era camarera, no alguien que sirviera tazas de té a policías y pinches, pero no supo hallar las palabras apropiadas para decirlo.

Pitt sonrió más abiertamente.

—Muy amable de su parte —dijo, agradeciendo que aceptara llevar a cabo una tarea impropia de su posición, y siguió a Maisie por el pasillo hasta la sala de estar del ama de llaves. El ama de llaves, sin duda, estaba atendiendo a otros deberes a causa de las alarmantes circunstancias que habían surgido aquella mañana.

Pitt se sentó en un sillón junto al fuego, que estaba recién encendido y apenas calentaba. Maisie se sentó delante de él, muy erguida en una silla de respaldo duro.

—¿A qué hora ha bajado a la cocina esta mañana? —preguntó Pitt sin más preámbulos.

—A las cinco y media —contestó Maisie sin titubear—. He recogido la ceniza y la he sacado al patio. Ha sido entonces cuando he visto la... —tragó saliva— sangre y los cristales.

—¿Hacia las seis menos cuarto?

—Sí...

—Aún debía de ser de noche a esa hora. ¿Qué hizo que se fijara? No estaban cerca del cubo de las cenizas —señaló Pitt—. ¿Había alguien más, Maisie?

Maisie respiró profundamente y soltó el aire suspirando.

—El limpiabotas de enfrente, pero nunca habría hecho algo así. Además, le gusta Kitty... Quiero decir que ella era buena con él. Es un chico de campo y echa de menos a su familia —repuso, mirando a Pitt a los ojos.

—¿Quién es Kitty? —preguntó él.

—Kitty Ryder —contestó ella, como si Pitt tuviera que haberlo sabido—. La doncella de la señora Kynaston que ha desaparecido.

—¿Cómo sabe que ha desaparecido? —preguntó Pitt con curiosidad. Le constaba que las doncellas rara vez se levantaban a las cinco y media.

—Porque no está aquí —respondió Maisie con pretendida naturalidad, pero la rebeldía que reflejaba su rostro le indicó a Pitt que estaba siendo evasiva.

—¿Le pareció que el pelo de los escalones se parecía al de Kitty Ryder? —la presionó.

—Sí... un poco...

A Pitt se le ocurrió una idea, una oportunidad que aprovechar antes de que Dora llegara de improviso con el té y, por descontado, se quedara.

—¿Temió en algún momento que le hubiese ocurrido algo a Kitty? —inquirió.

—Sí... Yo... —Maisie se interrumpió. Miró a Pitt a la cara y supo que aquella pregunta encerraba una trampa, pero no apartó la mirada.

Pitt oyó los pasos de Dora en el pasillo.

—¿De modo que es probable que Kitty estuviera en la escalera del patio en plena noche de invierno y que, quizá, tuviera una discusión que terminase de forma violenta? ¿Un pretendiente que a usted no le gusta, tal vez?

—¿Un qué?

—Un joven.

Dora entró llevando una bandeja con una tetera, una jarra de leche, un azucarero y dos tazas con sus platos. La dejó encima de la mesa y se apartó unos pasos. Su expresión seguía reflejando desaprobación.

Pitt asintió a modo de agradecimiento, pero sin desviar la mirada de los ojos de Maisie.

—Un joven —repitió—. Kitty mantenía relaciones con un joven y salía a verlo por las noches. Por eso cuando usted vio la sangre y el pelo pensó de inmediato en ella y decidió comprobar si estaba en casa... y no estaba. Fue así, ¿verdad?

Maisie lo miró fijamente con respeto y cierto temor. Asintió en silencio.

—Gracias —dijo Pitt—. Y... ¿ha encontrado a Kitty?

Lo preguntó anticipando una profunda tristeza. Ya sabía la respuesta. Maisie negó con la cabeza.

—No está en ninguna parte.

—¿Le apetece una taza de té? —preguntó Pitt.

Maisie asintió, mirándolo todavía a los ojos.

—Dora, ¿tendría la bondad de servirnos dos tazas, por favor? —solicitó Pitt—. Yo lo tomo con leche y sin azúcar. Seguro que usted sabe cómo lo prefiere Maisie. Luego quizá pueda ir en busca del mayordomo o el ama de llaves y pedirle que venga aquí.

Dora lo fulminó con la mirada, pero hizo lo que le ordenaban. La habían criado para que tuviera mucho cuidado en no meterse en líos con los policías, fueran de la clase que fueran.

Al cabo de una hora Pitt había averiguado cuanto podía referirle el servicio. Él y Stoker efectuaron un concienzudo registro del patio, con esbozos y diagramas, y después fueron juntos al salón para hablar con Dudley Kynaston. De ser necesario, también hablarían con su esposa.

La estancia era espaciosa, tal como Pitt había esperado. Sorprendentemente, también era acogedora, como si la hubiesen decorado para estar a gusto en ella, no para recibir o impresionar a las visitas. Las alfombras eran tupidas y de tonos suaves, el cuero de los sillones presentaba las arrugas propias del uso y había cojines para arrellanarse. Kynaston estaba de pie en medio del salón, pero había un montón de papeles sobre el sofá en el que al parecer había estado sentado. Seguro que había oído sus pasos en el parquet del vestíbulo y se había levantado para recibirlos. Pitt se preguntó si lo habría hecho por sus buenos modales o por el deseo instintivo de no estar en desventaja.

Kynaston era un hombre alto, casi de la estatura de Pitt. Su rostro resultaba atractivo, de facciones regulares, y su abundante cabellera rubia estaba encanecida en las sienes. Parecía preocupado, pero no más inquieto de lo que lo estaría cualquier hombre respetable ante la idea de un posible acto violento.

Pitt se presentó e hizo lo propio con Stoker.

—Mucho gusto —respondió Kynaston con cortesía, limitándose a dirigir un gesto de asentimiento a Stoker—. Agradezco la preocupación de la Special Branch, pero si este asunto guarda relación con mi desafortunada doncella, es probable que solo se trate de una discusión más brusca de lo normal. Tal vez un muchacho bebiera más de la cuenta y se negara a aceptar un «no» por respuesta. Es desagradable, pero esas cosas ocurren.

Le estaba diciendo educadamente a Pitt que todo aquello

constituía una pérdida de tiempo, y no presentaba el aspecto de un hombre que pusiera excusas.

—¿Es normal que la señorita Ryder se haya levantado a esas horas de la madrugada? —preguntó Pitt.

Kynaston negó con la cabeza.

—No, es de lo más inusual. No me lo explico. Por lo general es una muchacha muy responsable.

A sus espaldas, Pitt percibió más que oyó a Stoker cambiar su peso de un pie al otro.

—¿Está seguro de que no se encuentra en la casa? —inquirió Pitt a continuación.

—No puede estar en sitio alguno —respondió Kynaston, que de pronto parecía confuso—. Es la primera vez que hace algo así. Ahora bien, según lo que me ha contado el mayordomo, lo que han encontrado en la escalera del patio apunta a una pelea. Resulta muy desagradable y tendremos que desprendernos de ella, aunque espero que no esté herida de gravedad. Aparte de permitirle que registre la casa e interrogue a quien quiera, no se me ocurre de qué otra manera puedo serle de ayuda.

—Gracias, señor —respondió Pitt—. ¿Sería posible hablar con la señora Kynaston? Estoy convencido de que sabrá más acerca de la servidumbre. Como bien dice usted, lo más probable es que solo se trate de una pelea que acabó de manera violenta, y en cuanto hayamos localizado a Kitty Ryder y constatemos que está sana y salva, podremos dar el asunto por zanjado.

Kynaston titubeó.

Pitt se preguntó si estaba protegiendo a su esposa o si temía que sin querer fuera indiscreta. Seguramente no tendría relación con el pelo y la sangre de la escalera sino con otra cuestión por completo distinta, pero aun así debía de tratarse de algo que el señor Kynaston preferiría mantener en secreto. En numerosas ocasiones Pitt había investigado una cosa para acabar descubriendo secretos de una naturaleza absolutamente distinta. La privacidad, una vez que te inmiscuías, nunca volvía a ser la misma. Por un instante sintió compasión por Kynaston y lamentó no poder permitírselo.

—¿Señor Kynaston? —instó.

—Sí... sí, claro —dijo Kynaston con un suspiro. Tendió el brazo y tiró del cordón de la campanilla que colgaba junto a la chimenea. Enseguida acudió el mayordomo, un hombre serio, con cierta expresión de inquietud en el rostro por lo demás apacible—. Norton, ¿me haría el favor de pedir a la señora Kynaston que venga al salón?

Quedó claro que no tenía intención de permitir que Pitt hablara a solas con ella.

Norton se retiró de nuevo y aguardaron en silencio hasta que la puerta volvió a abrirse para dar paso a una mujer de aspecto a primera vista anodino. Tenía el cabello abundante, pero de un color castaño muy corriente. Sus rasgos eran regulares, los ojos, ni grises ni azules. Cuando más tarde Pitt pensó en ello, no recordó cómo iba vestida.

—Perdona que te moleste, querida —dijo Kynaston—, pero al parecer la policía local ha llamado a la Special Branch a propósito de la sangre y el pelo que han encontrado en la escalera del patio. Al menos hasta que sepamos que Kitty no está malherida, debemos permitir que investiguen el caso.

—¡Santo cielo! —exclamó la señora Kynaston, sorprendida. Miró a Pitt con repentino interés—. ¿Tan poco amenazada está la seguridad nacional que dispone de tiempo para investigar la mala conducta de una criada?

Su voz constituía el único rasgo destacable de ella. Era profunda y suave. Pitt no pudo dejar de pensar que en caso de que cantara debía de hacerlo de maravilla, con la clase de timbre que torna guturales y plenas de emoción todas las notas.

Kynaston se quedó sin saber qué decir.

—Todavía no podemos afirmar que el pelo sea de la señorita Ryder, señora —respondió Pitt en su lugar—. Como tampoco la sangre.

La señora Kynaston se mostró un tanto perpleja.

—Tenía entendido que el pelo que han encontrado es de color caoba, igual que el de Kitty. Aunque me figuro que mucha gente lo tiene del mismo color. ¿Es posible que esto no guarde relación con la casa? Lo encontraron en la escalera del patio, ¿verdad? Cualquiera pudo haber estado allí.

Kynaston frunció el entrecejo por un instante. En cuanto fue consciente de que Pitt lo miraba, suavizó de nuevo su expresión.

—Por supuesto —convino—. Aunque no suelen importunarnos desconocidos. Tenemos pocos vecinos.

Fue un comentario superfluo; su obviedad saltaba a la vista. Vivían rodeados de campo abierto, alguna arboleda y las extensas graveras que eran tan comunes entre el pueblo de Blackheath y Greenwich Park.

—La verdad, Dudley —dijo con tono paciente Rosalind Kynaston—, ¡las personas siempre encuentran un sitio! Y en esta época del año, el refugio del patio seguro que resulta mucho más agradable que estar expuestos al viento.

Pitt se permitió sonreír.

—Sin duda —concedió—; pero ¿es posible que, en este caso, una de esas personas fuese Kitty Ryder?

—Supongo que sí. —La señora Kynaston encogió ligeramente los hombros, esbozando apenas el gesto—. Hay un joven que sale a pasear con ella de vez en cuando. Un carpintero o algo por el estilo.

Kynaston dio un respingo.

—¿En serio? ¡Nunca me lo comentaste!

Su esposa lo miró con impaciencia apenas disimulada.

—Por supuesto. ¿Por qué iba a hacerlo? Esperaba que fuese algo pasajero. Ese muchacho no es precisamente el más adecuado para una chica como Kitty.

Kynaston tomó aire como si se dispusiera a decir algo, pero volvió a soltarlo y aguardó a que hablara Pitt.

—¿No le preocupa ese joven, señora? —preguntó Pitt—. Si Kitty puso fin a la relación, ¿cree que pudo tomárselo mal?

La señora Kynaston reflexionó un momento antes de responder.

—En realidad, no lo había pensado. Siempre he creído que sentía afecto por ella pero que no tenía posibilidades. Además, para ser franca, pensaba que Kitty tenía la sensatez suficiente para no decírselo en la escalera del patio en plena noche de invierno.

—¡Tendría que haber estado a salvo frente a la puerta de la cocina! —protestó Kynaston. Su expresión se ensombreció—. ¿En qué medida era poco idóneo ese muchacho?

—No era poco idóneo, Dudley, solo que Kitty podría haber aspirado a algo mejor —explicó la señora Kynaston—. Es una chica muy guapa. Si hubiese querido, podría haber sido camarera en la ciudad.

—¿No lo deseaba? —Pitt sintió curiosidad. ¿Qué retendría a una chica atractiva en Shooters Hill para preferirlo a trabajar en una de las plazas más elegantes de Londres?—. ¿Tiene familia en la vecindad? —preguntó.

—No —contestó Rosalind—. Es oriunda de Gloucestershire. No sé por qué no probó suerte en la ciudad. Me consta que no le faltaron ofertas.

Quizá fuese irrelevante, pero Pitt se dijo que, si Kitty no aparecía sana y salva pronto, debía investigar el motivo de su lealtad.

—Supongo que tus consejos no fueron escuchados —observó Kynaston, mirando a su esposa—. La consideraba más sensata. —Se volvió hacia Pitt—. Según parece le hemos hecho perder el tiempo. Mis disculpas. Si hay algo de lo que ocuparse, y probablemente no lo haya, será competencia de la policía. En el caso de que Kitty no aparezca o tengamos motivos para suponer que le han hecho daño, lo denunciaremos. —Sonrió e inclinó un poco la cabeza, como dando por concluida la reunión.

Pitt vaciló, poco dispuesto a permitir que se zanjara el asunto tan fácilmente. Alguien había resultado herido en la escalera del patio, posiblemente de gravedad. De haber sido la hija de la casa en vez de una sirvienta, nadie se lo tomaría tan a la ligera.

—¿Puede describirme a la señorita Ryder, señor? —preguntó, sin moverse.

Kynaston pestañeó.

—¿Qué estatura tiene? —continuó Pitt—. ¿Constitución? ¿Tono de piel?

Fue Rosalind Kynaston quien contestó.

—Más alta que yo, al menos cinco centímetros, y muy bien formada. —Sonrió para sí con mordaz picardía—. Tiene unos rasgos espléndidos; de hecho, si perteneciera a la buena sociedad diríamos que es una beldad. Tiene la tez clara y una abundante cabellera ondulada de color caoba.

—Me parece que estás siendo excesivamente generosa, querida —intervino Kynaston con un tono de leve amenaza—. Es una doncella a quien le hacía la corte un joven de muy dudosos antecedentes. —Se volvió hacia Pitt—. Y, tal como, sin duda, sabe de sobras, las doncellas tienen dos tardes libres los fines de semana, pero que se quedara por ahí de esta manera resulta inaceptable, y mucho más que lo haya hecho a escondidas. Si sigue preocupado, quizá deba plantearse la posibilidad de que se haya fugado con él.

Rosalind se ahorró tener que contestar gracias a que en ese momento entró otra mujer en el salón. Era apenas unos centímetros más baja que Kynaston y tenía el cabello rubio platino. Pero lo que más llamaba la atención era su rostro, no por su belleza, cuestionable, sino por la capacidad de emoción que reflejaba, más deslumbrante que la mera regularidad de las facciones. Sus ojos eran de un azul abrasador.

—¿Ya habéis encontrado a la criada? —preguntó, mirando de hito en hito a Kynaston.

—Doncella —la corrigió Rosalind—. No, todavía no.

—Buenos días, Ailsa —la saludó Kynaston con bastante más amabilidad de la que Pitt pensó que debía mostrar habida cuenta de las circunstancias—. Lamentablemente, no. Te presento al comandante Pitt de la Special Branch.

Ailsa enarcó sus delicadas cejas.

—¿La Special Branch? —dijo, incrédula—. Dudley, no habrás llamado a la Special Branch, ¿verdad? ¡Por Dios, querido, tienen cosas mejores que hacer! —Se volvió para mirar a Pitt con renovada curiosidad—. ¿No es cierto? —inquirió en tono desafiante.

—Mi cuñada, la señora de Bennett Kynaston —explicó Kynaston.

Pitt percibió la sombra de pesar que cruzó su semblante. Recordó que Bennett Kynaston había fallecido unos nueve años atrás. Resultaba interesante que su viuda hubiese mantenido un contacto tan estrecho con la familia, y resultaba evidente que no se había vuelto a casar, aunque era lo bastante atractiva para haber tenido oportunidades de sobra.

—Encantado de conocerla, señora Kynaston —la saludó Pitt. Lo estaba mirando con los ojos muy abiertos, de modo que contestó a su pregunta—. Ha desaparecido una mujer y hay restos de sangre, pelo y cristales rotos en la escalera del patio. Suficiente para indicar la posibilidad de, como mínimo, una riña muy acalorada. La policía local nos ha llamado porque son conscientes de la importancia del señor Kynaston tanto para la Armada como para el Gobierno, así como de la gravedad de cualquier amenaza contra su persona. Si resulta no ser más que una desagradable disputa entre amantes, lo dejaremos en sus manos para que tomen las medidas que juzguen oportunas. Por el momento la señorita Ryder parece haber desaparecido.

Ailsa negó con la cabeza.

—Tienes que reemplazarla, Rosalind. Tanto si regresa como si no, está claro que no cabe esperar demasiado de ella.

Una mirada de enojo asomó al semblante de Rosalind, pero fue tan breve que Pitt no tuvo la certeza absoluta de haberla visto. ¿Se la había imaginado porque sabía que su propia esposa, Charlotte, se habría ofendido ante tan prepotente instrucción por parte de un tercero, aunque se tratara de su hermana Emily, por más unidas que estuvieran?

Antes de que Rosalind pudiera formular una respuesta, Pitt intervino, dirigiéndose a Kynaston.

—Debemos mantener el caso abierto hasta que encontremos a Kitty Ryder o ustedes tengan noticias de ella, sean buenas o malas —dijo—. Entretanto, parece ser que no se ha llevado ninguna de sus pertenencias. El ama de llaves me ha dicho que incluso sus camisones y su cepillo todavía están en su habitación. En vista de esto, hay que suponer que no tenía planes de marcharse. Si descubre que falta algún objeto de valor en la casa, le ruego que informe a la policía local. Si me lo permite le sugeriría que fuese más diligente de lo habitual al asegurarse de que las puertas se cierran por la noche. Quizá quiera informar a su mayordomo sobre la posibilidad de un robo...

—Seguro que se trata de eso —lo interrumpió Kynaston—. Qué desagradable. Vino con buenas referencias. Pero su consejo es acertado y, sin duda, lo seguiré. Le quedo agradecido.

—No me creo que Kitty se implicara en un robo —dijo Rosalind con cierto acaloramiento y un ligero rubor en sus pálidas mejillas.

—Es lógico que seas reacia a creerlo —dijo Ailsa amablemente, dando un paso hacia su concuñada—. Era tu doncella personal y confiabas en ella. ¡Todas lo hacemos! Por lo general con razón, pero cualquiera puede equivocarse de vez en cuando. Tengo entendido que se enamoró de un canalla y sabemos de sobra que saben cómo engatusar a una joven. Ocurre en las mejores familias, mucho más si se trata de una chica que vive lejos de su casa, trabajando de criada.

La verdad de tal argumento era indiscutible, pero Pitt reparó en la incredulidad y frustración reflejadas en el semblante de Rosalind ante la imposibilidad de defender sus sentimientos.

—Exactamente. —Kynaston asintió en dirección a Ailsa y luego se volvió hacia su esposa—. Tal vez Jane podría reemplazarla durante una temporada, te cae bien y parece bastante capaz, hasta que encontremos a alguien que ocupe su puesto.

—¿Qué pasa con Kitty? —preguntó Rosalind con dureza—. ¡Por Dios, Dudley, solo hace horas que ha desaparecido! ¡Hablas como si estuviera muerta y enterrada!

—Aunque regrese, querida, resulta obvio que no podemos fiarnos de ella —dijo Kynaston—. Creo que es la mejor decisión. —Se volvió hacia Pitt—. Gracias de nuevo por su prontitud y su consejo, comandante. No lo entretendremos más. Buenos días.

—Buenos días, señor —respondió Pitt—. Señoras —añadió, despidiéndose de ambas mujeres. Acto seguido él y Stoker se marcharon, saliendo por la puerta principal a la calle desierta. La lluvia comenzaba a llegar a través del campo abierto del páramo.

—¿Qué impresión tiene, señor? —preguntó Stoker, levantándose el cuello del abrigo mientras caminaba. Lo dijo a la ligera, pero cuando Pitt lo miró, vio duda en su semblante—. Había mucha sangre en esa escalera —prosiguió Stoker—. Fue algo más que un arañazo, a mi juicio. Si alguien golpeó a esa chica, lo hizo con bastante fuerza. Tiene que ser tonta para ir de buen grado con alguien que la trata así.

Ahora la duda se había convertido en enojo.

—Quizá se cortó con el cristal —dijo Pitt, pensativo. Bajó el ala del sombrero y se anudó bien la bufanda al arreciar la lluvia. Levantó la vista al cielo—. Menos mal que ha hecho un bosquejo antes de que comenzara esto. En cuestión de veinte minutos no quedará ni rastro.

—Había sangre en los cristales —dijo Stoker—. Y en el pelo. Arrancado de raíz, a juzgar por su aspecto. Kynaston quizá sea importante para la Armada, pero está encubriendo algo... señor.

Pitt sonrió. Estaba familiarizado con la sutil y delicada insolencia de Stoker. No iba dirigida contra él personalmente sino más bien contra sus jefes políticos, sabedor de que a veces a Pitt le desagradaban tanto como a él mismo. Todavía lo inquietaba que Pitt pudiera ceder ante ellos y no estaba del todo seguro sobre si el predecesor de Pitt en el mando lo había hecho o no. Pero Victor Narraway era un tipo de hombre muy diferente, al menos en apariencia. Era un caballero, había iniciado su carrera como subteniente en el Ejército, luego estudió derecho en la universidad y era tan taimado como una anguila. Stoker nunca había estado a gusto a sus órdenes, pero su respeto por él no conocía límites.

Pitt, por su parte, era hijo de un guardabosques y había ascendido de entre las filas de la Policía Metropolitana. Lo habían ascendido muy a su pesar, apartándolo del cuerpo para ingresar en la Special Branch, cuando ofendió a ciertos personajes muy influyentes, hecho que le hizo perder su empleo como comisario en Bow Street. Pitt quizá se considerase sutil, pero para Stoker era tan transparente como el agua.

Pitt era consciente de todo esto cuando contestó:

—Ya lo sé, Stoker. Lo que no sé es si es algo que deba preocuparnos.

—Bueno, si está ocurriendo algo turbio en esa casa y una criada se lleva la peor parte, debería preocuparnos —dijo Stoker con sentimiento—. Es la maquinación perfecta para un chantaje.

Dejó implicado el resto de su razonamiento.

—¿Piensa que Dudley Kynaston tenía una aventura con la doncella de su esposa y que la agredió en la escalera de su propia cocina en plena noche de invierno? —preguntó Pitt sonriendo.

Stoker se sonrojó levemente y mantuvo la vista al frente, evitando los ojos de Pitt.

—Dicho así, no, señor. Si está tan loco habría que encerrarlo en el manicomio, por el bien de todos, comenzando por el suyo propio.

Pitt estuvo a punto de agregar que probablemente era lo que parecía, pero no estaba seguro de qué parecía. Las criadas no habían echado en falta nada que explicara el origen de los cristales. Había demasiada sangre para que se tratara de un rasguño y en realidad no había manera de saber si era siquiera humana, y mucho menos si pertenecía a la doncella desaparecida, que, aparentemente, se había marchado sin llevarse ni su cepillo. ¿Y se trataba de su pelo o solo era de un color parecido?

¿Quién conocía la naturaleza de una disputa entre amantes, si eso es lo que era?

—Tendremos a la policía local vigilando. Nos informarán si regresa —dijo a Stoker—. O si aparece en alguna otra parte.

Stoker gruñó sin darse por satisfecho, pero aceptando que no podían hacer otra cosa. Siguieron caminando bajo la lluvia en silencio con la cabeza gacha, chapoteando por la acera mojada.

Pitt llegó a su casa de Keppel Street relativamente temprano, aunque en aquella época del año ya era noche cerrada. Las farolas brillaban como faros en la lluvia, aureoladas por breves halos de luz, y la oscuridad se arremolinaba entre ellas.

Pitt subió los peldaños que conducían a la puerta principal y se disponía a rebuscar la llave en sus bolsillos siempre demasiado llenos cuando esta se abrió. Lo bañaron el resplandor del interior y el calor de la chimenea de la sala.

—Buenas noches, señor —dijo Minnie Maude con una sonrisa—. ¿Le apetece una taza de té mientras termino de preparar la cena? ¡Vaya, si está empapado! —Lo miró de arriba abajo compadeciéndose de él—. Me figuro que estará lloviendo a cántaros ahí fuera.

—En efecto —repuso Pitt, goteando sobre el suelo del vestíbulo mientras la puerta principal se cerraba a sus espaldas. Miró el rostro pecoso de la sirvienta y su pelo caoba recogido en un moño y, por un instante, pensó en la doncella desaparecida en casa de Kynaston y se preguntó dónde estaría. Minnie Maude también era guapa a su manera, alta y femenina; de mucho mundo, ducha en las tareas de la casa e inocentemente confiada. Pitt sintió una opresión en el pecho al imaginarla sola en la calle, tal vez herida, helada hasta los huesos, buscando refugio desesperadamente. ¿Qué demonios le había ocurrido a Kitty Ryder?

—¿Se encuentra bien, señor?

La voz de Minnie Maude interrumpió sus pensamientos. Pitt se quitó el abrigo y las botas mojados. También le dio el sombrero y la bufanda.

—Sí, gracias. Y tomaré con gusto esa taza de té. Y algo para picar. Ya no recuerdo lo que he almorzado.

—Sí, señor. ¿Qué le parece un par de panecillos tostados? —propuso Minnie—. ¿Con mantequilla?

Pitt la miró. Tenía unos diecinueve años, cuatro más que su hija Jemima, que estaba convirtiéndose en toda una mujer demasiado deprisa. Gracias a Dios, Jemima no sería sirvienta ni tendría que vivir en casa ajena, teniendo solo a unos desconocidos a los que recurrir.

—Gracias —contestó Pitt—. Sí, llévemelos a la sala, por favor.

Quiso agregar algo más, pero en realidad no había nada que decir que resultara apropiado.

Después de cenar, cuando Jemima y su hermano menor, Daniel, habían subido a acostarse, se sentó junto al fuego en su sillón habitual, delante de Charlotte, que había dejado de bordar y estaba recostada con los pies descalzos en el asiento, ocultos por sus faldas. La luz de los apliques de gas era de un tono dorado, un tanto amortiguada por el cristal de la tulipa. Suavizaba el contorno de cuanto alcanzaba: los libros en los anaqueles, los contados adornos, cada uno con una historia detrás. Las largas cortinas de las cristaleras que daban al jardín estaban corridas. No habría podido imaginar un lugar más confortable.

—¿Qué ocurre? —preguntó Charlotte—. Estás dudando si contármelo o no, de modo que no puede ser un secreto.

En el pasado, cuando todavía era policía, Pitt había comentado muchos casos con ella. De hecho, en ocasiones Charlotte había detectado indicios de delito antes que él mismo. Había sido una detective bastante perspicaz. Era una aguda observadora de la naturaleza humana, y su audacia a la hora de luchar por aquello que consideraba justo resultaba, a veces, alarmante.

Por descontado, Pitt trabajaba ahora con un secretismo mucho mayor y no podía compartir con ella tantas cosas como antaño, aunque aún lo haría si estuviera autorizado.

A menudo se sentía tentado de hacerlo, y solo el coste que llevaba implícito se lo impedía. Un abuso de confianza lo degradaría ante sí mismo y también ante Charlotte. La pérdida de su puesto arruinaría su carrera y, por consiguiente, también la capacidad de mantener a su familia. Ya se había enfrentado a ello una vez, cuando lo expulsaron de la policía sin esperanzas de ser reincorporado. Tenía enemigos poderosos; entre ellos, desgraciadamente, el príncipe de Gales, que se pondría más que contento si la carrera de Pitt se viera puesta en entredicho.

Charlotte aguardaba una respuesta. No había secretos de Estado de por medio. De momento no era más que un desdichado incidente doméstico.

—Pruebas de una pelea en la escalera del patio de una casa en Shooters Hill —contestó—. Y una doncella desaparecida. La estaban cortejando, de modo que es posible que se fugara.

—No sabía que hubiera casas en Shooters Hill —dijo Charlotte, frunciendo el ceño—. Si no debo saberlo, no me lo cuentes, pero lo que has dicho hasta ahora carece de sentido.

—Ya sé que no tiene sentido —convino Pitt—. Sangre y pelo en los peldaños, cristales rotos... y una doncella desaparecida a una hora en la que normalmente estaba en casa.

—¿Por qué te ocupas tú? —preguntó Charlotte con curiosidad—. Si se ha cometido un crimen, ¿no es competencia de la policía local? —De pronto se le iluminó el rostro al comprender—. Oh... ¡Es alguien importante!

—Sí. Y no te falta razón, si hay algo que investigar, le corresponde hacerlo a la policía local. ¿Dices que Jemima necesita un vestido nuevo?

Charlotte recogió un poco más los pies. Las brasas se asentaron en la chimenea, levantando un haz de chispas.

—Sí, por favor... al menos uno.

—¿Al menos? —Pitt enarcó las cejas.

—También irá a la fiesta de los Grover —explicó Charlotte—. Será bastante formal.

—Tenía entendido que no quería asistir —respondió Pitt, un tanto confuso.

El semblante de Charlotte se ensombreció por un instante.

—No quiere —corroboró—. Pero Mary Grover fue muy amable con ella, y Jemima le prometió que iría para ayudarla.

Pitt recordó la discusión con Jemima a propósito de aquel asunto y dijo:

—¿No te parece...?

—No quiere ir —lo interrumpió Charlotte— porque los Hamilton también dan una fiesta, y prefiere ir a esa porque le gusta Robert Hamilton.

—En tal caso...

—Thomas... tiene una deuda de gratitud con Mary Grover. La saldará. Y no me digas «más adelante». «Más adelante» no vale.

—Ya lo sé —admitió Pitt en voz baja.

—Cuánto me alegro. —Charlotte sonrió—. No quiero pelearme con vosotros dos; al menos a la vez.

—Bien —dijo Pitt, también relajándose al fin, aunque no dudó ni un instante que Charlotte lo habría hecho si él la hubiese obligado.

2

Tres semanas después, a finales de enero, Pitt desayunaba en la caldeada cocina cuando sonó el teléfono. Era un aparato maravilloso que le había prestado grandes servicios, pero había ocasiones en que le molestaba su presencia. Las siete y cuarto de una mañana de invierno, antes de que hubiera terminado su tostada, era una de ellas. Sin embargo, se levantó y salió al vestíbulo, donde el teléfono descansaba sobre una mesita, y contestó. Sabía que nadie le llamaría sin una razón de peso.

En el extremo opuesto de la línea estaba Stoker, con la voz cargada de sentimiento.

—Han encontrado un cadáver, señor. —Stoker respiró profundamente y se oyó ruido de pasos y de otras voces—. Estoy en la comisaría de Blackheath —prosiguió—. Es una mujer... Una muchacha, hasta donde sabemos... Bien plantada... Cabello caoba...

Pitt sintió que lo invadía una profunda tristeza.

—¿Dónde? —preguntó, aunque el hecho de que Stoker llamara desde Blackheath le indicaba que no era lejos de Shooters Hill.

—En una gravera, señor —contestó Stoker—. En Shooters Hill Road, cerca de la casa de los Kynaston. —Dio la impresión de que iba a agregar algo, pero al parecer cambió de opinión.

Voy enseguida —dijo Pitt. No era preciso que aclarase que

tardaría por lo menos media hora. Keppel Street quedaba a más de un kilómetro y medio de Lisson Grove, donde estaba su oficina, pero mediaba un largo trecho, hacia el noroeste del río, hasta Blackheath, y más aún hasta Shooters Hill.

Colgó el auricular y, al volverse, vio a Charlotte al pie de la escalera, aguardando a que le explicase qué sucedía. Sabría por su semblante, incluso por su postura, que se trataba de una mala noticia.

—Un cadáver —repuso Pitt en voz baja—. Han encontrado a una muchacha en las graveras de Shooters Hill.

—Me figuro que tienes que ir...

—Sí. Stoker ya está allí. Es él quien ha llamado. Supongo que la policía local le informó del hallazgo.

—¿Por qué? —preguntó Charlotte.

Pitt sonrió con amargura.

—Porque la policía local es muy diligente; o porque, y es lo más probable, ha estado en contacto permanente con ellos por si encontraban el cuerpo de Kitty Ryder. Aunque creo que la verdad es que ven que se les viene encima un caso peliagudo y preferirían con mucho no tener que ocuparse de resolverlo.

—¿Pueden traspasártelo a ti, así sin más?

—Puesto que se trata de la casa de Kynaston y que bien podría ser su doncella, sí, pueden. Si es ella, de todos modos tendrán que pasárselo a la Special Branch.

Charlotte asintió lentamente, con el rostro transido de pena.

—Lo siento. Pobre chica.

No preguntó por qué alguien querría matarla ni si Kitty podía haber hecho algo malo, como intentar hacer chantaje, buscándose así su triste final. Tras más de dieciséis años de matrimonio había aprendido lo complicadas que podían llegar a ser las tragedias. Seguía ardiendo de indignación ante la injusticia en la misma medida que cuando se conocieron, pero ahora era menos precipitada en su juicio... la mayor parte de las veces.

Pitt regresó a la cálida cocina, con sus olores a carbón, pan y ropa limpia, para terminar los últimos bocados de su tostada y tomarse el té si no se había enfriado. Detestaba el té frío. Luego saldría a la gélida mañana y buscaría un coche de punto. Para cuando llegara al río ya estaría amaneciendo, y sería de día cuando subiera a la colina camino de la gravera.

Charlotte se le adelantó. Le retiró la taza de la mesa y sacó otra del aparador galés.

—Te da tiempo. —Sostuvo con firmeza sin darle ocasión a discutir. Llenó la tetera con agua del hervidor que humeaba en el fogón, aguardó un momento y sirvió el té.

Pitt le dio las gracias, y estaba bebiendo con gusto el té caliente aunque una pizca claro, cuando entró Minnie Maude con una cesta de patatas y una ristra de cebollas. *Uffie*, el cachorro lanudo que había adoptado un año antes, le pisaba los talones como de costumbre. Al principio le negaron la entrada en la cocina, pero de nada había servido. ¡Si Charlotte hubiese tenido dos dedos de frente, jamás habría imaginado lo contrario!

Pitt sonrió, luego pensó en la cocina de Kynaston y en lo diferente que sería el ambiente allí.

—No sé cuándo regresaré —dijo, y dio media vuelta para marcharse.

Pitt llegó a la gravera, tal como esperaba, justo cuando la luz gris se extendía sobre el cascajal donde la tierra había sido excavada. El viento del este arrastraba partículas de hielo que hacían escocer la piel del rostro y el cuello. En otros tiempos habría llevado una bufanda larga de lana bien enrollada para protegerse del frío. Ahora tenía la impresión de que resultaría un poco desaliñada e informal para su rango, y llevaba una de seda. Bastante costaba impresionar a la gente, además. Todos sus predecesores habían sido caballeros de nacimiento y, en muchos casos, altos oficiales del Ejército o de la Armada, como Narraway, que daban por sentada la obediencia de los demás con absoluta naturalidad.

—Buenos días, señor. —Stoker caminó hacia él con sus despaciosos andares, haciendo crujir la hierba helada bajo sus pies. Se negaba a acurrucar el cuerpo contra el viento—. Está allí. —Indicó un grupo de hombres apiñados a unos quince metros, con los faldones de sus abrigos aleteando entre sus piernas y los sombreros bien calados en la cabeza. La luz de las linternas sordas resplandecía en la penumbra con una falsa calidez amarillenta.

—¿Quién la ha encontrado? —preguntó Pitt.

—Lo usual —contestó Stoker esbozando una sonrisa—. Un hombre que paseaba a su perro.

—¿A qué hora? —inquirió Pitt—. ¿Quién demonios pasea a su perro por aquí a las cinco y media de una mañana de invierno?

Stoker se encogió de hombros y respondió:

—El barquero del transbordador de Greenwich. Lleva a la gente que tiene que alcanzar la orilla opuesta del río antes de las siete. Parece un hombre honrado.

Pitt tendría que haber pensado en ello. Él mismo había cruzado el río a bordo de un transbordador, pero apenas había prestado atención al hombre que iba a los remos. Había investigado asesinatos durante buena parte de su carrera en la policía y, sin embargo, seguían llenándolo de inquietud. Nunca había visto a la víctima con vida, pero lo referido acerca de ella por los demás miembros del servicio de la casa de Kynaston le había otorgado una realidad, una vívida sensación de alegría y amistad, incluso de sueños para el futuro.

—Lo ha denunciado en la comisaría de la policía local y ellos han recordado su interés, de modo que han mandado avisarle —dijo Pitt.

—Sí, señor. Han telefoneado a la comisaría de mi barrio, que ha enviado a un agente a buscarme. —Stoker parecía incómodo, como si estuviera haciendo una confesión antes de que lo pillaran en un renuncio—. Lo primero que he hecho ha sido presentarme aquí antes de llamarle, señor, por si no tenía nada que ver con nosotros. No quería hacerle venir en balde.

Pitt se percató de lo que estaba haciendo: explicar el hecho de que hubiera llegado antes que él. Podría haber pedido a su comisaría que llamara a Pitt, pero había optado por no hacerlo.

—Entiendo —contestó Pitt con una sonrisa amarga, apenas visible a la luz mortecina de la mañana—. ¿Dónde ha encontrado un teléfono, aquí arriba?

Stoker se mordió el labio inferior, pero no apartó la mirada.

—He ido a casa de Kynaston, señor, solo para asegurarme de que la doncella no hubiera regresado y hubieran olvidado avisarnos.

Pitt asintió.

—Muy prudente —dijo, casi sin expresión. Luego se dirigió hacia el grupo de hombres, que tiritaban ostensiblemente dado que el viento había arreciado. Eran tres: un agente, un sargento y un tercero que Pitt supuso que era el médico forense.

—Buenas, señor —saludó el sargento enseguida—. Siento haberlo hecho subir hasta aquí tan temprano, pero creo que este caso puede ser suyo.

—Ya lo veremos.

Pitt evitó comprometerse. Deseaba encargarse de aquel caso tan poco como el sargento. Aunque el cadáver fuese el de Kitty Ryder y su muerte, probablemente, no tuviese nada que ver con Dudley Kynaston, el riesgo de un escándalo era indudable; la presión, el interés público, la posibilidad de que se cometiese una injusticia...

—Sí, señor —dijo el sargento. Señaló al hombre de más edad, que era más bajo que Pitt y de complexión delgada, con el pelo castaño salpicado de abundantes canas—. El doctor Whistler —lo presentó. No se molestó en explicar a Pitt quién era. Cabía suponer que ya le habían informado.

Whistler inclinó la cabeza.

—Buenos días, comandante. Tiene mal aspecto, me temo.

Hablaba en un tono áspero, quizá debido a algo más que la espantosa mañana, y con una inconfundible expresión de tristeza en el rostro. Retrocedió un paso para que Pitt pudiera ver la lona que cubría el cadáver que habían encontrado.

Pitt aspiró una bocanada de aire frío y se agachó para retirar la lona. En verano habría olido mal, pero el frío y el viento evitaban que así fuese. El cadáver había sido cruelmente mutilado. La cara resultaba irreconocible: la nariz rota, los labios arrancados, diríase que con un cuchillo. Los ojos habían desaparecido, presumiblemente comidos por animales carroñeros. Solo el arco de la frente permitía hacerse una idea de su forma. Las mejillas estaban despojadas de carne pero la mandíbula y los dientes se veían intactos. Uno solo podía imaginar cómo había sido su sonrisa.

Pitt contempló el resto del cuerpo. Era bastante alta, casi de la estatura de Charlotte, y bien formada, con un pecho generoso, la cintura estrecha, piernas largas. La ropa la había protegido en buena medida de los estragos de los animales y la descomposición normal todavía no había alcanzado la fase de desintegración. Pitt se obligó a mirarle el pelo. Estaba húmedo y apelmazado por su exposición a los elementos, pero aún era posible advertir que cuando se le quitaran las horquillas, la cabellera le caería como mínimo hasta media espalda, y que una vez seca sería abundante y de un intenso color castaño.

¿Se trataba de Kitty Ryder? Probablemente. Le habían dicho que era alta, bien formada y con una bonita melena de un tono caoba como el que habían encontrado en la escalera, junto con la sangre y los cristales.

Miró de nuevo al forense.

—¿Ha encontrado algo que indique cómo murió? —preguntó.

Whistler negó con la cabeza.

—No a ciencia cierta. Creo que presenta varios huesos rotos, pero tendré que llevármela a la morgue para quitarle la ropa y examinarla con mayor detenimiento. Nada evidente. A primera vista, ni balas ni heridas de arma blanca. No la estrangularon y no presenta lesiones visibles en el cráneo.

—¿Algo que la identifique? —preguntó Pitt con cierta brusquedad. Deseaba que no fuese Kitty Ryder. Sentiría un gran alivio si el cadáver no guardara relación con la casa Kynaston, excepto una razonable proximidad. Más aún, deseaba que fuese una mujer de quien no supiese nada, aunque de todos modos tuvieran que averiguarlo. Nadie debería morir solo y como si a ninguna persona le importara. Sencillamente prefería que fuese un caso para la policía regular.

—Tal vez —repuso Whistler, mirando a Pitt a los ojos—. Un reloj de bolsillo muy bonito, de oro. Lo he examinado minuciosamente. Inusual y bastante antiguo, me parece. No es suyo, eso seguro. Sin lugar a dudas es de hombre.

—¿Robado? —preguntó Pitt.

—Diría que sí. Seguramente hace poco, pues de lo contrario no lo llevaría consigo.

—¿Algo más?

Whistler apretó los labios.

—Un pañuelo con flores e iniciales bordadas y una llave. Parece de un armario. Demasiado pequeña para ser de una puerta. Quizá se trate de un escritorio, incluso de un cajón, aunque no hay muchos cajones con llaves distintas. —Miró al sargento—. Se lo he entregado todo a él. Me temo que no hay nada más, por ahora.

Pitt volvió a observar el cadáver.

—¿Eso se lo hicieron los animales o fue un acto deliberado?

—Fue deliberado —contestó Whistler—. Un cuchillo más que dientes. Lo sabré mejor cuando la examine con mayor detenimiento, y no a la luz de una linterna sorda, pelado de frío, en el borde de una maldita gravera, al despuntar el día. ¡Esto parece el puñetero fin del mundo!

Pitt asintió sin contestar. Se volvió hacia el sargento, con la mano abierta y la palma hacia arriba.

El sargento le dio el pequeño cuadrado blanco de batista bordada y una llave de unos cuatro centímetros de largo, así como el hermoso y antiguo reloj de bolsillo.

Pitt le dirigió una mirada inquisitiva.

—No lo sé, señor. Pocos caballeros podrían tener un reloj

como este. Si a alguien se lo hubiesen hurtado, lo habría denunciado, dependiendo de donde estuviera en ese momento. No sé si entiende a qué me refiero.

—Lo entiendo —contestó Pitt.

—O podría habérselo regalado en pago por sus servicios —agregó el sargento.

—Vale el equivalente al salario anual de una doncella —dijo con expresión sombría mirando otra vez el reloj—. ¿Qué me dice del pañuelo?

El sargento negó con la cabeza.

—De momento, nada, señor. La inicial bordada es una erre. Puesto que el nombre de la señora Kynaston comienza por erre, he pensado que debería dejarlo en sus manos.

—Debe de haber montones de nombres que empiezan por erre, sargento —señaló Pitt—. Si hubiese sido una cu o una equis, quizá se habría reducido el número. Incluso con una i griega o una zeta.

—En eso estaba pensando precisamente, comandante —respondió el sargento—. Y seguro que el señor Kynaston me habría dicho lo mismo, con cierta desaprobación, si hubiese empezado por preguntarle si este pañuelo pertenece a su esposa. —Otra vez dio la impresión de que iba a agregar algo más pero cambió de parecer. En cambio, se volvió hacia su agente, que aguardaba a un par de metros con el cuello del abrigo levantado, de espaldas al viento—. Me figuro que el comandante querrá que se quede aquí hasta que lleguen sus hombres; aparte del señor Stoker, quiero decir. De modo que más vale que yo regrese a la comisaría. —Dirigió una lúgubre sonrisa a Pitt—. ¿Le parece bien, señor?

—¿Qué ha sido del hombre que la ha encontrado? —inquirió Pitt, volviéndose al mismo tiempo que el sargento y echando a andar por el terreno desigual de regreso al camino.

—Le he tomado declaración, escrita y firmada, y he dejado que se fuera. El pobre diablo estaba un poco alterado, pero tiene que seguir ganándose la vida —contestó el sargento.

—¿Lo conoce? —preguntó Pitt con cierta aspereza.

—Sí, señor. Se llama Zeb Smith.

—Pero ¿lo conoce? —repitió Pitt.

—Sí, señor. —El sargento apretó el paso—. Zebediah Smith, Hyde Vale Cottages, a un par de kilómetros en esa dirección. —Señaló al norte, hacia el puerto de Greenwich y el río—. Bebió un poco más de la cuenta en un par de ocasiones, hace ya algunos años. Luego se casó y sentó la cabeza.

—Zebediah... —murmuró Pitt, más para sí que para el sargento.

—Sí, señor. Su madre es muy religiosa. Sabemos dónde encontrarlo, si volvemos a necesitarlo. Francamente, señor, los barqueros son buenos testigos. No me gustaría tener fama de hacerles pasar un mal rato sin motivo.

—Entendido —respondió Pitt—. ¿Le ha dicho algo útil el señor Smith? ¿Suele pasear por aquí? ¿Cuándo lo hizo por última vez? ¿Ha visto a alguien esta mañana? ¿Algún indicio? ¿Una figura a lo lejos, alguna huella? Hay suficiente barro y hielo para que se vean bien. ¿Qué hay de su perro? ¿Cómo ha reaccionado?

El sargento sonrió con contenida satisfacción.

—Poca cosa, señor. Salvo que ayer por la mañana vino a pasear como de costumbre y entonces el cadáver no estaba aquí. Aunque él no lo hubiese visto, el perro lo habría encontrado. Es un buen animal. Buen ratonero, al parecer. Hoy no ha visto a nadie. Se lo he preguntado varias veces. —Saltó una mata de hierba y Pitt hizo lo propio—. Ninguna huella clara. Parece que haya pasado un ejército entero por aquí, pero no recientemente. Cosas del tiempo. Hace un par de horas se veía todo tal como está ahora. —Bajó la vista al suelo, torciendo ligeramente los labios—. Es inútil —agregó, observando la tierra cuarteada y revuelta. Al acercarse al camino, se veían zonas todavía heladas y otras que eran auténticos barrizales—. Cualquiera pudo haber pasado por aquí.

Pitt no tuvo más remedio que darle la razón.

—¿Y el perro? —preguntó de nuevo.

—No ha visto a nadie —contestó el sargento—. No ha ladrado. No ha querido perseguir nada. ¡Solo encontró el cadáver y se puso a aullar!

Pitt tuvo una repentina visión del perro echando la cabeza para atrás y lanzando un largo lamento de desesperación al topar de súbito con la muerte en la niebla gris que antecedía al amanecer, temblando y solo en medio de la hierba mojada, entre los desperdigados árboles esqueléticos.

—Gracias, sargento. Lo mantendré informado puesto que quizá tenga que volver a pasarle el caso.

—Mmm... sí, claro... señor —dijo el sargento, algo confuso.

Pitt sonrió aunque no estaba de muy buen humor. Lo último que deseaba hacer era volver a importunar a la familia Kynaston, pero tarde o temprano tendría que hacerse. Quizá no solo no fuese el modo de proceder más eficiente sino también el más amable no dejar que la noticia, que inevitablemente llegaría a sus oídos, colgara sobre sus cabezas como una espada de Damocles.

Llegó al borde del cascajal donde se hallaba la gravera, habló brevemente con el sargento y luego se dirigió a paso vivo hacia la casa de los Kynaston.

Debido a la temprana hora de la mañana, volvió a entrar por la puerta de atrás. No quería que anunciaran su llegada ni tener que pedir permiso para hablar con la servidumbre, dando explicaciones o posiblemente discutiendo sobre el cuerpo encontrado en la gravera.

La escalera del patio estaba limpia, solo presentaba una fina capa de hielo resbaladizo, consecuencia de la llovizna. Llamó a la puerta de la antecocina.

Tras unos instantes le abrió Maisie, la joven pinche. Por un momento se mostró confusa. Obviamente, Pitt no era un mozo de reparto, y, por otra parte, su rostro le resultaba conocido.

—Buenos días, Maisie —dijo Pitt—. Comandante Pitt, de la Special Branch, ¿recuerda? ¿Puedo pasar?

—¡Sí, claro! —Una sonrisa iluminó el rostro de la muchacha. Entonces recordó el motivo de su primera visita y de repente fue presa del pánico—. Han encontrado a Kitty, ¿verdad?

Quiso añadir algo más, pero sus pensamientos eran demasiado espantosos para expresarlos en voz alta.

—No lo sé —contestó Pitt, en voz baja para que no lo oyeran las otras criadas que había en la cocina, a escasos metros de ellos—. No tardará en enterarse, seguramente por el primer mozo de reparto del día, de que hemos hallado el cuerpo de una mujer en las graveras, no lejos de aquí. Resulta difícil saber quién es.

Maisie tragó saliva pero no contestó.

Pitt sacó el pañuelo y la llave de un bolsillo.

—¿Ha visto antes este pañuelo, o uno parecido?

Maisie lo cogió con cautela, como si estuviera vivo y pudiera morderla. Lo abrió con mucho cuidado.

—Es bonito —dijo, estremeciéndose—. Si tenía un pañuelo como este, señor, era una dama. Hay algo bordado en una esquina, aquí... —Se lo mostró a Pitt.

—Sí, es una letra erre. Me figuro que pertenecía a alguien cuyo nombre empezaba por erre.

—Kitty no empieza por erre —observó Maisie—. No sé leer, pero hasta ahí llego.

—La cuestión es que podría no ser de ella —dijo Pitt con el tono más neutro de que fue capaz—. Tal como usted ha señalado, es más propio de una dama. A lo mejor se lo regaló alguien...

Maisie entendió de inmediato.

—¿Quiere decir que la mujer que han encontrado podría ser Kitty y que alguien le regaló el pañuelo?

—Es posible. Si lográsemos averiguar de quién es el pañuelo, quizás estaríamos más cerca de saber si se trata de Kitty o no.

—¿Se ahogó en una cantera? —preguntó Maisie. Ahora temblaba como si ambos estuvieran en la intemperie, expuestos al viento glacial.

—Todavía no lo sé. —Pitt no podía por más que ser sincero.

Las evasivas solo empeorarían las cosas—. ¿Tienen llaves como esta en la casa?

Maisie frunció el ceño.

—Todo el mundo las tiene. ¿Para qué es?

—Seguramente abre un armario o un cajón de escritorio.

Se la tendió. Maisie la cogió a regañadientes y se dirigió a un armario del otro lado de la habitación. La probó en una cerradura pero no encajó. Probó en una segunda y en una tercera, sin éxito. Al cuarto intento se deslizó al interior y, tras ciertas dificultades, giró.

—Ahí lo tiene —dijo Maisie, con el rostro todavía pálido—. Todos los armarios son un poco parecidos. No significa nada. Señor, ¿puede hacer algo para saber si es nuestra Kitty?

Maisie había expuesto su razonamiento muy bien. Era una llave que podía encajar en cualquier cerradura de un centenar de casas de la zona o, ya puestos, de cualquier otro lugar. Seguramente servía más como tirador que como llave.

—No la han descubierto hasta esta mañana —contestó Pitt con gentileza—. Haremos cuanto podamos para averiguar quién es. Unas cuantas preguntas más y quizá podamos decir como mínimo si se trata de Kitty o no. Si no lo es, tenemos que identificarla igualmente. Y usted podrá seguir creyendo que Kitty está en alguna parte sana y salva, aunque quizá demasiado avergonzada para contarle por qué huyó sin despedirse de nadie.

Maisie respiró hondo y soltó el aire con un suspiro entrecortado.

—Sí... sí, desde luego. ¿Puedo ofrecerle una taza de té? ¡Hace un frío que pela ahí fuera! El aire está más frío que... —Se calló de golpe.

—La teta de una bruja —terminó Pitt por ella. Conocía de sobras la expresión.

Maisie se puso colorada, pero no negó que fuera el dicho que tenía en mente.

—No lo he dicho yo —susurró.

—Tal vez yo tampoco debería haberlo dicho —se disculpó Pitt—. Le ruego que me perdone.

—¡No pasa nada! —La muchacha le dedicó una sonrisa deslumbrante—. Le serviré una taza de té y le diré al señor Norton que ha venido.

Y sin dar ocasión a Pitt de protestar, se dirigió a toda prisa hacia la cocina.

Un cuarto de hora más tarde, después de una reconfortante taza de té bien caliente, Pitt estaba en el *office* del mayordomo ante un adusto Norton. Era una habitación bastante espaciosa, pintada en tonos crema y marrón, y en torno a las paredes había alacenas para la vajilla y la cristalería de uso cotidiano y una mesa para planchar ropa y doblar periódicos. También había las usuales llaves, embudos, sacacorchos y, como era habitual en muchas casas, un retrato de la reina.

—Sí, señor, la señora Kynaston tiene pañuelos parecidos a este —confirmó Norton—. Pero no puedo decirle si este es suyo. A veces regala cosas así, cuando tiene nuevos o ya no sirven. Como cuando se deshilachan o tienen alguna mancha. No duran eternamente. —Volvió a mirarlo—. Resulta difícil imaginar, en este estado, cómo quedaría lavado y planchado.

—Sí, en efecto —convino Pitt—. Pero el monograma es claramente una erre.

—Muchos nombres de damas comienzan por erre. —Norton apretó los labios—. En cuanto a la llave, es muy sencilla. Apuesto a que abriría algo en la mitad de las casas de Londres. Me temo que no puedo ayudarle.

—No abrigo el menor deseo de que la pobre mujer hallada en el cascajal sea la señorita Ryder —dijo Pitt con sentimiento—. Pero tengo la obligación de hacer cuanto pueda para averiguar quién era. Merece un entierro digno, y su familia merece saber qué le ha sucedido. —Se levantó de la banqueta donde estaba sentado—. He preferido venir en persona, puesto que había una clara posibilidad, en lugar de enviar a un sargento a molestarlos a estas horas.

Norton también se levantó.

—Mis disculpas, señor. Me he portado como un mezquino —dijo con cierto embarazo—. Ha sido muy amable al venir en persona. Espero que averigüe quién es esa pobre criatura. Aparte del pañuelo, y del hecho de que el cascajal no queda lejos, ¿hay algo más que le haya llevado a pensar que se trata de Kitty Ryder?

—Era de la talla y la constitución que usted describió, y tenía una abundante cabellera de color caoba —contestó Pitt—. Es un tono poco común.

Norton quedó anonadado un momento.

—¡Dios mío! —exclamó al fin—. Lo siento mucho. Esto es... absurdo. Sea quien sea merece nuestra compasión. Por un instante la idea de que fuese alguien a quien conocemos lo ha hecho mucho más... real. —Carraspeó—. Informaré al señor Kynaston sobre su visita, señor, y sobre su consideración. ¿Me permite acompañarlo a la puerta?

Pitt tardó un poco en encontrar a Zebediah Smith en su casa para corroborar lo que el sargento le había contado. No le sorprendió no enterarse de algo nuevo. Su verdadera intención era asegurarse de que Zebediah fuese tan recto como parecía. El pobre hombre todavía estaba visiblemente alterado cuando refirió a Pitt cómo había emprendido su paseo habitual y cómo el buen olfato de su perro había percibido algo raro en la oscuridad y había ido en su busca. Luego se sentó y aulló hasta que Smith llegó a su lado y, a la luz de su linterna, vio el cadáver. Sacudió la cabeza.

—¿Quién puede hacerle algo así a una mujer? —añadió, visiblemente apesadumbrado—. ¿Qué clase de...? Supongo que debería llamarlo hombre, pero es inhumano. Ni los animales se matan entre sí sin motivo.

—Pues tiene que haber un motivo, señor Smith —contestó

Pitt—, y mi trabajo consiste en averiguarlo... cuando sepamos quién es la víctima.

Zebediah miró a los ojos a Pitt.

—No hay motivos para hacerle eso a alguien, señor, y no me importa quién es usted, si de la policía, el Gobierno o lo que sea. Encuéntrelo, y que Dios lo asista cuando decida qué hacer con él.

Pitt no discutió. Quedó convencido de que Zebediah decía la verdad y también de que, dado que recorría los mismos caminos cada mañana, el cadáver no podía haber estado allí veinticuatro horas antes.

A media tarde Pitt estaba en la morgue con el doctor Whistler. No había un lugar que le desagradase más. Fuera, el viento había arreciado considerablemente y la lluvia caía con fuerza, empapando incluso los mejores abrigos. De vez en cuando las nubes se abrían, mostrando retazos de cielo azul que volvían a desaparecer enseguida.

En el depósito de cadáveres siempre se tenía la impresión de que era invierno. Las ventanas eran altas, quizás a fin de ocultar al mundo exterior lo que allí sucedía. El frío era necesario para conservar los cuerpos cuando se trasladaban de una estancia a otra para examinarlos. Los que se guardaban por cierto tiempo se metían en cámaras cuyas bajas temperaturas hacían de aquel un lugar gélido. Olía, fundamentalmente, a antiséptico, pero resultaba imposible olvidar lo que enmascaraba.

El despacho de Whistler, donde este recibió a Pitt, estaba caldeado y, de haberse encontrado en otro lugar, habría resultado bastante agradable. Whistler vestía un traje gris y no mostraba ningún signo visible de su truculenta ocupación, salvo un leve olor a productos químicos.

—No le seré de mucha ayuda —dijo en cuanto Pitt tomó asiento en una de las acolchadas pero aun así incómodas sillas, que parecían concebidas para sentarse erguido de manera poco natural—. Incluso la omisión de algo podría resultar útil —añadió esperanzado.

Whistler se encogió de hombros.

—Lleva muerta un mínimo de dos semanas, aunque me figuro que eso ya lo habrá averiguado usted, basándose en el estado que presenta el cadáver de la pobre chica. Es tal como le dije: esa abominación que le hicieron en el rostro es el producto de un cuchillo limpio y muy afilado.

Pitt permaneció en silencio.

—Puedo decirle que la trasladaron una vez muerta —prosiguió Whistler—, aunque usted también habrá sacado esta conclusión. Si hubiese estado allí un par de semanas, alguien la habría encontrado antes. Aparte de otras personas que pasean a sus perros por los senderos de las antiguas canteras, está el señor Smith.

—Tal como ha afirmado usted —observó Pitt con aspereza—, poca ayuda, por el momento. He hablado con el señor Smith. Estoy seguro de que ayer no se encontraba allí arriba. Si lleva muerta un par de semanas, ¿dónde ha estado todo este tiempo? ¿Lo sabe usted? O ¿puede hacer una conjetura con cierto fundamento?

—En un lugar frío, pues de lo contrario la descomposición estaría más avanzada —contestó Whistler.

—Genial —respondió Pitt con sarcasmo—. En esta época del año, eso se reduce a cualquier lugar de Inglaterra excepto las casas de quienes tienen chimeneas encendidas en todas las estancias principales. Podría tratarse incluso de un excusado exterior.

—No exactamente. —Whistler apretó los labios—. Estaba bastante limpia, aparte de un par de manchas de barro y de los trozos de grava y arena que tenía en la ropa. Y eso podría ser del lugar donde yació. El sitio donde la escondieran durante el tiempo que medió entre su muerte y su traslado al cascajal se hallaba limpio. Y aunque está muy mutilada, cuando la examiné con mayor detenimiento descubrí que al parecer se lo hicieron una vez comenzado el proceso de descomposición. ¿Puede resultarle útil este dato? —Se encogió de hombros—. En cierta medida descarta cualquier lugar al aire libre.

—Más que eso. —Pitt se inclinó un poco hacia su interlocutor—. Siempre y cuando esté seguro de una cosa: ¿no había ratas? ¿Absolutamente ninguna rata?

Whistler comprendió lo que Pitt tenía en mente. Había ratas prácticamente en todas partes, en las ciudades y en el campo, en las cloacas, en las calles y las alcantarillas, en las casas de la gente, incluso en los sótanos, los cobertizos de los jardines y demás construcciones anejas. No solían verse con frecuencia, pero un resto de comida, y, sin duda, un cuerpo en descomposición, lo habrían encontrado.

—Sí. —Whistler asintió, mirando a Pitt a los ojos por primera vez—. Puede concluir, sin temor a equivocarse, que dondequiera que estuviese se trataba de un sitio frío y limpio, y lo bastante cerrado para que no entraran moscas ni ratas. Por supuesto, no hay moscas en esta época del año, pero siempre hay alguna clase de escarabajo. Eso restringe bastante el ámbito de búsqueda.

—¿Alguna idea sobre cómo llegó hasta allí? —preguntó Pitt.

—Imposible decirlo. El cuerpo se encuentra demasiado deteriorado para advertir marcas de cuerdas, así como para deducir si estuvo sobre una losa, una tabla u otra superficie. Es un caso peliagudo.

Pitt lo miró fríamente.

—Eso también lo he deducido.

—Si averiguo algo más, le informaré —dijo Whistler con un amago de sonrisa.

—Se lo ruego. —Pitt se puso de pie—. Por ejemplo, su edad, cualquier rasgo distintivo que pueda ayudar a identificarla, cuál era su estado de salud, si presentaba cicatrices, marcas de nacimiento... En concreto, quiero saber qué la mató.

Whistler asintió.

—Créame, comandante, me gustaría mucho que descubriera quién lo hizo y que luego pagara por ello con todo el peso de la ley.

Pitt lo miró más detenidamente y por un instante advirtió, tras la defensa que representaban el enfado y una acallada beligerancia, la sensación de impotencia y la compasión ante la agonía de una desconocida por quien ya nada podía hacer. Whistler se avergonzaba de su propia aflicción y la escondía tras una amarga indiferencia profesional. Pitt se preguntó con qué frecuencia se vería obligado a hacer esa clase de cosas y por qué había elegido esa especialidad médica en lugar de dedicarse a los vivos.

—Gracias —dijo Pitt con gravedad—. Si descubro algo que pueda serle útil me encargaré de que le informen.

Una vez fuera, volvió a caminar con brío. El aire era gélido y producía el escozor del aguanieve, pero su olor acre era del humo y el hollín, del estiércol de los caballos y de las alcantarillas sobrecargadas, desagradable, ominoso incluso.

Las preguntas bullían en su mente. ¿Quién era la víctima, Kitty Ryder u otra mujer que casualmente se parecía a ella, al menos a primera vista? ¿Cómo había muerto? Y ¿dónde? ¿Había permanecido donde la habían matado o primero la habían trasladado a un lugar más seguro, antes de llevarla al cascajal la noche anterior? ¿Por qué? ¿Qué circunstancia lo había hecho necesario?

Si supiera dónde había estado, ¿descubriría también su identidad y, por consiguiente, quién la había asesinado, cómo y por qué?

Al llegar al primer cruce con una calle principal vio un puesto de periódicos. Los titulares ya se hacían eco de la noticia. «¡Cuerpo mutilado hallado en Shooters Hill! ¡La policía guarda silencio!»

Eran como sabuesos siguiendo el rastro de la sangre. Algo inevitable, incluso necesario, pero aun así le daba vergüenza ajena.

Ahora bien, sin el perro de Zebediah Smith no habrían encontrado a la pobre mujer antes de que sus restos se hubiesen descompuesto; menos posibilidades de identificarla, menos posibilidades de averiguar qué había ocurrido y quién era el responsable.

Deseaba con todo su corazón que no fuese Kitty Ryder, pero sabía que probablemente lo era.

3

Eran más de las cinco cuando Pitt estaba de nuevo en casa de los Kynaston, esta vez de pie en el salón de día frente al propio señor de la casa. Fuera ya había oscurecido, pero el fuego probablemente llevaba encendido todo el día y la estancia estaba caldeada. En otras circunstancias quizás hubiese reparado en la elegancia del mobiliario, los libros en los numerosos anaqueles, incluso en los cuadros. Estos constituían una curiosa elección: casi todos representaban paisajes nevados, claramente no británicos habida cuenta de la altura y magnificencia de las montañas. Poseían una belleza vertiginosa, y, sin embargo, su detallismo daba a entender que el artista estaba familiarizado con ellos. Se preguntó por qué Kynaston habría elegido aquellas pinturas, pero ese día estaba demasiado preocupado para dedicarles más que un mero vistazo.

Kynaston aguardaba a que comenzara a hablar. Se había plantado en medio de la gruesa alfombra turca, con el rostro tenso y cierta expresión de desconcierto.

—Me figuro que ya se ha enterado —comenzó Pitt—. Hoy se ha encontrado un cadáver, antes del amanecer, en el cascajal que queda al este de esta casa. Corresponde a una mujer joven, pero está tan deteriorado que ha resultado imposible identificarla de inmediato. Lo siento mucho, pero no podemos decir si se trata de Kitty Ryder o no, al menos por ahora.

Kynaston estaba muy pálido pero mantuvo la compostura, si bien con dificultad.

—Por la manera en que lo refiere, deduzco que podría ser ella. ¿Lo cree posible?

—Creo que incluso es probable —puntualizó Pitt, y acto seguido se preguntó si no debería haber sido más cauto.

Kynaston respiró profundamente.

—Si es irreconocible, ¿por qué cree que podría tratarse de Kitty?

Pitt había visto a otras personas luchar contra lo inevitable. El instinto natural era negar la tragedia tanto tiempo como fuese posible. Él mismo lo había hecho, pero al final siempre había tenido que darse por vencido.

—Tiene la estatura y la complexión de Kitty —contestó en voz baja—. Y su cabello es de color caoba. —Advirtió que Kynaston se ponía aún más tenso y apretaba las mandíbulas—. Y en el bolsillo llevaba un pañuelo con un ribete de puntilla y una erre bordada —prosiguió—. Su mayordomo afirma que la señora Kynaston tiene unos parecidos y que de vez en cuando regala los viejos.

Se produjo un silencio prolongado. Finalmente, Kynaston enderezó la espalda y dijo:

—Entiendo. En efecto, parece... probable. No obstante, no debemos precipitarnos en nuestras conclusiones. Le agradecería que no dijera al resto del servicio que se trata de Kitty... hasta que no quepa duda alguna al respecto. Entonces no habrá más remedio que hacerlo. Mi mayordomo y mi ama de llaves son excelentes personas. Brindarán su apoyo a quienes se sientan más afectados por la noticia.

Pitt sacó el reloj de oro de su bolsillo y vio que Kynaston abría ojos como platos y palidecía.

—También lo encontraron junto al cuerpo —dijo en voz muy baja—. Veo que lo reconoce.

No fue una pregunta.

—Es... es mío. —La voz de Kynaston fue un graznido, como

si tuviera la boca y la garganta secas—. Me lo robaron del bolsillo hace un par de semanas, en la calle. ¡Malditos carteristas! También me quitaron la leontina. ¡No fue Kitty, si eso es lo que insinúa!

Pitt asintió.

—Ya veo. Me temo que esas cosas pasan. Bien, me gustaría hablar tanto con su esposa como con su cuñada, si es posible. Entiendo que también estarán afligidas, pero es posible que alguna de ellas sepa algo que nos ayude.

—Lo dudo. —Kynaston hizo una mueca de desagrado—. Creo que averiguaría más cosas hablando con las demás criadas, si es que alguna sabe algo. Las chicas hablan entre sí, no con sus señoras. Imagino que no supone que Kitty le habría contado a mi esposa su... romance... si cabe emplear este término para designar semejante relación.

—No pienso tanto en confidencias sino en lo que su esposa pueda haber observado en el comportamiento de Kitty —contestó Pitt—. A mi esposa se le da muy bien juzgar el carácter de la gente. Me figuro que a la señora Kynaston también. Las mujeres ven cosas en sus congéneres, sean de la condición social que sean. Y ninguna mujer que gobierne bien su casa ignora el carácter de sus criadas.

Kynaston suspiró.

—Sí, por supuesto tiene usted razón —dijo—. Quería ahorrarle este mal trago, pero quizá no sea posible.

Se excusó y regresó al cabo de veinte minutos, no solo con Rosalind Kynaston sino también con Ailsa, su cuñada. Ambas iban impecablemente vestidas, como si se dispusieran a salir.

Rosalind lucía un traje entallado azul oscuro. Era un color frío para el invierno, pero con el encaje del cuello le sentaba bastante bien. Su actitud emanaba dignidad pese a ser delgada y adusta, y cuando miró a Pitt a los ojos alargó instintivamente la mano para agarrarse a algo. Kynaston le ofreció el brazo, pero ella hizo caso omiso.

A su lado, Ailsa, más alta y mucho más rubia, estaba espléndida en grises claros. Pitt no habría sabido decir exactamente cómo, pero reconoció el corte a la última moda de la falda amplia pero lo bastante corta para no rozar el suelo. Al conjunto solo le faltaba para ser perfecto un sombrero de pieles, y, sin duda, tendría uno. Tomó a Rosalind del brazo, sin pedirle permiso, y la condujo a un gran sofá mullido donde ambas se acomodaron, una al lado de la otra. Lanzó a Pitt una mirada acusadora con sus ojos azules.

Kynaston permaneció de pie, como si temiera que sentándose fuera a bajar la guardia.

—Todavía no sabemos qué le ocurrió a Kitty, señor Pitt —dijo Ailsa con cierta brusquedad—. Mi cuñada le dijo que le informaríamos cuando supiéramos algo.

—Sí, señora Kynaston, ya lo sé —contestó Pitt. Aquella mujer lo irritaba y tuvo que recordarse que aunque no lo demostrara, seguramente tenía miedo, más por su cuñada que por ella misma. Por un instante pensó que quizá fuese más consciente de las realidades de la vida doméstica que la más joven y en apariencia más delicada Rosalind. De repente tuvo una fría visión de la posible aventura de Kynaston con una criada guapa: disputas, vergüenza, incluso un intento de extorsión, un estallido de furia descontrolada.

¿Fue eso lo que vio en los vivaces ojos de Ailsa, junto con el miedo a lo que acarrearía sacarlo a la luz? ¿Para quién? ¿Un escándalo para Kynaston? ¿O la desilusión de Rosalind? Pero estaba adelantando acontecimientos y probablemente se equivocaba.

Ailsa aguardaba, un tanto impaciente.

—Lamento informarle de que hemos hallado el cuerpo de una joven en el cascajal que queda al este de esta casa —dijo Pitt—. No sabemos quién es, pero nos gustaría asegurarnos, y también a ustedes, de que no es Kitty Ryder.

Con el rabillo del ojo vio que Kynaston se relajaba un poco. No fue más que un ligero cambio en su postura, como si respirara con mayor facilidad.

Ailsa esbozó una sonrisa. Rosalind no dejó de mirar fijamente a Pitt.

—¿Por qué no averigua quién es antes de venir a molestar a mi cuñada? —dijo Ailsa con tono de crítica. Pitt no le caía bien y no tenía intención de disimularlo. Quizá no significara nada en aquel caso ni guardara relación con Kitty Ryder, pero se preguntó por qué. Rosalind no daba la impresión de compartir ese sentimiento. Aunque quizás estuviera demasiado aturdida para sentir algo. ¿Solía necesitar que Ailsa la protegiera?

Si el cadáver era el de Kitty Ryder, Pitt sospechaba que saldría a relucir un sinfín de sentimientos que desentrañar, muchos de ellos irrelevantes. Todo el mundo guardaba secretos, viejas heridas que todavía sangraban, personas a las que amaba o detestaba, a veces ambas cosas.

—Se habrían enterado dentro de uno o dos días —le aseguró Pitt—. Y si no eliminamos la posibilidad de que sea alguien de su casa, será mucho más penoso.

—¡Por el amor de Dios! ¿Cómo es posible que aún no lo sepa? —inquirió Ailsa—. Era una joven perfectamente reconocible. Haga que el mayordomo, o quien sea, vaya a verla. ¿No es ese su trabajo? ¿Por qué demonios ha venido a molestarnos?

Rosalind posó una mano en el brazo de su cuñada.

—Ailsa, dale ocasión de que nos lo cuente. Seguro que tiene sus motivos.

Pitt eludió responder, consciente de que tenía los ojos de Kynaston puestos en él y de la tensión casi eléctrica que flotaba en el ambiente.

Miró a Rosalind.

—Señora Kynaston, me imagino que, como la mayoría de las señoras, tiene un buen número de pañuelos, algunos de ellos bordados con sus iniciales.

—Sí, varios —contestó ella, frunciendo el ceño.

—¿Y eso qué importa? —espetó Ailsa.

Kynaston abrió la boca para reconvenirla, pero se abstuvo de hacerlo. Parecía más tenso incluso que antes.

Pitt sacó de su bolsillo el pañuelo encontrado junto al cadáver y se lo tendió a Rosalind.

Ella lo tomó con dedos húmedos y lo dejó caer al instante, pálida como la nieve.

Ailsa lo recogió y lo examinó. Luego miró a Pitt.

—Es un pañuelo de batista con el borde de encaje, bastante corriente. Yo misma tengo media docena.

—Ese lleva una erre bordada —señaló Pitt—. ¿Los suyos no llevan una «a»?

—Naturalmente. Hay miles semejantes. Si no era la clase de persona para tener uno, pudo habérselo robado a alguien.

—¿Kitty se lo robó a usted, señora Kynaston? —preguntó Pitt a Rosalind.

Rosalind encogió muy ligeramente los hombros: un gesto delicado pero inconfundible. No lo sabía. Tomándolo con el índice y el pulgar, se lo devolvió a Pitt.

—¿Esto es todo? —preguntó Kynaston.

Pitt volvió a meterse el pañuelo en el bolsillo.

—No. También tenía una llave pequeña, como las que abren armarios o cajones.

Nadie contestó. Permanecieron tiesos y a la espera, sin mirarse entre sí.

—Abre la cerradura de un armario de la lavandería —agregó Pitt.

Ailsa enarcó una de sus delicadas cejas.

—¿Solo uno? ¿O es que no ha probado los demás? En mi casa una llave como esta los abriría todos.

Rosalind tomó aire como para ir a decir algo, pero cambió de parecer.

¿Obedecía al enojo la actitud de Ailsa, o al miedo? ¿O simplemente a la defensa de alguien a quien consideraba más indefensa que ella? Pitt le contestó con ecuanimidad y cortesía.

—Me consta que solo existe un número limitado de tipos de llaves, sobre todo de estas tan sencillas. En mi casa también tengo armarios y he descubierto que todas las puertas de un mueble se abren con la misma llave. Esta abre varias puertas, pero ninguna de la cocina o la despensa, por ejemplo.

Ailsa no se amedrentó.

—¿Está deduciendo a partir de esa... prueba... que la desdichada mujer que encontraron en la grava es Kitty Ryder?

—No, señora Kynaston. Espero que haya alguna manera de demostrar que no es ella —respondió Pitt con toda sinceridad. Preferiría con mucho que fuera alguien de quien nada supiera, cuyos amigos o parientes solo conocería cuando no quedaran esperanzas de que siguiera viva. Resultaba más fácil, admitió para sí. Ibas preparado. Probablemente sería un caso para la policía local, no para la Special Branch.

Kynaston carraspeó, pero al hablar siguió haciéndolo con la voz ronca.

—¿Desea que vaya a ver si reconozco a esa pobre mujer?

—No, señor —contestó Pitt gentilmente—, pero si me lo permite, me llevaría a su mayordomo. Norton la conocerá mejor y estará en condiciones de decirnos, si es posible, si se trata de Kitty Ryder o no.

—Sí... sí, por supuesto —convino Kynaston, soltando el aire lentamente—. Se lo diré de inmediato.

Dio la impresión de ir a agregar algo, pero tras mirar primero a Ailsa y luego a Rosalind, se despidió de Pitt con un contenido gesto de asentimiento y dio media vuelta para ir en busca de Norton.

—No podemos hacer más por usted, señor Pitt.

Ailsa no se puso de pie pero dejó claro que la reunión había terminado.

—Gracias por su consideración —apostilló Rosalind en voz baja.

Pitt y Norton viajaron hasta la morgue en coche de punto. Norton se sentó muy erguido, agarrándose las manos sobre el regazo, con los nudillos blancos. Ninguno de ellos habló. No había más sonido que el de los cascos del caballo y el siseo de las ruedas sobre la calzada mojada, así como el de ocasionales salpicones cuando pasaban por un charco profundo.

Pitt dejó que el silencio se prolongara. Norton podía albergar toda suerte de sentimientos por la muchacha a la que tal vez identificaría, desde la indiferencia, una posible irritación o el desagrado hasta el afecto, pasando por el respeto. Aunque quizá la intensa emoción que lo embargaba ahora fuese de índole impersonal, simple temor a la muerte. La muerte de cualquiera recordaba que aquella era la única realidad inevitable de la vida.

Tal vez había perdido a otra mujer joven: una madre, una hermana, incluso una hija. Le sucedía a mucha gente. Pitt tenía la suerte de que no le hubiera sucedido, al menos por el momento. ¡Dios quisiera que nunca!

También podía ser que Norton temiera que fuese Kitty dado que entonces el asesinato guardaría relación con la casa Kynaston y alguno de sus moradores, ya fuese de la familia o del servicio.

Y también cabía la posibilidad de que, como en cualquier casa, una intrusiva investigación policial sacara a relucir toda clase de secretos, debilidades, los pequeños engaños que dan chispa y privacidad a cualquier vida. Todo el mundo necesitaba ilusiones, eran las ropas que los protegían de la desnudez emocional. A veces, no ver más de la cuenta no era fruto de la mera gentileza; era una cuestión de decoro, de seguridad para uno mismo y para los demás.

El deber de Pitt consistía en observar a aquel hombre cuando mirase el cadáver, descifrar sus sentimientos por más privados o irrelevantes que pudieran ser. Sin la verdad no podría hacer justicia ni proteger a los inocentes. Pero aun así se sentía entrometido.

También era su deber interrogarlo ahora, mientras estuviera emocionalmente afectado y, por consiguiente, más vulnerable.

—¿Kitty salía a menudo con el joven carpintero? —comenzó—. Era muy indulgente por parte de la señora Kynaston que se lo permitiera. ¿O acaso lo hacía sin permiso?

Norton se puso tenso.

—Por supuesto que no. Disponía de su media jornada libre y a veces pasaba la tarde con él. Iban a pasear por el parque o a tomar el té. Siempre regresaba a casa antes de las seis. Al menos... casi siempre —se corrigió.

—Y ese muchacho, ¿contaba con su aprobación? —preguntó Pitt, volviéndose hacia él para percibir el sentimiento que pudieran ocultar sus palabras.

Norton irguió la cabeza y mantuvo la vista al frente.

—Era bastante agradable.

—¿Tenía mal genio?

—No que yo observara.

—¿Lo habría contratado si hubiese tenido alguna aptitud para trabajar en la casa?

Norton meditó unos instantes.

—Sí —dijo al fin—. Me parece que sí.

Una leve sonrisa asomó a su semblante y desapareció. Pitt no supo descifrarla.

Llegaron a la morgue y se apearon. Pitt pagó al cochero y entró delante de Norton. Permaneció cerca de él porque temía que se fuera a desmayar. Estaba pálido y se movía con cierta torpeza, como si le fallara el sentido del equilibrio.

Como siempre, el lugar olía a ácido carbónico y a muerte. Pitt no sabía cuál era peor. El antiséptico siempre le hacía pensar en cadáveres, y luego en el sentimiento de pérdida, en el sufrimiento. Se apresuró sin querer y luego tuvo que aguardar a que Norton lo alcanzara cuando llegó al final del pasillo, ante la cámara refrigerada correspondiente.

El encargado pareció desaparecer en las paredes grises, con la sábana que había ocultado el cadáver por completo en sus manos. Ahora solo estaba cubierto en la medida en que la decencia lo exigía. Se la veía incluso más maltrecha y sola que cuando había estado tendida despatarrada sobre la hierba helada del cascajal.

Norton dio un grito sordo y se atragantó. Pitt le agarró el brazo para sostenerlo si se desmayaba.

No había más sonido que un regular goteo en alguna parte. Norton se acercó un paso y miró el cadáver, la carne manchada y descompuesta desprendiéndose de los huesos, las cuencas de los ojos vacías, el rostro mutilado. Ahora tenía la melena caoba enmarañada, pero todavía era posible ver los mechones que le habían arrancado.

Norton por fin se apartó, trastabillando un poco, con paso inseguro pese a que el suelo era liso. Pitt seguía sujetándolo.

—No lo sé —dijo Norton con voz ronca—. No puedo asegurarlo. Dios la asista, sea quien sea.

Se puso a temblar como si el frío lo hubiera alcanzado repentinamente.

—No contaba con que lo hiciera —lo tranquilizó Pitt—. Pero quizás hubiese sido capaz de decir si era ella o no. Tal vez el pelo o la estatura no se correspondieran con...

—No. —Norton tragó saliva—. No, el pelo parece el suyo. Tenía... tenía un pelo bonito. Quizá fuese un poco más oscuro... pero ahora se ve muy deteriorado. Siempre era muy cuidadosa con su pelo.

De pronto se calló, incapaz de controlar la voz.

Pitt dejó que se marchara, y salió con él al pasillo embaldosado hasta la puerta de la calle, donde la lluvia torrencial solo conllevaba una incomodidad física. Todavía no sabían si la mujer encontrada en la gravera del cascajal era Kitty Ryder u otra pobre chica de cuyo nombre y vida quizá nunca llegarían a saber nada.

A la mañana siguiente, Stoker terminó todas las pesquisas que podía hacer en la zona y, al salir de la comisaría de Blackheath, enfiló la cuesta hacia Shooters Hill. Puso cuidado en no resbalar sobre el hielo. Pitt aún no había dicho nada sobre cómo abordar al personal de la casa Kynaston en relación con Kitty Ryder. Stoker se sorprendió por lo mucho que deseaba encontrarla viva.

Sin darse cuenta había apretado el paso y tuvo que serenarse. El sendero era traicionero. Tal vez alguien podría darle un detalle, un dato que demostrara que la mujer que habían encontrado en la gravera no era ella, que no podía serlo debido a alguna peculiaridad: una marca de nacimiento, la forma de las manos, la manera en que le crecía el pelo... Cualquier cosa. Quizás hubiera algo en lo que Norton, el mayordomo, no hubiese reparado al estar demasiado alterado por la noticia.

Le constaba que todo aquello era absurdo. La vida de una mujer era tan importante e irrepetible como la de cualquier otra. Lo único que sabía de la doncella de la señora Kynaston era lo que Pitt le había referido. Si la hubiese conocido, quizá la habría encontrado tan normal y corriente como a la persona menos atractiva que conociera. Permitir que su imaginación se involucrara era impropio de un buen detective. Eso también le constaba. Hechos. Ocuparse solo de los hechos. Dejar que te llevaran allí donde condujeran.

Llegó a la escalera del patio donde había visto la sangre y los cristales rotos por primera vez. Ahora allí no había nada. Estaba todo barrido y fregado salvo los charcos helados donde un sinfín de pies yendo y viniendo habían dejado pequeñas hondonadas.

Llamó a la puerta y al cabo de un momento le abrió Maisie. Lo miró inexpresiva un momento, hasta que se le iluminó el semblante al reconocerlo.

—¿Viene a decirnos que han encontrado a Kitty y que el cuerpo que encontraron no era el suyo? —preguntó de inmediato. Acto seguido entornó los ojos y lo miró más detenidamente. La voz se le quebró—. No es ella, ¿verdad?

No era más que una chiquilla y de repente Stoker, con sus treinta y tantos, se sintió muy viejo.

—Creo que no.

Intentó decirlo con gentileza, pero no estaba acostumbrado a suavizar la verdad.

Maisie arrugó la cara.

—¿Qué quiere decir con eso de que cree que no? ¿Es ella o no?

Stoker resistió la tentación de mentir, aunque le costó lo suyo.

—Pensamos que no es ella —contestó—. Pero tenemos que estar seguros. Tengo que hacerles unas cuantas preguntas más a todos ustedes.

Maisie no se apartó.

—¿No fue a verla el señor Norton?

—Está desfigurada. No sirvió de mucho —contestó Stoker—. ¿Puedo pasar? Aquí fuera hace frío, y está dejando que se cuele dentro, con la puerta abierta.

—Supongo que sí —respondió a regañadientes, retirándose por fin para franquearle la entrada a la antecocina.

—Gracias. —Cerró la puerta a sus espaldas con firmeza. El repentino calor le hizo estornudar y se sonó la nariz. Entonces olió las cebollas y las hierbas colgadas.

Maisie se mordió el labio para dejar de temblar.

—Supongo que querrá una taza de té, ¿no?

Sin aguardar respuesta, lo condujo a la cocina, donde la cocinera estaba atareada preparando la cena, extendiendo masa para cubrir la tarta de frutas que había sobre el mostrador.

—¿Ya tienes listas esas zanahorias, Maisie? —dijo bruscamente antes de darse cuenta de que la seguía Stoker—. ¿Otra vez aquí? —Lo miró con desagrado—. Acabamos de librarnos del otro polizonte. Ayer estuvo aquí la mitad del día molestando a todo el mundo. ¿Qué pasa ahora?

Stoker sabía cuánto se irritaba la gente cuando la interrumpían en su trabajo, siendo más reacia a decirte lo que necesitabas saber. Prefería que estuvieran a gusto, no que se limitaran a responder a sus preguntas sino que aportaran detalles, el contexto que él no podía buscar deliberadamente.

—No quiero interrumpirla —dijo, imprimiendo respeto a su tono de voz—. Tan solo quisiera que me hablara más sobre Kitty.

La cocinera levantó la vista de la masa, con el rodillo todavía en las manos.

—¿Por qué? Se largó con ese miserable, ¿no? —Torció el gesto con enojo—. Estúpida. Podría haberle ido mucho mejor. A decir verdad, ¡no podría haberle ido peor!

Se sorbió la nariz y reanudó la tarea de alisar y dar forma a la masa de la tarta.

Stoker percibió la emoción contenida en su voz, así como en la enojada tirantez de sus hombros y en el modo en que le ocultaba la cara. La cocinera había apreciado a Kitty y ahora temía por ella. Enojarse era fácil y menos doloroso. Sabía por parientes que servían, viejos amigos a quienes rara vez veía, que pocos sirvientes tenían una familia con la que siguieran en contacto. Si permanecían en una misma casa durante un tiempo, los demás criados se convertían en su nueva familia, con las mismas lealtades, peleas, rivalidades y conocimiento íntimo. Kitty bien podía haber sido lo más parecido a una hija propia que aquella mujer, inclinada sobre la masa, hubiese tenido.

Stoker quería ser amable, pero era casi imposible.

—Es probable que sí —convino—. Pero no la hemos encontrado, de modo que carecemos de pruebas que lo demuestren. Tengo que descubrir quién era esa mujer de la gravera. Tengo que saber con certeza que no se trata de ella. Me gustaría asegurarme de que no es ella.

La cocinera levantó la vista hacia él, con los ojos arrasados en lágrimas.

—¿Está diciendo que ese horrible... idiota... le hizo eso?

—No, señora, estoy diciendo que me gustaría demostrar que no tiene nada que ver con esta casa y mantener a la policía alejada de aquí para que no los molesten más.

La cocinera se sorbió la nariz y buscó un pañuelo en el bolsillo de su delantal. Una vez que lo encontró y se hubo sonado la nariz, dedicó a Stoker su plena atención.

—Bien, ¿qué quiere saber sobre Kitty? Quizá fuese un poco alocada con los hombres, yendo a elegir al mayor zoquete que podía encontrar.

Lo fulminó con la mirada, desafiándolo a discutírselo.

—¿Cómo lo conoció? —preguntó Stoker.

—Vino a hacer un trabajo de carpintería en la casa —contestó la cocinera—. Siguió viniendo por aquí cuando ya lo había terminado, solo para verla.

—¿Estaba asustada de él?

Procuró que su repentina ira no se reflejara en su voz ni en su cara.

—¡Qué va! Al contrario, lo compadecía —respondió la cocinera—. ¡La muy tonta! Y él se aprovechaba. ¿Quién no lo haría?

—¿Era una muchacha dulce? —dijo Stoker, sorprendido. Se había formado la idea de que era una mujer fuerte, guapa y segura de sí misma. Pero la cocinera quizá conociera un lado vulnerable de ella que su patrona desconocía.

La cocinera rio y negó con la cabeza.

—¡Ya veo que usted es como todos los hombres! Piensa que porque una mujer es guapa y tiene ideas propias no es posible hacerle daño, que no llora hasta caer dormida cuando nadie la ve, igual que cualquier otra. Valía diez veces más que él, se lo aseguro, y él lo sabía.

Tuvo que sonarse otra vez la nariz, ocultando las lágrimas que le surcaban el rostro.

—¿Eso hacía que se enojara con ella? —preguntó Stoker.

—Creo que no. —Lo fulminó con la mirada—. ¿Piensa que me equivoco?

Stoker no contestó. Necesitaba saber más: por ejemplo, si Kitty en efecto estaba tendida en la morgue, ¿cómo había conseguido el reloj de oro que le habían robado a Dudley Kynaston?

—¿A quién más conocía? —preguntó—. ¿Alguien que le hiciera regalos caros?

—¡En absoluto! —espetó la cocinera—. Si hubiese sido tan tonta, ¿cree que habría sido doncella personal? —Había desdén en su voz, y estaba demasiado dolida para intentar gobernarla. Él no era más que un policía y ella no había hecho nada malo para temerlo—. Si tienes intención de quedarte en una buena casa como esta, nunca te dejas llevar por la avaricia —dijo con rotundidad—. ¿Piensa que porque fuera indulgente con un muchacho que no la merecía era tonta de remate? Bien, pues no lo era. Si hubiese nacido en otra familia y aprendido a comportarse como una dama, podría haberse casado sin tener que trabajar un solo día de su vida. Tomas lo que la vida te da y sigues adelante. ¡Igual que usted, igual que todos!

Stoker sonrió, cosa que no solía hacer cuando estaba de servicio. Casi todo su trabajo era desalentador y, las más de las veces, lo hacía solo. ¿Quizá fuese demasiado serio? Le habría gustado Kitty Ryder, si la hubiese conocido.

—No le falta razón —concedió Stoker—. De modo que aparte de su admirador, era sensata en la elección de sus amistades.

—No digo que no se le ocurrieran algunas bobadas —dijo la cocinera en un tono más amistoso—. Y sueños que nunca se harían realidad. Claro que sí. ¿Qué chica no los tiene? Y defendía con uñas y dientes sus puntos de vista. Pero a diferencia de otros, cuando se equivocaba lo reconocía... a veces, al menos.

—Gracias, me ha sido usted de gran ayuda. Me gustaría hablar con el resto del personal, por favor.

No contaba con que tuvieran mucho que añadir, pero era posible que quienes hubiesen estado más próximos a Kitty por edad supieran otras cosas, detalles que podían servirle. Ya había hablado con ellos antes, pero esto era diferente. Ahora estaba la cuestión del reloj de oro. El pañuelo quizá fuese de Rosalind, que posiblemente se lo regalara a Kitty. El reloj, sin duda, era de Kynaston y se lo habían robado, aunque lo hizo un ladrón en la calle. Era fundamental demostrar más allá de toda duda razonable que la mujer hallada en la gravera era otra persona. Todo ello formaba parte de su cometido para proteger a Dudley Kynaston. La presencia del reloj sería una mera coincidencia... ¡probablemente!

Entrada la tarde Pitt recibió un mensaje para que se presentase en el Home Office* tan pronto como le fuera posible. Tal vez las siete sería un buen momento.

Leyó la nota a las seis y cuarto, pero sabía que no tenía alternativa y que debería acudir de inmediato. Así pues, tras cambiarse la chaqueta mojada y las botas embarradas, tomó un coche de punto. Poco después de las siete y diez entró en una agradable estancia con retratos de los ministros de Interior del pasado, muchos de cuyos rostros pomposos y adustos figuraban en todos los libros de historia de los escolares del país.

Pitt echó una ojeada a los periódicos que había sobre la mesa, cerca de la chimenea. Los titulares le llamaron la atención. «Cadáver mutilado en cascajal sigue sin ser identificado.» Y debajo: «¡La policía guarda silencio!» Pitt apartó la vista deliberadamente.

Esperó otros veinte minutos antes de que lo saludara un atildado y joven caballero que entró y cerró la puerta a sus espaldas.

—Lamento el retraso, comandante Pitt —dijo, esbozando una sonrisa.

Pitt pensó en varias respuestas ásperas y, acto seguido, comprendió que no podía permitirse darlas dado el rango de su interlocutor.

—Se me hizo tarde, señor Rogers —dijo con la misma cortesía—. No podía presentarme aquí cubierto de barro.

Rogers enarcó las cejas.

—¿Barro?

—Está lloviendo —dijo Pitt, por si Rogers no se había dado cuenta.

Rogers bajó la vista a las botas lustradas de Pitt y luego volvió a mirarlo a la cara.

—Ayer, antes del amanecer, encontramos un cadáver en una gravera de Shooters Hill —explicó Pitt—. He tenido ocasión de regresar allí.

—Sí... sí. A propósito de eso... —Rogers carraspeó—. Es de-

* Ministerio del Interior del Reino Unido.

sagradable en extremo, por supuesto. ¿Ya la han identificado?

—No. Cabe la posibilidad de que sea la doncella que ha desaparecido de casa de Dudley Kynaston, pero el mayordomo fue incapaz de confirmar o negar que el cadáver fuese el de ella.

—¿En serio? —Rogers se mostró sorprendido—. Me cuesta creerlo. ¿Tiene motivos para pensar que ese hombre esté mintiendo? Doy por sentado que lo miró. ¿No lo eludió o dio media vuelta? ¿Se desmayó?

—Lleva un tiempo muerta y está seriamente mutilada —dijo Pitt—. Aparte de sus graves heridas faciales, la carne está empezando a descomponerse. Puedo entrar en detalles, si lo desea, aunque supongo que preferirá que no lo haga; le faltan los ojos, pero su pelo es poco común.

—Sí, lo entiendo —dijo Rogers—. Eso dificulta... Comprendo la... —Se calló—. No obstante, lo importante es que usted no puede afirmar que se trate de la doncella de Kynaston, ¿correcto?

—Correcto —convino Pitt.

Rogers relajó un poco la tensión de sus hombros. Su voz, al hablar, fue súbitamente más suave.

—Estupendo. Entonces no será difícil dejar que la policía local lleve el caso. Seguramente será una prostituta que lamentablemente eligió mal a su cliente. Triste y en extremo desagradable, pero no un asunto para la Special Branch y, sin lugar a dudas, sin la menor relación con Kynaston. El ministro de Interior me ha pedido que le transmita su agradecimiento por la discreción que ha demostrado al tomar cartas en el asunto con tanta prontitud, por si la policía local cometía alguna torpeza y causaba algún tipo de turbación a la familia Kynaston y, por consiguiente, al Gobierno. Tenemos enemigos que querrían sacar provecho de la más leve apariencia de una... desafortunada vinculación. —Inclinó ligeramente la cabeza, dando por concluida la entrevista.

Pitt tenía ganas de discutir, de señalar que el asunto aún no podía darse por zanjado ni mucho menos. Pero llevaba toda su vida adulta ocupándose de crímenes e investigaciones. Entendía tanto el chismorreo como la autoridad. Había aprendido a utilizarlos, no siempre con éxito. La razón estaba de parte de Rogers; el instinto hablaba contra él. No había sido formulada como tal, pero le constaba que aquello era una orden. Era propio de su nuevo cargo que no precisara algo más directo.

—Por supuesto —dijo Pitt en voz baja—. Buenas noches, señor.

Rogers sonrió.

—Buenas noches.

Pitt llegó a su casa más tarde de lo que deseaba y se encontró con que el resto de la familia ya había cenado. Charlotte, no obstante, se había quedado a esperarlo. Le propuso que eligiera entre la cocina o la mesa del comedor, y Pitt eligió la cocina. Era más cálida, tanto en sentido literal como porque aquella habitación constituía el corazón de la vida familiar. Sus amigos más íntimos se habían sentado a aquella mesa con inquietud, trabajando en desafíos apremiantes, sumidos en el pesar cuando parecían derrotados y celebrando la victoria cuando la tenían a su alcance.

Cenó estofado de ternera con verduras.

El descubrimiento del cadáver de una mujer en el cascajal ya no era un secreto, toda vez que los periódicos habían dado cuenta del mismo. Por descontado, todo tipo de especulaciones habían acompañado a los pocos hechos conocidos.

—¿Es la doncella desaparecida? —preguntó Charlotte.

—Ojalá lo supiera —contestó Pitt, después de tragar un bocado de estofado.

—Si lo fuese, ¿lo reconocerían? —preguntó ella mirándolo fijamente, como si reclamara su atención.

Pitt sonrió a su pesar. Tendría que haber adivinado que le preguntaría aquello o algo parecido. Con los años, Charlotte había aprendido a poner freno a su afilada lengua, pero nunca a sus pensamientos, y menos con él.

—No, si pueden evitarlo —contestó Pitt.

—¿Y tú los secundarás? —insistió ella—. Supongo que tendrás que hacerlo. ¿Realmente es tan importante Kynaston? Thomas, por el amor de Dios, ten mucho cuidado.

Pitt percibió la súbita seriedad de su voz y se dio cuenta de que estaba sinceramente preocupada por él. Se había enorgullecido cuando lo ascendieron y ni por un instante dudó de que fuera a ser capaz de ocupar el puesto de Narraway. Además, hasta ahora había ocultado casi por completo que sabía el peligro que entrañaba el cargo. ¿O era que él nunca le había contado lo peor? Había muchas cosas de las que no estaba autorizado a hablar, al menos no como lo hacía en el pasado, cuando era un mero policía.

—Querida, solo se trata de una doncella desaparecida —dijo con amabilidad—. Al parecer se fugó con un joven bastante desagradable que la había estado cortejando. Si el cuerpo del cascajal es el suyo, será una tragedia. Ahora bien, con independencia de quién sea, sigue siendo una muchacha muerta. El hecho de que antes fuese la doncella personal de la señora Kynaston, si es que es ella, atrae una atención sobre él que es mejor evitar, eso es todo.

Charlotte aguardó un momento. Luego se relajó y sonrió.

—Hoy he visto a Emily. —Emily era su hermana menor, actualmente casada con Jack Radley, parlamentario desde hacía tiempo—. Conoce superficialmente a Rosalind Kynaston. Dice que es muy callada y, francamente, bastante aburrida.

Pitt tomó otro bocado antes de contestar.

—Emily se aburre enseguida. ¿Qué tal está? —No había visto a Emily desde Navidad, y de eso hacía ya seis semanas. En alguna ocasión, ella y Charlotte lo habían ayudado en sus casos más extravagantes, concretamente aquellos en los que estaban implicados personajes ricos y de renombre a los que ellas tenían acceso mientras que él, como policía, era enviado a la puerta de servicio. Parecía que hiciera un siglo de eso. El primer marido de Emily había poseído dinero y título, y falleció trágicamente. Durante un breve y desesperado tiempo, Emily había sido sospechosa de haberlo asesinado. Eso, afortunadamente, también formaba parte de un remoto pasado.

Charlotte encogió los hombros muy ligeramente.

—Ya sabes que estamos en invierno.

Pitt aguardó, esperando que ella agregara algo más. En cambio, se levantó, fue hasta los fogones, sacó un pudin de melaza de una sartén humeante y le dio la vuelta, poniéndolo en un plato grande, y observó la satisfacción de Pitt mientras el almíbar derretido se derramaba por los lados. Sabía que era uno de sus platos favoritos. Nada había más gratificante al final de una larga, fría y húmeda jornada. Pitt se sorprendió sonriendo ante la expectativa pese a ser bastante consciente de que Charlotte había eludido su pregunta acerca de Emily, cosa que, sin duda, significaba que algo iba mal.

4

Dos días después Pitt tuvo noticias de la policía de Shooters Hill o, para ser más exactos, del médico forense, el doctor Whistler. Recibió una nota breve, dentro de un sobre sellado, que le entregó un mensajero que no aguardó respuesta.

Pitt la leyó por segunda vez.

> Estimado comandante Pitt:
> He seguido examinando el cuerpo de la mujer encontrada en la gravera de Shooters Hill. He descubierto ciertos datos, invisibles hasta ahora, que suponen un cambio fundamental de la situación. Es mi deber informar de ellos a la Special Branch para que ustedes actúen como consideren oportuno en interés tanto del Estado como de la justicia.
> Estaré en mi despacho de la morgue el resto del día, a su entera disposición.
> Cordialmente,
>
> GEORGE WHISTLER

Pitt obedeció a la citación de inmediato. Lo primero que pensó fue que Whistler había descubierto la manera de demostrar que el cadáver era en efecto el de Kitty Ryder, que su muerte había sido un asesinato y que guardaba relación con la casa Kynaston.

Nada lo retenía en Lisson Grove. Los asuntos pendientes eran todos rutinarios y podían resolverlos terceros. Informó de dónde iba a las personas adecuadas. Quince minutos después estaba en un coche de punto, recorriendo el largo trayecto lleno de atascos, primero hasta el río, que cruzaría por el puente de Westminster, luego hacia el este, en dirección a Greenwich y la morgue. Tenía frío e iba incómodo en el coche. Le quedaban varios kilómetros que recorrer, y el hielo del pavimento hacía que el viaje fuese todavía más lento de lo habitual.

Finalmente, llegó al despacho de Whistler. Colgó el abrigo en el perchero que había junto a la puerta y poco a poco fue volviendo a entrar en calor, descongelando sus manos y permitiendo que sus hombros se relajaran un poco.

Whistler había perdido el aire ligeramente agresivo de la visita anterior. De hecho, parecía claramente descontento, como si no supiera por dónde empezar.

—¿Y bien? —instó Pitt.

Whistler también estaba de pie, pero más cerca de la chimenea. Se metió las manos en los bolsillos de los pantalones.

—Hay bastantes novedades, me temo —contestó—. Un examen más detallado del cuerpo ha hecho patente que falleció considerablemente antes de lo que pensé a partir del grado de descomposición...

Pitt se quedó confundido.

—¿El tiempo que una persona lleva muerta no se calcula partiendo del grado de descomposición?

—¿Me deja terminar? —espetó Whistler, crispándose ante el primer roce.

Pitt cayó en la cuenta, con un sobresalto, de que el forense estaba algo más que molesto consigo mismo por tener que alterar su diagnóstico. Algo lo perturbaba más profundamente, algo que suscitaba una especie de pavor.

Whistler carraspeó.

—Las temperaturas muy frías, bajo cero, pueden retrasar el proceso en gran medida, incluso postergarlo por completo, si se mantienen de manera continua. Por eso la gente tiene cámaras frigoríficas en su casa para conservar la carne.

Titubeó, pero Pitt no volvió a interrumpirlo.

—Este cuerpo se conservó congelado durante cierto tiempo, y apenas presenta signos de descomposición. Sin embargo, no estuvo oculto en el lugar donde lo encontraron. De hecho, no permaneció al aire libre en ningún momento, pues de lo contrario los animales carroñeros, o como mínimo los insectos, habrían dado con él. Por consiguiente, estuvo en un lugar muy frío y completamente cerrado. ¿Me sigue?

—¿Se refiere a una cámara frigorífica doméstica? —preguntó Pitt.

—Exacto. Ya sabemos, gracias al testigo, que no estaba donde la encontraron porque ese lugar queda cerca de un sendero público, poco transitado, sobre todo en esta época del año, pero aun así utilizado por gente que pasea a sus perros. Había supuesto que la habían llevado allí durante la noche anterior al hallazgo, trasladada desde donde la mataran uno o días antes, incluso una semana. —Whistler observaba a Pitt atentamente—. Parecía plausible que alguien la hubiese matado sin un plan preconcebido y que luego tuviera que plantearse cómo deshacerse de su cuerpo. Tardó unos días en encontrar la manera de llevarla al cascajal sin ser visto y, habida cuenta de las circunstancias, sin ayuda de un tercero.

—Una suposición razonable —convino Pitt—. ¿Ya no se sostiene?

Whistler gruñó y dejó escapar el aire entre los dientes.

—Examiné el cadáver muy detenidamente en busca de la causa de la muerte. Mientras lo hacía me di cuenta de que la descomposición estaba mucho más avanzada de lo que había supuesto en el examen preliminar. La habían llevado a un lugar extremadamente frío y... —Respiró profundamente antes de continuar— ...y le habían lavado a conciencia las heridas que le causaron la muerte...

—¿Qué?

Whistler lo fulminó con la mirada.

—Me ha oído perfectamente, comandante. Alguien se ocupó de lavarla y luego, en vez de deshacerse de ella, guardó su cuerpo en un lugar muy frío y sellado a cal y canto para que las alimañas no la encontraran. Por consiguiente, no era una edificación aneja corriente, ni siquiera con este tiempo. Casi todas las lesiones que vimos, especialmente las del rostro, se las hicieron con algún tipo de cuchilla muy afilada, incluida la extirpación de los ojos... y los labios. No fueron estragos causados por animales durante la única noche que pasó a la intemperie en el cascajal. Y no pierda el tiempo pidiéndome una explicación. Solo puedo referirle los hechos. ¡Entenderlos es asunto suyo, gracias a Dios!

—¿Y la causa de la muerte?

Pitt volvía a tener frío a pesar del fuego que ardía en la chimenea.

—Violencia extrema —contestó Whistler—. Golpes lo bastante fuertes para romperle los huesos, en concreto una clavícula, cuatro costillas, el húmero del brazo izquierdo y la pelvis por tres sitios. Pero eso fue cierto tiempo antes de las mutilaciones del rostro. ¡Y esta es la cuestión! —Fulminó a Pitt con la mirada; su indignación ansiaba cualquier otra respuesta—. Diez días como mínimo.

Pitt se quedó consternado. Era una de las peores palizas que podía imaginar. Quienquiera que lo hubiese hecho tenía que ser un enfermo mental. No era de extrañar que Whistler se sintiera tan mal. Si era una prostituta, no había sido víctima de una pelea corriente, había sufrido la agresión de un loco de atar. Si había podido hacerlo una vez, ¿cuánto tardaría en hacerlo otra?

De repente la habitación dejó de parecer cálida y confortablemente resguardada de los elementos. Era más bien como una sofocante y mal ventilada prisión que los aislaba del limpio aguanieve del exterior, y tuvo ganas de escapar.

—¿Con qué? —preguntó Pitt, con voz un tanto vacilante—. ¿Qué utilizó?

—¿Sinceramente? —Whistler negó con la cabeza—. Si exceptuamos el manicomio, diría que la atropelló con un carruaje con un tiro de cuatro caballos. Es difícil asegurarlo después del tiempo transcurrido, y diría que estamos hablando de unas tres semanas. Parte de las heridas las pudieron causar los cascos de los caballos o las ruedas del carruaje. Impacto considerable, desde distintas direcciones, y pudo ocurrir todo a la vez, con los caballos presa del pánico.

Una ira momentánea anidó en el fuero interno de Pitt. El forense podría habérselo dicho de entrada. Los accidentes espantosos nada tenían de raro. El dolor y el sufrimiento eran los mismos, pero el horror no era comparable con el de imaginar a un homicida que hiciera algo semejante deliberadamente. Tuvo ganas de pegar a Whistler, cosa que resultaba pueril, y se avergonzó. No obstante, era bien cierto. Apretó los puños y mantuvo la voz serena, aunque sonó tensa y chirrió entre sus dientes.

—¿Está diciendo que la muerte de esta mujer pudo deberse a un accidente de tráfico y no a un crimen, doctor Whistler?

—¡Pudieron ser muchas cosas! —La respuesta de Whistler fue casi un grito—. Pero si fue un accidente de tráfico, ¿por qué demonios nadie lo denunció a la policía? —Abrió los brazos y faltó poco para que golpeara la librería—. ¿Dónde estuvo escondida durante dos o tres semanas? ¿Por qué llevarla a un cascajal de Shooters Hill para que los zorros y los tejones se la comieran causando destrozos, hasta que ese pobre desdichado la encontrara mientras paseaba a su perro? —Respiró profundamente—. ¿Y por qué las terribles mutilaciones tanto tiempo después? ¿Para arrancarle la cara, de modo que resultara irreconocible?

Esta vez fue Pitt quien permaneció callado.

Whistler suspiró entrecortadamente y se esforzó en recobrar el dominio de sí mismo. Parecía ligeramente avergonzado de haberse dejado arrastrar por los sentimientos y evitó mirar a Pitt a los ojos. Tal vez consideraba su actitud poco profesional, y Pitt lo contempló con renovado respeto.

—¿Algo más acerca de su identidad? —preguntó Pitt, finalmente—. ¿Algo que no borrara ese... lunático?

—Probablemente con buena salud, en la medida en que puedo determinarlo en esta fase —contestó Whistler—. Ninguna enfermedad aparente. Todos los órganos en buen estado, aparte del principio de descomposición. ¡Si encuentra al que hizo esto, espero que lo ahorque! ¡Si no, no regrese a pedirme ayuda! —Su mirada furibunda se apartó de Pitt. Había un ligero rubor en sus mejillas—. Probablemente era sirvienta. Pequeños detalles, ¿sabe? Buenos dientes. Bien alimentada. Uñas limpias, buenas manos pero con varias heridas pequeñas, quemaduras como las que se observan en una mujer que plancha mucho. Las planchas son artefactos con los que es difícil no quemarse de vez en cuando. Sobre todo si estás planchando algo complicado, como encajes o mangas abullonadas, cuellos delicados, ese tipo de cosas.

—Una doncella... —Pitt dijo lo inevitable.

—Sí... o una lavandera en un sentido más amplio. La ropa de niño también es complicada.

—Así pues, ¿no sabe si es Kitty Ryder?

—No, lo siento. Pero no era una dama. Las damas no se planchan la ropa. Y tampoco era prostituta; demasiado limpia y saludable para eso. Tendría veintitantos años. En las calles, a esa edad habría presentado un aspecto mucho peor. Una criada, o una joven casada que hiciera la colada de otros. Aunque lo dudo. En esta zona todo el mundo tiene criadas para ese tipo de cosas. Y no tenía hijos. Las heridas y la podredumbre me impiden decir si todavía era virgen.

—Gracias —dijo Pitt con gravedad, por mor de la cortesía; era lo último que realmente quería decir. No quería llevar aquel caso, y sabía que Whistler hubiese preferido no encontrar las pruebas ni haber tenido que hablarle de ellas. Ahora todo era inevitable: el lento y triste desenmarañar la tragedia de quienquiera que fuera la difunta.

—¿Ha hablado con la policía local? —agregó, casi como una idea de último momento.

Un amargo humor destelló en los ojos de Whistler.

—Sí.

Se abstuvo de decir cuál había sido su reacción, pero Pitt podía adivinarla. Estarían encantados de que fuese un problema que tendrían que ceder a la Special Branch, solo por si acababa implicando a Dudley Kynaston.

Pitt cogió el abrigo y el sombrero húmedos del perchero y se los puso. Se despidió de Whistler y salió al pasillo, dirigiéndose de nuevo a la calle fría. Podría haber tomado un coche de punto allí mismo para que lo llevara de vuelta a Lisson Grove, pero prefirió bajar caminando hasta el río y sentarse en un transbordador sobre la picada agua gris, solo con el viento y la lluvia, y pensar en lo que haría a continuación y en cómo lo haría. Ya tomaría un transporte en la otra orilla.

Había demasiadas preguntas sin respuesta. Si aquel era el cadáver de Kitty Ryder, ¿también eran suyos la sangre y el pelo encontrado en casa de Kynaston? ¿Fue una pelea, pero aun así ella había acudido por voluntad propia? ¿O se la llevaron por la fuerza? ¿Por qué iba a hacerle algo semejante su pretendiente? Si la había matado allí mismo, había sido una pelea extraordinariamente violenta para que tuviera lugar tan cerca de una casa habitada. ¿Por qué nadie oyó nada? Es más, ¿por qué no había gritado, haciendo salir a todo el personal de la casa?

¿Por qué no la había dejado allí y escapado tan deprisa como pudiera? Era una mujer corpulenta para llevarla a cuestas. Si hubiese huido en plena noche, dejándola muerta en el patio, habría tenido muchas posibilidades de no ser hallado nunca. Londres era una ciudad grande en la que perderse, ¡y luego estaba el resto del país! O, si estabas tan desesperado, a diario zarpaban buques del Pool de Londres hacia todos los rincones del mundo.

Pitt contemplaba los barcos a través de las turbulentas aguas del río: mástiles recortados contra el cielo a lo lejos; vapores más pesados y sólidos; gabarras y barcazas zigzagueando entre ellos. Un hombre podía perderse allí en cuestión de un día; mucho más en tres semanas. Nada de aquello tenía sentido. ¿Qué estaba pasando por alto?

El silencioso barquero a los remos y el chapoteo del agua contra los costados de la barca lo ayudaban a concentrarse.

¿Además, dónde había estado Kitty desde que saliera de la casa de Kynaston hasta que la llevaron al cascajal? ¿Por qué no enterrarla? Aquello también carecía de sentido. Era casi como si alguien hubiese querido que la encontraran.

Cuanto más meditaba sobre ello, más feo y sin sentido parecía. Todavía esperaba que no fuese Kitty, pero le constaba que debía proceder como si lo fuera.

En Lisson Grove, Stoker se habría enterado de que Whistler había convocado a Pitt y, sin duda, había estado aguardando su regreso. En cuestión de diez minutos apareció en el despacho de Pitt. Cerró la puerta a sus espaldas y permaneció de pie con expectación, a la espera de que Pitt le diera novedades.

Pitt así lo hizo, sucintamente.

Stoker escuchó en silencio. Su rostro duro y huesudo era indescifrable, excepto por su palidez. Miraba al suelo con los hombros un poco encorvados y las manos en los bolsillos.

—No tenemos elección, ¿verdad? —sentenció—. Esto no tiene sentido. Hay una gran parte de la que no sabemos nada. —Levantó la vista, sus ojos azul gris brillaban—. Quizá no tenga nada que ver con el joven que la cortejaba, señor. Es posible que todo guarde relación con la casa de Kynaston. Según lo que me contaron los demás criados, era lista y no perdía pisada. Una doncella personal termina por saber muchas cosas, por eso conservan su empleo durante tanto tiempo. No puedes permitirte que se vayan, menos aún para ocupar el mismo puesto en casa de alguien de tu círculo social.

—¿Qué está insinuando? —Pitt se enfrentó a lo inevitable—. ¿Que estaba haciendo chantaje a alguien de la casa que, finalmente, se negó a pagar? ¿O que la mataron simplemente por lo que sabía?

Stoker torció el gesto.

—Lo uno o lo otro, señor. ¿A lo mejor se enteró de lo que iban a hacer e intentó huir, y entonces fue cuando la atraparon?

—¿Y no gritó pidiendo auxilio?

—¿Usted no podría matar a una mujer sin permitirle chillar, señor? Yo sí.

Pitt se lo imaginó: Kitty aterrorizada porque sabía lo que había visto u oído, huyendo de la casa en plena noche de invierno. Habría pasado por la cocina y la despensa escasamente iluminadas hacia la puerta trasera, forcejeando con los cerrojos de las puertas para abrirlas y salir al gélido exterior, subiendo a trompicones los peldaños del patio. ¿Sabía que su asesino la seguía de cerca? ¿O había salido silenciosamente, sus pasos amortiguados en sus oídos por los latidos de su corazón? Entonces se produjo una pelea terrible en los escalones, un golpe, letal antes de que el asesino se diera cuenta. Siguió golpeándola hasta que la histeria remitió en su fuero interno y se percató de lo que había hecho.

Y entonces, ¿qué?

Se había llevado el cadáver deprisa y corriendo. ¿Adónde? ¿A un sótano? A un lugar terriblemente frío, hasta que pudiera volver a moverla. Y un contratiempo había retrasado el traslado.

Pitt miró el semblante de Stoker y vio indicios del mismo pensamiento en sus ojos.

—Lo más probable es que fuera Kynaston —dijo Stoker en voz alta—. Más vale que lo descubramos.

No había nada que discutir, solo planes cuidadosos que trazar, y quizás algunas averiguaciones que hacer sobre el propio Dudley Kynaston antes de ponerse manos a la obra.

—Sí... —convino Pitt—. Comenzaré con Kynaston mañana. Usted comience con Kitty Ryder.

Stoker no aguardó a la mañana siguiente. Ya había averiguado cuanto podía averiguar sobre Kitty Ryder en los lugares donde había vivido y trabajado.

Naturalmente, él y Pitt consultaron con la policía de toda la zona para ver si se habían producido agresiones semejantes, y no encontraron nada.

El propio Stoker había hablado con las instituciones en las que se encerraba a los criminales dementes. Nadie había escapado. En ninguna otra parte había constancia de mutilaciones semejantes.

Investigaran donde investigasen, terminaban volviendo a la propia Kitty y a su relación con la casa Kynaston.

Stoker vivía solo en un apartamento de alquiler. No tenía familia en aquella parte de Londres. De todos modos, solo quedaban él y su hermana Gwen, en realidad, y ella vivía en King's Langley, a una corta distancia en tren. Sus dos hermanos habían muerto de niños, y otra hermana al dar a luz. El trabajo ocupaba por entero su vida. Le constaba hasta qué punto, y de súbito cobró conciencia de ser anónimo mientras caminaba de una isla de luz bajo una farola hasta la isla de la farola siguiente entre la bruma y las sombras.

Otras personas parecían moverse más deprisa, con la cabeza gacha, como si tuvieran un propósito que los obligara a apresurarse. ¿Les apetecía lo que los aguardaba? ¿O solo estaban hartos de lo que dejaban atrás?

Stoker se había enrolado en la Marina siendo muy joven, y la dura vida en un barco le había enseñado el valor de la disciplina. Uno podía discutir con los hombres, engatusarlos o engañarlos, incluso sobornarlos, pero nadie discutía con el mar. Los huesos de quienes lo habían intentado estaban desparramados en el fondo del océano. Había aprendido a obedecer y a mandar, al menos en cierta medida, y había esperado que su vida siguiera aquel derrotero.

Entonces un incidente estando en puerto había implicado a la Special Branch y fue reclutado por Victor Narraway, a la sazón su comandante. Era una vida diferente, más interesante, a su manera más exigente, sin duda, en cuanto a imaginación e inteligencia. Para su sorpresa descubrió que estaba bastante bien dotado para ella.

Luego Narraway fue obligado a dimitir. Solo Pitt había sido leal a Narraway y en última instancia salvó su reputación, tal vez su vida, pero no su puesto. El propio Pitt lo había heredado, en buena medida para su bochorno y su deshonra. No quería aprovecharse de la caída en desgracia de Narraway. Como tampoco, para ser francos, creía que tuviera la experiencia y las aptitudes necesarias para tener éxito.

Por descontado, no se lo había dicho a Stoker; seguramente, a nadie. Pero a Stoker se le daba bien juzgar el carácter humano, y lo veía en un sinfín de minúsculos detalles. Tal vez menos ahora, transcurrido un año, pero seguían presentes para quien los hubiese reconocido antes.

Stoker apreciaba a Pitt. Había en él una honestidad innata en la que resultaba imposible no reparar. Sin embargo, de vez en cuando le preocupaba que alguna cualidad de Pitt le retuviese la mano cuando él golpearía. El puesto que ahora ocupaba le exigía ser inmisericorde y, por consiguiente, la capacidad de sobrellevar los propios errores, perdonarse y seguir adelante sin permitir que el recuerdo de ellos lo debilitara.

Y pese a ser consciente de esto, no quería que Pitt cambiara. Lo entristecía pensar que tal vez fuese inevitable. Incluso cabía que un buen día él mismo se viera tomándole la delantera.

Kitty Ryder también lo preocupaba. Nunca la había conocido ni visto un retrato de ella. Solo podía imaginarla: un tanto parecida a su hermana Gwen, que tenía una hermosa mata de pelo y sonreía fácilmente, dientes bonitos, uno un poco torcido.

Aunque quizá no la veía más que una vez al mes, en su corazón estaban muy unidos. Gwen podría haber sido una buena doncella personal si no se hubiese casado joven para fundar una familia. Era afortunada; su marido era un hombre honrado aunque pasara demasiado tiempo en el mar.

Llegó al *pub* donde solía comer. Entró al local ruidoso y caldeado. Pidió un bistec y empanada de riñones, pero incluso mientras comía estuvo absorto, pensando en Kitty Ryder. ¿Qué aspecto había tenido? ¿Qué la hacía reír o llorar? ¿Por qué al parecer amaba a un hombre que todos los demás consideraban indigno de ella? ¿Por qué amaba a un hombre una mujer?

Allí estaba, sentado solo en el *pub*, ¡enojado con el destino de una mujer que no había conocido y que, probablemente, no se parecía a Gwen para nada!

Pagó su cerveza y salió a la noche fría y húmeda. Ella era víctima, como poco, de una espantosa mutilación y de su posterior abandono. Él era detective, tenía que saber más acerca de ella. Tomó un coche de punto para regresar de nuevo a la zona de Shooters Hill, donde entró en un café de Silver Street, cercano al Pig and Whistle. Stoker no era de natural sociable pero formaba parte de su trabajo mezclarse con la gente, dar pie a conversaciones y hacer preguntas sin que lo pareciera.

Se estaba haciendo tarde y se disponía a darse por vencido cuando el camarero, rellenándole la jarra, mencionó a Kitty.

—No la he visto últimamente —dijo, encogiendo los hombros—. Lástima. Tocábamos música a veces. Cantaba de maravilla. No me gustan las voces agudas y metálicas, pero la suya era grave y suave. Nada afilada, si entiende a qué me refiero. Aunque eso no quita que pudiera cantar una buena canción alegre y hacernos reír a todos.

—¿Venía por aquí a menudo? —preguntó Stoker. Procuró no traslucir impaciencia, evitando mirar al camarero a los ojos.

—¿La conoce, entonces? —preguntó el camarero con curiosidad.

—No. —Stoker se sintió obligado a beber un trago de la sidra que acababa de servirle antes de proseguir—. Un amigo mío estaba bastante prendado de ella. Hace cosa de un mes que no la ve. A lo mejor ha encontrado otra colocación...

Dejó la insinuación flotando en el aire.

—Sería una estúpida —dijo el camarero secamente—. Tiene un buen empleo, nadie lo cambiaría. Nunca dijo que tuviera intención de hacerlo. Aunque bien es cierto que era muy suya, esa chica. Vamos, que no le daba a la lengua. —Negó con la cabeza—. Ella y sus barcos... Era una auténtica soñadora. Espero que haya caído de pie. —Se volvió hacia la sala—. Vayan terminando sus copas, caballeros. No voy a estar abierto toda la noche.

—¿Barcos? —dijo Stoker en voz baja—. ¿Qué clase de barcos?

El camarero sonrió.

—De papel, amigo. Ilustraciones de toda clase de barcos: grandes, pequeños, extranjeros que navegan por Oriente, por ejemplo, Nilo arriba y abajo. Las coleccionaba, pegadas en un cuaderno. Lo sabía todo sobre esos barcos, vaya que sí. Sabía decirte dónde iban y quién los tripulaba. ¿Qué, le apetece otra pinta?

—No, gracias —rehusó Stoker, pero sacó una moneda de seis peniques del bolsillo y la dejó encima de la barra—. Esto es por la última, y tómese otra a mi salud.

El camarero cogió la moneda en el acto y sonrió.

—Gracias, señor. Es usted todo un caballero.

Stoker salió a la calle, donde el viento arreciaba, y bajó hacia el río para tomar un transbordador que lo cruzara. Le sería más fácil encontrar un coche de punto en la orilla opuesta para el largo trayecto a casa.

Cuando llegó a la ribera norte y subió la escalinata hasta la calle, la noche era clara. La luna iluminaba el agua, permitiéndole ver los barcos de verdad flotando en la marea, cascos oscuros sobre la plata, jarcias negras contra el cielo raso.

Pitt llegó a la casa Kynaston de Shooters Hill a las ocho y media de la mañana siguiente. De haber acudido más tarde quizá ya no hubiese encontrado al propio Kynaston, y Rosalind casi seguro que se habría negado a recibirlo si no estaba su marido presente.

Esta vez, a petición de Pitt, se reunieron en el estudio de Kynaston. Pitt no tuvo ocasión de estar a solas en la habitación, cosa que habría preferido. No obstante, mientras hablaron miró más detenidamente lo que podía ver sin que resultara evidente que fisgaba.

Kynaston estaba sentado a su escritorio. Era un mueble grande y cómodo con una pátina de vejez, y apropiadamente desordenado. La arena secante, la cera, las plumas y los tinteros estaban a mano, no alineados desde la última vez que se utilizaran. Los libros de la estantería de detrás estaban allí para ser consultados, no como objetos decorativos. Eran de distintos tamaños, agrupados más por temas que por su aspecto. Había varios cuadros en las paredes: barcos, marinas, y un llamativo paisaje nevado con árboles y montañas de considerable altura en el fondo, parecido a los que había en el salón.

Desde luego no representaba una región de Gran Bretaña.

Kynaston reparó en que Pitt lo miraba.

—Muy bonito —dijo Pitt enseguida, rebuscando en su memoria algún comentario de sus primeros tiempos en la policía, cuando se ocupaba principalmente de robos, a menudo de obras de arte—. La claridad de la luz es extraordinaria.

Kynaston lo miró con una chispa de repentino interés.

—Lo es, ciertamente —convino Kynaston—. Así es el cielo en el norte, casi tan luminoso como ese.

Pitt frunció el ceño.

—Pero no es Escocia, ¿verdad? La escala es algo más que una licencia artística...

Kynaston sonrió.

—Oh, no, es bastante exacta. Es Suecia. He estado allí, muy brevemente. El cuadro lo compró mi hermano Bennet. Pasó... —Una sombra de dolor le oscureció el semblante como si de súbito reviviera la intensidad de la pérdida. Respiró profundamente y comenzó de nuevo—. Pasó una temporada allí y terminó enamorado del paisaje, sobre todo de la luz. Como bien ha observado, es bastante particular. —El placer retornó a su voz, el timbre fue completamente distinto—. Solía decir que el arte en mayúscula se distingue por una universalidad, una pasión que habla a toda clase de personas, combinadas con algo exclusivo del artista que lo torna totalmente personal, la sensibilidad de un hombre, una mirada individual.

Se calló como si el recuerdo lo anegara y hubiese olvidado el presente.

Pitt aguardó, no porque esperase deducir algo valioso de lo que Kynaston había dicho ni de la manera en que lo había expresado, sino porque interrumpirlo con un comentario trivial habría roto cualquier posibilidad de entendimiento entre ellos.

De ahí que dejara vagar la vista hacia los demás cuadros de la estancia. El lugar de honor, encima de la repisa de la chimenea, lo ocupaba el retrato del busto de un hombre de unos treinta años cuyo parecido con Kynaston era tan acusado que por un momento Pitt pensó que era él y que el artista se había tomado demasiadas libertades, quizás en busca de un efecto dramático. Kynaston ofrecía un aspecto atractivo pero aquel hombre era guapo, una versión idealizada con el pelo más abundante y la mirada más audaz, un rostro de intensidad casi visionaria y con los ojos oscuros, mientras que los de Kynaston eran azules.

Kynaston siguió su mirada.

—Ese es Bennett —dijo en voz baja—. Murió hace unos años. Aunque me figuro que ya está al corriente.

—Sí —contestó Pitt quedamente—. Lo siento.

Desconocía las circunstancias, excepto que fueron repentinas y trágicas, un hombre que prometía mucho y que al parecer falleció en las puertas del éxito debido a una enfermedad. No hubo el menor indicio de escándalo.

Kynaston se mostraba tan apenado como si la herida aún estuviera abierta. Hizo un esfuerzo por apartar sus sentimientos y recobrar la compostura. Levantó los ojos y miró directamente a Pitt.

—Aunque supongo que, una vez más, su visita guarda relación con el desdichado cadáver de la gravera. No puedo decirle nada en absoluto, salvo que no han desaparecido más criados.

Suspiró.

Pitt decidió que la franqueza era el único camino que tenía. El tacto permitiría que Kynaston se deshiciera de él.

—Ahora sabemos algo más acerca de ella —contestó, esbozando una sonrisa, como si estuvieran comentando una trivialidad y no algo tan desagradable—. No presentaba signos de enfermedad, y mucho menos de vivir en la calle. En realidad, estaba bien alimentada y cuidada, muy limpia excepto por la suciedad acumulada en el cascajal. Presentaba leves quemaduras en las manos, igual que tantas doncellas que suelen planchar la ropa. Tales quemaduras son diferentes de las que presentan las cocineras y sus ayudantes.

Kynaston palideció.

—¿Está diciendo que era Kitty? ¿Cómo es posible? ¡Si la acaban de encontrar!

—En efecto. —Pitt asintió—. Pero el médico forense dice que en realidad falleció como mínimo dos o tres semanas antes y que la guardaron en un lugar frío, lo bastante bien cerrado para que los animales o los insectos no pudieran encontrarla. Me figuro que preferirá que toda esta información no llegue a oídos de la señora Kynaston...

—¡Por Dios! ¿Qué demonios insinúa? —El semblante de Kynaston se tornó lívido. Buscó palabras y no logró dar con ninguna.

—Pues que es posible que el cadáver sea el de Kitty Ryder, y que su desaparición, con toda probabilidad su asesinato, es un asunto muy feo. El trabajo que usted lleva a cabo para el Gobierno es muy delicado. Hay quienes lo desaprueban. Esto no se llevará con la debida discreción —contestó Pitt—, a no ser que demostremos casi de inmediato que su muerte no guarda relación alguna con su empleo o su residencia en esta casa. No se me ocurre cómo hacerlo sin dar pie a especulaciones, salvo descubriendo con toda exactitud qué sucedió en realidad y, a ser posible, demostrando que la mujer de la gravera no era Kitty en absoluto. Para hacerlo necesito saber todo lo que pueda acerca de ella, no en susurros corteses sino de manera abierta y demostrable, tanto los aspectos buenos como los menos atractivos.

Kynaston daba la impresión de haber recibido un golpe y estar todavía asimilando el dolor, incapaz de reaccionar.

—¿Por qué...? —balbució—. ¿Por qué, en nombre de Dios, querría alguien matar a esa pobre chica y abandonar su cadáver en la gravera... días después de que fuera...

Dejó la frase sin terminar.

—No lo sé —respondió Pitt—. Obviamente, hay muchas cosas que no sabemos, y es preciso que las sepamos cuanto antes. Stoker hará todo lo que pueda para informarse sobre Kitty e investigar al joven que la cortejaba, con la esperanza de que esté sana y salva y, de lo contrario, averiguar si la mató él o si lo hizo otra persona que conociera después de irse de aquí...

—¿Y usted? —preguntó Kynaston con voz ronca.

—Haré cuanto pueda aquí, partiendo de la mucho menos halagüeña suposición de que el cadáver es el de ella y que la mataron a causa de sus relaciones en esta casa. —Miró a Kynaston a los ojos y vio temor en ellos—. Lo siento —agregó—, pero el escrutinio será minucioso... y desagradable. La única defensa es estar preparados.

Kynaston se apoyó en el respaldo lentamente y soltó todo el aire.

—De acuerdo. ¿Qué es lo que desea saber? Espero que tenga la decencia de dejar a mi esposa al margen de esto en la medida de lo posible.

Fue una afirmación, casi una orden.

—En la medida de lo posible, por supuesto —convino Pitt, pensando en lo diferentes que eran Rosalind Kynaston y Charlotte. A Charlotte le molestaría que la mantuvieran al margen, resguardada de la realidad según ella lo vería. Y sin lugar a dudas pensaría que el asesinato de una criada en su casa era asunto de su incumbencia.

—Los asesinatos tienen motivos —dijo Pitt—. Y por lo general un acontecimiento provoca que sucedan en el momento y el lugar en que sucedieron. Con su permiso, señor, me gustaría ver su agenda, y la de la señora Kynaston, correspondiente a las dos o tres semanas anteriores a la desaparición de Kitty.

—Ni mi esposa ni sus compromisos pueden guardar relación con... —comenzó Kynaston.

Pitt enarcó ligeramente las cejas.

—¿Piensa que la muerte de la señorita Ryder puede tener más relación con su vida que con la de su esposa? —dijo con cierta sorpresa.

—¡No pienso que pueda tener relación alguna con esta casa! —le espetó Kynaston—. Es usted quien lo supone.

—No, señor, solo estoy suponiendo que la policía y los periódicos demostrarán mucho interés, tal vez lascivo, en todo lo que acontece en esta casa, y tenemos que ser capaces de responder a cualquier pregunta, a ser posible pudiendo corroborar nuestra contestación, incluso con pruebas, antes de autorizarlos a publicar algo.

Kynaston se sonrojó. Tomó una agenda encuadernada en piel y se la pasó a Pitt.

—Gracias. —Pitt la cogió y se puso de pie—. Si puede proporcionarme un sitio donde pueda leerla, o tomar notas en caso necesario, se la devolveré antes de marcharme. ¿Tal vez tendría la amabilidad de prestarme también la agenda de la señora Kynaston, de modo que pueda llevar a cabo esta tarea de una sola vez?

Kynaston endureció el semblante.

—No alcanzo a ver de qué puede servirle, pero me figuro que sabe lo que hace. —No daba la impresión de creerlo—. Mis compromisos son bastante públicos.

Pitt le dio las gracias sin añadir más.

Norton lo condujo a una habitación pequeña y bastante fría que a juzgar por su mobiliario parecía una sala de estar para el verano, abierta al jardín y sin chimenea. Pitt le dio las gracias como si no se hubiese percatado del frío.

Leyó ambas agendas, tomando notas. Buscó los compromisos sociales de Kynaston que coincidían con los de Rosalind y los que no, así como cualquier discrepancia. Encontró unas cuantas pero pudo explicarlas fácilmente como descuidos, incluso leyendo mal la caligrafía de Kynaston, confundiendo un 5 con un 8, una fecha o una dirección mal anotados.

Sonrió al leer las versiones más informales que Rosalind refería de las invitaciones, así como las notas al margen sobre cómo vestirse y por qué. Al parecer era consciente de que Kynaston buscaba excusas para no asistir a ciertas recepciones que prefería eludir.

En la parte de atrás de su agenda también había notas sobre adquisiciones, regalos e invitaciones. Kynaston tenía debilidad por el buen *brandy* y los cigarros, era socio de clubs que Pitt sabía que eran extremadamente caros, sacaba entradas para los estrenos en los mejores teatros y óperas y solía visitar a un sastre de primera categoría. Era un hombre que cuidaba de su aspecto y que se permitía satisfacer sus gustos.

Había unos cuantos errores y un par de omisiones, pero parecía natural siendo la agenda de un hombre con flaquezas muy humanas. La exactitud en todos los pormenores habría suscitado las sospechas de Pitt.

Helado hasta los huesos, pero resuelto a no hacerlo patente, devolvió las agendas a Norton y se marchó.

En cuanto salió a la calle se puso a caminar apretando el paso para entrar en calor, y si bien lo fastidiaba no haber encontrado alguna información útil, no pudo evitar cierta simpatía por Dudley Kynaston ni la sensación de que Rosalind quizá fuese una mujer más interesante de lo que sugería su anodina apariencia.

5

Dos mañanas después, entrado ya el mes de febrero, Pitt estaba en su despacho leyendo informes sobre un caso en Edimburgo cuando Stoker llamó a la puerta. Casi antes de que Pitt respondiera, entró y cerró la puerta a sus espaldas. Tenía el semblante adusto y colorado por el azote del viento en la calle.

—¿Ha visto los titulares de esta mañana, señor? —preguntó sin más preámbulo.

Pitt tuvo la sensación de que la habitación se enfriaba.

—No, he venido en coche de punto. Quería llegar temprano para ocuparme de este asunto en Edimburgo. ¿Por qué? —Nombró su peor temor—. ¿No han identificado el cadáver como Kitty Ryder, verdad?

—No, señor. —Stoker nunca exageraba el suspense, cualidad que Pitt valoraba mucho—. Pero según parece un parlamentario ha planteado muchas cuestiones sobre el cuerpo que encontramos y ha preguntado qué estamos haciendo para cerciorarnos de si es ella o no.

Pitt se quedó atónito.

—¿En el Parlamento? —dijo con incredulidad—. ¿No tienen nada mejor que hacer?

Una chispa de expresión asomó al rostro de Stoker y desapareció demasiado deprisa para ser descifrable.

—«¿Puede asegurarnos el primer ministro que se está haciendo todo lo posible para garantizar no solo la seguridad sino también la reputación del señor Dudley Kynaston, inventor naval de gran importancia para la seguridad nacional y el bienestar de este país?» —citó literalmente—. Este tipo de cosas, y también otras sobre la seguridad de su familia, etcétera, etcétera.

Miró a Pitt de hito en hito; no había hostilidad en sus ojos, solo preguntas.

Pitt apartó los documentos relativos al caso de Edimburgo. Maldijo con virulencia y sin disculparse.

—Opino exactamente lo mismo, señor —dijo Stoker. Pudo haber o no una chispa de diversión en su mirada.

—¿Quién fue el que hizo estas... preguntas? —inquirió Pitt—. ¿No se da cuenta ese idiota de que haciéndolas en el Parlamento, donde las recogerá la prensa, está incrementando la vulnerabilidad de Kynaston? ¡A veces me pregunto quién demonios elige a esas personas! ¿No les hacen un examen previo?

—Ese es precisamente el problema, señor —respondió Stoker con gravedad.

—¿Las elecciones?

De nuevo la sonrisa afloró a los labios de Stoker para desvanecerse al instante.

—No, señor, ese es un problema completamente aparte. El parlamentario en cuestión es Somerset Carlisle, que en realidad es bastante bueno.

Pitt tomó aire para contestar y lo soltó en forma de suspiro. Nunca habría descrito a Carlisle como «bastante bueno». Era brillante, excéntrico y leal, incluso cuando le suponía un coste personal. Según le constaba a Pitt, también era impredecible, poco razonable y ajeno a todo control. Incluso la propia lady Vespasia Cumming-Gould, de quien era amigo desde hacía años, parecía ejercer escasa influencia sobre él.

Stoker seguía aguardando, pero su rostro reflejaba que era consciente de al menos parte de los fantasmas que estaba despertando. Pitt esperó fervientemente que no los despertara a todos. El asunto de los supuestos resurreccionistas debería permanecer bien encubierto; de hecho, completamente enterrado. Aquel remoto episodio de su carrera implicó a Somerset Carlisle y a cadáveres que se negaban a permanecer en la tumba. Stoker no estaba al corriente de ello, como tampoco del carácter de la investigación ni del escándalo que provocó. Pitt preferiría con mucho que las cosas siguieran así. Pero si Carlisle estaba dispuesto a que Pitt, o cualquier otro, reabriera el caso, sin duda, sería porque tenía una importancia tremenda para él.

—Tal vez debería ir a ver a lady Vespasia. —Pitt se levantó y se dirigió al perchero que había en un rincón del despacho—. Es un poco tarde para anticiparse a esto, pero me gustaría seguirlo tan de cerca como sea posible.

—¿Seguro que quiere estar fuera de la oficina cuando lo manden llamar, señor?

Esta vez la expresión de Stoker fue indescifrable.

—Le aseguro que me gustaría estar a kilómetros de aquí —contestó Pitt acaloradamente—. Pero estaré localizable... si lady Vespasia está en casa. Si me mandan llamar, déjeme un mensaje allí y me iré directamente a Whitehall.

Stoker se mostraba dubitativo.

—¡Quiero saber qué está pasando! —le dijo Pitt, descolgó el abrigo del perchero y se lo puso mientras salía por la puerta.

Vespasia aún estaba desayunando pero su doncella estaba acostumbrada a que Pitt se presentara sin previo aviso y, frecuentemente, a horas intempestivas. Vespasia se limitó a apretar un poco los labios y solicitó a la doncella que preparara más té.

En su juventud, Vespasia Cumming-Gould había sido considerada por muchos la mujer más guapa de su generación. En lo que a Pitt atañía, seguía siéndolo, pues para él la belleza era una cualidad de la mente y del corazón en la misma medida que la perfección física. Tenía el cabello plateado y su rostro ahora reflejaba décadas de pasión, penas y alegrías, y un coraje que la había conducido a través de triunfos y pérdidas de muy distintas clases.

—Buenos días, Thomas —saludó, un tanto sorprendida—. Te veo cansado y exasperado. Siéntate, toma un poco de té y cuéntame qué ha sucedido. ¿Te apetece algo de comer, también? ¿Tostadas, tal vez? Tengo una mermelada nueva excelente. Es tan acre que notas cómo te sube a la cabeza.

—Creo que es exactamente lo que necesito —aceptó Pitt, retirando la silla del otro lado de la mesa para sentarse. Siempre le había gustado aquel comedor para desayunar donde Vespasia a menudo tomaba todas sus comidas cuando comía sola o con un solo invitado. Daba la impresión de que allí siempre brillara el sol, hiciera el tiempo que hiciese en la calle.

La doncella regresó con una segunda taza y un plato, y Vespasia solicitó más tostadas.

—Y ahora cuéntame qué ha sucedido —dijo Vespasia, en cuanto volvieron a estar a solas.

Pitt nunca había vacilado en decirle la verdad, incluso cuando esta podía ser indiscreta, y ella jamás había traicionado su confianza. Sabía secretos de muchas personas, y el hecho de que no se los hubiera referido a él solo aumentaba su certidumbre sobre el buen juicio de Vespasia. Sucintamente, entre bocados de tostada con aquella mermelada que era tan buena como ella sostenía, le relató el caso de la doncella desaparecida y el cadáver encontrado en Shooters Hill.

—Ya veo —dijo Vespasia al final—. Es un dilema, pero todavía no entiendo por qué piensas que puedo ayudarte. Eres mucho más capaz de dilucidarlo que yo.

—Estoy esperando una llamada aquí en cualquier momento, y pido disculpas por haber pedido que telefonearan sin tu permiso...

—¡Thomas! ¡Haz el favor de ir al grano antes de que eso suceda!

—Será alguien de la oficina del primer ministro preguntándome lo que sé y qué voy a hacer al respecto —explicó Pitt.

Vespasia enarcó un poco más sus cejas plateadas.

—¿Has comentado este asunto con el primer ministro? ¡Santo cielo, Thomas! ¿Por qué?

Pitt engulló el último bocado de tostada.

—¡No lo he hecho! Esa es precisamente la cuestión. Lo sabe porque ayer por la tarde se hicieron preguntas en el Parlamento.

—Vaya por Dios...

En su boca, esas palabras fueron sumamente expresivas, incluso catastróficas.

—Las hizo Somerset Carlisle —terminó Pitt.

—Vaya por Dios —dijo Vespasia otra vez, un poco más despacio—. Ahora entiendo que hayas recurrido a mí. Me temo que no sé cómo se ha enterado del asunto ni por qué lo ha sacado a relucir en el Parlamento. —Parecía preocupada—. Deduzco que estás implicado porque el cadáver podría ser el de esa pobre doncella de Dudley Kynaston, ¿no? Por trágico que sea, de lo contrario no sería competencia de la Special Branch, ¿verdad?

—No, en absoluto. Y todavía abrigo grandes esperanzas de que no sea Kitty Ryder...

—Pero ¿temes que lo sea? —lo interrumpió—. ¿Y que su muerte o bien guarda relación con la casa de Kynaston o que alguien hará que lo parezca? ¿Por qué? ¿Para arruinar la reputación de Kynaston o para poner al Gobierno en un aprieto?

Volvió a llenarse la taza con la tetera de peltre.

—No lo sé —contestó Pitt—. Pero si es para avergonzar al Gobierno, parece una estrategia muy pobre. Será un asunto trágico y sórdido que a esa pobre chica la mataran por una aventura amorosa, ya sea con uno de los criados o con el propio Kynaston...

—No seas tan delicado, Thomas —dijo Vespasia bruscamente—. Si tiene algo que ver con los habitantes de la casa, será con el propio Kynaston o, como mínimo, se dará a entender que era así. Francamente, me parece muy poco probable, y no creo que Somerset Carlisle sea tan ingenuo para dejarse implicar en algo así. ¡Sin duda, no para avergonzar al Gobierno!

—Esa fue mi conclusión. —Bebió un sorbo de té. Estaba caliente y era muy aromático—. Por consiguiente, tiene que tratarse de otra cosa, pero ¿por qué hace esas preguntas en el Parlamento en lugar de hacérmelas a mí? Suponiendo que sea asunto de su legítima incumbencia.

—No tengo ni idea —contestó Vespasia, pasándole otra tostada—. Pero descuida que haré lo que pueda para averiguarlo.

—Gracias —respondió Pitt. Estaba a punto de comerse la segunda tostada cuando llamaron a la puerta. La doncella entró silenciosamente.

—Disculpe, señora, pero hemos recibido un mensaje telefónico para el comandante Pitt.

—¿De qué se trata? —preguntó Vespasia.

La doncella se volvió hacia Pitt.

—El primer ministro requiere que vaya a Downing Street de inmediato, señor, donde un funcionario del Gobierno está aguardando para hablar con usted.

Vespasia suspiró.

—Más vale que vayas en mi carruaje, Thomas. Envíalo de vuelta cuando llegues. Allí no hay un buen sitio para que te espere, y creo que tengo que hacer unos recados. Adiós, querido, y buena suerte.

—Gracias —dijo Pitt con gravedad, dejando la taza en el plato y levantándose. Se terminó la tostada mientras salía al vestíbulo.

Solo tuvo que aguardar un cuarto de hora en una antesala de la oficina del primer ministro antes de que lo acompañaran a una sala mucho más espaciosa y caldeada para enfrentarse a uno de los ayudantes, un hombre metido en carnes cuya apariencia bonachona desmentía su carácter. Sin duda, era muy cultivado.

—Buenas, Pitt. Soy Edom Talbot —se presentó. Era un hombre fornido con un rostro muy común salvo por la penetrante mirada de sus ojos; era imposible decir si eran grises o castaños. Su apariencia incitaba a subestimarlo, pero lo más probable era que hacerlo no fuese nada aconsejable. No invitó a Pitt a tomar asiento aunque había dos confortables sillones de cuero cerca de la chimenea, donde había un buen fuego encendido.

—Buenos días, señor Talbot —contestó Pitt, procurando no traslucir su hastío.

Talbot no perdió el tiempo con cumplidos.

—Nos han hecho unas cuantas preguntas muy desagradables que no sabemos cómo contestar. No podemos permitirnos que nos vuelvan a pillar desprevenidos. —Miró a Pitt con desaprobación—. Aunque supongo que podemos decir que el sujeto que las planteó nos hizo un favor. —Sostenía la mirada de Pitt casi sin pestañear—. Espero que me dé respuestas, señor. Si no las tiene, una muy buena explicación servirá, por el momento.

—Sí, señor —respondió Pitt, sin eludir su mirada—. ¿Cuáles fueron esas preguntas?

Talbot adoptó un aire insulso.

—Bien —dijo, casi sin imprimir tono alguno a su voz—. Atienda a la prensa con esa perplejidad, como quien nada sabe. —De pronto tensó todos los músculos del cuello y los hombros, y su boca formó una fina línea recta—. ¡Pero ni se le ocurra pasarse de listo conmigo, señor!

Pitt montó en cólera pero se contuvo como si nada hubiese cambiado. No inquirió de nuevo sobre las preguntas sino que aguardó a que Talbot continuara.

—No le faltan agallas, eso está claro —observó Talbot—. O de lo contrario es tan idiota que no entiende el alcance de este asunto. Supongo, Dios me asista, que no tardaré en averiguarlo. ¿Quién es la mujer cuyo cadáver fue hallado en la gravera de Shooters Hill? ¿Qué le ocurrió y cómo llegó hasta allí? ¿Qué demonios tiene que ver todo esto con Dudley Kynaston o con otra persona de su casa? Y ¿cuándo va a resolver este embrollo? Y más importante aún, ¿cómo va a mantenerlo oculto hasta que lo haga? ¡Y si no es capaz de llevar a cabo la tarea, dígamelo y haremos regresar a Narraway, maldita sea su estampa!

Con esfuerzo, porque sabía que debía andarse con cuidado, Pitt comenzó por el principio.

—No sabemos de quién es el cadáver. —Medía sus palabras y mantenía la voz afectadamente serena—. Está demasiado descompuesto para ser fácilmente reconocible, aparte del hecho de que probablemente era una doncella personal o una lavandera.

—¿Cómo lo sabe? —interrumpió Talbot, enarcando las cejas.

—Quemaduras en las manos, típicas de quien usa una plancha —dijo Pitt con satisfacción.

—Entiendo. ¡Prosiga! ¿Cómo se propone averiguar quién es esa mujer?

—Eliminando la posibilidad de que sea Kitty Ryder —contestó Pitt—. ¿Supongo que eso es lo único que realmente le interesa?

Talbot gruñó, pero fue un vago sonido de apreciación.

—Lo que le ocurrió es más difícil de determinar —prosiguió Pitt—. No sabemos cómo llegó allí y es posible que nunca lo sepamos. Desde luego no fue por su propio pie hasta el lugar donde la encontramos. Según parece llevaba muerta algún tiempo antes de que la dejaran allí. Todo indica que la mantuvieron en un sitio muy frío. Me desagrada la idea, pero quizás haya llegado la hora de examinar las cámaras frigoríficas del señor Kynaston con bastante más detenimiento.

Se sintió complacido por la expresión de extremo disgusto del rostro de Talbot.

—En cuanto a la relación que pueda guardar con Dudley Kynaston —dijo Pitt—, espero poder demostrar que no tiene nada que ver con él. Y si el cadáver no es el de Kitty Ryder, no hay ninguna conexión.

—Si está tan descompuesto como dice, ¿cómo demonios pretende demostrar que no es ella? —preguntó Talbot, con las cejas enarcadas tan alto que su frente se veía arrugada como un campo arado.

—Encontrándola en alguna otra parte, sana y salva —respondió Pitt.

Talbot meditó su respuesta un momento.

Pitt aguardó. Había aprendido el valor del silencio, que exigía que su interlocutor hablara primero.

—Eso sería el mejor resultado posible —dijo Talbot, finalmente—. Y cuanto antes mejor. En su opinión, ¿qué probabilidades hay de que sea así?

Pitt no precisó sopesarlo antes de contestar.

—Pocas —dijo gravemente—. Quizá debamos conformarnos con identificar el cadáver como el de otra persona, para lo que necesitaremos tanta suerte como destreza.

Talbot asintió. No había esperado una respuesta mejor.

—Siendo así, lo que necesitamos que usted descubra, más allá de toda duda razonable, preferiblemente más allá de todo tipo de duda, es la identidad de esa desdichada mujer y cómo encontró la muerte. Si guarda relación con Kynaston, demuéstrelo, pero no haga más. Infórmeme antes de actuar. ¿Queda entendido?

—No puedo ordenar a la policía... —comenzó Pitt.

—¡Por eso precisamente la Special Branch llevará el caso! —espetó Talbot—. ¡Dígales lo que quiera! Espías, documentos secretos, cualquier cosa que sirva a nuestro propósito, pero manténgalos al margen.

—Tardaremos mucho más en encontrar a Kitty Ryder con vida sin ayuda policial —señaló Pitt, con cierta aspereza.

Talbot le dedicó una mirada fría y prolongada.

—¡Sea realista, hombre! Esa mujer está muerta. Identifíquela o demuestre que el cadáver es de otra. Y demuestre que Kynaston es el culpable o que no guarda relación alguna con el asunto. Infórmeme a mí. Si esa mujer no es su doncella, averigüe si esta aparente conexión con él es pura mala suerte o si alguien se está aprovechando de una lamentable coincidencia. Y si tal es el caso, tenemos que saber quién es ese alguien.

—¿Y el porqué? —agregó Pitt con un deje de sarcasmo.

—Eso puedo averiguarlo por mi cuenta —dijo Talbot de manera cortante—. Infórmeme de cualquier progreso significativo que haga, y hágalo discretamente. Necesito todos los pormenores. No pare hasta que los tenga.

—¿Qué hace exactamente Kynaston que sea tan importante? —preguntó Pitt.

—No es necesario que lo sepa —contestó Talbot de inmediato, con mirada dura y enojada.

—¡Soy el jefe de la Special Branch! —le soltó Pitt, montando en cólera por el fastidio e incluso más por la idiotez de ordenarle que buscara respuestas al tiempo que lo dejaban medio ciego—. Si quiere que haga mi trabajo, cuénteme lo que necesito saber.

—Solo necesita saber cuáles son sus instrucciones —repuso Talbot—. Si esto es un histriónico arrebato de estupidez, nos encargaremos de ello como corresponde. Gracias por venir tan pronto. Buenos días.

Pitt no se movió. Abrió ojos como platos.

—¿Estupidez? —repitió la palabra como si careciera de sentido—. Alguien dio una paliza mortal a una muchacha, ocultó su cadáver durante tres semanas, le mutiló el rostro hasta dejarlo irreconocible y luego lo arrojó a una gravera para que los animales dieran cuenta de sus restos. Si el Gobierno de Su Majestad considera que esto es estúpido, ¿qué tiene que hacer uno para que se lo considere un criminal?

Talbot palideció pero no se echó atrás.

—Tiene sus instrucciones, comandante Pitt. Descubra la verdad cuanto antes e infórmeme. Su trabajo no consiste en administrar justicia.

—Ojalá fuese cierto —respondió Pitt con acritud—. Demasiado a menudo en eso consiste precisamente mi trabajo. No hay tiempo, ni manera discreta o legal de llevarlo a cabo que me permita tener la conciencia tranquila. ¿O acaso se trata de algo de lo que no es consciente?

Talbot estaba blanco como la nieve y frunció las comisuras de los labios.

—Kynaston es muy importante para el Gobierno, y su trabajo es al mismo tiempo secreto y delicado. Es posible que incluso sea la clave de nuestra supervivencia si estalla una guerra en el futuro. Esta información debe bastarle. Además, es altamente confidencial. Si su personal no le obedece sin hacer preguntas, significa que no tiene la autoridad que debería sobre ellos. Y ahora deje de discutir el asunto y de buscar excusas. Haga su trabajo. Que tenga un buen día, comandante Pitt.

—Lo mismo digo, señor Talbot —contestó Pitt con cierta satisfacción, aunque solo le duró hasta que salió a la calle. Con independencia de lo que dijera Talbot, necesitaba cuanta información pudiera reunir sobre la importancia que tenía Dudley Kynaston para el Gobierno, no solo para averiguar de qué podía haberse enterado Kitty Ryder que la convirtiera en una persona peligrosa, sino también quién podía beneficiarse de la caída de Kynaston, por el motivo que fuera. Si realmente era inocente, ¿quién había orquestado aquella apariencia de culpabilidad? Solo había un hombre a quien preguntar, y ese hombre era Victor Narraway. Preferiría consultárselo sin que otros, en especial Talbot, supieran que lo había hecho.

Narraway, igual que él, era de las pocas personas que tenían un teléfono en su propio domicilio. Desde su retiro forzoso de la cúpula de la Special Branch, había sido elevado a la Cámara de los Lores, pero eso fue más una manera de poner fin a su reputación que una oportunidad de resultar útil. Antes no habría estado en su casa a aquellas horas, pero ahora era harto probable que no se hubiera ido a la Cámara de los Lores, como tampoco a almorzar a uno de los clubs de los que era socio. Tales cosas no tardaban en resultar manidas para un hombre de la inteligencia de Narraway. Además, puesto que no participaba en asuntos políticos, se sentía marginado, sin mayor interés para quienes solía intimidar. Nunca lo había confesado, pero Pitt lo había oído en sus silencios.

Al final Pitt tuvo que aguardar una media hora a que Narraway regresara de un breve paseo. Teniendo en cuenta el tiempo que hacía, Pitt supuso que solo había salido por una cuestión de mera disciplina. Narraway había iniciado su carrera en el Ejército Indio Británico, y jamás había renunciado a las virtudes de la abstinencia y del estricto dominio de uno mismo.

El criado de Narraway le ofreció un almuerzo tardío que aceptó agradecido al constatar que en realidad tenía bastante apetito. Estaba terminando de dar cuenta de un excelente trozo de tarta de manzana, servida con nata, cuando oyó el ruido de la puerta principal al cerrarse y luego la voz de Narraway en el vestíbulo.

Narraway entró en la sala de estar, habiéndose quitado el abrigo. Tenía el pelo aplastado por el sombrero y el rostro enjuto enrojecido por el frío.

Echó un vistazo al plato que había contenido la tarta de manzana, donde ahora descansaban el tenedor y el cuchillo de Pitt.

—Me figuro que habrá venido a algo más que a almorzar —dijo con un ligero toque de curiosidad. Se dirigió al fuego que ardía con viveza, y al que el criado había añadido carbón. Se detuvo ante la chimenea por puro hábito, extendiendo las manos para entrar en calor.

—Almorzar me ha parecido una buena idea —contestó Pitt con una sonrisa tirante— puesto que durante mi hora del almuerzo, un hombre bastante entrometido llamado Talbot me ha estado echando una bronca en Downing Street.

Narraway se enderezó, olvidándose del fuego. Miró a Pitt con interés.

—Supongo que tiene el derecho de decirme a propósito de qué, o no habría venido a verme. Y que se trata de un asunto que requiere tanta premura como discreción, pues de lo contrario me habría propuesto almorzar en un restaurante. Espero que no me decepcione... —lo dijo a la ligera, pero Pitt percibió la chispa de sentimiento, la sinceridad que acto seguido volvió a disimular.

—Parece mentira que usted mismo no deduzca de qué se trata —dijo Pitt secamente, en parte para ocultar que había captado aquel momento de vulnerabilidad.

Narraway se sentó en el sillón de enfrente y cruzó las piernas con elegancia, tirando de la rodilla de su pantalón para no estropear la raya.

—¿Tiene tiempo para aguardar tanto? —preguntó, con los ojos brillantes de diversión.

Pitt respondió con una sonrisa.

—No, en absoluto. ¿Ha leído la noticia sobre el cadáver de una muchacha que fue encontrado en una gravera de Shooters Hill?

—Por supuesto. ¿Por qué? ¡Ah! Entiendo. —Se inclinó hacia delante—. ¿A eso se refería Somerset Carlisle en sus preguntas de ayer en la Cámara? Vi los titulares en la calle. Reconozco que no los relacioné. ¿Por qué demonios iba Carlisle a pensar que una mujer muerta en Shooters Hill guardaba alguna relación con Kynaston, o que pudiera ponerlos en peligro a él y a su familia? ¿Dónde está el peligro? ¿Quién era esa mujer? ¿Qué relación tenía con él?

—Probablemente ninguna —contestó Pitt—, pero la doncella de su esposa ha desaparecido y encaja con la descripción.

—Poco consistente, ¿no cree? ¿No encajaría también la mitad de las mujeres de Greenwich o Blackheath?

Narraway lo miraba fijamente, aguardando los detalles que faltaban para que aquello tuviera sentido.

—¿Más alta que la media, bien formada y con abundante pelo caoba? —preguntó Pitt—. ¿Desaparecida hace tres semanas? No, no encajarían. Y la gravera está a un tiro de piedra de la casa de Kynaston.

Narraway asintió. Fue un movimiento tan leve que apenas resultó visible.

—Entiendo. ¿Estamos suponiendo que Kynaston tenía una aventura con esta doncella? ¿O que ella se enteró de algo acerca de él o de la señora Kynaston tan perjudicial en potencia que Kynaston la mató? Me parece un poco drástico y, a decir verdad, bastante improbable. Aunque supongo que así es como nos pillan desprevenidos.

—¿Por qué ha intervenido Carlisle? —respondió Pitt—. ¿Tanto ha cambiado que perseguiría a un hombre tan solo para plantear una cuestión? ¿Qué asunto puede merecerle tanta atención? ¿Y por qué Kynaston? ¡En el Gobierno tenemos a otros personajes mucho más vulnerables! Podría mentar a media docena cuyas vidas privadas serían puestas en tela de juicio, si ese fuera su propósito.

Narraway torció los labios en una sonrisa sardónica, y sus ojos negros brillaron.

—Solo media docena. Por el amor de Dios, Pitt. ¿Dónde tiene los ojos?

—De acuerdo, un par de docenas —concedió Pitt—. ¿Por qué Kynaston?

—Oportunidad —contestó Narraway—. ¿Su casa es la más cercana al lugar donde encontraron el cadáver? —Apretó los labios—. Estoy patinando. Eso no es motivo para sacar el tema a la luz pública. La verdadera pregunta es: ¿para qué? ¿Qué persigue? —Meditó en silencio un momento antes de volver a levantar la mirada hacia Pitt—. Kynaston trabaja para la Oficina de Guerra,* pero eso es extremadamente impreciso. Pienso que debemos saber mucho más y con más concreción. Si está expuesto a chantaje por algún idiota asunto doméstico que, según parece, ha terminado muy mal, tendríamos que estar informados al respecto. Al menos debería estarlo usted —se enmendó—. Y también necesita saber más sobre la vida profesional de Kynaston.

—¿Usted no sabe nada? Pregunté a Talbot y me dijo, con bastante aspereza, que me ocupara de mis asuntos.

—Bien —respondió Narraway—. Eso significa que ahí hay algo. Le cerrarán la puerta en las narices. Se me deben ciertos favores que podría cobrar...

* La Oficina de Guerra (en inglés: War Office) fue un departamento del Gobierno Británico responsable de la administración del Ejército Británico entre el siglo XVII y 1964, año en que sus funciones fueron transferidas al Ministerio de Defensa.

—O amenazas que puede esgrimir —dijo Pitt, un tanto amargamente—. Estoy comenzando a entender el poder que conlleva este trabajo.

—Ese es el favor —contestó Narraway—. No cumpliré la amenaza. Aprenda esta lección, Pitt: nunca cumpla una amenaza salvo si es absolutamente necesario. Una vez que lo has hecho, deja de atribuirte poder.

—Si nunca lo hago, ¿por qué iba nadie a creer que lo haría? —preguntó Pitt con sensatez.

—Oh, tendrá que hacerlo, una o dos veces —le aseguró Narraway, y su mirada se ensombreció un momento, como oscurecida por el recuerdo—. Tan solo pospóngalo tanto como pueda. Yo detestaba hacerlo. A usted aún le repugnará más.

Pitt recordó una gran fiesta, una casa rebosante de risas y música, y una escena en la que un hombre yacía tendido sobre el suelo embaldosado, manando sangre por el disparo con que Pitt lo había matado.

—Tal vez —dijo casi para sus adentros.

Narraway lo miró un instante con suma compasión, pero enseguida recobró la compostura.

—Veré qué puedo averiguar acerca de Dudley Kynaston —prometió—. Quizá me lleve un par de días. Siga intentando identificar el cadáver. A lo mejor tiene suerte y descubre que no es su doncella desaparecida, pero no cuente con ello.

Pitt se levantó.

—No lo hago —respondió en voz baja—. Me estoy preparando para el próximo asalto.

Todo ocurrió como Pitt había previsto. No se había hecho progreso alguno en la identificación de la mujer de la gravera y Stoker tampoco había sido más afortunado siguiendo el rastro de Kitty Ryder. Narraway telefoneó a Pitt y lo invitó a visitarlo a última hora de la tarde. Le hubiese gustado invitarlo a cenar, pero entendía el deseo de Pitt de estar en casa con su familia.

Si lo envidiaba por ello, lo disimulaba tan bien que Pitt quizá tan solo lo había entrevisto.

Ofreció un *brandy* a Pitt, cosa que Pitt rara vez aceptaba aunque en aquella ocasión lo hizo. Estaba cansado y tenía frío. Necesitaba el fuego dentro de sí tanto como el que ardía en la chimenea.

Narraway fue al grano de inmediato.

—Kynaston es más inteligente de lo que aparenta y, al menos en lo profesional, mucho más imaginativo. Trabaja en diseños de submarinos para la Armada, y ahora, en concreto, en armas submarinas, las cuales constituyen un campo aparte: obviamente son distintas de las armas que se disparan desde la superficie del agua.

—¿Submarinos? —Pitt se dio cuenta de la gran laguna que había en sus conocimientos. Frunció el ceño, deseoso de no hacer el ridículo.

»¿Quiere decir como en *Veinte mil leguas de viaje submarino* de Julio Verne?

Narraway se encogió de hombros.

—Todavía no es algo tan ingenioso, pero no cabe duda de que será clave en los conflictos bélicos del futuro, y no me refiero a un futuro muy lejano. Los franceses fueron los primeros en botar un submarino que no dependiera de la fuerza humana para ser propulsado; el *Plongeur*, en el 63, luego mejorado en el 67. Un tipo llamado Narcís Monturiol construyó una nave de quince metros capaz de sumergirse casi treinta metros y permanecer hundido unas dos horas.

Pitt estaba fascinado.

—Los peruanos, ni más menos, construyeron un submarino realmente muy bueno durante la guerra con Chile en el 79. Y los polacos se hicieron con uno por esas mismas fechas.

—¿No hicimos nada al respecto? —interrumpió Pitt con desasosiego.

—Ahora voy a eso. Nuestro clérigo e inventor George Garrett unió fuerzas con el industrial sueco Thorsten Nordenfelt y construyeron toda una serie, vendiendo una unidad a los griegos. En el 87 lo mejoraron y le incorporaron tubos lanzatorpedos para disparar misiles explosivos subacuáticos. Este, vendido a la Armada otomana, fue el primero en disparar un torpedo estando sumergido. —Cerró los ojos y apretó la mandíbula un momento—. Apenas cabe empezar a imaginar las posibilidades de semejante armamento en una isla como la nuestra, cuya supervivencia depende de que la Armada vigile no solo nuestras rutas comerciales sino las propias costas; de hecho, nuestra existencia.

La imaginación de Pitt ya se había desbocado, las ideas se agolpaban en su mente y el miedo le hizo sentir un escalofrío.

—Los españoles también están trabajando en ello —prosiguió Narraway—. Y los franceses tienen uno propulsado por un motor eléctrico. Dentro de dos o tres años serán algo común.

—Entiendo —dijo Pitt en voz baja. En efecto lo hacía, y con una espantosa claridad. Gran Bretaña era una isla. Sin sus vías marítimas los británicos podrían morir de hambre en cuestión de semanas. No cabía exagerar la importancia del armamento submarino, motivo por el que debían valorar a personas como Dudley Kynaston y estar dispuestos a hacer cualquier cosa a fin de protegerlo.

»No comprendo por qué Talbot no quiso hablarme de esto —dijo Pitt, tan perplejo como enojado.

—Yo tampoco —respondió Narraway—. Solo puedo suponer que le creía enterado. —Entonces titubeó—. Salvo que me figuro que de ser así, usted le habría hecho muchas más preguntas, y las respuestas a estas quizá sean bastante más... delicadas.

Narraway estaba tenso, se recostaba en su sillón con aire desenfadado, pero Pitt vio la tirantez de la tela de su chaqueta cuando encorvó muy ligeramente los hombros.

Pitt no podía dejar la pregunta sin formular.

—¿Delicadas en lo técnico o en lo personal?

—En lo personal, por supuesto —dijo Narraway, torciendo los labios con ironía—. Los aspectos técnicos probablemente sean irrelevantes, y entenderlos requeriría muchas más horas de estudio de las que usted dispone. ¿Está enterado de que Dudley tenía un hermano, Bennett, un par de años más joven que él?

—Sí. Hay un retrato de él en el estudio de Kynaston, detrás de su escritorio. —Pitt lo veía tan claramente como si lo tuviera delante; la mirada, los contornos del rostro—. Un lugar curioso para ponerlo, excepto que es el mejor paño de pared y el que tiene mejor luz —agregó—. Y lo ve cada vez que entra en la habitación. Notable parecido con Dudley pero más guapo. Aunque lleva varios años muerto. ¿Qué relación pudo tener con Kitty Ryder o con quienquiera que sea esta mujer?

—Probablemente, ninguna —respondió Narraway—. Pero se vio envuelto en un escándalo hace unos cuantos años. No he conseguido destaparlo, cosa que indica que alguien puso mucho cuidado en ocultarlo todo, o en disfrazarlo para que pareciera otra cosa. Tampoco he logrado averiguar si el propio Dudley está al corriente. Según parece, al menos en parte ocurrió en el extranjero. Una vez más, no sé dónde. Por descontado, tanto puede ser cierto como no.

—¿Fue cuando falleció? —preguntó Pitt.

—No, unos años antes.

—Eso significaría que fue hace una década o más —concluyó Pitt—. Por ese entonces Kitty Ryder era una niña.

—Cosa que solo hiere la susceptibilidad de Dudley Kynaston —señaló Narraway—. Y, por consiguiente, su reacción inmediata consiste en ocultar cosas que tal vez otras personas no ocultarían, aun suponiendo que sea completamente inocente. Él y Bennet estaban muy unidos, como habrá deducido al ver el retrato en su estudio.

Pitt pensó en ello un momento. Así se explicaría el comportamientos de Dudley Kynaston, la desazón que Pitt había percibido, incluso los nimios errores por omisión en su agenda.

—Sí —dijo, no sin cierto alivio. A lo mejor Kitty Ryder era simpática pero poco sensata y se había fugado con el muchacho que el personal de la casa tanto desaprobaba, y la mujer de la gravera podía resultar no tener relación alguna con la casa Kynaston.

Narraway se percató del repentino cambio de expresión en el semblante de Pitt.

—Proteja a Kynaston tanto tiempo como pueda —dijo en voz baja—. Necesitamos una Armada tan poderosa como sea posible. Hay una tremenda agitación social en el mundo. África se está levantando contra nosotros, sobre todo en el sur. El antiguo orden está cambiando. El siglo ya casi toca a su fin, y la reina con él. Está cansada, sola y cada vez más débil. En Europa se persiguen cambios, reformas. Quizá pensemos que estamos aislados, pero es una falsa ilusión que no podemos permitirnos. El canal de la Mancha no es muy ancho. Si un nadador entrenado puede cruzarlo, qué no hará una flota. Necesitamos disponer de la mejor Armada del mundo.

Pitt lo miró de hito en hito. Nada de lo que Narraway había dicho le venía de nuevo, pero, expuesto en conjunto tal como acababa de hacer, pintaba un panorama más siniestro del que Pitt se había permitido imaginar.

No contestó. Narraway sabía que lo había entendido.

6

Hacía varias semanas que Charlotte no veía a su hermana Emily, y apenas habían estado a solas para poder conversar más allá de las meras formalidades desde antes de Navidad. Decidió escribir una carta a Emily preguntándole si le apetecería almorzar con ella y, si el tiempo lo permitía, dar un paseo por Kew Gardens. Aunque hiciera frío, los enormes invernaderos llenos de plantas tropicales estarían caldeados y serían una manera agradable de no estar en un interior.

Emily contestó a vuelta de correo, coincidiendo en que era una idea excelente. Se había casado sumamente bien, poco antes de que Charlotte contrajera matrimonio con Pitt. Emily había obtenido un título y una inmensa fortuna, si bien no una felicidad proporcional. Trágicamente, George había muerto en circunstancias que nunca comentaban. Emily se encontró siendo primero sospechosa de su muerte y luego convertida en una viuda muy rica con un hijo, en cuyo nombre se había otorgado tanto el título como la herencia.

Tiempo después se enamoró locamente y un tanto irresponsablemente (ella misma lo decía) del apuesto y encantador Jack Radley, que no tenía profesión ni herencia alguna. Todo el mundo estuvo de acuerdo en que sería un desastre, y durante los primeros años juntos Jack hizo poco más que disfrutar de la vida y ser un excelente compañero. Después le acometió la ambición de hacer algo de valía y había luchado con ahínco para lograr un escaño en el Parlamento. Emily se había sentido sumamente orgullosa de él, lo mismo que Charlotte. Había justificado de sobras que ambas hubiesen creído en él.

La herencia del joven Edward permitía que Emily viviera con desahogo sin tocar lo que sería de su hijo por legítimo derecho cuando alcanzara la mayoría de edad. Ese momento aguardaba en el futuro puesto que tenía poco más o menos la misma edad que Jemima, que a la sazón contaba quince años.

Emily disponía de un carruaje para su uso particular, y fue a recoger con él a Charlotte para ir a almorzar.

Entró en la casa de Keppel Street echando apenas un vistazo al vestíbulo, mucho más pequeño que el suyo. Tampoco miró la escalera, que subía derecha hasta el rellano de la primera planta, no con el amplio arco que formaba la de Ashworth House y menor que el de su casa de campo, donde podían alojarse cómodamente veinte huéspedes.

Charlotte todavía estaba en la cocina, dando instrucciones de última hora a Minnie Maude para la cena y advirtiéndole que no dejara que *Uffie* robara las salchichas hacia las que en ese momento avanzaba sigilosamente, imaginando que nadie repararía en él.

—Procura que Daniel y Jemima no tomen más que sopa caliente cuando lleguen del colegio —agregó Charlotte, recogiendo el perrito para devolverlo a su canasta—. Y que suban enseguida a hacer los deberes que les hayan puesto.

—Sí, señora —contestó Minnie Maude, lanzando a *Uffie* una mirada muy seria. El cachorro agitó la cola alegremente a modo de respuesta.

Emily presentaba un aspecto sumamente elegante, luciendo la última moda en capas. Era cruzada, con dos hileras de grandes botones muy sofisticados en la parte delantera. Era muy favorecedora y, por el modo en que caminaba, saltaba a la vista que era consciente de ello. Toda la prenda era una osada mezcla de verdes y azules, una atrevida combinación de colores que tan solo un año antes hubiera estado muy mal vista. Llevaba el sombrero decididamente ladeado. Era más joven que Charlotte, aún no había cumplido los cuarenta, y siempre había sido esbelta. Sus cabellos rubios eran ondulados y los zarcillos más finos se le rizaban delicadamente. Con su piel de porcelana y sus grandes ojos azules poseía un refinamiento rayano en la belleza, y nunca dejaba de sacarle el mejor partido.

Charlotte se vio un poco sosa a su lado, y eso que su falda tenía un corte a la última, con cinco piezas que recogían el vuelo con mucha gracia en la espalda, aunque de un color teja muy corriente. Hubiese añadido una capa a su atuendo, pero tenía pocos ingresos de más para gastarlos en prendas memorables con las que no podía permitir que la vieran al año siguiente ni al otro ni, probablemente, tampoco al que viniera después.

Abrazó a Emily y se apartó para admirarla.

—¡Qué maravilla! —dijo con sinceridad—. Consigues que el invierno parezca divertido.

Emily sonrió de súbito y se le iluminó el semblante, y solo entonces Charlotte se dio cuenta de que un momento antes Emily parecía cansada. No hizo comentario alguno al respecto. Lo último que cualquier mujer deseaba oír era que no tenía un aspecto lozano. Era casi tan malo como decir enferma y rayaba en lo peor de todo: la vejez.

Charlotte alcanzó su sombrero, uno muy corriente de fieltro marrón oscuro. No tenía punto de comparación con el de Emily, pero favorecía a su tez más oscura y lo sabía.

Almorzaron de maravilla. Como siempre, Emily invitó. Con el paso de los años se habían acostumbrado tanto a que así fuera que habían dejado de discutir acerca de ello, por más que desde el ascenso de Pitt los medios de Charlotte hubiesen mejorado considerablemente. A fin de cuentas, no estaban en la misma esfera que los de Emily.

Hablaron de asuntos familiares, de cómo les iba a los niños. Además de su hijo Edward, Emily tenía una hija menor, Evangeline. Los niños cambiaban tan rápido que siempre había cosas sobre las que informar.

También hablaron de su madre, Caroline Fielding, que había escandalizado a todo el mundo volviendo a casarse tras la muerte de su padre, ¡y encima con un actor! No solo eso, sino que, además, era considerablemente más joven que ella. La vida cambió radicalmente para ella. Tenía toda una nueva serie de asuntos y ocupaciones a los que dedicar su mente y sus sentimientos, y de los que preocuparse. Era más feliz de lo que había imaginado posible.

—¿Y la abuela? —preguntó Charlotte, finalmente, mientras tomaban los postres. Era un tema que hubiese preferido pasar por alto, pero se cernía sobre ellas aunque no lo mencionaran, y lo hacía con tanto peso que al final se rindió.

Emily sonrió a su pesar.

—Casi tan mal como siempre —dijo alegremente—. Quejándose de todo, aunque me parece que lo hace por puro hábito. Figúrate que la semana pasada la sorprendí siendo amable con la pinche. Seguro que vivirá hasta los cien.

—¿Todavía no los ha cumplido? —preguntó Charlotte con impostada malicia.

Emily enarcó las cejas.

—¡Válgame Dios! ¿Crees que se lo he preguntado? Si alguna vez lo haces tú, dime qué te contesta, por favor. ¡Necesito una esperanza a la que aferrarme!

—¿Y si solo tiene noventa?

—Mejor no me digas nada —respondió Emily en el acto—. No lo soportaría; otros diez años, no.

Charlotte bajó la vista a la servilleta doblada y el plato vacío.

—Podrían ser veinte...

Emily dijo una palabra que después negaría haberla pronunciado en la vida, y ambas se rieron.

Se levantaron de la mesa, hicieron avisar al carruaje y convinieron que un paseo por Kew Gardens sería lo que más las haría disfrutar.

El aire era frío y limpio pero como no soplaba nada de viento resultaba muy agradable. Muchas otras personas parecían haber tenido la misma idea.

—Me figuro que ya no tienes ocasión de ayudar a Thomas en sus casos —comentó Emily mientras pasaban junto a unos árboles magníficos. Ni una ni otra se molestaba en leer las placas que decían de qué especie eran y cuáles sus países de origen—. Todo demasiado secreto —agregó, refiriéndose a los casos de Pitt.

—La verdad es que no —corroboró Charlotte. Percibió cierta nostalgia en la voz de Emily. Incluso llegó a sentirla ella misma. Al rememorar el pasado, algunas de las aventuras que en su momento habían sido peligrosas o incluso trágicas, ahora aparecían atenuadas por el recuerdo y solo los mejores momentos permanecían.

—Pero algo sabrás acerca de ellos, ¿no? —insistió Emily.

Charlotte la miró de soslayo, solo un instante, y vio anhelo en su semblante, casi una necesidad. Enseguida se desvaneció, y al cruzarse con dos mujeres muy bien vestidas les sonrió de modo encantador, plenamente segura de sí misma. Ahí estaba de nuevo la vieja Emily, guapa, divertida, vivaracha y valiente.

Charlotte transigió y contestó a su pregunta.

—Todo es muy... vago. Llamaron a Thomas porque encontraron el cadáver de una mujer en lo alto de Shooters Hill. Durante un tiempo temieron que fuera la doncella que ha desaparecido de casa de Dudley Kynaston...

Emily se detuvo en seco.

—¿Dudley Kynaston? ¿En serio?

Charlotte sintió una aguda punzada de duda. ¿No era un abuso de confianza haberle contado aquello a Emily?

—¡Es confidencial! —agregó apurada—. Podría armarse un escándalo espantoso, bastante injustificable, si la gente comenzara a especular. ¡No se lo digas a nadie! Emily... Hablo en serio...

—¡Por supuesto! —respondió Emily con mucha labia, reanudando el paseo—. Pero ya sé algo al respecto. Jack me dijo que Somerset Carlisle había planteado preguntas en la Cámara acerca de la seguridad de Kynaston.

—¿Somerset Carlisle? —De pronto Charlotte estaba intrigada y sintió los fríos dedos del miedo. No había olvidado a Carlisle, como tampoco a los resurreccionistas—. ¿Qué más te dijo Jack? —preguntó, procurando que su voz no sonara apremiante.

Emily apretó los labios y encogió sus esbeltos hombros con elegancia, pero fue un gesto minúsculo, como si tuviera los músculos tensos.

—Poco más. Le pregunté porque conozco un poco a Rosalind Kynaston y supuse que se trataría de su doncella, no de la de su esposo, pero Jack no me contestó.

—Vaya.

Fue una respuesta que nada significó, aparte de dar a entender que la había oído. ¿También la había entendido? ¿Era precisamente esa respuesta la que dejaba a Emily al margen, tal vez porque Jack no sabía nada más o porque lo que sabía era secreto? ¿O simplemente no había escuchado atentamente para darse cuenta de que Emily aguardaba una respuesta?

Caminaron un rato sin hablar. Pasaron ante árboles exóticos, palmeras cuya estructura era absolutamente diferente a la de los robles y olmos a los que estaban acostumbradas, y a la de las altas hayas de ramas lisas. En el suelo había helechos, casi como las plumas verdes que un caballero llevaría en su sombrero, pero mucho mayores. Emily metió las manos en el manguito, y Charlotte deseó tener uno.

—¿Cómo es Rosalind Kynaston? —preguntó Charlotte para romper el silencio antes de que fuera demasiado prolongado para ignorarlo.

Emily esbozó una sonrisa.

—Bastante corriente, diría. Hablamos un poco sobre nada en concreto. Es mayor que yo. Sus hijos están casados. No los ve muy a menudo. El ejército o algo así, me parece.

—¡Hay centenares de otras cosas sobre las que hablar! —protestó Charlotte.

—Chismes —dijo Emily con aspereza—. ¿Tienes idea de lo aburrido que es eso? La mitad son pura basura. La gente se los inventa para tener algo de que hablar. ¿A quién demonios le interesan, además?

Era media tarde y los días volvían a prolongarse. El cielo estaba despejado y la luz oblicua brillaba con cierta fuerza en sus rostros. Por primera vez Charlotte reparó en las finísimas arrugas de la tez antaño perfecta de Emily. En realidad eran las marcas de la risa, la emoción, el pensamiento. No la afeaban, incluso daban más carácter a su semblante, pero no dejaban de ser arrugas. No dudó ni un instante que Emily también las hubiese visto. Por descontado, también las había en el rostro de Charlotte, más y un poco más profundas, pero a ella no le importaba. ¿Le importaba a Emily?

Pitt era un poco mayor que ella y ya peinaba canas en las sienes. A Charlotte le gustaba, estaba comenzando a encontrar menos interesante la juventud, a veces incluso desalmada. La experiencia daba profundidad, compasión, una valoración más nítida de las cosas buenas. El tiempo ponía a prueba el coraje y reblandecía el corazón.

¿Acaso Emily lo veía de ese modo? Jack Radley era notablemente guapo y tenía su misma edad. Los hombres maduraban mejor. Para ciertas personas, las mujeres simplemente envejecían.

Como si le leyera el pensamiento y lo llevara más allá, Emily volvió a hablar.

—¿Supones que Kynaston tenía una aventura con la doncella y que la dejó embarazada o algo por el estilo? ¿Y que por eso tuvo que librarse de ella? —preguntó.

—Eso es un poco extremo, ¿no? —dijo Charlotte sorprendida—. Es mucho más probable que se fugara con su joven amante.

—¿A una gravera, en pleno invierno? —repuso Emily con sarcasmo—. ¿Has perdido la imaginación? ¿O piensas que la he perdido yo? ¿O es tu manera de decirme que no puedes comentarlo conmigo?

Charlotte percibió su resentimiento tras la aparente irritación. Quería volverse y estudiar el semblante de Emily con más detenimiento, pero le constaba que haciéndolo insistiría sobre un tema que era demasiado delicado.

—No está claro que su cadáver sea el de la gravera —dijo en cambio—. Si no lo es y acusamos de asesinato a un científico del Gobierno, será difícil decir que estamos velando por la seguridad del Estado. De hecho —agregó—, estaremos haciendo el trabajo del enemigo.

Emily se detuvo, abriendo mucho los ojos.

—Vaya, esto sí que es una idea interesante.

A Charlotte le cayó el alma a los pies. Sin lugar a dudas había hablado más de la cuenta. ¿Cómo podía desdecirse? Nunca había sido capaz de engañar a Emily; se conocían demasiado bien. Emily, la menor de tres hermanas, siempre había sido la más guapa, quizás un poco mimada, y siempre intentó estar a la altura de las mayores. En el terreno social y económico, hacía muchos años que había superado a Charlotte. El recuerdo de su hermana mayor, Sarah, asesinada en el terrible caso del verdugo de Cater Street, era de los que Charlotte rara vez sacaba a colación. Todavía perduraba una profunda pena, y también el arrepentimiento por las discusiones estúpidas, así como la indescriptible culpa de que ella estuviera muerta mientras Emily y Charlotte estaban vivas y eran felices. Había demasiada oscuridad en ese recuerdo, la clase de sombra densa y pesada que se come la luz.

—¡No es más que eso! —dijo Charlotte, con más dureza de la que pretendía—. Solo una idea.

Emily sonrió, con los ojos chispeantes.

—Además, la persona que está llamando la atención sobre el asunto es Somerset Carlisle, y está claro que no es un enemigo del país. Como tampoco es tan estúpido para no comprender lo que está haciendo.

—¿Quizá podríamos averiguarlo? —sugirió Emily.

Charlotte no tuvo una respuesta inmediata. Estaba intentando zafarse del embrollo que había creado al sacar el tema. Temblaba muy visiblemente.

—¿Podemos seguir paseando? Me estoy congelando, plantada aquí.

—No quieres hacerlo —dijo Emily. Se puso a caminar de nuevo y lo hizo bastante deprisa, dificultando la conversación—. Déjate de rodeos conmigo, Charlotte. Se te da tan mal como a Jack.

Charlotte se detuvo de nuevo, con más frío del que sentía momentos antes. ¿De qué iba todo aquello? ¿No más participación en actividades detectivescas? ¿Estaba aburrida y había perdido interés en los chismes y fiestas insustanciales solo para ocupar el día, sin servir a un propósito más elevado? ¿O se trataba realmente de Jack? Desde luego tenía muy poco o nada que ver con Dudley Kynaston y el cadáver hallado en la gravera.

Emily siguió alejándose aunque aflojó el paso. Charlotte se apresuró para alcanzarla. De nada serviría ser discreta; en realidad, quizá solo empeoraría las cosas.

—¿Es verdad que conoces a Rosalind Kynaston? —preguntó, jadeando un poco. Deseaba sinceramente ayudar y, no obstante, la más ligera torpeza daría al traste con la oportunidad de hacerlo, tal vez por mucho tiempo. Sabía que lo que estaba haciendo podía ser peligroso y que Pitt no lo aprobaría, pero también le constaba que lo que había tomado por irascibilidad en Emily era en realidad sufrimiento.

Se conocían de toda la vida que eran capaces de recordar. El compartir estaba entretejido con su infancia. No se trataba de juguetes, lecciones, vestidos o libros sino del recuerdo. De pequeñas habían corrido de la mano. De niñas habían compartido secretos y risas, breves riñas. De jóvenes habían vivido aventuras, esperanzas, enamoramientos y desengaños. Ahora, cuando probablemente ya habían recorrido más de la mitad de sus vidas, también conocerían la desilusión, el aceptar otras clases de sufrimiento, desigualdades que siempre estarían presentes.

Emily negó con la cabeza.

—No muy bien, pero eso puede enmendarse. De hecho, habrá que hacerlo si Jack ocupa un cargo con Dudley Kynaston. Es probable que se lo ofrezcan. Será una especie de ascenso.

Y, sin embargo, lo dijo con desánimo, sin el menor entusiasmo.

Charlotte vaciló un momento, pero resolvió que la franqueza era la única elección segura.

—¿Y no estás contenta? ¿O es solo que ese embrollado asunto de la doncella te preocupa?

Emily mantuvo la vista al frente.

—No entiendo por qué dices eso...

—¿Tengo que explicarlo? —preguntó Charlotte—. ¿O prefieres que hablemos de otra cosa?

Emily hizo un mohín con los labios.

—No estoy segura de que sea realmente un ascenso. Me parece que más bien lo están apartando hacia un lado. Francamente... —Suspiró y volvió a desviar la mirada—. Los ascensos también traen aparejadas sus cargas. Es posible que Jack pase mucho más tiempo fuera.

—Oh...

Charlotte se preguntó de inmediato si Emily iba a extrañarlo o si estaba más preocupada por lo que Jack pudiera hacer lejos de casa, y tal vez por si la extrañaría tanto como ella a él. Que Charlotte supiera, Jack no había sido infiel a Emily, ni siquiera de pensamiento, pero antes de casarse, sin duda, había sido un hombre experimentado y nunca había negado que así fuera. La novedosa idea de ser completamente fiel a una mujer formaba parte de la nueva aventura del matrimonio. Tal como lo era también, por supuesto, la igualmente novedosa experiencia de verse en una situación económica más que desahogada, con al menos dos buenas casas de propiedad en lugar de vivir buena parte del año como invitado en casas ajenas por ser un hombre encantador, entretenido y siempre simpático, pero sin independencia.

Jack era parlamentario y se había granjeado el respeto de sus pares, y si le ofrecían aquel ascenso se debía enteramente a sus propios méritos. Emily había comenzado como la privilegiada; ahora Jack seguía su propio camino. Charlotte se dio cuenta con sorpresa de que aquella situación se parecía un poco a la suya con Pitt, excepto que lo único que poseía al principio era una excelente educación y el acceso a ciertos círculos sociales, pero ni un céntimo. El cambio que los ascensos de Pitt habían supuesto la llenaban de alegría, sobre todo el respeto que ahora le profesaban quienes antes lo habían tratado con condescendencia. La única decepción era la imposibilidad de participar en sus casos; ninguna excitación, nada de pesquisas detectivescas. Se sobresaltó al constatar que su vida también se había vuelto una pizca aburrida. Sin duda, la embargaba la sensación de estar repitiendo las mismas tareas una y otra vez, y tal vez no fueran realmente tan útiles ni tan interesantes como había imaginado.

Emily había aguardado hasta agotar la paciencia.

—¿Qué quieres decir? —inquirió.

—Entiendo a qué te refieres a propósito del ascenso —contestó Charlotte—. Supone más dinero y más responsabilidad, pero no forzosamente más satisfacción. Y, desde luego, no más diversión. —Entonces, temerosa de haberse puesto en evidencia, se apresuró en agregar—: ¿Qué dice Jack?

Emily encogió ligeramente los hombros.

—Poca cosa. De hecho, casi nada. Dice que desea el ascenso, pero eso no es toda la verdad.

Miró un momento a Charlotte y siguió caminando. El entorno que las envolvía era como un bosque de ensueño, la cruda luz invernal se reflejaba en el techo de cristal mientras grupos de desconocidos paseaban bajo unos árboles de formas extraordinarias y largas enredaderas, fingiendo que no se veían para no romper el hechizo de estar en otro mundo.

—El problema es —prosiguió Emily— que no sé qué parte es la mentira ni qué propósito tiene al mentir. ¿Lo hace para protegerse a sí mismo, de modo que si no logra el ascenso pueda decirme que en realidad no le importa? ¿O desea el puesto por algún motivo que no quiere que yo sepa?

O quizá simplemente había dejado de consultar sus decisiones con Emily como hacía antes, pero esa era una idea que Charlotte no quería decir en voz alta. Por otra parte, quizá deseaba mucho conseguir aquel empleo y temía que el consejo de Emily fuese negativo.

—¿Qué sabes al respecto? —preguntó Charlotte.

—¿Sobre el puesto? Poca cosa. Después del último desastre, que en modo alguno fue culpa de Jack, no sé si debo alentarlo o no, y de todos modos no me está contando lo suficiente para que yo pueda hacer algún comentario inteligente. No sé si no se fía de mí o si no le importa lo que pienso...

Ahora la amargura era tan patente en su voz que parecía que estuviera al borde del llanto.

Charlotte dijo lo único que podía decir.

—Pues entonces tenemos que averiguarlo. Más vale descubrir lo peor y enfrentarse a ello que estropear algo que en realidad no era ni mucho menos lo peor, por miedo y por abrigar sospechas injustificadas. —Miró a Emily a la cara—. Me consta que es muy fácil decirlo y que piensas que yo nunca lo he experimentado.

—¡Porque no lo has hecho! —replicó Emily bruscamente—. ¡Antes que mirar a otra mujer, a Thomas le saldrían alas y echaría a volar! Como te atrevas a ponerte condescendiente conmigo, Dios me asista, os empujaré a ti y a tu vestido nuevo a ese montón de tierra húmeda de ahí, ¡y no te quitarás el olor de encima mientras vivas!

—Una solución excelente para todos los problemas —repuso Charlotte, disgustada—. Arrojarlos al estiércol. Hará que todos nos sintamos mucho mejor... durante unos cinco minutos.

—¡Diez! —espetó Emily. Entonces no pudo evitar echarse a reír pese a que en realidad las lágrimas que le resbalaban por las mejillas no eran fruto de la diversión.

Charlotte la rodeó con sus brazos y la estrechó brevemente, antes de apartarse de nuevo.

—Mejor será que nos pongamos manos a la obra —dijo en

tono eficiente—. Tenemos que conocer a Dudley y Rosalind Kynaston, y la posibilidad de que ofrezcan a Jack ese puesto nos brinda la excusa perfecta.

Emily irguió la espalda y levantó un poco el mentón.

—Comenzaré de inmediato. Me estoy congelando, parada aquí. ¡Pensaba que las junglas tropicales eran cálidas! Vayamos a casa a tomar el té junto a la chimenea, y panecillos empapados en mantequilla.

—Una idea excelente —convino Charlotte—. Luego necesitaré todo un guardarropa de vestidos nuevos, una talla mayor.

—Podrías regalarme este. —Emily lo contempló con agrado—. ¡Haría que lo metieran un poco para que me sentara bien!

Charlotte fingió darle una bofetada y tropezó con un trozo de rama caída, enderezándose justo antes de perder el equilibrio. Esta vez Emily se rio de verdad, rebosando puro deleite.

—¡Qué amable! —dijo Charlotte para sí misma, y acto seguido también se echó a reír.

El plan se cumplió tres días después, cuando Charlotte y Pitt se encontraron con Emily y Jack en el teatro. No se había hecho progreso alguno en la búsqueda de Kitty Ryder con vida ni en la identificación del cadáver de Shooters Hill. Otras noticias habían tomado la delantera a las cuestiones planteadas por Somerset Carlisle en el Parlamento. No obstante, solo era cuestión de tiempo que tuvieran que abordarse con más urgencia. Pitt no se había engañado pensando que el caso estaba resuelto, y Charlotte era muy consciente de la tensión que le causaba dado que trascendía a las preocupaciones habituales de su cargo.

Era una noche de estreno y, por consiguiente, todo un acontecimiento. Emily había sido afortunada y muy lista al conseguir cuatro entradas. La función exigía traje de etiqueta, cosa que Pitt detestaba. Por otra parte, disfrutaba viendo a Charlotte luciendo un vestido realmente bonito en cálidos tonos coral y rojizos con un toque de escarlata encendido en el brocado. Era nuevo; la falda perfectamente lisa delante y en torno a las caderas, ni una arruga visible. Se ensanchaba como una campana por abajo, tan ingenioso era el corte. No llevaba adornos; la belleza de la tela lo decía todo.

Mirándose en el espejo por última vez, Charlotte tuvo que admitir que aun sin joyas caras llamaba la atención. No podía permitirse tales caprichos y no quería que Pitt hiciera la extravagancia de regalárselas. No llevaba ni un collar. Esa era una decisión bastante atrevida, pero solo atraía la atención hacia su todavía tersa barbilla, su cuello esbelto y la calidez natural de su cutis. Su abundante cabello castaño oscuro estaba recogido en lo alto de la cabeza y un leve rubor daba color a sus mejillas. Los pendientes de perlas y coral le quedaban de maravilla.

Pitt no dijo palabra, pero la admiración que reflejaban sus ojos era más que suficiente. Incluso Jemima se quedó impresionada aunque fue renuente a decirlo en voz alta.

—Qué vestido tan bonito, mamá —masculló mientras Charlotte llegaba a lo alto de la escalera—. Es mejor que el verde.

—Gracias —dijo Charlotte, aceptando el cumplido—. Yo también lo prefiero.

Pitt se mordió el labio para disimular una sonrisa.

—Estás muy guapo, papá —agregó Jemima, esta vez sin reservas.

Pitt no creyó ni por un momento que estuviera guapo, distinguido en el mejor de los casos, pero para Jemima lo estaba y eso era mucho más importante. Le dio un abrazo y luego siguió a Charlotte escaleras abajo hasta el carruaje que habían alquilado para la ocasión.

El viento soplaba racheado pero al menos no había humedad.

Llegaron con tiempo de sobra, pero el foyer del teatro ya estaba bastante concurrido. En cuanto subieron la escalinata hasta el arco de luces centelleantes Pitt vio a gente que conocía, si bien es cierto que del ámbito profesional más que del social. Fue objeto de múltiples gestos de asentimiento a modo de saludo, breves palabras de bienvenida, una sonrisa aquí o allá. Eran sus conocidos, no los de Charlotte, cosa que suponía un cambio radical desde los primeros años de su matrimonio, cuando ella conocía a todo el mundo y él solo estaba presente por ser su acompañante. Charlotte se encontró sonriendo, caminando con la cabeza un poco más alta. Estaba orgullosa de él... muy orgullosa, en realidad.

Fue la primera en ver a Jack. Volvió a impresionarla lo apuesto que era su cuñado. Los pocos años de más le habían conferido madurez, una sensación de algo que iba más allá del simple atractivo. La intensa luz era cruel mostrando más de lo que uno vería a la luz del gas o de las velas en una sala de estar, pero las pocas arrugas en torno a sus labios y en los rabillos de los ojos le conferían carácter y traslucían un conocimiento de los sentimientos que distaba mucho de ser una página en blanco en la que todavía se había escrito muy poco.

Emily estaba a un par de pasos de él, hablando con otra persona. Su cabello rubio resplandecía, casi como un adorno en sí mismo, haciendo innecesarios sus pendientes de diamantes. Lucía un vestido violeta entretejido con hilo de plata y bordado con perlas minúsculas. Era espléndido y, por descontado, tenía el nuevo corte de falda, pero no la favorecía como lo habría hecho en un tono más frío. Además iba a desentonar con el vestido de Charlotte en la medida en que era posible que dos colores se repelieran. ¿Quizá tendrían que haberse consultado antes? Pero Charlotte tenía poco donde elegir, y Emily una habitación llena de vestidos. ¡El último grito era el turquesa y habría sido perfecto para ella!

Demasiado tarde. La única opción era salir airosa con audacia. Se dirigió derecha hacia Emily, sonriendo como si estuviera encantada de verla.

Emily puso fin a su conversación y al volverse vio a Charlotte casi a su lado, y un momento después se besaron en las mejillas.

Jack también se volvió, y la apreciación de su mirada al ver a

Charlotte fue inequívoca. La velada arrancaba con un tambaleante comienzo.

Los saludos corteses y la conversación trivial prosiguieron unos minutos hasta que Jack dio la impresión de haberlos guiado con gracia y donaire hacia una pareja muy atractiva; al menos el hombre lo era. Era alto, con una buena mata de pelo rubio y facciones definidas. La mujer era más corriente aunque iba elegantísima. Su rostro era amable pero carecía de ardor y pasión. Su vestido, por otra parte, estaba bordado, o mejor dicho incrustado, de turquesas y minúsculas cuentas de cristal, y, por descontado, la falda presentaba el nuevo corte de cinco piezas, totalmente liso en torno a las caderas y, sin embargo, con vuelo hacia el bajo acampanado, con más cuentas justo encima del dobladillo.

Los ojos del hombre reflejaron la misma apreciación de Jack al ver a Charlotte y acto seguido, al volverse hacia Pitt, la luz se desvaneció de ellos y palideció visiblemente.

—Permitan que les presente a mis cuñados, el señor y la señora Thomas Pitt —dijo Jack cortésmente—. Señor y señora Dudley Kynaston...

Kynaston tragó saliva.

—Al comandante Pitt lo conozco. Mucho gusto, señora Pitt.

Hizo una leve reverencia a Charlotte.

—Encantada de conocerlo, señor Kynaston —respondió ella, procurando que su expresión no dejara traslucir la súbita llama de interés que sintió—. Señora Kynaston —agregó. Estaba fascinada. Ninguno de los dos era como había esperado. Buscó con premura algo inocuo que decir. Tenía que entablar conversación con ellos a toda costa—. Tengo entendido que la obra es bastante controvertida —comenzó—. Espero que sea verdad, y no una mera ficción para despertar nuestro interés.

Rosalind se sorprendió.

—¿Le gusta la controversia?

—Me gusta que me hagan preguntas para las que no tengo respuesta —contestó Charlotte—. Preguntas que me hagan pensar, mirar las cosas con las que creo estar familiarizada y verlas desde otro punto de vista.

—Creo que se encontrará con que algunos de esos puntos de vista la enojen bastante y quizá la confundan —dijo Kynaston con delicadeza, mirando un momento a su esposa antes de volverse de nuevo hacia Charlotte.

—Enojada, bien puedo creerlo —terció Pitt, con una sonrisa perspicaz—. Confundida, me parece menos probable.

Kynaston se azoró, pero hizo lo posible para disimularlo.

Jack intervino para romper un silencio más bien embarazoso. Miró a Kynaston.

—¿Ha leído las reseñas de la obra, señor? —preguntó con interés.

—Apasionadas opiniones encontradas —contestó Kynaston—. Me figuro que por eso se han agotado las localidades esta noche. Todo el mundo desea decidir por su cuenta.

—O aceptar tan magnífica excusa para disfrutar de una velada glamurosa —sugirió Emily—. Veo todo tipo de personas interesantes aquí.

—En efecto —respondió Rosalind, dedicándole una sonrisa. Por un instante se le iluminó el semblante con una sorprendente vitalidad, como si otra persona hubiese mirado a través de sus ojos más bien corrientes—. Me parece que es la razón principal por la que la mayoría ha acudido.

Emily se rio y dirigió la mirada a una mujer vestida de un verde estrafalario.

—¡Y también una excusa para ponerse algo que una solo podría ponerse en el teatro! Seguramente seguirá brillando cuando se apaguen las luces.

Rosalind contuvo la risa, pero ya estaba viendo a Emily como una aliada.

Poco después se unieron a ellos un hombre de rostro adusto y una mujer alta de cabello rubísimo que relucía como la seda, con un cutis de porcelana y abrumadores ojos azules. Ella iba delante y se sumó al grupo como si fuese parte integrante del mismo. El hombre se detuvo a un par de metros y Charlotte notó que Pitt se ponía tenso.

La mujer sonrió. Tenía una dentadura perfecta.

—Comandante Pitt, qué agradable sorpresa verlo aquí.

Posó su mirada en Charlotte, obligando a que Pitt la presentara.

—La señora Ailsa Kynaston —dijo Pitt, con cierta torpeza.

Por un momento Charlotte se preguntó si Pitt había cometido un error al usar su nombre de pila; entonces recordó que Bennett Kynaston había muerto. Era la cuñada viuda de Dudley. La saludó con interés y se volvió hacia el hombre que ahora se aproximaba a ellos. También parecía conocer a Pitt, pero inclinó la cabeza cortésmente hacia Charlotte.

—Edom Talbot, señora —dijo, presentándose.

—Encantada de conocerlo, señor Talbot —respondió Charlotte, sosteniéndole la mirada dura y firme. Se preguntó de qué lo conocería Pitt y si era un aliado o un antagonista. En su actitud había algo que sugería lo segundo.

La conversación prosiguió, consistiendo mayormente en educados comentarios inanes, el tipo de cosas que uno dice a los recién conocidos. Charlotte participó en la medida en que fue necesario, pero principalmente se dedicó a observar a Rosalind y Ailsa Kynaston. Ailsa debía de llevar viuda unos cuantos años. Era muy atractiva, a todas luces dueña de sí misma e inteligente. De haberlo deseado, podría haberse casado fácilmente. ¿Amó tanto a Bennett Kynaston que ni se le había ocurrido plantearse semejante cosa?

Pero claro, si a Pitt le ocurriera algo malo... La mera idea le causó un escalofrío y la dejó sin aliento. Charlotte no podía imaginarse casándose con otro hombre. Sintió una especie de compasión por la mujer que tenía a tan solo un par de metros y que no sabía que Charlotte había hecho algo más que echarle un vistazo cuando las habían presentado. ¿Cuánto le costaba mostrarse tan valiente? Observándola mientras los demás comentaban lo que se rumoreaba sobre la obra, percibió cierta tensión en el cuerpo de Ailsa, en lo derecha que mantenía la espalda y la orgullosa inclinación de su cabeza.

—... señora Pitt?

De repente se dio cuenta de que Talbot le había estado hablando y no tuvo ni idea de qué le había dicho. Si contestaba como una tonta, flaco favor le haría a Pitt. La sinceridad era la única salida viable.

—Ruego me disculpe. —Le sonrió tan encantadoramente como pudo, aunque no lo sintiera en lo más mínimo—. Soñaba despierta y no le he oído. Lo siento mucho.

Se obligó a mirarlo a los ojos afectuosamente, como si le cayera bien.

Talbot se sintió halagado; Charlotte lo percibió en el modo en que relajó su expresión.

—El teatro es el lugar de los sueños —contestó Talbot—. Le estaba preguntando si suscribe la opinión de su hermana sobre la última interpretación de la actriz protagonista.

—Como lady Macbeth —apostilló Emily amablemente.

Charlotte recordó haber leído una crítica y titubeó, preguntándose si podría salir airosa citándola. Si la descubrían, quedaría como una idiota con demasiadas ganas de causar buena impresión.

—Leí que fue demasiado melodramática —contestó—. Pero no la vi.

—¿Por lo que escribió el crítico? —preguntó Talbot con curiosidad.

—En realidad eso me habría inclinado más a verlo por mí misma —contestó sin vacilar. Entonces recordó lo que Emily había comentado a propósito de la función—. Y Emily me dijo que otras interpretaciones suyas eran...

Encogió ligeramente los hombros, como no queriendo repetir en voz alta una opinión negativa.

—Y por supuesto la creyó —dijo Talbot sonriendo.

—Yo también tenía una hermana —dijo Ailsa en voz baja, con una tirantez que no supo disimular—. Pero era más joven que yo. Todavía le tomaría la palabra sobre cualquier asunto...

Charlotte reparó en la fuerte impresión que reflejaba el semblante de Emily. Jack se sobresaltó y acto seguido pareció avergonzarse. Estaba claro que no sabía qué decir.

Fue Pitt quien rompió el silencio esta vez.

—Por desgracia mi esposa perdió a su hermana mayor hace muchos años. Es un recuerdo que no solemos evocar porque todo ocurrió en muy dolorosas circunstancias.

—Mi hermana lo mismo —dijo Ailsa, mirándolo con interés, casi con desafío—. Perdone que haya sacado el tema a colación. Ha sido una torpeza por mi parte. Quizá deberíamos entrar a la sala y buscar nuestras localidades.

Al día siguiente Charlotte pospuso una cita con una modista y visitó a su tía abuela Vespasia o, para ser más exactos, a la tía abuela del difunto marido de Emily. No había en el mundo alguien que le cayera mejor o en quien confiara más. Febrero seguía siendo un mes invernal pese a que las tardes comenzaban a alargarse un poco, y se sentaron delante de la chimenea mientras la lluvia azotaba las ventanas que daban al jardín. Charlotte arrimó los pies a la rejilla tanto como pudo con la esperanza de secar sus botines y el dobladillo de la falda.

Vespasia sirvió el té y le ofreció una fuente de emparedados extrafinos de huevo y berros.

—De modo que lo pasaste la mar de bien en el teatro —comentó, después de que Charlotte lo hubiera mencionado.

Charlotte hacía mucho que había dejado de recurrir a evasivas con Vespasia. De hecho, era más sincera con ella que con cualquier otra persona. No sentía ninguna de las restricciones emocionales que tenía con su madre o con Emily. Incluso con Pitt era a veces un poco más cuidadosa.

—No —contestó, aceptando el té y procurando calcular cuándo podría tomar el primer sorbo y dejar que su calor se deslizara dentro de ella. Seguro que se quemaría si lo hiciera ahora—.

La conversación fue dando bandazos del borde de un precipicio al de otro y, finalmente, Emily acabó cayendo al abismo.

—Suena desastroso —respondió Vespasia—. ¿Quizá deberías contarme mejor la naturaleza de ese abismo?

—Considera que ya no es divertida, sensata ni hermosa. Y, más concretamente, que Jack ya no está enamorado de ella. Supongo que todas tenemos pesadillas semejantes en un momento u otro.

Vespasia estaba muy seria. Ni siquiera cogió su taza.

—Es posible —contestó—, pero normalmente no se las contamos a los demás, pues es más como darse cuenta de que está anocheciendo, no que haya anochecido de golpe. ¿Le ha sucedido algo a Emily?

—Creo que no, pero está inquieta; aburrida, diría yo. Solíamos involucrarnos en muchas cosas, no siempre tan excitantes o agradables como parecían, pensándolo ahora. Lo tengo claro, y Emily también. Pero ejercer de esposa en la buena sociedad y ser la atenta madre de unos hijos que cada vez te necesitan menos no es precisamente un estímulo para la imaginación. Y desde luego no es excitante... —La expresión de Vespasia le dijo que lo entendía y se calló un momento—. Creo que en el fondo es muy consciente de que pronto cumplirá los cuarenta y de que una parte de su vida se le está escapando entre los dedos —agregó.

—¿Y Jack? —inquirió Vespasia.

—Jack está tan guapo como siempre; en realidad, creo que más. Cumplir años le sienta bien. No es tan... superficial.

—¡Ah! —Vespasia por fin cogió su taza y bebió un sorbo de té. Luego ofreció los emparedados a Charlotte antes de tomar uno ella misma—. ¿En qué precipicio caísteis anoche en concreto?

—Alguien dio por sentado que Emily era mi hermana mayor.

—¡Ay, qué cosa! —Vespasia bebió otro sorbo de té—. La rivalidad entre hermanos es una serpiente que nunca se puede acabar de matar. Me temo que Emily ha estado acostumbrada a ir un paso por delante durante demasiado tiempo. Le está costando adaptarse a ir un paso por detrás.

—¡No va un paso por detrás! —repuso Charlotte al instante.

Vespasia se limitó a sonreír.

—Bueno... necesita algo que hacer, me refiero a algo sustancial —intentó Charlotte otra vez—. Tal como solíamos cuando podíamos ayudar a Thomas en sus casos, antes de que fueran secretos.

—Ten cuidado —advirtió Vespasia.

Charlotte pensó en negar que tuviera en mente el asunto de Kynaston y la doncella, pero nunca había mentido deliberadamente a Vespasia, y su amistad era demasiado valiosa para empezar a hacerlo ahora, incluso para defender a Emily.

—Lo tendré —dijo, en cambio. Era una media verdad.

—Hablo en serio, querida. —La voz de Vespasia volvió a ser seria—. Sé que Thomas se inclina a pensar que Dudley Kynaston no está relacionado para mal con esa doncella desaparecida y que posiblemente el cadáver de la gravera no sea el suyo. Quizá lleve razón. Eso no significa que Kynaston no tenga nada que ocultar. Ten mucho cuidado con lo que hagas... y tal vez incluso más con lo que dispongas que haga Emily. Tiene la cabeza llena de dudas acerca de sí misma: el miedo al aburrimiento y, por consiguiente, a volverse aburrida. Su belleza, a la que tan acostumbrada está, comienza a perder su esplendor. Tendrá que aprender a depender de su carácter y encanto, su estilo, incluso su ingenio. Y no es fácil adaptarse a eso. —Sonrió con profundo afecto—. Sobre todo cuando tu hermana mayor nunca ha dependido de su aspecto y ya posee ingenio y encanto, y ahora, a la edad en que otras mujeres comienzan a marchitarse, está floreciendo. Sé amable con ella en la medida de lo posible, pero no seas indulgente. Ninguna de nosotras puede permitirse los errores fruto del descuido o la desesperación.

Charlotte no contestó, pero reflexionó mientras tomaba el último sorbo de su té. A pesar del consejo de Vespasia, y de la sabiduría que le constaba que contenía, iba a involucrar a Emily. Tenía que hacerlo.

7

Stoker estaba frente al escritorio de Pitt con una expresión sombría y lastimosa nada propia de él.

—¿Cómo lo ha encontrado? —preguntó Pitt, mirando la empapada maraña de fieltro y cinta que había encima de su escritorio. Apenas era reconocible como un sombrero. Resultaba imposible decir de qué color había sido, excepto por el minúsculo destello rojo de lo que quedaba de una pluma.

—Un soplo anónimo, señor —dijo Stoker en voz baja—. Intenté seguir el rastro del remitente, pero por el momento no ha habido suerte. Solo una nota con el envío.

—¿Qué decía exactamente? —preguntó Pitt. Estaba siguiendo el procedimiento rutinario. No creía seriamente que fuese una prueba valiosa.

—Solo que el remitente había estado paseando a primera hora de la mañana y que se había sentado en un tronco congelado, que luego vio esta extraña masa que parecía tela. Hurgó con un palo y se dio cuenta de que era un sombrero. Sabía que se había encontrado un cadáver cerca de allí y se preguntó si guardaría alguna relación.

—¿Con esas palabras? —preguntó Pitt con curiosidad.

—No, lo he elaborado un poco. —Stoker hizo una mueca—. Literalmente, fue más como «Estaba sentado en un tronco junto a la gravera donde encontraron a esa mujer. Pensé que esto podría tener algo que ver, que igual era suyo».

—¿Qué clase de papel? —preguntó Pitt—. ¿Lápiz o pluma? ¿Cómo era la caligrafía?

Stoker apretó los labios.

—Papel corriente, barato, escrito con lápiz y sin ningún intento de disfrazar la letra. Un tanto garabateada, pero perfectamente legible.

—¿Y la ortografía? —preguntó Pitt.

—Correcta —contestó Stoker—, aunque no entrañaba ninguna dificultad. Eran palabras sencillas.

Pitt miró los restos del sombrero y luego a Stoker. No precisaba hacer la pregunta pero la hizo igualmente.

—¿Por qué piensa que es de Kitty Ryder?

Stoker contestó como si tuviera la garganta seca y le costara pronunciar las palabras.

—La pluma roja, señor. Conocí a una de las camareras del Pig and Whistle, que resultó ser amiga de Kitty... Según parece tomaban el té juntas los días que libraba. Kitty tenía muchas ganas de tener un sombrero como este y ahorró para comprarlo. Lo más importante era la pluma roja, por su originalidad. En cierto modo no encajaba con el resto del sombrero, y hacía que la gente la mirara y sonriera. Al menos eso fue lo que me contó Violet; Violet Blane, la camarera.

—Entendido. Gracias.

Stoker no se movió.

—Tendremos que visitar de nuevo a Kynaston, señor.

—Ya lo sé —respondió Pitt—. Antes de hacerlo quiero revisar todas las declaraciones que ha hecho y todo lo que sabemos acerca de él. Me interesan las inconsistencias, cualquier cosa con la que pueda demostrar que miente. Por ahora lo único que tenemos es que Kitty trabajaba para él y que la mujer de la gravera tenía su reloj, que según dice le robó un carterista, extremo que su esposa confirma. Cosa que nada significa. Hemos registrado la casa sin encontrar nada. Ningún criado sabe algo útil. Hemos estado en los sótanos y en la cámara frigorífica sin hallar rastro de Kitty ni desorden alguno. Y además los cria-

dos han estado entrando y saliendo de esas dependencias constantemente.

—Sí, señor —dijo Stoker inexpresivamente—. Tengo notas
de lo que dijo Violet y si las compara con la agenda de la señora
Kynaston y luego con las de su marido, me parece que encontrará varios puntos que no encajan.

Pitt no contestó sino que abrió uno de los cajones que había
junto al escritorio y sacó sus notas de las agendas de Kynaston.
Luego tendió la mano para que Stoker le diera su bloc de notas.

—¿Por qué no encontramos esto antes? —preguntó.

—Seguramente estábamos demasiado concentrados en el cadáver —respondió Stoker—. Estaba a más de diez metros. Si no
veías la pluma roja era imposible que vieras el resto. Parece un
montón de hojas sucias de barro.

Era verdad. Encontrarlo había sido fruto de la casualidad.

—Gracias. Revisaré las notas otra vez y al caer la tarde iré a
hablar con Kynaston. A estas horas no estará en casa.

Aun así, Pitt llegó un poco temprano. Le desagradaba tener
que hostigar de nuevo a Kynaston. Le caía bien y, por consiguiente, resolvió zanjar el asunto aquella misma noche y pasar
página, no quería que Kynaston tuviera ocasión de llegar a su
casa, cambiarse y salir a cenar fuera. Tras el encuentro con Kynaston, su esposa y su cuñada en el teatro, aquello aún resultaba
más desagradable.

Aguardó incómodo en el salón de Kynaston, observando
uno tras otro los libros de un estante, incapaz de concentrarse
en los títulos. De tanto en tanto daba unos pasos de acá para
allá. En realidad la señora Kynaston lo había invitado a aguardar en la sala de estar, pero no aceptó porque se sentía culpable
cuando su visita distaba mucho de ser social.

Llevaba allí menos de media hora cuando oyó que Kynaston
entraba por la puerta principal, y en cuestión de minutos apareció en el salón, sonriendo.

A Pitt le cayó el alma a los pies y notó que la garganta se le encogía. Se separó de la chimenea para ir a su encuentro.

—Buenas tardes, señor Kynaston. Lamento importunarlo a estas horas, pero tengo que hacerle más preguntas.

Kynaston indicó los sillones que había junto a la chimenea y, cuando Pitt se hubo sentado, él ocupó el otro. Parecía ligeramente desconcertado pero no alarmado.

—¿Han hecho algún progreso? —inquirió.

—Me temo que sí. Hemos descubierto un sombrero en la gravera, cerca de donde fue encontrado el cadáver. —Miraba el rostro de Kynaston mientras hablaba—. Está en un estado que hace imposible identificarlo, pero tiene una forma poco común, en la medida en que podemos establecerla, y está bastante claro que todavía tiene una pequeña pluma roja sujeta a la cinta, donde la copa se une al ala. Es distintiva, y una amiga de Kitty con la que hemos hablado dice que tenía un sombrero exactamente igual. Le gustaba la pluma roja y ahorró hasta que pudo comprarlo.

Kynaston palideció pero no evitó la mirada de Pitt.

—Entonces era Kitty... —dijo en voz muy baja—. Quizá fuese una estupidez, pero todavía esperaba que no lo fuera. Lo siento mucho. —Suspiró profunda y entrecortadamente—. ¿Buscan al joven que solía salir con ella? Me parece que era una especie de carpintero ambulante. Iba allí donde hubiera trabajo.

Su voz tenía un tono peculiar, pero no era de enojo y, a juicio de Pitt, tampoco de miedo. ¿Tan seguro de sí mismo estaba realmente, así como de su propia seguridad?

—Por supuesto —respondió Pitt—. Hasta ahora no lo hemos buscado con la diligencia suficiente. Ciertamente, creo que también somos culpables de haber esperado que el cadáver no fuese el suyo.

—¿Y ahora?

Kynaston apretó los labios ante tan desagradable idea, y lo hizo con algo que bien pudo ser compasión.

—Se llama Harry Dobson —contestó Pitt—. Y sí, pediremos a la policía de otros departamentos que coopere en la búsqueda. Por ahora solo lo hemos buscado en esta zona.

—Si tiene dos dedos de luces se habrá ido lo más lejos posible —observó Kynaston, haciendo una mueca—. A Liverpool o a Glasgow, algún lugar muy poblado donde pueda perderse entre la gente. Aunque supongo que no es difícil perderte en Londres, si estás suficientemente desesperado. Incluso hacerte a la mar. Está en buena forma física.

—Cabe la posibilidad —admitió Pitt.

—Le agradezco que haya venido a comunicármelo. —Kynaston esbozó una sonrisa triste—. Informaré a mi esposa y al personal de la casa. Se disgustarán, aunque me figuro que en el fondo ya se lo imaginan.

Se inclinó hacia delante como si fuera a ponerse de pie.

—Perdone, señor —dijo Pitt enseguida—, pero eso no es lo único que debo preguntarle.

Kynaston mostró desconcierto pero volvió a acomodarse en el sillón, aguardando a que Pitt se explicara.

Pitt respiró hondo y sostuvo la mirada de Kynaston.

—No se trata solo de encontrar a ese desdichado joven y acusarlo, cosa que compete a la policía. Pertenezco a la Special Branch y mi deber es velar por la seguridad del Estado...

Kynaston estaba muy pálido y apretaba los puños con fuerza sobre los brazos del sillón, con los nudillos blancos.

—... y, por consiguiente, exonerarlo a usted —prosiguió Pitt—. Y a todos los demás habitantes de esta casa. Por desgracia se han hecho preguntas en la Cámara de los Comunes en cuanto a su participación en este asunto y también sobre su seguridad personal. Debo estar en condiciones de asegurar al primer ministro que no hay motivos de preocupación.

Kynaston pestañeó y se produjo un largo silencio mientras los segundos sonaban en el reloj de la repisa de la chimenea.

—Entiendo —dijo, al fin.

—He revisado todas las preguntas que le hice con anterioridad —respondió Pitt. Ya sabía que iba a revelar algo privado y doloroso. Se notaba en el rostro de Kynaston y en la tensión de sus hombros. Le habría gustado parar en ese momento. Posiblemente no tendría relación alguna con la muerte de Kitty Ryder, pero, por otra parte, podía tenerla toda. No podía permitirse creer a alguien sin pruebas. Las cosas habían ido demasiado lejos y eran demasiado graves para hacerlo.

—No tengo nada que añadir —dijo Kynaston.

—Hay algunos errores que debe corregir, señor Kynaston —contestó Pitt—. Y unas cuantas omisiones que completar con más esmero. Y antes de que lo haga, señor, preferiría decirle de antemano, en lugar de hacerle pasar vergüenza después, que lo cotejaré todo con otras personas dado que este asunto es demasiado serio para admitir lo que quizá solo sean declaraciones involuntariamente erróneas.

Dejó flotando en el aire la posibilidad de que también podrían ser mentiras deliberadas, incluso condenatorias.

Kynaston no contestó. Ya no cabía fingir que no estuviera sumamente incómodo.

Pitt podría haberle hecho las preguntas una por una y hacerle tropezar con las mentiras o, en su caso, los errores, pero detestaba proceder así. Aquello tenía que ser letal, pero podía ser rápido.

—En su agenda pone que fue a cenar con el señor Blanchard la noche del catorce de diciembre... —comenzó Pitt.

Kynaston se movió un poco en su sillón.

—Si me equivoqué en la fecha, ¿realmente es importante? —preguntó, no sin razón.

—Sí, señor, porque usted salió de casa vestido para cenar y, según nuestras indagaciones, no se vio con el señor Blanchard. ¿Adónde fue?

—¡Desde luego a ninguna parte con la doncella de mi esposa! —contestó Kynaston con aspereza—. Quizás esa cena se canceló. No me acuerdo. ¡La verdad! ¿La Special Branch no tiene nada mejor que hacer?

Pitt no contestó a la pregunta.

—Y justo una semana después, el veintidós de diciembre, vuelve a aparecer el nombre del señor Blanchard en su agenda, y de nuevo no se vio con él —prosiguió Pitt.

Kynaston permanecía absolutamente inmóvil en su sillón, de manera poco natural.

—No sé adónde fui —contestó—. Pero insisto, era una cita relacionada con una sociedad a la que pertenezco, de modo que es imposible que pudiera tener algo que ver con la doncella de mi esposa. —Tragó saliva, moviendo la nuez—. Por el amor de Dios, ¿le hace esto a todo el mundo? ¿Leer sus agendas y repreguntarles con quién cenaron? ¿Para eso les pagamos?

Había un leve sonrojo en sus mejillas.

—Si no guarda relación con la muerte de Kitty Ryder, no habrá complicaciones —dijo Pitt, tal vez sin reflexionar. Se sentía sucio investigando algo que a todas luces era privado además de embarazoso. De no ser así, Kynaston no estaría eludiendo dar una respuesta.

—¡Claro que no guarda relación! —espetó Kynaston, inclinándose hacia delante súbitamente—. Si alguien la mató, tuvo que ser ese desdichado joven con el que salía. ¿No es evidente, incluso para un idiota? —Miró hacia otro lado—. Mis disculpas, pero, la verdad, esta intromisión en mi vida privada es innecesaria y completamente irrelevante.

—Así lo espero —dijo Pitt sinceramente. Le resultaba sórdido tener que perseverar hasta el final—. Hay unos cuantos errores en su agenda, cosa que no tiene nada de extraño. Todos nos equivocamos con las horas y las fechas, de vez en cuando, o nos olvidamos por completo de anotar algo, o lo hacemos de manera ilegible. Solo le pregunto acerca de las ocasiones en las que salió de casa vestido para cenar y en las que, sistemáticamente, no acudió al lugar donde dice que fue. Hay al menos una docena a lo largo de los últimos dos meses.

Llegados a este punto, Kynaston tenía el rostro congestionado.

—¡Y no le diré más, señor! —exclamó con voz un tanto temblorosa—. Excepto que no tuvo absolutamente nada que ver con Kitty Ryder. ¡Por Dios, hombre! ¿Me imagina saliendo a cenar vestido de etiqueta con una doncella?

Se las arregló para sonar incrédulo pese a que la voz se le quebró un poco.

—Pienso que va a algún lugar sobre el que siente la necesidad de mentir —contestó Pitt—. La conclusión obvia es que se trata de citas con una mujer, pero esa no es la única posibilidad. Preferiría pensar que por encima de todo usted siente la necesidad de mantener el secreto ante su familia, la policía y la Special Branch.

Kynaston estaba rojo como un tomate. Captó la insinuación de Pitt en el acto. Pitt lo lamentó, pero Kynaston no le había dejado otra opción. Aguardó.

—Cené con una dama —dijo Kynaston en poco más que un susurro—. No le diré quién era, salvo que por supuesto no era Kitty Ryder ni la... criada... de otra persona.

Pitt tuvo la impresión de que era la verdad, y también que Kynaston no tenía intención de revelar de quién se trataba. La pregunta que tenía en mente era si Kitty Ryder se había enterado y le había pedido algún tipo de favor para no decírselo a su señora. Carecía de sentido preguntárselo a Kynaston. Ya lo había negado, al menos implícitamente.

—Gracias, señor. Siento haber tenido que insistir en algo de esta índole, pero una mujer murió violentamente y su cadáver fue arrojado a una gravera para que se lo comieran los animales.

Kynaston se estremeció.

—Eso es más importante que la sensibilidad de cualquiera en cuanto a la privacidad de sus indiscreciones —concluyó Pitt.

Kynaston también se levantó y no agregó nada más, aparte de dar las buenas noches a Pitt con fría formalidad.

Fuera, en la noche fría y húmeda, el viento soplaba empujando nubes entre las estrellas, y las farolas punteaban la calle aquí y allí. Pitt se alegró de tener que caminar un trecho considerable a paso vivo. Era probable que encontrara un coche de punto fácilmente para que lo llevara cruzando el río hasta Keppel Street.

¿Qué debía decirle a Talbot? ¿Que Kynaston estaba teniendo una aventura, pero con una mujer con quien podía cenar vestido de etiqueta? Sin duda, no sería una criada. ¿La esposa de otro hombre? Esa era la conclusión obvia, aunque tal vez no la única.

¿Estaba al corriente Rosalind Kynaston?

Probablemente, sí. En tal caso era concebible que no le importara, siempre y cuando su marido fuese discreto. Pitt sabía de matrimonios en los que se llegaba a tales acuerdos.

Aun así, quedaba sin explicar si la brillante y perspicaz Kitty Ryder se había enterado. De ser así, tuvo que ser por deducción. Era imposible que hubiera estado en el lugar apropiado para observar algo así.

¿Deducirlo de qué? ¿Qué podía haber visto u oído? ¿Una conversación por teléfono, quizá? ¿Una carta abierta? ¿El chisme de un cochero?

¿En verdad era tan lista, tan aguda a la hora de juzgar? ¿Tan desesperado estaba Kynaston y tan cruel era para matar de una paliza a una doncella porque hubiera descubierto su aventura? Le avergonzaba que Pitt lo hubiese deducido, pero Pitt no había visto ni rastro de ira en él, ni siquiera la más ligera insinuación de algún tipo de violencia, física o política. No había amenazado el empleo ni el puesto de Pitt.

¿Era necesario informar de aquello a Edom Talbot?

Había llegado a la calle principal y encontró un coche de punto. Iba sentado bamboleándose a buena velocidad cuando llegó a la conclusión de que sí lo era, pero aún estaba indeciso en cuanto a qué iba a decir.

Al día siguiente, cuando todavía estaba reuniendo sus pruebas llegó un mensaje a su despacho requiriéndole para que informara de inmediato a Downing Street. Tenía que tratarse de

Talbot, pero ¿cómo podía saber lo que Pitt había averiguado la víspera? Sin duda, era imposible. A no ser que Kynaston hubiese ido a verlo antes que Pitt a fin de... ¿Qué? ¿Quejarse? ¿Negar la acusación? ¿Confesar en privado a Talbot quién era su querida en lugar de contárselo a un mero policía? ¿Tenía mucha más influencia en el Gobierno de lo que Pitt imaginaba?

Pitt no tenía más remedio que obedecer. Metió los papeles en un maletín para que, en caso de que Talbot se lo pidiera, pudiera demostrar su aseveración. Luego salió a la calle a tomar un coche de punto.

Mientras estuvo sentado en medio del tráfico fue dándole vueltas en la cabeza a cuánto le contaría a Talbot. Sería su fin que lo pescara mintiendo, pero quizá podría salir airoso con una omisión.

¿Por qué estaba pensando en ocultarle la verdad a Talbot?

Porque no creía que Kynaston hubiese asesinado a Kitty Ryder para mantener en secreto una aventura amorosa. Era demasiado extremo tratándose de un hombre que no parecía ser violento ni especialmente arrogante. Nada de lo que Pitt había averiguado acerca de él sugería alguno de esos rasgos. Y había averiguado un montón de cosas. Kynaston estaba orgulloso de su herencia familiar. Había llorado la muerte de su hermano Bennett; de hecho, su profunda pena seguía estando presente bajo la superficie. A juzgar por las apariencias, había sido un buen padre y un marido consciente de sus deberes, si bien quizá no muy apasionado.

Bien era cierto que gustaba del lujo en el vestir y en la mesa, pero incluso con sus vinos predilectos, de los que había bastantes, Stoker no había dado con alguien que lo hubiese visto seriamente ebrio, y en ninguna circunstancia agresivo.

Su pasión e imaginación parecían estar puestos por entero en su trabajo. Thomas Pitt solo lo sabía por la alta estima en que lo tenían los oficiales de Marina que estaban involucrados en sus inventos. Pitt no se lo había oído decir en persona. Dicha información se la habían transmitido las autoridades competentes.

¿Cabía que fuese una omisión que debiera rectificar? Las naves submarinas que disparaban misiles explosivos, invisibles desde la superficie, bien podrían ser clave en las guerras futuras. Gran Bretaña iba a la zaga en esta carrera y, siendo una isla, su situación era particularmente vulnerable. No tenía fronteras terrestres con otros países a través de las cuales importar alimentos, materias primas, munición ni ningún otro tipo de ayuda.

Llegó a Downing Street inusualmente nervioso. Las palmas de las manos le sudaban a pesar del frío, y se quitó los guantes. Mejor tenerlas secas aunque se entumecieran.

Subió la escalinata y le franquearon la entrada casi de inmediato. Siempre había un policía de servicio y este lo reconoció sin que tuviera que dar su nombre.

Una vez dentro, enseguida lo acompañaron a la habitación donde se había reunido con Talbot la vez anterior. Talbot lo estaba aguardando, caminando de un lado a otro. Dio media vuelta enojado en cuanto Pitt entró y comenzó a hablar antes de que el lacayo cerrara la puerta, dejándolos a solas.

—¿A qué demonios está jugando? —preguntó Talbot—. Preferiría pensar que es un incompetente y no que intenta engañar deliberadamente al Gobierno de Su Majestad. ¿Acaso no entendió la orden de informarme a mí, aquí, sobre cualquier novedad en el caso Kynaston? ¿Qué parte no le quedó clara?

Tenía las mejillas coloradas, la nariz arrugada y la mandíbula tensa. Fulminó a Pitt con la mirada como si estuviera perdiendo el dominio de su ira.

—Estuve comprobando parte de las pruebas antes de venir a informarle —contestó Pitt. ¡Maldición! Aquello sonaba muy endeble, a todas luces una excusa, y, sin embargo, era la verdad—. Quería... —comenzó de nuevo.

—¡Quería eludir la cuestión! —interrumpió Talbot, furioso—. ¿Qué me dice de ese sombrero ensangrentado que encontraron en la gravera?

—No está ensangrentado —corrigió Pitt.

—¡Me cago en la leche! ¡No se atreva a decirme cuándo renegar y cuándo no!* ¿Quién demonios se cree que es, dándose tantas ínfulas...?

—No hay sangre en ese sombrero... señor —insistió Pitt entre dientes.

Talbot lo miró de hito en hito.

—¿Qué demonios está diciendo?

—Que no había sangre en el sombrero —repitió Pitt.

—Eso es totalmente irrelevante. ¿Era el sombrero de la doncella o no? —preguntó Talbot lentamente, como si Pitt fuese retrasado mental.

—No lo sé —contestó Pitt—. Pero eso también es irrelevante en lo que a Kynaston atañe, a no ser que demostremos que mantenía una relación ilícita con ella o que ella sabía alguna cosa que él estaba haciendo en secreto y con la que lo amenazó.

—¡Ya lo ha hecho! ¡Tiene una aventura! Y usted consideró que no era necesario informarme a mí, tal como le ordené —dijo Talbot con gravedad—. Me pregunto si le importaría explicármelo. Tengo la impresión de que volvemos a estar en la casilla de salida —prosiguió con mordacidad—. ¿Es tan arrogante que se permite pensar que puede tomar decisiones sobre este asunto sin referirlas a sus superiores, o tiene algún motivo personal para proteger a Kynaston de la verdad? ¿En qué medida lo conoce? Me obliga a preguntarlo.

Pitt notó que se ponía colorado. Cualquier repuesta que diera iba a parecer una excusa. Y, sin embargo, si hubiese ido a ver a Talbot antes de estar seguro de que Kynaston tenía una aventura, habría resultado igualmente culpable por difamar a un hombre importante para los planes del Gobierno en cuanto a defensa naval, por no mencionar el agravio moral y legal de una acusación en falso. Habría desacreditado a la Special Branch, haciendo más difícil su trabajo en el futuro. Quizás incluso hubiera supuesto que se apartara a Pitt del mando.

* Juego de palabras intraducible. La expresión inglesa «*bloody hat*» significa «maldito sombrero», pero su sentido literal es «sombrero ensangrentado».

De súbito lo asaltó la idea de que aquel era el propósito de la ira de Talbot. Aquella era una plataforma perfecta sobre la que construir los medios para librarse de Pitt para siempre. Tomó aire para formular alguna clase de respuesta y justo entonces la puerta se abrió y Somerset Carlisle entró, cerrándola silenciosamente a sus espaldas. Era mayor que cuando se conocieron, pero sus notables cejas arqueadas y el humor extravagante seguían presentes en su semblante. Las arrugas más marcadas eran lo único que lo habían cambiado, haciendo que uno cobrara consciencia de que había transcurrido más de una década.

—¡Hombre, Pitt! —dijo alegremente—. Estoy encantado de encontrarlo aquí.

—Está interrumpiendo una conversación privada —le gruñó Talbot.

—Sí, por supuesto —repuso Carlisle a su comentario—. Solo quería decirle a Pitt que he encontrado la información que andaba buscando. —Sonrió a Pitt, mirándolo a los ojos—. No le faltaba razón, por supuesto. ¡Ese sombrero es tan mío como de Kitty Ryder! Un maldito idiota intentó distraer la atención de sus propios errores, bastante estúpidos, por cierto. De vez en cuando se emborracha en esa zona, de modo que estaba al tanto de la desaparición de esa pobre mujer y del cadáver hallado en la gravera, cómo no.

Talbot intentó interrumpir, pero Carlisle prosiguió sin hacerle el menor caso.

—Sabía que la pobre chica tenía un sombrero como ese y compró uno igual. Le puso una pluma roja. —Sonrió aún más ampliamente y se metió la mano en el bolsillo. Sacó un trozo de papel bastante arrugado—. Tengo el recibo. Verá que lleva la fecha del día anterior al que su informante lo encontró.

—¿Todo por pura coincidencia? —dijo Talbot con sarcasmo.

—Lo dudo —contestó Carlisle con exagerada paciencia—. ¡Él mismo fue quien lo encontró!

Talbot se quedó inmóvil, su semblante reflejaba perplejidad y una ira creciente.

Carlisle seguía sonriendo como si en la habitación reinara una atmósfera de cooperación, no de abierta enemistad.

—El trabajo de todo policía consiste en ser escéptico —prosiguió, mirando a Pitt—. Menos más que usted lo ha sido. Habría cometido una embarazosa equivocación si hubiese informado a Downing Street de que el cadáver era el de Kitty fundamentándose en la prueba descubierta por el hombre que la puso allí. Se habría puesto en ridículo. Nada bueno para la reputación de la Special Branch. —Negó con la cabeza—. Seguro que algún periodista se habría enterado y habría saltado a la primera plana de todos los periódicos. De un modo u otro siempre dan con estas cosas. —Se encogió de hombros—. Y luego, claro está, juntan todo tipo de datos, algunos imaginarios, y terminan publicando acusaciones sin fundamento. De nada sirve disculparse cuando has arruinado la carrera de un hombre.

Pitt se había recobrado de su asombro, aunque no tenía la menor idea de cómo Carlisle había averiguado que él estaba allí, como tampoco que estuviera implicado en el asunto.

—Ciertamente —convino en voz alta.

Talbot todavía estaba digiriendo las novedades, pálido y con todo el cuerpo en tensión.

—Qué increíble buena suerte que usted resultara estar enterado de tan... excéntrico comportamiento, señor Carlisle —dijo sarcástico—. Supongo que deberíamos agradecer el extraordinario azar que lo llevó a... ¿qué? —Su voz fue todavía más áspera—. ¿Cómo se explica que usted descubriera que este hombre tan irresponsable supiera de la pasión de Ryder por un sombrero con una pluma roja, y también el lugar exacto donde fue hallado su cadáver, y que encima comprara ese sombrero, más la pluma, por supuesto, y lo pusiera allí? Tanta suerte parece... increíble —pronunció las palabras despacio, poniendo énfasis en cada una de las sílabas.

Carlisle se limitó a sonreír más abiertamente.

A Pitt le palpitaba el corazón, pero no se atrevió a intervenir. No podía dar una explicación plausible.

—Y, por supuesto, que usted también supiera, por pura casualidad, sin duda, dónde estaba exactamente el comandante Pitt —prosiguió Talbot—. Y que haya venido corriendo, justo a tiempo de salvarlo de tener que dar una explicación a por qué tuve que oír toda esta aparente farsa a través de un tercero, y que le exigiera que me explicara por qué no me había informado tal como le había ordenado. Supongo que también tiene respuestas para todo esto, ¿verdad?

Carlisle abrió las manos con un gesto muy elegante en lugar de volver a encoger los hombros.

—El hombre que compró el sombrero es uno de mis electores —dijo sin perder la calma—. Se ha metido en problemas varias veces por intentar llamar la atención.

—El deseo de Kitty Ryder de comprar un sombrero con una pluma roja no apareció en los periódicos —dijo Talbot glacialmente—. Y su distrito electoral dista kilómetros de Shooters Hill.

Carlisle se rio.

—¡Por Dios, hombre! La gente va de un lado a otro. Es un sabueso de escándalos. Fue a beber al Pig and Whistle. Hizo preguntas y escuchó las habladurías. Y en cuanto a lo de encontrar a Pitt aquí, cuando junté las piezas llamé a su oficina y me dijeron que le habían mandado aviso para que viniera. No es exactamente el trabajo de un genio. —Le brillaban los ojos y enarcó todavía más las cejas—. En cualquier caso, estoy encantado de haberle evitado semejante vergüenza, por no mencionar al pobre Kynaston. —Se volvió hacia Pitt—. Si ya ha terminado aquí, iré a Whitehall con usted.

—Sí... gracias —aceptó Pitt enseguida, y se volvió hacia Talbot—. Lo mantendré informado de cualquier cosa que averigüe relativa al señor Kynaston, sobre todo si descubrimos la identidad de la mujer de la gravera. Buenos días, señor.

Y sin aguardar a que Talbot contestara o le diera permiso para marcharse, dio media vuelta y salió detrás de Carlisle, siguiéndolo por el pasillo hasta la calle.

Caminaron un rato por la acera en silencio, conscientes de la habitual presencia policial debida a que en Downing Street no solo vivía el primer ministro sino también el ministro de Hacienda.

—¿Algo de eso era verdad? —preguntó Pitt en voz baja cuando llegaron a Whitehall. La expresión de Carlisle apenas cambió.

—Lo suficiente —contestó.

—¿Lo suficiente para qué? —inquirió Pitt, todavía inquieto.

—Para que cuele si Talbot decide que lo investiguen —respondió Carlisle—. No haga más preguntas, cuanto menos sepa, mejor para usted, y desde luego no seré yo quien se lo cuente.

—¿El sombrero guarda alguna relación con Kitty Ryder?

—En absoluto, salvo en que quería uno. O, cuanto menos, quería algún tipo de pluma. Es completamente cierto que ese no era su sombrero.

Pitt soltó el aire lentamente.

—Le estoy sumamente agradecido.

—Puede estarlo —convino Carlisle con simpatía—. No contradiría a Talbot; es un cabrón de cuidado. Eso no significa que Kynaston sea inocente, claro. Pero no podemos ahorcar a un hombre fundamentándonos en una prueba fabricada. Además... no me gustaría verle a usted reemplazado por alguien mucho peor. ¡Buena suerte! ¡Cúbrase la espalda!

Y, dicho esto, dio media vuelta y se marchó en sentido contrario, hacia Westminster Bridge, dejando que Pitt siguiera hacia el este, en dirección al río.

Solo cuando se estaba aproximando a la orilla y oyó el murmullo de la marea entrante permitió que el alivio lo invadiera con una inusitada sensación de calor. Por descontado, Pitt sabía que muchas personas no lo consideraban la persona idónea para suceder a Victor Narraway, que, sin duda, era un caballero.

En cambio, Pitt era hijo de un guardabosques caído en desgracia, desterrado a Australia por robo cuando Pitt era niño. A duras penas lo recordaba, solo la impresión y la indignación, las protestas de inocencia que fueron ignoradas, y luego el sufrimiento de su madre. A ella y a Pitt los autorizaron a quedarse en la gran finca campestre; de hecho, Pitt se había educado con el hijo de la casa, a fin de alentar al chico. No sería apropiado que el hijo de un criado superara al heredero, y se consideró que tal arreglo lo impediría. No obstante, mirándolo ahora, Pitt pensaba que había sido una excusa para disimular la amabilidad que los señores siempre le manifestaron.

Aun así sus orígenes distaban mucho de asemejarse a los Narraway y tampoco eran los que contentaran a un hombre como Talbot ni, a decir verdad, a muchos otros. Debía recordarlo y no permitir que el enojo o la complacencia lo condujeran a errar de nuevo. Carlisle lo había salvado esta vez, y Pitt, apenas, estaba comenzando a valorar en qué medida. Había tenido la gentileza de hacerlo a la ligera, como si lo hiciera en su propio interés y no en el de Pitt, pero eso solo era una ficción cortés.

Que, además, había antipatía entre Carlisle y Talbot también estaba claro, y Pitt haría bien en recordarlo y evitar verse de nuevo atrapado en medio. No obstante, caminaba con desenfado mientras se dirigía al transbordador.

Stoker estaba sentado a la mesa de la cocina de la casa de su hermana. Solía visitarla bastante a menudo en sus días libres. King's Langley era un pueblo antiguo y muy agradable de Hertfordshire, más allá de las afueras de Londres, más o menos a una hora de tren. Gwen era el único familiar que le quedaba y, aparte de eso, la apreciaba mucho. Todos sus mejores recuerdos estaban de un modo u otro vinculados a ella. Era dos años mayor y había cuidado de él desde la más tierna infancia. Fue ella, más que su maestra, quien le enseñó a leer. Fue ella quien lo animó a enrolarse en la Marina y a quien había contado sus aventuras, exagerando las buenas y saltándose casi todas las malas. Tal vez por eso recordaba las buenas con tanta claridad, tratando de compartirlas con ella, viendo sus ojos abiertos como platos, aguantándose la respiración mientras aguardaba el siguiente giro en el relato.

También fue Gwen quien viajó kilómetros en tren, gastando el poco dinero que tenía, para visitarlo en el hospital cuando cayó herido. Y, por supuesto, era Gwen quien le cantaba las cuarenta cuando creía que su hermano se equivocaba. Ella fue quien le dio la noticia de la muerte de su madre y quien le dio la lata para que le llevara flores a la tumba, para que ahorrara para el futuro e incluso, de vez en cuando, para que se casara.

Ahora preparaba la cena para cuando su marido y sus hijos llegaran a casa. Stoker la observaba complacido porque la cocina era cálida y olía a masa horneada y a las sábanas limpias tendidas encima de ellos. Había ristras de cebollas colgadas en un rincón y un pequeño aparador con platos y dos sartenes de cobre, el orgullo de sus posesiones. Su brillo y color eran demasiado buenos para estropearlos con un uso excesivo.

Tendría que regalarle alguna otra cosa bonita un día de aquellos. Hacía demasiado tiempo desde la última vez. Su marido era muy trabajador, pasaba gran parte del año en el mar, tal como lo había hecho Stoker. Pero el dinero tenía que estirarse mucho para mantener a una esposa y a cuatro hijos que crecían sin parar y que siempre tenían hambre.

Stoker no dejaba de pensar en Kitty Ryder y lo aliviaba que el sombrero con la pluma roja no fuese suyo. Hasta que Pitt le habló de su encuentro con Talbot y de cómo Carlisle había salvado la situación, no se había dado cuenta de cuánto lo había entristecido su muerte. ¡Era ridículo! ¡Nunca había visto a aquella mujer!

Gwen lo estaba mirando.

—¿Qué te pasa, Davey? —preguntó—. ¡Si vieras qué cara pones! Has dicho que el sombrero no era suyo. Aún puede estar viva.

Stoker levantó la vista.

—Ya lo sé. Pero si lo está, ¿por qué no se presenta y lo dice?

Todo Londres sabe que estamos intentando identificar el cadáver de la gravera y que se especula que puede ser ella. ¡Y no me vengas con que la gente no sabe leer! Me consta que sabe.

—¿Te quedas a cenar? Eres bienvenido, ¿sabes? Siempre lo eres —le aseguró Gwen.

Stoker le sonrió, sin ser consciente de cómo se le había iluminado el semblante.

—Ya lo sé, pero no. No me quedo. Mañana tengo que estar de servicio. —No era exactamente la verdad; había elegido estarlo. Pero también había visto la cantidad de carne que había en el estofado, constatando que si aceptaba una ración, alguien se quedaría sin; casi con toda certeza la propia Gwen.

—Te hacen trabajar demasiado —criticó Gwen.

—Eso ya lo hemos hablado —le recordó Stoker—. Me gusta el trabajo, Gwen. Es importante. No te cuento gran cosa porque es secreto, pero la Special Branch vela por la seguridad de todos nosotros, si lo hacemos bien.

—¿Qué hay de ese nuevo director, el tal Pitt? —preguntó Gwen—. ¿Trabaja tan duro como tú? ¿O tiene que volver a una gran casa con criados que lo cuidan y asiste a fiestas por obligación?

Stoker se rio.

—¿Pitt? No es un caballero, Gwen. Es un hombre normal y corriente. Ha trabajado para llegar hasta donde ha llegado. Tiene una casa decente en Keppel Street, pero no una mansión. Su esposa te caería bien. No la conozco mucho, pero no es muy distinta a ti. —Echó un vistazo a la habitación—. La cocina es más grande que esta, pero parecida; también huele a ropa limpia y a pan.

Gwen lo miró y correspondió a su sonrisa.

—¿Pues a qué viene esa cara? Y ya puedes ser de la Special Branch y lo que quieras, pero nunca has podido engañarme, y ahora tampoco, así que no nos hagas perder el tiempo a los dos intentándolo.

—¿Dónde está esa mujer? —dijo Stoker sin más.

—¿Enamorada del hombre con el que se fugó? —sugirió Gwen, sirviéndole otra taza de té.

Stoker enarcó las cejas.

—Hace más de cuatro semanas que desapareció. Nadie se enamora tanto.

Gwen negó con la cabeza.

—¿Sabes qué, Davey? A veces me preocupas. ¿Alguna vez has estado realmente enamorado? No, ¿verdad? Cuando lo estás, eres incapaz de ver otra cosa, créeme. Te caes en un socavón de la calle porque tienes la cabeza en las nubes y los ojos llenos de sueños. ¿Quieres un poco de tarta?

—Sí, y no, no tanto para caer en los socavones de la calle —contestó Stoker.

Gwen se levantó, sin dejar de mirarlo.

—Tienes la cabeza bien metida en su sitio, tanto que es asombroso que puedas abrocharte el cuello de la camisa.

Abrió la alacena de la despensa y sacó la tarta, cortó una buena porción para su hermano y la puso en un plato.

—Gracias —dijo Stoker, hincándole el diente de inmediato—. Eso no lo explica, Gwen —dijo con la boca llena—. Sabía algo y por eso huyó. Y la única manera que tendría de estar a salvo sería salir de donde está escondida y decírselo a la gente, entonces no tendría sentido hacerle daño, solo serviría para demostrar que llevaba razón.

—¡Por Dios, usa el sentido común! —dijo Gwen exasperada—. ¿Quién va a creer a una doncella antes que a su lord o a su esposa?

—No es un lord, es inventor, trabaja en experimentos con nuevas armas submarinas.

—¿Debajo del mar? —dijo Gwen incrédula—. ¿Para matar qué? ¿Peces?

—Barcos —contestó Stoker sucintamente—. Perforarlos bajo la línea de flotación para que se hundan.

—Oh. —Gwen palideció—. ¿Y dices que tampoco es un caballero?

—¡No! Es un caballero, y tiene dinero e influencia. Y supongo que llevas razón, esa chica necesitaría pruebas y quizá no las tenga. Tengo que encontrarla, Gwen. Tengo que demostrar qué le ocurrió, ¡solo que no sé qué más hacer!

Gwen lo miró como si Stoker volviera a tener cinco años y ella siete.

—¿Qué sabes sobre ella? —preguntó con paciencia.

Stoker le describió lo que sabía de su apariencia.

—Y venía del campo —agregó—. Algún lugar del oeste. La policía local comprobó si había vuelto a su casa, pero allí no está.

—¡Bueno, es lógico que no fuera si se estaba escondiendo! ¿No te parece? —dijo Gwen, y negó con la cabeza—. Aunque a lo mejor fue a un lugar parecido.

—Ya pensamos en eso. No hemos encontrado ningún rastro de ella. —Percibió la nota de pánico en su voz y la bajó adrede—. Era muy guapa, no pasaba desapercibida. Y era muy lista, a veces divertida, según dijeron los demás criados de la casa y sus amigos del *pub*. Todos se sorprendieron cuando comenzó a salir con Harry Dobson. Dijeron que no era lo bastante bueno para ella.

—Nadie lo es nunca —dijo Gwen con una repentina sonrisa—. ¡Pero os amamos igualmente!

Gwen le estaba tomando el pelo y se relajó un poco, comiendo unos cuantos bocados más de tarta. Era buena cocinera, y el sabor le trajo el recuerdo de estar en casa de permiso cuando trabajaba en el mar, sentado en otra cocina, antes de que Gwen se mudara a King's Langley. Todo había sido diferente allí, más escaso, más pobre, mucho más pequeño, la puerta trasera daba a un minúsculo patio mugriento... todo menos la tarta. Nunca escatimó con la tarta.

—Le gustaba el mar —prosiguió Stoker—. Tallaba barquitos, realmente diminutos, de madera blanda. ¿Qué clase de hombre la mataría solo porque descubrió que tenía una aventura? Porque la tenía. Pitt lo pilló mintiendo y tuvo que admitirlo. Pero

Pitt no cree que Kynaston la matara. A veces pienso que vive en otro mundo.

Gwen frunció el ceño.

—No tiene sentido —dijo, mostrándose de acuerdo—. ¿A quién se lo iba a contar?

—A su esposa —contestó Stoker.

—¡Oh, por Dios! —exclamó Gwen, impacientándose—. ¿Crees que ella no lo sabe? ¿Qué va a hacer? Nada de nada, excepto fingir que no se ha dado cuenta. No es un crimen, solo una traición. Y nadie más querrá saberlo, eso te lo puedo prometer. Desbarataría todos los planes admitir algo como eso... a no ser...

Se calló.

—¿A no ser que qué? —preguntó Stoker.

Se metió el último bocado de tarta en la boca.

—A no ser que sea con alguien que realmente importe —contestó Gwen pensativamente—. Alguien cuyo marido pudiera echarla. Podría ocurrir, y eso sería su ruina. Es... posible... supongo.

—¿Cómo sabes estas cosas? —dijo Stoker con curiosidad.

—¡Por Dios! —repitió Gwen exasperada—. ¡Fui lavandera antes de casarme! ¡No me he pasado la vida dentro de una caja con la tapa cerrada, Davey! —Volvió a levantarse—. Mejor que te vayas yendo a la estación antes de que se haga tarde y tengas que aguardar el tren hasta las tantas. Y no tardes tanto en volver por aquí.

Rodeó la mesa y lo abrazó. Stoker sintió la calidez de su cuerpo, la suavidad de su pelo y lo fuertes que eran sus brazos cuando lo estrechó. Correspondió con un fuerte y breve abrazo, luego se puso el abrigo, salió por la puerta del patio y subió la escalera sin volverse a mirar las luces ni a ella allí de pie, observándolo.

Mientras Stoker estaba en el tren al oscurecer, traqueteando a través de la campiña de regreso a Londres, Pitt estaba en un sillón junto al fuego en la sala de estar de Vespasia, con sus cálidos colores claros. Se sentía tan a gusto que le costaba mantenerse despierto. El fuego ardía con poca viveza, las ascuas resplandecían y su luz se reflejaba en las facetas de un pequeño jarrón de cristal que contenía delicadas campanillas de invierno. Le sorprendió la intensidad de su perfume, que invadía la habitación. Se oían pasos lejanos en el vestíbulo y, de vez en cuando, el tamborileo de la lluvia en la ventana. Solo la urgencia del asunto que lo abrumaba le impedía relajarse.

—... sospechosamente, en el último momento —concluyó, tras describir los pormenores de su rescate por Somerset Carlisle.

—Y en el momento más oportuno —agregó Vespasia con sequedad—. Es muy propio de Somerset, aunque inusualmente afortunado, incluso para él. Entiendo que te preocupe...

—He estado reflexionando al respecto —admitió Pitt—. Carlisle fue quien hizo las preguntas en los Comunes, haciendo que el asunto fuera mucho más público que antes. Y, sin embargo, no solo me salvó a mí de Talbot, también salvó a Kynaston, por ahora, de una situación que en el mejor de los casos hubiera sido embarazosa. En el peor, lo habría vuelto sospechoso de haber matado y mutilado a Kitty y de abandonar su cuerpo en el cascajal. ¿Por qué?

—Somerset es un buen hombre —dijo Vespasia en voz baja, curvando los labios en una dulce sonrisa—. Aunque, como bien dices, una pizca excéntrico de vez en cuando.

—Decir eso es todo un eufemismo —señaló Pitt.

Vespasia esbozó una sonrisa.

—Resto importancia a las cosas cuando me quedo sin vocabulario —contestó.

Pitt enarcó las cejas.

—Dudo mucho de que alguna vez te quedes sin vocabulario. Te he visto hablar con suficiente fluidez para detener a un caballo a galope tendido, o paralizar a una duquesa a veinte pasos de ti.

—Me halagas —admitió Vespasia entre risas—. Me gustaría pensar que el principal propósito de Somerset era poner en ridículo a Edom Talbot, un hombre a quien detesta, pero comprendo que podría no ser más que un bienvenido efecto secundario. —El humor de su semblante se desvaneció por completo—. Pero dices que es incuestionable que Dudley Kynaston tiene una aventura, y que crees posible que Kitty, siendo una chica brillante, observadora y que, sin duda, se aburría, podría haberse enterado. Estás seguro, supongo.

—Existen pruebas, y él no lo negó —dijo Pitt desalentado—. Pero me cuesta creer que matara a la doncella de su esposa porque hubiera deducido que mentía acerca de sus salidas nocturnas. O no es el caso en absoluto, y es mera casualidad, o hay algo más importante que estoy pasando por alto. Ahora bien, ¿cómo se enteró? ¿Por qué no se presenta o, como mínimo, envía algún tipo de mensaje diciendo que está viva? ¡Maisie dijo que sabe leer y escribir!

—¿Quién es Maisie?

—La pinche de cocina. —Pitt recordó el ansioso semblante de Maisie—. Kitty era... su ejemplo. No solo la apreciaba, la admiraba. Maisie tiene intención de aprender a leer.

—¿Hasta qué punto era ambiciosa Kitty? —preguntó Vespasia con cierta reserva—. ¿Lo suficiente para querer mejorar pero no tan temeraria para ejercer una presión poco grata? ¿Estás seguro, Thomas?

—¿Qué podía ganar intentando hacer chantaje a Kynaston? Poco más que un despido y, posiblemente, una denuncia a la policía. Y no puede haber sido tan estúpida para imaginar otra cosa. Los magistrados no serían muy amables con ella. Se vería inaceptable que permitieran que los criados obtuvieran información sobre sus patronos y que la utilizaran de esta manera.

Sonrió atribulado y casi sin amargura.

—Por supuesto —convino Vespasia, reflejando en su rostro una tristeza inusual—. Sería el fin del mundo, como bien sabemos casi todos. Y, no obstante, seguro que ocurrirá, poquito a poco. Nada es más inevitable que el cambio, para mejor o para por. Tal vez se deba a que el siglo toca a su fin, pero es una perspectiva muy peliaguda. Diríase que los acontecimientos se suceden cada vez más deprisa.

Pitt la miró a la cara. Seguía siendo guapa, todavía rebosaba pasión y vitalidad, pero también sabía que había un componente de fragilidad, una capacidad de resultar herida que no había apreciado hasta entonces. El siglo de Vespasia terminaba y no sabía qué le depararía el porvenir.

¿Podía Pitt decir algo que consolara a Vespasia? ¿O sería una torpeza y, en realidad, la volvería más frágil?

Cambió de tema por completo.

—¿Confías en Somerset Carlisle?

Vespasia soltó una breve carcajada, desenfadada y llena de generosa diversión.

—¡Querido! Menuda pregunta. Depende mucho de lo que estemos hablando. A decir verdad, sí, confío en él. ¿Es generoso y lo arriesga todo por aquello en lo que cree? Incuestionablemente. ¿Tiene valores idénticos a los míos y se conduce con responsabilidad? Ni por asomo.

—Hoy he contraído una notable deuda con él —respondió Pitt—. Me parece que Edom Talbot estaría encantado de verme abandonar la Special Branch. No soy el tipo de hombre que juzga apropiado para el cargo, ni intelectual ni socialmente, sobre todo lo segundo.

—No me cabe la menor duda —dijo Vespasia—. A pesar de no ser un caballero, tiene la intención de serlo. Y sí, estás en deuda con Somerset. Ahora, si no te importa, querido, tengo planes para esta noche y debería prepararme.

—Faltaría más. —Se puso de pie de inmediato—. Una vez más, gracias por tus sabios consejos.

Se inclinó y la besó muy levemente en la mejilla, y acto seguido se sintió avergonzado por la familiaridad del gesto. No recordaba haber tenido hasta entonces la osadía de hacerlo.

8

Cuando Pitt se marchó, Vespasia se volvió hacia el teléfono y constató que estaba extrañamente nerviosa. Bajo el volante de muselina del puño, la mano le temblaba un poco. Se serenó y descolgó. Cuando la operadora le preguntó con quién quería hablar, le dio el número de Victor Narraway.

Sonó tres veces, y estaba a punto de cambiar de parecer cuando él contestó, dando simplemente su nombre.

Vespasia carraspeó.

—Buenas tardes, Victor. Espero no molestarte.

—No sé cómo contestar a eso sin faltar al mismo tiempo a la cortesía y a la verdad —dijo Narraway con cierto grado de humor que Vespasia supo percibir, aunque el aparato distorsionara la voz.

—Se trata de algo tan serio, creo, que puedes prescindir de la cortesía. Y quizá no toda la verdad sea necesaria...

Narraway se rio.

—Siempre me molestas, pero sin ti me aburriría —dijo—. ¿Qué es eso tan serio? ¿Supongo que puedo ayudar? ¿O al menos existe esa posibilidad?

Vespasia estaba aliviada pero también nerviosa, cosa sumamente inusual en ella. Estaba acostumbrada a tener el control sobre cualquier situación social.

—¿Cenarías conmigo para que te explique lo que me parece estar observando?

—Estaré encantado —respondió Narraway sin vacilar—. ¿Puedo proponer un lugar donde quizá comeremos bien aunque no esté de moda, y así podremos comentar lo que te preocupa sin interrupciones inoportunas?

—Me parece estupendo —aceptó Vespasia—. Me vestiré apropiadamente.

—Aun así causarás un buen revuelo. —La idea parecía complacerlo—. No puedes evitarlo, y lamentaría muchísimo que lo intentaras.

Por una vez a Vespasia no se le ocurrió una respuesta adecuada, aparte de decir que se verían al cabo de una hora.

Pese a lo que había dicho de vestirse con sencillez para la cena, no lo hizo. De hecho puso mucho cuidado, eligiendo un vestido de un tono oscuro azul grisáceo que a media luz parecía casi añil. El escote y el vuelo de la falda eran muy favorecedores, y el corte se ceñía a la última moda. Decidió no ponerse joyas, excepto unos pendientes de diamantes. Sus cabellos plateados eran adorno suficiente.

En el carruaje que se abría paso en la ventosa oscuridad de las calles se sumió en profundos pensamientos, dando vueltas y más vueltas en la cabeza a las cosas que Pitt le había contado.

Faltaba una parte importante para que tuvieran sentido. En las luces y sombras del interior del carruaje, ya no podía negarlo. Estaba casi segura de quién había hecho que Dudley Kynaston pareciera estar implicado en la desaparición y probable asesinato de Kitty Ryder.

La idea resultaba dolorosa por varias razones. No consideraba que Kynaston fuera amigo suyo. Tal vez lo había visto media docena de veces, pero le constaba lo importante que era para la Armada, aunque no conociera en detalle sus aptitudes concretas. Recordando su rostro, su voz, sus modales agradables aunque un tanto distantes, le costaba imaginar alguna circunstancia en la que sintiera una emoción tan violenta y totalmente descontrolada que lo hubiese rebajado a cometer semejante acto. ¿Y por qué, santo cielo? ¿Qué podía ganar con ello?

Si tanto valoraba su matrimonio, ¿se habría permitido prolongar un escarceo con una sirvienta, por más guapa que fuera? Incluso si su esposa estaba demasiado enferma para ofrecerle intimidad, o si la frigidez la llevaba a rechazarlo, la mayoría de los hombres tenía la sensatez de no buscar el placer en su propia casa, cuando ser descubiertos fuera a tener consecuencias desastrosas. No obstante, por lo general tal conducta se consideraría mezquina pero no ruinosa. Se podía despedir a una criada con bastante facilidad. Bastaba con una acusación de hurto, o incluso de conducta indecorosa. Muchas doncellas se habían visto en la calle por menos, y sin una «reputación» con la que conseguir otro empleo semejante.

El carruaje fue aminorando la marcha a medida que el tráfico se congestionaba. Sucedía con frecuencia, pero ahora le molestaba más porque estaba ansiosa por hablar con Narraway.

Parecía mucho más probable que Kitty Ryder hubiese sido demasiado lista y observadora para su propio bien. Aun así, ¿había sido tan temeraria para intentar hacer chantaje? Lo que Pitt le había dicho indicaba que era inteligente. Una chica sensata habría fingido no saber nada y esperado a ser recompensada en su debido momento por su lealtad y discreción, como, sin duda, lo habría sido.

Según Pitt, Kynaston había admitido que tenía una aventura, pero con una mujer como mínimo de su misma posición social. Aunque seguramente la doncella de su esposa no tenía manera de saberlo.

¿Supondría la ruina de esa mujer, si se hiciera público? En función de quién fuese su marido, desde luego era posible aunque poco probable. A Vespasia se le ocurrieron una cuantas candidatas.

Y, por supuesto, existía la alternativa más alarmante: que la mujer en cuestión fuese la esposa de alguien que pudiera arruinar la carrera de Kynaston y frustrar cualquier ambición que tuviera de alcanzar un puesto superior. Nunca se daría una explicación. Habría quien lo adivinara, pero eso no salvaría a Kynaston.

Seguían siendo precisas una coincidencia e imaginación exageradas para relacionarlo con la desaparición y probable muerte de la doncella de Rosalind Kynaston.

El tráfico se despejó y de nuevo se vio traqueteando entre la oscuridad del anochecer. Vespasia no podía quitarse de la cabeza el convencimiento de que no había visto alguna parte crucial del panorama que presentaba el asunto, algo completamente distinto que lo cambiaría por completo. Tenía que ser algo que explicara por qué Somerset Carlisle, su amigo de tantos años, había hecho preguntas en la Cámara de los Comunes en cuanto a la seguridad de Dudley Kynaston, en relación con el supuesto asesinato brutal de una de sus criadas.

Y ahora resultaba que Somerset también había tenido la gran suerte de evitar a Pitt una tremenda vergüenza, e incluso perjuicios irreparables en su carrera, enfrentándose a Edom Talbot en Downing Street. Su tan oportuna aparición era explicable. Si hubiese llamado a la oficina de Pitt, tal como él sostenía, el personal habría sabido dónde estaba porque no se habría marchado sin decírselo. En cuanto al resto de la información, Somerset era parlamentario y, por consiguiente, cualquier cosa que se supiera en la Cámara de los Comunes bien podía saberla él, aunque no se dijera abiertamente donde el público la pudiera oír.

No obstante, había otras cuestiones, como el seguimiento tan minucioso que hacía de la desaparición de Kitty. Luego estaba la coincidencia de que un miembro de su circunscripción, que quedaba a varios kilómetros de Shooters Hill, siguiera el caso aún con más detenimiento, y que bebiera en el Pig and Whistle, a una hora de camino desde su casa, a fin de enterarse de que Kitty había deseado comprar un sombrero con una pluma roja. Después, según Somerset, había ido a otro barrio para comprar un sombrero igual. También había sabido dónde dejarlo, una vez más en Shooters Hill, justo en un lugar que la policía podía pasar por alto al buscar en los alrededores de donde habían encontrado el cadáver, pero lo bastante cerca para invitar a pensar que era de ella.

Y, finalmente, estaba la coincidencia de que alguien lo encontrara, cuando solo la pluma roja destacaba entre el barro y la hierba muerta.

Ningún acontecimiento aislado resultaba increíble en sí mismo, solo vistos en conjunto, sobre todo aparejados con la larga historia que conocía de Somerset Carlisle. Había estado dispuesto a ayudar a Pitt, a petición de ella, empleando su considerable influencia en el Parlamento, incluso en ocasiones en que fue embarazoso o inconveniente para él. Así venía siendo desde que Pitt investigara el extraño asunto de los cadáveres enterrados que no paraban de reaparecer en Resurrection Row.

Por descontado, Pitt había descubierto la verdad, pero había decidido ignorar la participación de Carlisle en el asunto. Entendió sus motivos y ni siquiera negó que estuviera de acuerdo con ellos.

¿Qué podía haber hecho Dudley Kynaston que fuera tan drástico para merecer aquello? Aun suponiendo que tuviera mal carácter, cosa que quizá lo haría más comprensible, traicionar a una esposa era feo, pero no excepcional. Sin duda, no era motivo suficiente para llevar a Somerset a emprender una acción tan peligrosa y macabra.

¿O acaso Vespasia se equivocaba al sospechar que Somerset estuviera implicado? Preferiría con mucho pensar que era lo segundo.

Llegó al restaurante. Era uno de los predilectos de Narraway, pequeño y elegante, con ventanas que daban al río.

Narraway ya la estaba aguardando, tal como ella había esperado. Siempre llegaba con quince minutos de antelación, tan solo para evitar cualquier posibilidad de que ella tuviera que aguardarlo a él. Se puso de pie y fue a su encuentro, con el rostro iluminado de placer. Seguía siendo tan delgado y derecho como cuando se conocieron, aunque su abundante pelo negro presentaba más canas que un año antes. Era un poco más alto que ella, pero Vespasia era alta para ser mujer y llevaba cada centímetro de su estatura como si sostuviera una corona sobre la cabeza.

Narraway le tomó ambas manos y la besó en la mejilla. Luego dio un paso atrás y la miró con su habitual intensidad, como si pudiera leer no solo sus pensamientos sino también sus sentimientos.

—¿Se trata del lamentable caso de Pitt? —preguntó a media voz mientras los acompañaban a su mesa.

—Me conoces demasiado bien —contestó Vespasia—. ¿O acaso he sido relegada a la periferia de la vida social y no puedo tener otras preocupaciones? —lo dijo sonriendo, a fin de mantener la conversación en un tono ligero. Curiosamente, notó que estaba nerviosa, poco dispuesta a adentrarse en el terreno afectivo.

—Te conozco lo suficiente para que me conste que hay asuntos de índole social que pueden interesarte o molestarte —contestó Narraway—. No obstante, solo pones el corazón en aquellos que te importan, como los que atañen a tu familia... incluso en un sentido amplio.

Su semblante dejó traslucir algo que Vespasia solo supo identificar como una especie de tristeza; duró un instante y se desvaneció. Narraway no se había casado y no le quedaban parientes vivos. Vespasia nunca había juzgado apropiado, como tampoco cortés, inquirir más a ese respecto. Sabía de sobra que había tenido varias amantes pero eso no era tema de conversación.

Se sentaron y pidieron la comida antes de que Vespasia respondiera a su pregunta.

—Thomas se encuentra en una encrucijada —dijo, tras beber un sorbo del vino que les habían servido antes de los entremeses—. Las pruebas parecen indicar que Dudley Kynaston está implicado en la muerte de esa pobre doncella y, sin embargo, no existen pruebas concluyentes de que el cadáver sea suyo aunque no logren encontrarla con vida. Kynaston admite tener una aventura, pero con una mujer de su misma posición social, y a Pitt le cuesta creer que matara a alguien para ocultarlo.

—¿Y a ti? —preguntó Narraway, atento a su reacción.

—Me parece un poco... excesivo —contestó Vespasia—. Y estoy de acuerdo, nunca he pensado que Kynaston fuese un hombre tan...

—¿Estúpido?

—Iba a decir apasionado.

—A veces la gente es más apasionada de lo que parece —dijo Narraway en voz baja, mirándola a la cara, resiguiendo sus contornos como si quisiera grabarla de manera indeleble en su memoria—. Los demás piensan que son cerebrales y una pizca fríos porque mantienen ocultos sus sentimientos.

Vespasia le sostuvo la mirada. Quería preguntarle qué quería decir exactamente, pero le dio miedo hacerlo. Habría puesto de manifiesto un interés excesivo en la respuesta.

—¿Consideras que Kynaston es ese tipo de persona? —preguntó, tomando otro sorbo de vino—. Me he dado cuenta de que sé menos sobre él de lo que creía. Recuerdo a su hermano Bennett. Murió joven, a los treinta y tantos. Tenía un futuro prometedor, de modo que fue especialmente triste. Dudley lo encajó muy mal.

—Lo recuerdo —dijo Narraway, pensativo—. Pero eso fue hace ya varios años; ocho o nueve, diría yo. Tengo entendido que estaban muy unidos.

Los interrumpió la llegada del segundo plato, un delicado pescado blanco de carne firme y tierna. Reanudaron la conversación a los postres. Entretanto charlaron sobre arte, teatro y música, cosas con las que ambos disfrutaban, y se rieron con los últimos chistes políticos.

—No me has pedido que nos viéramos como una excusa para salir a cenar —dijo Narraway, finalmente, volviendo a ponerse serio—. Lo habría hecho encantado, pero conmigo nunca has tenido que andarte con rodeos —lo dijo esbozando una sonrisa, pero su preocupación era verdadera y hubiese sido un desaire fingir que no se daba por aludida.

—Es cierto —admitió Vespasia—. Creo que hay fuertes corrientes bajo la superficie de este asunto. Las percibo pero no sé en qué consisten. De hecho, cuantos más detalles averiguo, menos sentido le veo. Parece una absurda mezcla de trivialidad y tragedia.

Narraway siguió mirándola sin interrumpirla. Sus ojos parecían casi negros a la luz de las velas.

—Que una doncella se fugue con su pretendiente resulta muy inconveniente, pero ocurre bastante a menudo —prosiguió Vespasia—. Me parece que he perdido no menos de tres por ese motivo, tal vez cuatro si cuentas a una pinche de cocina. Pero que den una paliza de muerte a una mujer y que abandonen su cuerpo en un lugar público pero poco transitado, dejándolo a merced de los carroñeros, es al mismo tiempo grotesco y trágico.

Narraway asintió.

—Y según parece hay una relación. Supongo que llamaron a Pitt porque la doncella desaparecida trabajaba para un hombre muy importante para la Armada y, por consiguiente, para la seguridad del país. ¿Qué más?

—Kynaston admite que tiene una aventura —respondió Vespasia—, cosa que puede ser sórdida, pero que dista mucho de ser excepcional...

—¿Lo ha admitido? —interrumpió Narraway.

—Sí. Cuando Thomas lo acusó, no intentó eludirlo.

—Eso no significa forzosamente que sea verdad —señaló Narraway.

Vespasia se sorprendió y estuvo a punto de discutírselo cuando de pronto comprendió qué había querido decir Narraway.

—¡Oh! ¿Piensas que es algo peor? ¿Que una aventura sería preferible a la verdad?

Narraway esbozó una sonrisa.

—No lo sé, pero no deberíamos dar por sentado algo que no podemos demostrar.

—Por supuesto. Tienes razón —convino Vespasia—. Y hete aquí otro extraño contraste, una aventura admitida que podría ocultar algo peor o, como mínimo, algo que desea mantener en secreto a toda costa. Victor, ¿qué sabes sobre ese tal Talbot? ¿Por qué tiene tantas ganas de librarse de Thomas? ¿Es por algo tan simple como prejuicios por los antecedentes familiares de Thomas o porque carece de experiencia militar? Sería sórdido y por completo irrelevante, pero no poco común, y desde luego no es un crimen. ¿O hay algo de lo que tiene miedo?

—Cuenta con la confianza del Gobierno —dijo Narraway, pensativo—. Pero el Gobierno no tiene experiencia en divagaciones criminales, en contraposición a las morales y políticas. —Suspiró—. Quizá lleves razón. Talbot cena en clubs de prestigio y Pitt no. Nunca será uno de ellos; es una cuestión de cuna y, por descontado, de haber ido a los colegios apropiados.

—Pitt es mejor que él, con colegios y clubes apropiados o sin ellos —dijo Vespasia con dureza. Acto seguido notó que se sonrojaba y vio una nota de humor en el semblante de Narraway, que se inclinó sobre la mesa.

—Me consta, querida. Soy tan consciente como tú de la valía de Pitt, más aún en el terreno profesional. Y a mi manera, también lo aprecio.

Vespasia bajó la vista, evitando su mirada.

—Perdona. No pretendía dudar de ti. Este conflicto me tiene... desubicada.

Narraway le tocó la mano con ternura, aunque fue solo un instante.

—Qué manera tan encantadora de restarle importancia. Haces que la confusión ante la violencia y el asesinato parezca un mal paso de baile. Me temo que nos quedaremos sin música antes de llegar a ese punto. ¿Puedo decir lo que creo que realmente te preocupa?

—¿Acaso podría evitarlo? —preguntó Vespasia con dulzura, aunque un tanto a la defensiva.

—Sin duda —contestó Narraway—. Basta con que me digas que todavía no estás dispuesta a confiármelo... o tal vez que no deseas hacerlo.

—Victor, lo siento. Me estoy comportando con una falta de cortesía que no mereces. Eludo el tema porque me da miedo.

—Lo sé —respondió Narraway en voz tan baja que Vespasia apenas lo oyó sobre el murmullo de conversaciones que los rodeaba—. Se trata de Somerset Carlisle, ¿verdad?

—Sí...

—¿Pitt lo habría dejado correr si Carlisle no hubiese hecho la pregunta sobre Kynaston en la Cámara?

—Creo que sí. Eso lo hizo imposible —respondió Vespasia.

—¿Y qué es lo que temes... exactamente? —insistió Narraway.

Vespasia solo podía contestar con franqueza o negarse abiertamente a hacerlo.

Narraway volvió a echarse un poco hacia atrás, tan solo unos centímetros, pero Vespasia reparó en que se le ensombrecía la mirada. Aquella decisión iba mucho más allá de admitir lo que temía con respecto a Carlisle: sería un movimiento de aproximación o de separación entre ella y Narraway.

El instante parecía prolongarse interminablemente, aislado como si fuese irreal, una isla en el tiempo. Vespasia tenía miedo porque el lugar hacia donde conducía podría resultar doloroso. La ocasión de recurrir a evasivas se le estaba escapando de las manos.

Narraway retrocedió otro poco.

—Temo que Somerset lo haya tramado todo —dijo Vespasia con voz ronca—. No quiero decir que haya matado a alguien —se corrigió—. No puedo creer que una causa, por poderosa que fuese, pudiera empujarlo a hacerlo... —Suspiró profundamente—. Pero creo que quizá se haya servido del trágico descubrimiento del cadáver; la continuada desaparición de Kitty Ryder; el absurdo episodio del sombrero con la pluma roja, que pudo haber sido de ella y no lo fue; y el hombre que supuestamente lo dejó en la gravera para que fuera encontrado y reabrir así el caso.

—¿Y luego desbarató el montaje y salvó a Pitt? —preguntó Narraway con curiosidad, pero la sombra se había borrado de su rostro y su mirada era seria y amable—. ¡Santo cielo! ¿Por qué?

—Eso es lo que me preocupa —confesó Vespasia—. Es como

una montaña que llena el cielo, demasiado grande para ver sus confines y, sin embargo, demasiado lejana para tocarla. Está manipulando a Pitt, Victor. Eso es lo que me da miedo. Y no sé por qué, de modo que no puedo ayudarlo.

—¿Le has advertido? —preguntó Narraway.

—¿A Thomas? ¿De qué? Se acuerda muy bien de Resurrection Row y de los cadáveres que aparecían por doquier, por no mencionar otras... irregularidades.

Narraway enarcó las cejas.

—¡Irregularidades! ¡Qué maravilloso eufemismo! Sí, querida, Somerset Carlisle tiene un arte para las irregularidades que raya en la genialidad ¿Qué injusticia le importa tanto para hacer algo como esto?

—No lo sé: ¿asesinato, abuso de confianza, corrupción al más alto nivel, traición? —En cuanto pronunció esta última palabra se arrepintió—. O tal vez una deuda de honor. No me lo diría puesto que me pondría en la posición de tener que defraudar su confianza a fin de pararle los pies.

—¿Y utilizaría a Pitt, que tan poco sensata compasión le ha demostrado?

—¿Quizá por eso Somerset lo salvó de Talbot? —sugirió Vespasia.

—Estás siendo demasiado idealista —contestó Narraway, apenado—. Está más que dispuesto a utilizar a Pitt porque lo necesita, y ojalá supiera con qué propósito.

Miró a Vespasia de hito en hito y esta vez ella no apartó la vista. Fue como admitir algo que marcara una diferencia en la relación entre ambos, y Vespasia tuvo menos miedo del que había esperado. En realidad sintió un alivio de la tensión en su fuero interno.

—Vamos a hacer algo al respecto, ¿verdad? —preguntó Narraway.

—Sí, claro —contestó Vespasia—. Creo que debemos hacerlo.

Narraway volvió a tocarle los dedos, solo las puntas.

—Pues tienes que comenzar por Carlisle —dijo Narraway—. Yo haré mis indagaciones acerca del señor Talbot.

Vespasia sonrió.

—Perfecto.

A la mañana siguiente, mientras desayunaba, Vespasia estuvo dándole vueltas a la cuestión de Kynaston y su implicación en el caso de Pitt. Su mayor preocupación era Pitt porque temía que en aquel asunto hubiera algún elemento mucho más peligroso que una mera aventura ilícita. No obstante, ignoraba de qué se trataba, excepto que era lo bastante feo para provocar un asesinato particularmente grotesco.

Motivo por el que también le preocupaba que al parecer hubieran ofrecido a Jack Radley un puesto para que trabajara en estrecha colaboración con Kynaston. Había cobrado afecto a Jack por su manera de ser, aunque de todos modos le habría importado dado que estaba casado con Emily, y el primer matrimonio de Emily había sido con lord George Ashworth, que había sido su sobrino. El cariño que las unía había perdurado tras la muerte de George. De hecho, ahora también sentía la misma clase de vínculo con Charlotte, quizás incluso más íntimo. En muchos aspectos eran más parecidas de carácter.

Si de un modo u otro Kynaston era culpable de la muerte de Kitty Ryder, esa mancha salpicaría a quienes trabajaran con él. Y, debido a esa sospecha, no podía librarse del temor a que aquel caso tan feo fuese algo más que un asunto personal. Somerset Carlisle quizá deploraría la denuncia de una aventura, pero Vespasia estaba convencida de que no se erigiría en juez a ese respecto. Era demasiado sensato para imaginar que tales cosas fueran unilaterales.

¿Sospechar de Carlisle era el resultado inevitable de aplicar el sentido común o se trataba de un prejuicio injusto, una conclusión fundamentada en el pasado?

No tenía apetito. Las tostadas crujientes permanecieron intactas en la panera, excepto la que tomó con su huevo escalfado. Solo le apetecía el té caliente y fragante. Aquella mañana tenía que ver a Somerset Carlisle y preguntarle cómo estaba implicado exactamente, obligándolo a decirle la verdad o a mentirle. Si por algún motivo, aunque fuese bueno, le mentía, se abriría un abismo entre ambos, tal vez estrecho, pero en cualquier caso una herida que nunca volvería a cerrarse del todo. Se rompería el hilo de confianza que siempre los había mantenido unidos, delicado y fuerte como la seda, a través de toda clase de penas y alegrías.

Hasta entonces Vespasia no había valorado lo importante que era para ella. Tenía montones de conocidos, pero ellos nada sabían sobre las personas por quienes Vespasia había llorado. No habían velado noches enteras, presos del pavor por lo que había ocurrido y del terror a que nunca terminara. Para ellos no era la vida, eran páginas de la historia.

Tampoco era que Carlisle tuviera su edad, que no la tenía, pero poseía un ardor, un idealismo por el que estaba dispuesto a arriesgar su propio bienestar, incluso su vida. Vespasia lo admiraba por ello, y se vio obligada a reconocer que le gustaba profundamente. Sin embargo, no deseaba saber cómo estaba implicado exactamente en la vida de Dudley Kynaston ni qué sabía acerca de Kitty Ryder.

Si lo afrontaba con una mínima franqueza, todavía no estaba preparada para digerir esa información. En la medida en que no había preguntado, se había concedido una tregua para creer lo que quisiera. Una vez que lo supiera, se vería obligada a hablar con Pitt y referirle todo lo que hubiese averiguado y qué cabía demostrar con pruebas.

Por otra parte, por descontado, si no lo hacía, sería responsable de lo que le ocurriera debido a su inocencia.

¿Pitt era ingenuo? No, esa no era la palabra, sencillamente no era tan perspicaz y taimado como ella... o como Carlisle.

Incluso el té dejó de apetecerle. Se levantó de la mesa, salió del comedor amarillo y cruzó el vestíbulo hacia la escalera. Era demasiado temprano para visitar a Carlisle. Primero abordaría el problema de la infelicidad de Emily.

Emily estuvo encantada de que la visitara Vespasia, y la recibió en el magnífico vestíbulo con el suelo de mármol y la doble escalinata. Emily se puso tan contenta que Vespasia se sintió culpable de inmediato por haber acudido con un propósito muy concreto. Si Emily abrigaba alguna duda al respecto, no dio la menor muestra de ello.

—Qué alegría verte —dijo afectuosamente. Tenía buen aspecto, si bien estaba un poco pálida—. Me cansa horrores arrancar una o dos palabras en alguna recepción y tener que ser cortés con todo el mundo. Aunque esa obra fue divertida, ¿verdad? Disfruté casi tanto observando al público como a los actores en el escenario.

Condujo a Vespasia hasta el invernadero, espacioso y aireado incluso en aquel febrero invernal en el que breves rayos de sol brillaban entre franjas de nubes. El fuego estaba encendido y el ambiente, caldeado. Si uno cerraba los ojos era posible creer en una ilusión de verano. Vespasia se sintió halagada de que los tonos se parecieran tanto a los que ella había elegido para su sala de estar, que también daba al jardín. Eran a un tiempo sutiles e intensos, y nada parecía frío o desprovisto de vida.

—Ya lo creo, yo también —convino Vespasia, sentándose en un sillón junto a la chimenea. Cuando se hubo acomodado, Emily se sentó en el de enfrente. Le daba la luz, y Vespasia notó la tirantez de su piel. Quizá tan solo se debiera a los habituales efectos del invierno, cuando se salía con menos frecuencia y los paseos por el parque no eran precisamente placenteros. No había una cana en el cabello rubio de Emily, pero sí arrugas minúsculas en su delicado cutis y una sombra en su mirada.

—¿Has venido por algún motivo en concreto? —preguntó Emily. Fue un poco más directa de lo que acostumbraba. Tras sus encuentros con Charlotte, ¿temía que pudiera haberlo?

—No, pero si hay algo de lo que quieres hablar, siempre estoy dispuesta a escucharte.

Vespasia practicaba un arte de la evasión que había perfeccionado con los años, tanto en sociedad como con la familia. Había muchas cosas que solo cabía abordar mediante rodeos.

Emily sonrió y se relajó un poco.

—Montones de chismorreos —contestó a la ligera—. ¿Has leído esa maravillosa historia de América en los periódicos?

Vespasia titubeó un momento, sin saber si había algo oculto tras el comentario de Emily.

—Confío en que me la cuentes —contestó.

—¿No te has enterado? —dijo Emily, la mar de contenta—. Es maravillosa. Absolutamente truculenta. Se llamaba Elva Zona Heaster. Su muerte se dictaminó por causas naturales, pero su madre sostenía que su fantasma había regresado y le había dicho que su marido le había roto el cuello. —Emily sonrió y los ojos le hicieron chiribitas—. Y para demostrarlo, el fantasma volvió la cabeza al describir su muerte y se alejó caminando de frente pero con la cabeza vuelta hacia atrás, ¡mientras seguía hablándole a su madre!

Vespasia la miró incrédula.

—En un pueblo de West Virginia —prosiguió Emily—. ¡La verdad! Resulta más interesante que enterarse de que Margery Arbuthnott va a casarse con Reginald Whately, cosa absolutamente predecible.

De pronto su voz se tornó neutra y su expresión dejó de ser risueña. Vespasia hizo como que no se daba cuenta.

—Diríase que es un ciclo muy repetitivo —convino—. Y salvo si los conoces muy bien, no tiene nada de interesante. Antes me resultaba más fácil que ahora fingir que me importaba. En mi opinión hay muchas cosas más importantes.

—¿Qué es importante, tía Vespasia? —dijo Emily, encogiendo ligeramente los hombros. Fue un gesto elegante, muy femenino, y, sin embargo, dejó traslucir un matiz de sufrimiento, algo más profundo que las palabras.

—Cualquier cosa que afecte a quienes amas, querida —contestó Vespasia—, pero eso no es tema de conversación social. Con frecuencia no decimos a los demás lo que nos importa. No siempre es fácil decirlo, ni siquiera a quienes conocemos bien, porque nos preocupa lo que vayan a pensar de nosotras.

Emily abrió los ojos sin dar crédito a sus oídos.

—¿Crees que soy demasiado mayor para sufrir? —preguntó Vespasia, consciente de que se estaba arriesgando más de la cuenta al admitirlo y, no obstante, sabedora de que no había otro modo de llegar al nudo tan tenso que había en el fuero interno de Emily, aplastando a la mujer que antes solía ser.

Emily se puso roja como un tomate.

—¡No, por supuesto que no!

—Sí que lo piensas —repuso Vespasia con gentileza—. Pues de lo contrario no te avergonzaría tanto que me hubiese fijado. Te aseguro que el sufrimiento no disminuye solo porque lo hayas sentido antes. Es nuevo cada vez, y corta con el mismo filo vivo.

—¿Qué podría lastimarte o asustarte? —preguntó Emily con voz ronca—. Eres guapa, rica, todo el mundo te admira, incluso quienes te envidian. Tienes la vida asegurada. Nadie puede arrebatarte las cosas maravillosas que has hecho. Basta con ver las caras de la gente cuando entras en una habitación. Todo el mundo te mira. A nadie se le ocurre ignorarte. —Suspiró profundamente y soltó el aire despacio—. No puedes dejar de ser quien eres...

—¿Es eso lo que te asusta, dejar de ser quien eres? —Vespasia la miró con detenimiento, escrutando sus ojos—. A mí lo que me asusta es que nadie sepa quién soy, no qué aspecto tengo o qué dije que pudiera interesar o divertir, sino lo que siento dentro de mí. —Dio un breve suspiro atribulado. No era momento para la falsa modestia—. Siempre ha sido agradable ser guapa; sin duda es un don del que hay que estar agradecida. Pero el amor incumbe a la belleza interior, al sufrimiento, los errores, los sueños, las cosas que te hacen reír o llorar. Tiene que ver con el modo en que afrontas tus fracasos y tus equivocaciones. Atañe a la ternura y a la valentía para admitir tus propias necesidades, a ser agradecida por la pasión y la generosidad de espíritu. No tiene nada que ver con que tengas la nariz recta o un cutis inmaculado.

Emily la miraba fijamente, con los ojos arrasados en lágrimas.

—No sé si Jack todavía me ama —susurró—. Ya no me habla, no me comenta las cosas importantes. Antes pedía mi opinión. Es... es como si ya hubiese dicho todo lo que él quiere oír y ya no le pareciera interesante. Me miro en el espejo y veo una mujer cansada... y aburrida.

Se calló de golpe; su silencio suplicaba una respuesta.

Vespasia no podía contestar de inmediato y de la manera que quería. Pero es que aquella infelicidad era demasiado profunda para hallarle un remedio rápido.

—¿Estás aburrida, Emily? —preguntó—. Llega un momento en el que la vida social no basta, por más que no puedas permitirte ofender al decoro. Recuerdo muy vívidamente el momento en que llegué a ese punto por primera vez.

Era absolutamente cierto. Entonces era más joven que Emily ahora, y se aburría como una ostra siendo decorativa pero completamente innecesaria. Era una época en la que prefería no pensar. Tenía hijos a los que amaba, pero sus necesidades cotidianas las resolvía en buena medida la servidumbre. Su marido no era antipático, nunca lo fue, simplemente era un hombre que carecía del espíritu ardoroso y la imaginación que ella tanto ansiaba. Pero no tenía intención de contar nada de aquello a Emily, ni a nadie.

Emily abría ojos como platos, las lágrimas olvidadas.

—No te imagino aburrida. Siempre estás tan... involucrada en distintas cosas. ¿No estarás intentando ser... amable conmigo, verdad?

—Me parece que te refieres a ser condescendiente, ¿no? —preguntó Vespasia con franqueza.

—Sí, supongo que sí, pero no quería decirlo —admitió Emily, sonriendo a regañadientes.

—Seguro que no. —Vespasia correspondió a su sonrisa—. Y no, no estoy siendo amable y tampoco, espero, condescendiente. ¿Crees que eres la única mujer a quien el mero confort le resulta insuficiente? Claro que lo es, cuando no lo tienes. Pero una se acostumbra muy deprisa. ¿Quizá la ruina pueda ser provechosa? ¿No la física, sino tal vez la emocional? Se aprende muy deprisa el valor de las cosas cuando temes perderlas. Damos por sentada la luz hasta que se va la corriente. Estás acostumbrada a abrir el grifo y tener agua. Has olvidado cómo era tener que ir al pozo con un cubo.

Emily enarcó las cejas.

—¿Crees que ir al pozo me haría sentir mejor?

—En absoluto. Pero si lo hiciste unas cuantas veces, seguro que abrir el grifo lo hará. Aunque solo lo he dicho a modo de ejemplo. Dime, ¿sabes si Jack va a trabajar para Dudley Kynaston?

—¡No, no lo sé! Esa es una de tantas cosas que no ha comentado conmigo. —El rostro de Emily dejó traslucir un momento de conflicto; luego tomó una decisión—. Me gustaría pedirte que se lo preguntaras a Charlotte. Parece estar al corriente de todo, pero eso sería escupir al cielo, como suele decirse. Somerset Carlisle hizo preguntas acerca de Kynaston en la Cámara. ¿Realmente ocurre algo malo?

Ahora su preocupación era intensa y muy evidente.

Vespasia sabía con toda exactitud qué temía su sobrina política. No hacía mucho tiempo que Jack había buscado otro ascenso, recurriendo a un hombre destacado, un alto cargo que lo había apoyado. Ese hombre resultó ser un traidor, y Jack tuvo la suerte de haber salido con su reputación intacta. ¿Iba a repetirse la misma historia? No era un temor poco razonable.

—Diría que Jack está tan preocupado como tú —dijo Vespasia—. Tendrá la sensación de haberte fallado si comete otro error de juicio. Y, sin embargo, Kynaston quizá sea totalmente inocente de la desaparición de esa desdichada doncella. Es posible que simplemente se haya fugado con un joven y que viva feliz en algún lugar lejos de Londres. —Suspiró—. O, por supuesto, cabe la posibilidad de que eligiera al peor amante posible y que su cadáver sea en efecto el de la gravera, cuando habría estado perfectamente segura si se hubiese quedado en casa de Kynaston. Quizá Jack está intentando posponer su decisión hasta que Thomas haya demostrado lo uno o lo otro.

—Le resultará bastante difícil —señaló Emily—. Será evidente lo que está haciendo y por qué. Estaría dejando que todo el mundo supiera que piensa que Kynaston puede ser culpable.

—No te falta razón —convino Vespasia—. Y eso es suficiente para avergonzarlo y hacerle desear ser más decidido. Me pasaría las noches en vela si tuviera que enfrentarme a tamaña decisión.

—Pues, ¿por qué no me pregunta? —inquirió Emily.

—Seguramente porque es testarudo y orgulloso. Y quizá también porque no quiere cargarte con esa elección, de modo que si las cosas se tuercen solo sea culpa suya.

—¿Eso piensas? —preguntó Emily con un atisbo de esperanza.

—Espera siempre lo mejor —aconsejó Vespasia—. Así no te sentirás culpable si lo recibes. Entretanto, búscate algo que te resulte interesante. Tienes miedo de ser aburrida porque te aburres. ¡Y no me refiero a que juegues a los detectives! Sería peligroso y sumamente indecoroso.

—¿Qué quieres que haga? ¿Visitar a los pobres? —preguntó Emily, horrorizada.

—No creo que los pobres se merezcan eso —dijo Vespasia con ironía.

—¡Algunos pobres son muy buena gente! —protestó Emily—. Solo porque... ¡oh! Claro. Ya lo entiendo.

—A eso iba, querida —respondió Vespasia—. Ellos tampoco merecen que los traten con condescendencia. Haz algo útil.

—Sí, tía Vespasia —dijo Emily dócilmente.

Vespasia la miró alarmada.

—¡Tienes intención de investigar a Kynaston! ¿Me equivoco?

—Has dado en al clavo, tía abuela Vespasia. Pero te prometo que tendré mucho cuidado.

—En fin, si vas a entrometerte, investiga a su esposa. Y como vuelvas a decir «sí, tía abuela Vespasia...» pensaré en algo adecuado para controlar tu insolencia.

Emily se inclinó hacia delante y la besó con ternura.

—A la cama sin cenar —dijo sonriendo—. ¿Pudin frío de arroz en la habitación de los niños? Lo detesto frío.

—¡Apuesto a que estás más que acostumbrada a tomarlo! —observó Vespasia, pero no pudo disimular el afecto ni el regocijo de su voz.

9

Emily se mantuvo firme en su resolución durante al menos dos días. No se vino abajo hasta la tercera mañana, sentada delante de Jack a la mesa del desayuno. Jack leía un ejemplar doblado de *The Times*. Al menos no lo sostenía abierto para quedar completamente oculto tras él, tal como Emily había visto hacer a su padre en más de una ocasión.

—¿Ha ocurrido algo nuevo? —preguntó Emily, procurando no parecer quejumbrosa ni sarcástica, tarea nada sencilla puesto que se sentía un poco de cada cosa.

—La situación mundial es preocupante —contestó Jack, sin bajar el periódico.

—¿Acaso no lo es siempre? —repuso Emily.

—Te he separado el noticiario de la corte. —Indicó un par de hojas sueltas que había dejado en su lado de la mesa—. *The Times* no publica páginas de moda.

Emily montó en cólera como un fuego en madera seca.

—Gracias, pero ya sé exactamente qué está de moda y seguramente lo poseo, y, francamente, no podrían interesarme menos las citas que hoy tengan los numerosos nietos de la realeza y sus familias. —Fue un comentario mordaz, pero no supo contenerse—. Me interesa mucho más la política —agregó.

Tras un par de minutos de silencio, Jack dobló el periódico y lo dejó encima de la mesa.

—Quizá debería conseguirte un ejemplar del *Hansard* —sugirió, refiriéndose al informe escrito de lo que acontecía en el Parlamento.

—Si no recuerdas lo que ocurrió, supongo que tendré que conformarme con eso —respondió Emily, esta vez ni siquiera intentando ser cortés.

Jack se mantuvo impasible, si bien se puso un poco pálido.

—Recuerdo perfectamente lo que ocurrió —dijo con compostura—. Solo que no recuerdo que algo tuviera el más mínimo interés. Aunque no estuve allí todo el día. ¿Hay algún asunto concreto que te preocupe?

Emily notó que le escocían los ojos, cosa de lo más absurda. Las mujeres adultas, próximas a los cuarenta, no lloraban en la mesa del desayuno por más solas o innecesarias que se sintieran. La única manera de impedirlo era reemplazarlo por el enojo, si bien cuidadosamente controlado.

—¿No se te ha ocurrido pensar que de vez en cuando me haga preguntas sobre Dudley Kynaston y la doncella desaparecida, por no mencionar el cadáver mutilado que apareció en Shooters Hill, a menos de medio kilómetro de su casa? Por descontado, si has rehusado la oferta de un cargo con él, el futuro de mi marido ya no está en juego, como tampoco el mío, es simplemente un asunto que da pie a la especulación, tanto como lo haría cualquier otro asesinato especialmente grotesco.

Ahora Jack estaba muy pálido, y un músculo diminuto le palpitaba en la sien derecha.

Emily se tragó el nudo que tenía en la garganta. ¿Tal vez había ido demasiado lejos?

—Soy muy consciente de las especulaciones de la opinión pública sobre ese tema —dijo Jack con gravedad—. También soy consciente de que ni la policía ni la Special Branch han identificado el cadáver como el de Kitty Ryder. Somerset Carlisle, que es tan irresponsable como pueda serlo un hombre, se ha servido de su privilegio parlamentario para dar a entender que el cadáver es de Kitty Ryder y que su muerte está relacionada con los servicios que prestaba en casa de Kynaston, pero no existen pruebas que lo demuestren.

—¡Eso no le importa a la gente! —dijo Emily acaloradamente.

—¡A mí sí! —respondió Jack con dureza, enojado como Emily no lo había visto hasta entonces. Tuvo un escalofrío. Aquel no era el hombre que la había cortejado, adorado, estrechado entre sus brazos como si nunca la fuera a soltar. Era alguien a quien apenas conocía.

—He aprendido a ser más sensato —dijo Jack en tono grave, midiendo cada palabra—. Me sorprende que tú no. Cuando George murió... asesinado... muchas personas creyeron que lo habías hecho tú. ¿Te acuerdas? ¿Recuerdas el miedo que tenías? ¿La sensación de que todo el mundo iba contra ti, sin que pudieras encontrar la manera de demostrar tu inocencia?

Emily tenía la boca seca. Intentó tragar saliva pero no pudo.

—Sí —susurró. De repente, lo recordaba espantosamente bien.

Jack la miraba fijamente desde el otro lado de la mesa.

—¿Qué pensarías de mí si supusiera que Dudley Kynaston es culpable de haber asesinado a su esposa brutalmente, rompiéndole los huesos y mutilándole el rostro, cuando ni siquiera sabemos que esté muerta? ¿Me admirarías? ¿Aunque lo hiciera para que no me salpicara si resultaba ser cierto?

Emily inhaló profundamente y soltó el aire despacio.

—No te admiraría —respondió con considerable franqueza. Luego, prosiguiendo en la misma vena—: Pero habría agradecido que lo hablaras conmigo, de modo que entendiera lo que estabas haciendo y por qué. No sé cómo interpretar el silencio.

Jack se quedó perplejo, como si precisara un momento de reflexión para comprender lo que su esposa le acababa de decir.

—¿No lo sabes? —dijo al fin—. Creía que entendías que... Te dije...

—¡No, no lo hiciste! —Emily negó con la cabeza—. Ni sé qué piensas ni sé qué vas a hacer.

—Tampoco lo sé yo —dijo Jack en tono reconciliador—. La verdad es que no puedo creer que Dudley tuviera una aventura con una doncella... —Se calló, mirando la sonrisa torcida y atribulada de su esposa—. ¡No digo que sea muy recto, Emily! ¡Sé perfectamente que muchos hombres lo hacen! ¡Solo que no creo que el gusto de Dudley Kynaston se incline por las doncellas! ¡Ni siquiera las guapas!

Estaba un poco colorado. Emily lo vio en su rostro y en el modo en que sus ojos casi evitaban los suyos.

—Sabes quién es, ¿verdad? —dijo convencida.

—¿Quién es quién?

—¡Jack! ¡No juegues conmigo! Te consta que tiene una aventura. ¡Y sabes con quién! Por eso no crees que sea con la doncella...

Jack estaba de pie y Emily también se levantó.

—¿Por qué demonios no se lo dices a Thomas? Podrías salvar a Kynaston... ¡prácticamente de la ruina! Thomas no lo hará público. Lo guardaría en secreto igual que tú si... ¡oh! —Lo miró, contemplando sus bonitas pestañas largas, sintiendo que todavía la hacía palpitar—. ¡Es algo peor que lo de la doncella! ¿Es posible, realmente? ¿Como quién? Alguien con quien no puede ser visto...

La imaginación se le había desbocado.

—¡Basta, Emily! —dijo Jack con firmeza—. Solo he dicho que no creo que las doncellas sean de su agrado, nada más. No lo conozco tan bien, ¡y desde luego no me confía sus aventuras románticas! Ni siquiera las lujuriosas. Tengo muchas ganas de trabajar con él pero no sé si será posible. Preferiría errar, inclinándome a pensar demasiado bien de él en lugar de aceptar su culpabilidad cuando ni siquiera hay pruebas de un crimen en el que pudo estar involucrado. ¿No harías tú lo mismo?

Emily no contestó. Quería que Jack estuviera a salvo y que hablara con ella. Sobre todo quería que la amara tal como lo hacía antes de convertirse en parlamentario. Pero decirlo en voz alta sería espantosamente pueril y vergonzoso. Se sonrojó tan solo de pensar que Jack pudiera adivinar que aquello era a lo que se refería.

—Me figuro que sí —contestó Emily—. Pero tu manera de hablar me hace pensar que no confías en él pese a tus generosas palabras. Diría que llevas razón, y que no tendría una aventura con una doncella, o siquiera que se aprovechara de ella en algo más que una aventura. Pero hay algo turbio, y todavía no sabes si es algo a lo que deberías prestar atención.

Jack se quedó desconcertado un momento y luego sonrió, con el mismo encanto y afecto que Emily había visto en él desde el principio. Debería dejar de decirse a sí misma que ya no estaba enamorada de él. Además, tendría que haber aprendido a no creer semejante mentira.

—Tienes el don de exponer las cosas con una espantosa claridad —dijo Jack, con cierto grado de aprobación—. Nunca tendrías éxito en el Parlamento. No sé cómo lo haces en sociedad. ¡Yo no me atrevería!

—Hay que sonreír cuando dices cosas que la gente no desea oír —contestó Emily—. Así creen que en realidad no querías decirlo. O, como mucho, dudan de que sea así. Aunque en mi caso es bastante diferente, además; a nadie le preocupa demasiado lo que piense. Siempre pueden descartarlo, si lo desean. Excepto, por supuesto, si les digo que tienen un aspecto estupendo y que van a la última moda. Entonces, naturalmente, habla el sentido común y mi opinión es infalible.

Jack la miró un momento, sin saber en qué medida creerla. Luego negó con la cabeza, le dio un beso en la mejilla y salió de la habitación.

Fue mejor de lo que pudo haber sido, no un desastre total, pero aun así demasiado cerca del borde del abismo. Debía hacer algo al respecto, y no con Charlotte esta vez. Sin que importara quién hiciera qué, Charlotte siempre se llevaba el mérito.

A Emily se le presentó una ocasión ideal para pasar la tarde con Rosalind Kynaston. Echó una ojeada al periódico que Jack había descartado y encontró un evento apropiado, y otros para los días siguientes. Llamó por teléfono a Rosalind para invitarla a una exposición de pintura impresionista francesa, y tal vez a tomar el té. No invitó a Ailsa con toda la intención.

Se sorprendió gratamente cuando Rosalind contestó que aquella tarde no tenía ningún compromiso que no pudiera posponer, pese a que ello significaba que Emily no estaría ni mucho menos tan preparada como le hubiera gustado en lo que atañía a cómo conducirse para aprovechar aquella oportunidad al máximo. Sabía de sobra que quería conseguir información que ayudara a Pitt y, por consiguiente, a Jack, para determinar qué le había ocurrido a Kitty Ryder y quién era el responsable. Le gustaría mucho que el autor del crimen no fuese alguien de la casa de Kynaston.

Puso mucho esmero en vestirse. El rosa había sido un desastre. Aunque solo fuese por el recuerdo que le traía, aparte de todo lo demás, no volvería a ponérselo. De hecho, ¡más valdría evitar todos los colores cálidos y luminosos! Disponía de medios suficientes para elegir lo que se le antojara. Con su cabello rubio y la tez pálida, sobre todo después de un largo invierno, algo delicado y frío sería la elección lógica. ¿Cómo había podido ser tan tonta para hacer otra cosa? ¡La desesperación nunca era un buen juez!

Se decidió por un verde azulado muy claro, con un pañuelo de seda blanca al cuello. Se contempló en el espejo con ojo crítico y se dio por satisfecha. Ahora debía olvidar la cuestión del vestido y concentrarse en lo que iba a decir.

Se encontraron en la escalinata de la galería. Rosalind llegó poco después que Emily. Se saludaron afectuosamente y entraron. El día era muy agradable aunque el viento de marzo seguía soplando frío.

—Ruego me disculpe por tan desconsiderada prisa —dijo Emily cuando llegaron al vestíbulo—. De repente he sentido el impulso de hacer algo por mero gusto, no para ser correcta y entablar conversaciones frívolas.

—Me ha encantado —respondió Rosalind con sentimiento. Miró a Emily con suma franqueza—. Podemos hacer novillos de nuestras obligaciones toda la tarde.

No añadió comentario alguno sobre su cuñada pero en cierto modo quedó flotando entre ambas. La mera ausencia de su nombre fue una observancia en sí misma.

Emily sabía que no debía ser demasiado franca de sopetón. Sonrió mientras se dirigían hacia la primera galería.

—Siempre me han gustado los cuadros impresionistas. Parecen fruto de una mente libre. Aunque no te guste la obra en sí, te ofrece decenas de maneras de verla e interpretarla. Los cuadros estrictamente figurativos te obligan a ver su realidad de inmediato.

—Nunca se me había ocurrido pensarlo —dijo Rosalind con patente placer—. ¿Quizá podríamos quedarnos aquí toda la tarde?

No agregó cuánto le atraía la idea; quedaba claro en su semblante.

La primera sala la ocupaban casi por completo cuadros de árboles, luces en las hojas, sombras en la hierba e impresiones del movimiento del viento. Emily disfrutó contemplándolos por su belleza durante un buen rato, dejando que Rosalind hiciera lo mismo, aunque en varias ocasiones desvió la mirada hacia su rostro para estudiar su expresión. Saltaba a la vista que Rosalind estaba atribulada. Emily había estado acertada en su observación de que la naturaleza de aquel arte daba alas a la propia interpretación, las sombras igual que las luces. Había sido un lugar emocionalmente peligroso al que ir. Demasiados sentimientos podían quedar desnudos. Y, no obstante, habida cuenta de cómo apremiaba el tiempo, y tal vez de la cruda realidad de una traición al acecho, seguía siendo el mejor. Aunque pecar de exceso de franqueza podría destruir la magia del momento, como si se rompiera un espejo y ya nunca fueras a saber qué reflejaba.

Se acercó a Rosalind, que estaba delante de un dibujo a lápiz de árboles azotados por el viento.

—¿No hace que una se pregunte qué tenía en mente el artista? —dijo Rosalind en voz baja—. Quizás en eso consista el verdadero arte. Cualquier buen reportero puede captar lo individual y reproducir lo que ven sus ojos. Un genio es capaz de captar lo universal y lo que todo el mundo siente... o quizá no todo el mundo, pero sí personas de mil tipos diferentes.

Nunca habría una oportunidad más clara. Era casi como si Rosalind estuviera buscando una rendija para hablar.

—Tiene razón —convino Emily en voz baja para que ninguno de los presentes en la sala tuvieran ocasión de oírla—. En este dibujo parece que las ramas se abracen unas a otras en la oscuridad, temerosas de la violencia exterior.

—Yo veo la violencia dentro y la oscuridad más allá —dijo Rosalind, esbozando una tensa sonrisa—. Y las veo acurrucadas, pero no juntas salvo por azar.

Emily pretendió no haber notado nada descarnado ni doloroso en sus palabras, pero el corazón le palpitaba en el pecho.

—¿Qué me dice de ese cuadro de allí? —Señaló uno que también representaba ramas pero que transmitía un estado de ánimo completamente distinto. Los nudos se deshacían y bastaba con mirarlo para sonreír—. Para mí es el polo opuesto y, sin embargo, el tema es el mismo.

—La luz —dijo Rosalind sin vacilar—. En ese el viento es cálido y las ramas bailan con él. Todas las hojas se agitan como volantes o faldas.

—Bailan —dijo Emily pensativa—. Es verdad. Es muy difícil que otra persona te diga cómo te está sujetando tu pareja, ligeramente, sosteniéndote o estrechándote tanto que te deja magullada y no puedes escapar. Me pregunto si alguien ha pintado a bailarines de verdad de esa manera. ¿O sería demasiado evidente? Merecería la pena intentarlo, ¿no? ¿Si una fuese pintora?

—Tal vez eso se encuadre en los retratos de grupo —sugirió Rosalind.

Emily se rio.

—¡No, si lo que quieres es otro encargo!

Rosalind abrió las manos en un ademán de sumisión.

—Por supuesto —convino—. Hay que pintar a la gente tal como desea ser vista. Pero ¿lo haría un gran artista, excepto para ganar lo suficiente para vivir?

—¿Acaso hay alguien que sea incapaz de llegar a ese acuerdo? —preguntó Emily a su vez.

Rosalind tardó un momento en contestar. Para entonces habían pasado a la sala siguiente, donde casi todos los cuadros eran marinas o paisajes de ríos y lagos.

—Las marinas me gustan más —comentó Rosalind—. El horizonte abierto. —Titubeó un instante—. Esa es bonita y terrible; transmite soledad, incluso desesperación. Parece una gravera abandonada y llena de agua.

Emily no dijo palabra, aguardando.

—Seguro que se habrá enterado de que mi doncella ha desaparecido —prosiguió Rosalind mirando el cuadro, no a Emily—. Y que encontraron un cadáver en los cascajales que hay cerca de la casa. Todavía no sabemos si es Kitty o no.

—Sí —reconoció Emily—. Tiene que ser espantoso para usted... Ni siquiera puedo imaginarlo.

Podía imaginarlo muy bien, pero no era un buen momento para hablar de ella ni de las tragedias de su propio pasado.

—Lo peor son las sospechas —continuó Rosalind—. No puedo dejar de esperar que esté viva en alguna parte, por el bien de todos. No era una persona irresponsable en absoluto. La gente insinúa que se fugó con el joven que la cortejaba, pero no me lo creo. No puedo. A ella le gustaba pero no estaba enamorada. Ailsa dice que sí, pero yo lo sé mejor. O bien está muerta, o bien huyó por un motivo que a ella le pareció real.

Por un momento el rostro de Rosalind fue tan melancólico como el cuadro de la gravera.

Emily tuvo la sensación de que debía decir algo, no solo porque no podía dejar que se le escapara la oportunidad, sino por la más elemental amabilidad.

—¿Está segura de no estar permitiendo que su afecto por ella le haga disculpar sus defectos? —preguntó gentilmente—. ¿No sería mejor pensar que era veleidosa y en contadas ocasiones egoísta, en lugar de creerla muerta? Al fin y al cabo, ¿de quién tendría tanto miedo para huir en plena noche sin decir una palabra? —¿Podía atreverse a ir más allá? Si lo hacía, ¡tenía que ser ahora! Vaciló solo un instante—. ¿Usted no lo habría notado? ¿Una mirada, tal vez cierta torpeza, poca atención al detalle? ¡Es muy difícil disimular un miedo tan grande que te haga huir sola en plena noche de invierno! Entonces era enero, ¿verdad? No me gusta salir en enero, ni siquiera envuelta en mantas y en carruaje, sabiendo que voy a regresar tarde a mi cama.

Rosalind se volvió un poco y la miró, ojerosa.

—A mí tampoco —dijo en poco más que un susurro—. Pero he estado a salvo, materialmente a salvo, toda mi vida. No soy criada, y no se me ocurre qué podría ser tan peligroso.

—¿De qué pudo enterarse? —preguntó Emily, aprovechando la ocasión que Rosalind le brindaba—. Tenía que ser algo de lo que no pudiera hablar con usted...

—Eso es lo que más me asusta —contestó Rosalind, ahora con la voz tan forzada que apenas era reconocible—. En mi vida no hay nada que sea siquiera interesante, y mucho menos amenazante para alguien. Tiene que ser algo sobre mi marido o mi cuñada. —Suspiró profundamente—. O sobre Bennett. Hace casi nueve años que murió y, sin embargo, es como si siguiera viviendo con nosotros, escondido en algún lugar de la casa. Nadie lo olvida jamás.

Emily reflexionó solo un instante.

—¿Quiere decir que Ailsa todavía lo ama tanto que no se plantea casarse otra vez?

Rosalind no contestó de inmediato. Se quedó meditabunda un momento.

—No estoy segura —dijo al cabo de un rato—. Acepta que otros hombres la inviten a reuniones sociales, pero todos se enfrían transcurrido cierto tiempo. De modo que sí, tal vez lleve usted razón. Es lo que Dudley dice, en cualquier caso, pero Dudley amaba profundamente a su hermano. Incluso tratándose de hermanos, estaban muy unidos. —Sonrió, y lo hizo con sincero afecto—. Esa es una de las mejores cualidades de Dudley: es completamente leal y, si alguna vez juzga, lo hace con gentileza. Siempre fue protector con los jóvenes y, como tal vez sepa usted, Bennett era su hermano menor. Recuerdo a Dudley con nuestros hijos. Era paciente, por más exasperantes que resultaran a veces... porque lo eran. En realidad, era más amable que yo... aunque me avergüence admitirlo.

—¿Y sus hijas? —preguntó Emily con interés.

Rosalind se encogió de hombros.

—Oh, siempre fue paciente con las chicas, igual que conmigo. Y si vamos al caso, también con Ailsa. Las mujeres no lo tientan a obrar de otro modo. No estoy segura de si se debe a que no espera gran cosa de nosotras...

—Hay hombres que son pacientes por naturaleza —convino Emily. Pensó brevemente en Jack y Evangeline. Por más manipuladora que fuera, él no se molestaba siquiera en negarlo.

Miró a Rosalind, tratando de decidir qué camino seguir a continuación, siendo muy consciente de la angustia que la embargaba.

—Ailsa parece lo suficientemente tenaz para no precisar demasiada protección —observó—. Perdón, quizá sea un juicio precipitado.

—No, en absoluto —respondió Rosalind al instante—. Yo... —Negó con la cabeza—. No, es culpa mía. Yo tampoco debería juzgarla. Ailsa me parece una mujer increíblemente fuerte, pero la muerte de Bennett la destrozó. Solo que en apariencia se mostraba enojada, incluso furiosa con el destino que le había arrebatado al único hombre que amaba. Yo nunca... —Negó con la cabeza otra vez—. Nunca he amado de esa manera. ¿Tal vez porque tengo hijos? No lo sé. Si Dudley muriera lo echaría muchísimo de menos. Me figuro que cada día sería consciente del vacío, de todas las cosas que decía y hacía, las que le importaban... todo. Me consta que lloraría para mis adentros, tal como ella sigue haciéndolo por Bennett. Pero dudo de que me pusiera furiosa contra el destino.

Emily pensó en lo que sentiría si Jack muriera. Una inmensa soledad... como si fuera a estar sola el resto de su vida. Pero si supiera que en realidad la había abandonado, bien fuera abiertamente, físicamente, o solo por estar emocionalmente ausente, ¡entonces sí que se enfurecería! A veces quizá su furia la llevaría a perder el dominio de sí misma, pero sería una defensa contra el llanto. Lo sabía casi como si hubiese sucedido. Sería como si el vino dulce de la vida se hubiese convertido en vinagre. La mera idea le dio un escalofrío.

—¿Cómo era Bennett? —preguntó.

Rosalind sonrió.

—Como este cuadro, con la luz del sol en los árboles —contestó—. ¿Cree que deberíamos avanzar? ¿Estamos impidiendo que otras personas puedan contemplar esta pintura?

Miró en derredor para ver si había alguien aguardando, pero en la sala solo había otros dos hombres mirando otro cuadro en la pared contraria.

—Probablemente —convino Emily—. Vayamos a ver qué hay en la sala siguiente.

Resultó ser una serie de paisajes que transmitían distintos estados de ánimo, todos eran bonitos, cada uno a su manera. Con tanta pasión en torno a ellas era más fácil ser sincera de cuanto lo habría sido en un lugar más convencional, con las cortesías a las que estaban acostumbradas, los fingimientos al uso y los buenos modales.

—¿Cómo era Bennett? —Rosalind repitió la pregunta de Emily—. Cuando hago memoria me doy cuenta de que no lo veía tan a menudo como cabría suponer, habida cuenta de la impresión que me causó. Se parecía mucho a Dudley en algunos aspectos: sus intereses, sus gestos, su sentido del humor. Pero era más listo, más seguro de sí mismo. Tenía sueños fabulosos y no dudaba de que algún día los vería hechos realidad en su mayoría. En cierto modo por eso nos costó tanto aceptar que hubiese muerto. Fue todo muy rápido. Un día se puso enfermo y al cabo de una semana ya había fallecido. No lográbamos comprenderlo, sobre todo Dudley. Después de todo lo que...

Se calló. Emily aguardó. Estaban delante de un amplio paisaje con cielos enormes; el lado izquierdo se extendía azul hacia el infinito, en el derecho se aproximaba veloz una tormenta, oscureciéndolo todo, cargada de amenaza.

—Creímos que lo peor ya había pasado —dijo Rosalind sin más, como si cualquiera supiera a qué se refería.

Quizá pecó de indelicadeza, pero Emily no podía dejarlo en suspenso.

—¿Había estado enfermo antes? —preguntó.

—Bennett estaba en Suecia —dijo Rosalind al cabo de un momento—. De eso hace muchos años. Antes de que conociera a Ailsa. No sé qué ocurrió. Dudley se puso fuera de sí. Nunca he vuelto a verlo tan desesperado. Recibió un mensaje y lo dejó todo. Al día siguiente se marchó a Suecia y estuve semanas sin recibir noticias suyas. Al regresar trajo a Bennett consigo, y nunca me contaron qué había sucedido. Bennett estaba pálido y delgado. Se quedó con nosotros. Dudley no quería perderlo de vista.

Dos caballeros pasaron junto a ellas, hablando muy serios.

—Solía tener pesadillas —prosiguió Rosalind cuando se alejaron y ya no las oían—. Le oía llorar por la noche. Dudley nunca me contó qué soñaba, y poco a poco se le fue pasando. Bennett recobró sus fuerzas y volvió a trabajar. Al cabo de uno o dos años conoció a Ailsa y poco después se casaron.

—¿Y luego volvió a enfermar? —dijo Emily con una aguda sensación de tragedia—. ¿Solo que esta vez fue demasiado deprisa y no pudieron hacer nada por salvarlo?

—Supongo —contestó Rosalind, dejando de mirar el cuadro para volverse hacia Emily—. Pero eso fue mucho antes de que Kitty viniera a trabajar en casa, y desde luego fue una verdadera tragedia. Ojalá... ¡Ojalá pudiera hacer algo útil! Dudley ya ha sufrido más que suficiente.

Emily contempló las nubes del cuadro y las oscuras sombras que proyectaban sobre la tierra y se estremeció sin querer.

—Parezco muy autocompasiva, ¿verdad? —dijo Rosalind, molesta consigo misma—. Tenemos una casa bonita. El trabajo de Dudley es importante y se le da muy bien. Tenemos dinero y posición, hijos e hijas sanos, y aquí me tiene, con la arrogancia de hablar de sufrimiento.

—No saber es doloroso —respondió Emily con sinceridad—. Por más que ames, si tienes miedo de perderlo todo, el frente frío de esa tormenta se te echa encima.

Rosalind sonrió. Tenía lágrimas en los ojos. Apoyó la mano en el brazo de Emily con un gesto rápido y volvió a retirarla.

—¿Le apetece que tomemos el té? Sé que es un poco temprano, pero me gustaría llevarla a un sitio encantador que sé que estará abierto.

—Me parece una idea excelente —aceptó Emily.

A media tarde, camino de casa en su carruaje, Emily reflexionó sobre lo que le había contado Rosalind e incluso más en lo que había dejado sin decir. Mientras merendaban habían hablado de muchas cosas, en su mayoría totalmente triviales, de vez en cuando incluso divertidas. Rosalind estaba bien informada sobre un buen puñado de temas. Hablaba de música con entusiasmo y conocía a varios pianistas. Le interesaba la historia del cristal, desde los tiempos del antiguo Egipto hasta la Venecia contemporánea y las características del cristal de Murano. Emily comenzó a desear que Jack terminara trabajando para Dudley Kynaston. Le encantaría hacerse más amiga de su esposa.

La amistad con su cuñada ni se le ocurrió siquiera hasta caer en la cuenta de lo poco que la había mencionado Rosalind. En realidad, solo lo había hecho dos veces, y en ambas ocasiones fue para decir que habían asistido juntas a un evento social por iniciativa de Ailsa. Aparte de eso, habían pasado una tarde interesante y amena sin pensar en ella para nada.

Sin embargo, en otras ocasiones Ailsa había dado la impresión de ser parte integrante de la vida de los Kynaston. ¿Se trataba solo de gentileza, incluyéndola porque al parecer no tenía más familia?

Rememorando las pocas ocasiones en que Emily había estado en compañía de ambas mujeres, recordó que Ailsa de un modo u otro había llevado la voz cantante, como si fuese una hermana mayor aunque, probablemente, fuese varios años más joven. Pero en realidad había percibido poco cariño entre ellas.

¿Tenía alguna importancia? Seguramente, no. Sin embargo, Emily resolvió averiguar mucho más acerca de Ailsa Kynaston, tanto como le fuera posible y, preferiblemente, cuando no estuviera en compañía de Rosalind. Entre otras cosas, se había enterado por Rosalind de que era mucho más inteligente y observadora de lo que aparentaba. Quizá sería una insensatez subestimarla.

Ahora el reto consistía en provocar la ocasión para observar a Ailsa. Si Ailsa estaba efectivamente en el meollo del problema, el asesinato de Kitty Ryder, quizá sería peligroso que la vieran indagar acerca de ella. La idea no disuadió a Emily, pero debía poner mucho cuidado a la hora de hacer planes. Averiguaría cuáles eran los intereses de Ailsa, qué obras de teatro le gustaban, qué exposiciones, quién había en su círculo de amistades que Emily también pudiera conocer.

Al final el destino jugó a favor de Emily. Tres días después había cambiado su decisión anterior de rehusar, y en cambio acompañó a Jack a una recepción formal con otros personajes del Gobierno. Previamente había dicho que no iría, por miedo a ser pesada y una pizca posesiva. Ahora sus intenciones con respecto a Ailsa lo cambiaban todo. Estaba decidida a apoyar a Jack no solo tácitamente sino efectivamente, y obligarlo a ser consciente de ella y a alegrarse de que estuviera presente.

Se vistió con esmero en su tono favorito: verde pálido, más

delicado que el de las hojas nuevas y conocido como «aguas del Nilo», aunque con la mucho más sofisticada expresión francesa de *eau-du-Nil*. La seda, en extremo suave, flotaba cuando se movía, y su brillo captaba la luz. Naturalmente, el corte era a la última moda: abullonado en los hombros y el cuello, liso y ceñido en las caderas. Teniendo en cuenta el color del vestido, unas perlas hubiesen sido lo más apropiado, pero se puso diamantes. Quería sus rutilantes destellos.

Cuando se dio por satisfecha, bajó la escalera hacia Jack, que la aguardaba a los pies, y constató que había conseguido el efecto deseado. Jack no dijo palabra, pero sus ojos se abrieron un poco y suspiró con satisfacción. Por el momento, Emily estaba teniendo éxito.

La sensación que causó al entrar en la fiesta también fue gratificante. No obstante, tardó solo unos minutos en darse cuenta de que, sin duda, no poseía el monopolio de la belleza y la atención. Momentos después llegó Ailsa Kynaston, suficientemente tarde para asegurarse de que todo el mundo reparara en ella, aunque no tanto para resultar descortés.

Iba vestida en tonos crema y dorados. Era una mezcla atrevida para una mujer de tez tan clara, pero la llevaba estupendamente, con una confianza que desafiaba a cualquiera a encontrarle faltas.

Sin embargo, lo que llamó la atención de Emily fue que fuera del brazo de Edom Talbot, quien le constaba que era uno de los hombres más próximos al primer ministro pese a no ocupar un cargo concreto en el Gobierno. Pero Emily sabía por Charlotte que a Talbot le desagradaba Pitt y que hacía que su investigación del caso Kynaston resultase más difícil de lo que tendría que haber sido. Aunque tal vez a Talbot no lo moviera la intención sino más bien la necesidad, debido al delicado puesto que Kynaston ocupaba en la Armada.

Mirándolo con detenimiento, Emily vio a un hombre muy atractivo debido a su estatura y a su desenvuelta fortaleza. Se comportaba como si hubiese tenido que demostrar su superioridad física muchas veces. Había una especie de arrogancia tácita en su porte, ligeramente intimidadora.

¿Semejante actitud complacía a Ailsa? A Emily le pareció un tanto maleducado. Un caballero nunca hacía que los demás se sintieran incómodos ex profeso, y las amenazas, por tácitas que fueran, surtían ese efecto.

Había mujeres que encontraban atractivos a los hombres peligrosos. Emily consideraba, en cambio, que tales preferencias eran señal de alguna clase de íntima debilidad. Y la debilidad era peligrosa. Quienes eran conscientes de sus desventajas eran quienes atacaban.

Alguien le habló y ella dio una respuesta fútil a la ligera, sonriendo con el encanto que siempre había sabido cómo utilizar.

Jack le dijo algo que ella no oyó. Estaba enfrascada en observar a Edom Talbot y Ailsa Kynaston, estudiando el modo en que se movían juntos, con quién hablaban y a quién escuchaban, con qué frecuencia se miraban a los ojos o sonreían. ¿Quién llevaba la voz cantante?

Al principio le pareció que era Talbot. Conocía a más personas y se las presentaba a Ailsa, que reaccionaba con elegancia pero sin el menor entusiasmo. Ninguna de sus conversaciones debía de ser muy interesante. Saltaba a la vista que Talbot admiraba su llamativo aspecto, aunque, por otra parte, lo mismo les ocurría como mínimo a la mitad de los hombres presentes en el salón, y las mujeres la miraban con una mezcla de envidia y resentimiento.

Emily no había estado prestando la atención debida a sus propios deberes. Dedicó a Jack una sonrisa radiante y se sumó a la conversación.

Transcurrió más de media hora antes de que volviera a tener ocasión de vigilar a Ailsa y a Talbot. Ahora ella se inclinaba hacia él, sonriendo. Luego habló con una tercera persona y, acto seguido, de nuevo con Talbot. Él no le quitaba los ojos de encima, casi como si no pudiera hacerlo. Ailsa flirteaba con él, pero con tanta sutileza que solo Emily, experta en la materia, se dio cuenta. Los demás pasaban de largo, hacían algún comentario, sonreían, reían y seguían su camino.

Talbot puso la mano en el brazo de Ailsa, muy arriba, cerca del hombro, como si quisiera arrimarla a él. Fue un inusual gesto de propietario, casi íntimo. Ailsa tenía el rostro vuelto hacia otro lado porque había estado hablando brevemente con otra persona. Emily percibió un ramalazo de algo más que desagrado, diríase que casi de odio. Luego permitió deliberadamente que se la llevara hacia un aparte, hasta que encontró una excusa para avanzar en otra dirección.

¿Ailsa se estaba conteniendo debido al recuerdo de Bennett, el difunto marido a quien nunca olvidaría? ¿O se trataba de algo completamente distinto? Tal vez algo que sabía sobre Dudley Kynaston y la familia adoptiva, a cuya lealtad para con ella respondía ahora con alguna clase de protección?

Ahora bien, ¿protección contra qué? ¿Podía ser la misma información que hizo huir a Kitty Ryder? ¿O la que hizo que la mataran?

Emily quizá se había equivocado por completo en su valoración de Ailsa. Tendría que esclarecer ese extremo. Debía esforzarse en conocerla mejor pese al desagrado instintivo que le inspiraba. Emily conocía a montones de personas, quizás a cientos. Al menos dos o tres de ellas conocerían a Ailsa. Por la mañana empezaría a buscar el mejor camino a seguir.

10

—Tráigala de vuelta antes de las cinco y media. ¿Entendido, joven? Me importa un bledo que usted sea de la policía especial —dijo la cocinera ferozmente, mirando a Stoker como si fuese un recadero.

Stoker sonrió, pero Maisie contestó antes de que él pudiera hablar.

—Sí, cocinera. El señor Stoker es policía de la Special Branch. Nunca haría algo que estuviera mal.

Levantó un poco más la barbilla y miró a la cocinera directamente a los ojos, cosa que normalmente no se habría atrevido a hacer. Pero aquel día llevaba su mejor vestido, el único que nunca se ponía para trabajar. El lacayo había sacado lustre a sus botines hasta que el gato pudo verse reflejado en ellos. La nueva doncella de la señora Kynaston le había recogido el pelo para que lo llevara bien arreglado incluso en la nuca, donde ella no podía verlo. El señor Stoker se la llevaba a tomar el té para hacerle preguntas importantes, tan importantes que no podían hacerse donde otras personas pudieran oírlos.

Stoker se puso serio de nuevo.

—Tomaremos el té y luego la traeré de vuelta —prometió.

La cocinera hizo una seria advertencia a Maisie.

—Pórtate bien, Maisie. No te pases de lista ni seas descarada, ¿entendido? Y si vas a repetir chismorreos que no son asunto tuyo, te verás en la calle y sin trabajo. Cuidado con lo que dices, y ojito con tu imaginación.

—Sí, cocinera. No diré nada que no sea la pura verdad.

Acto seguido, sin aguardar a que la cocinera pudiera agregar algo más, dio media vuelta y se marchó, con la barbilla bien alta y la espalda tan tiesa como si llevara libros encima de la cabeza.

De pronto Stoker deseó haber tenido una hija. Una antigua amante suya quiso casarse con él y fundar una familia. Era guapa, con los ojos negros como los de aquella joven pinche de cocina. A Stoker lo asustó la idea de asumir tamaña responsabilidad. Había vacilado demasiado tiempo. Cuando por fin regresó tras un largo viaje, Mary había encontrado a otro. Le había dolido mucho.

Alcanzó a Maisie y caminaron juntos, procurando no dejarla atrás. Bajaron por Shooters Hill Road hacia Blackheath hasta llegar al salón de té, donde ya había reservado una mesa para ellos.

—¿Invita usted, entonces? —preguntó Maisie mientras él le apartaba la silla para que se sentara, alisándose las faldas con evidente timidez.

—Por ahora sí —contestó Stoker—. ¿Te apetece té? ¿Y unos pasteles?

Maisie estaba demasiado impresionada para hablar mientras la camarera aguardaba junto a la mesa para anotar su pedido. Era la primera vez que la servían o que la llamaban «señorita».

—Té para dos, y los mejores pasteles de la casa, por favor —solicitó Stoker. Le costaba reconocerlo, pero lo estaba pasando en grande. Sin embargo, el tiempo apremiaba y tenía muchas cosas que preguntar. No podía permitirse aguardar hasta que les sirvieran el té.

»Encontramos un sombrero en la gravera y pensamos que era de Kitty —comenzó Stoker—. Pero luego descubrimos que no lo era. Un idiota lo puso allí a propósito, solo para llamar la atención.

Maisie frunció el ceño.

—Qué malvado. ¿Solo quería asustarnos y que nos pusiéramos tristes para que se hablara de él? ¿Es bobo o qué?

—Diría que sí. Pero dimos con el recibo del sombrero, y también con el de la pluma, de modo que sabemos que no era suyo.

A Maisie le brillaban los ojos.

—¿Entonces a lo mejor no está muerta?

—Voy a creer que no lo está —dijo Stoker con firmeza.

—Pero hay una pobre desgraciada que sí, ¿eh? —Se mordió el labio—. ¿Y todavía tienen que descubrir quién es y quién le hizo eso?

—Si no es Kitty ni guarda relación alguna con la casa Kynaston, será trabajo de la policía encontrarla —contestó Stoker.

—Porque usted es especial, ¿verdad?

Stoker tomó aire para explicárselo restándose importancia, pero, al ver su semblante, cambió de parecer.

—Algo por el estilo —convino con cierta torpeza—. Pero aun así quiero encontrar a Kitty y demostrar que está viva.

Maisie ladeó un poco la cabeza.

—¿Para salvar al señor Kynaston?

Stoker se sintió ligeramente incómodo. Los ojos de Maisie eran brillantes, casi negros, avispados e inocentes a la vez. Titubeó en cuanto a cómo debía contestarle. Necesitaba sonsacarle información y, sin embargo, ella lo estaba cuestionando. Si lo pillaba en un engaño perdería toda su confianza y, por consiguiente, su sinceridad. Además le resultaría doloroso. Se estaba ablandando con la edad.

—Principalmente —reconoció Stoker—. Pero me gustaría encontrar a Kitty para saber que está sana y salva.

Llegó el té, acompañado de una fuente llena de pastelitos y pastas. Maisie los miró, luego miró a Stoker, luego otra vez a la fuente.

—¿Cuál te apetece? —preguntó Stoker.

—El de chocolate —respondió Maisie al instante, y se ruborizó—. Naturalmente, si lo quiere usted, el que lleva azúcar rosa también me va bien.

Stoker tomó nota de no tomar el del glaseado rosa pese a que a él también le resultara apetitoso.

—Tomaré la tarta de manzana —dijo para tranquilizarla—. Empieza por el de chocolate.

Se planteó pedirle que sirviera el té, pero cambió de opinión. Le preguntó cómo le gustaba tomarlo y él mismo sirvió ambas tazas.

Maisie se comió el pastelito de chocolate despacio, saboreando cada bocado.

—Para encontrar a Kitty necesito saber más cosas sobre ella —comenzó Stoker—. Sé unas cuantas. Cantaba muy bien. Le gustaban el mar y los barcos, y coleccionaba ilustraciones de buques de todo el mundo, con distintos tipos de velas.

Maisie asintió con la boca llena. En cuanto hubo tragado, contestó.

—Era muy hábil con las manos. Claro, siendo doncella personal, cosía de maravilla, incluso remendaba el encaje cuando se rasgaba. —Se le arrasaron los ojos en lágrimas—. Encuéntrela, señor, por favor. Díganos que está bien... Quiero decir... sana y salva.

—Lo haré —prometió Stoker, y mientras lo hacía sabía que se estaba precipitando demasiado.

Maisie se sorbió la nariz.

—A lo mejor solo se marchó con el zopenco de Harry, ¿no cree?

Miró otra vez el último trozo de su pastel.

—¿Por qué no te terminas eso y luego te tomas el rosa? —sugirió Stoker—. Yo voy a tomar el de pasas.

Maisie lo miró para asegurarse de que lo decía en serio y luego hizo lo que Stoker le había dicho, después de beber un delicado sorbo de té.

Stoker disimuló su sonrisa. Tal vez estuviera enfocando mal la situación. Quizá no debería indagar adónde iría Kitty, sino el lugar que elegiría Harry Dobson.

—¿Cómo es ese... zopenco? —preguntó.

Maisie se rio tontamente al oírle pronunciar aquella palabra.

—Estaba bien. Loco por Kitty. Pensaba que el sol brillaba en sus ojos. Y supongo que eso vale algo, ¿no? Ella solo le sonreía y ya lo tenía en el bote.

—Pero no sería un buen novio para ti —concluyó Stoker—. ¿Por qué?

Maisie bajó la mirada al pastelito glaseado de rosa, un poco avergonzada.

—Nunca seré tan guapa como ella, pero eso no quita que quiera mejorar. Me gustaría conocer a un hombre con un poco de ardor, digamos; alguien que no me dejara darle sopas con honda.

Se calló, avergonzada de sus palabras. Resultaba demasiado elocuente decir que se refería a alguien que no la conociera; o a ningún hombre, en realidad.

—Tendrás que buscar mucho para encontrar a un hombre a quien Maisie no le dé cien vueltas —advirtió Stoker—. Pero tengo entendido que Kitty también era ambiciosa. ¿Qué había de malo en eso?

Maisie suspiró.

—Supongo que cuando te enamoras pierdes el juicio. Al menos eso dicen. —Dio un bocado al pastelito rosa y luego lo miró—. Lleva nata dentro, es blando y dulce.

—¿No te gusta? —preguntó Stoker enseguida—. No tienes por qué comértelo. Elije otro...

Maisie levantó la vista hacia él.

—No, si me encanta. Aunque es un poco como estar enamorada, ¿no? Supongo que no sabes qué va a ocurrir hasta que ya estás metida hasta el cuello, ¿eh?

—Maisie, eres tan lista que a veces me preocupas. Todos estos pastelitos son para nosotros, así que come tantos como quieras. Háblame más de Harry Dobson, y dime si realmente crees que a ella le gustaba lo suficiente para marcharse con él... sin avisar a nadie. Sin duda, tuvo un motivo para hacerlo. ¿Cuál podría ser?

Bebió un poco de té y rellenó la taza para que se mantuviera caliente. Luego cogió otro pastelito, pues estaba seguro de que Maisie no tomaría otro hasta que él lo hiciera. Se había fijado en cómo los contaba, e iba a ser escrupulosamente justa en el reparto.

—¿Crees que él la convenció para que se marchara en secreto? —preguntó Stoker.

Maisie negó con la cabeza.

—¡No! Nunca haría que Kitty hiciera algo que no quisiera hacer. Me figuro que debía estar... —Encogió un poco un hombro y se estremeció ligeramente antes de volver a mirar a Stoker—. ¿Quizás estaba asustada? Verá, a veces pensaba que ella sabía un par de cosas que antes no sabía sobre el señor y la señora, ¿sabe? Luego pensé que solo eran habladurías. Pero a lo mejor no lo eran, ¿no cree?

—Me parece muy posible —convino Stoker, procurando no darle demasiada importancia para no distorsionar lo que iba a decir—. ¿Alguna idea sobre lo que sabía?

Maisie negó con la cabeza.

—Hay cosas que es mejor no saber. Mi madre siempre lo decía, me decía que no viera ni oyera las cosas que no debía ver ni oír. Y que si lo hacía, las olvidara como si nunca hubiesen ocurrido.

—Muy sensata, desde luego —dijo Stoker con gravedad—. Ahora soy yo quien te dice lo mismo, y lo digo tan en serio como ella. Veamos, háblame más sobre Harry Dobson. Hemos preguntado a la policía regular, pero nadie parece capaz de encontrarlo. ¿Estaba especializado en algún trabajo de carpintería? ¿Ventanas, puertas, suelos? ¿Algún constructor en concreto con quien trabajara habitualmente? —Alcanzó la tetera—. Y toma más té. Si quieres más pastelitos, los pedimos.

Maisie inspiró profundamente, se armó de valor y pidió otro pastelito de chocolate.

—Kitty decía que iba a montar un negocio por su cuenta —contestó—. Se le daban bien las puertas. Quería hacer puertas de lujo, labradas y todo eso. Pero pudo ir a buscar un local en cualquier parte.

—¿De dónde venía? —insistió Stoker. Aquello parecía más prometedor.

—No lo sé —reconoció Maisie—. Del norte del río, me parece.

—Gracias. Esto restringirá un poco la búsqueda.

Maisie frunció el ceño.

—¿Tendría que haberlo dicho antes? Nadie me preguntó. Solo era lo que él quería, no sé si llegó a hacerlo.

Stoker le sonrió.

—Es posible que no lo hiciera, pero merece la pena intentarlo.

Maisie suspiró aliviada y se comió el pastelito.

Naturalmente, a Stoker le habían asignado otros casos desde el fracaso en la identificación del cadáver hallado en la gravera y la posterior suposición de que se trataba, en efecto, del de Kitty Ryder. Esos casos no debían pasarse por alto; afectaban de verdad a la seguridad del país. Por consiguiente, era mucho más sensato que continuara buscando a Harry Dobson en su tiempo libre. No le hacía ninguna gracia la perspectiva de recorrer las calles entrando y saliendo de *pubs*, teatros de variedades, tabernas, pero muy posiblemente sería una tarea de la que sacaría muy poca cosa si la llevaba a cabo durante el mediodía. Gracias a Maisie se había enterado de muchas cosas que restringirían la búsqueda. Tenía que olvidarse del barrio, pasar al norte del río e intentar encontrar a algún especialista en puertas de calidad.

Le llevó cuatro tardes de caminar bajo la lluvia de finales de febrero, con las perneras de los pantalones agitándose contra sus tobillos, las botas llenas de agua de los charcos y de las alcantarillas rebosantes. Habló con constructores establecidos en Stepney, en Poplar, más hacia el este, en Canning Town, y luego al norte de Woolwich hasta que por fin dio con Harry Dobson.

Stoker se plantó sobre el serrín del taller de carpintería frente a un joven rubio, de brazos musculosos y mirada afable.

—¿Es usted Harry Dobson? —preguntó Stoker. ¿Podía ser aquel el muchacho con quien se había fugado Kitty Ryder, abandonando su empleo y un hogar acogedor y seguro en Shooters Hill? Stoker había esperado que le causara mala impresión, ver en su rostro alguna evidencia de un carácter que abusaría de una muchacha que confiara en él. En cambio solo vio a un hombre de proceder lento, cuidadoso. De entrada, parecía un poco triste, como si hubiese perdido algo y no supiera dónde encontrarlo otra vez.

—Sí —contestó el carpintero tranquilamente—. ¿Usted es el tipo de las puertas alabeadas?

—No, en realidad no. —Stoker tuvo la sensación de estar disculpándose. Estaba bloqueando la puerta, pero había otra entrada, detrás de Dobson, que daba a un patio—. Perdón. Estoy buscando al Harry Dobson que cortejaba a Kitty Ryder, la joven que trabajaba en Shooters Hill.

La tez de Dobson perdió todo su color, dejándolo casi blanco; los ojos como agujeros oscuros en su rostro.

Stoker se puso tenso, contando con que daría media vuelta y saldría disparado por la otra puerta.

Permanecieron mirándose de hito en hito unos segundos.

Finalmente, Dobson habló.

—¿Es... es policía?

—Sí... —Stoker estaba rígido, con todos los músculos tensos, contando con tener que dar caza a aquel hombre, intentar derribarlo antes de que escapara. La mera idea lo ponía enfermo, y también era consciente de la fuerza de su adversario. Era de complexión robusta y tenía brazos musculosos. Stoker era tan alto como él y nervudo, pero distaba mucho de tener la fuerza de Dobson. Tendría que confiar en la velocidad y en los años de experiencia en peleas sucias.

Dobson respiró profundamente.

—¿Viene para decirme que al final la han pillado?

Stoker se quedó perplejo.

—¿Pillar, a quién?

—¡A Kitty! —dijo Dobson desesperado—. ¿Ha venido a decirme que la mataron? Le supliqué que no fuera, pero no me hizo caso. —Jadeaba como si alguien le estuviera impidiendo respirar—. Le prometí que cuidaría de ella.

Negó con la cabeza. Tenía lágrimas en los ojos y ni siquiera parecía darse cuenta.

—¡No! —respondió Stoker enseguida—. No... ¡No he venido a decirle eso en absoluto! No sé dónde está. La estoy buscando.

El color y la luz regresaron al semblante de Dobson.

—¿Significa que a lo mejor está bien? —Dio un paso al frente, entusiasmado—. ¿Sigue viva?

Stoker levantó una mano.

—¡No lo sé! Lo último que sé con certeza es la fecha en que se fugó de Shooters Hill, a principios de enero.

—Entonces estaba conmigo —respondió Dobson—. Prometí que cuidaría de ella, y lo hice. Luego, de repente, hace cosa de una semana, me dijo que tenía que volver a irse y que nadie ni nada se lo iba a impedir. Le supliqué. Le dije que lo único que quería era mantenerla a salvo. —Negó con la cabeza—. Pero no atendió a razones...

Su mirada de impotencia provocó que Stoker se conmoviera, apiadándose profundamente de Dobson.

—Lo más probable es que esté bien —dijo gentilmente—. Y tal vez hizo bien en marcharse. Si yo he podido dar con usted, otros podrán hacerlo también. Supongo que no sabe adónde fue...

—No...

—Tal vez sea lo más prudente —concedió Stoker, por más que le costara aceptarlo—. Soy policía, y no me han llegado noticias de que la hayan encontrado viva ni muerta, de modo que seguramente está bien, por ahora. Usted no ha cometido ningún error.

—¿Y ella? —insistió Dobson—. ¿Qué pasará si la encuentran?

—Haremos todo lo posible por atraparlos antes de que la encuentren.

Stoker se dio cuenta de que aquello era una promesa alocada. Sabía perfectamente que estaba siendo poco profesional. ¡Se le estaba contagiando la actitud de Pitt!

Dobson asintió lentamente. Le creyó.

—Gracias, señor —dijo con solemnidad.

—Pero tiene que ayudarme. —Stoker volvió a adoptar una actitud más seria—. No podré atraparlos si su ayuda...

—¡Lo que sea! —respondió Dobson con impaciencia.

—¿Por qué tenía miedo? Lo sé, pero quiero que me diga lo que ella creía.

—Vio y oyó cosas —contestó Dobson de inmediato—. Sabía que en esa casa había algo que iba muy mal. Me refiero a algo peor que pequeños robos ocasionales, a líos con mujeres casadas y cosas por el estilo.

—¿Nada de una aventura? —Stoker estaba sorprendido y se preguntó si Kitty le había dicho la verdad a Dobson—. ¿De qué se trataba?

Dobson negó con la cabeza.

—No me lo dijo. Le pregunté, le pedí que fuera a la policía, pero dijo que la policía no haría nada. Para empezar, no creía que fueran a creerla, teniendo en cuenta quien es el señor Kynaston, pero también dijo que la policía podía estar en el ajo. ¡Y de nada le servirá enfadarse conmigo! No pensará que se lo diría si lo supiera, ¿verdad?

—Sí —dijo Stoker con franqueza—. Creo que me lo diría. Gracias, señor Dobson. Si encontramos a Kitty la mantendremos a salvo...

—No podrán —dijo Dobson en el acto—. No saben quién va tras ella.

Fue un desafío, no una pregunta.

—No —admitió Stoker. Dentro de sí sentía tanto frío como

si una ráfaga de lluvia le hubiese empapado la ropa, acariciándole la piel con una mano gélida. Tomó aire para prometer que lo descubriría, pero entonces se dio cuenta de que ya había hecho suficientes promesas extravagantes por aquel día. Aquella la haría en silencio, y a sí mismo.

Aquella misma tarde Pitt estaba sentado junto al fuego en su casa de Keppel Street. Las largas cortinas de las cristaleras que daban al jardín estaban corridas, pero aun así oía el viento y la lluvia que azotaba los vidrios. Los niños estaban acostados. Él y Charlotte gozaban tranquilamente de la velada junto a la chimenea.

Fue Charlotte quien sacó otra vez el tema de la mujer sin identificar que habían encontrado en el cascajal.

—¿Crees que ya ha terminado? —preguntó, dejando la labor de bordado a un lado.

A Pitt le gustaba verla coser. La luz destellaba en la aguja que se movía en sus manos, dando puntadas sucesivas, y el ligero *clic* que emitía al chocar contra el dedal era rítmico y reconfortante.

—¿Qué es lo que ha terminado?

Pitt no había estado prestando atención. A decir verdad, estaba adormilado en la calidez de su hogar, con Charlotte tan cerca que si se inclinaba hacia delante podía tocarla.

—El caso de Dudley Kynaston —contestó Charlotte—. Cada día me despierto esperando que Somerset Carlisle vuelva a plantearlo en la Cámara. Sabes que el sombrero no era de Kitty, pero no sabes si el cadáver no era ella, ¿verdad?

Pitt suspiró, obligándose a concentrarse de nuevo en el asunto.

—No, y no han aparecido más pruebas, de modo que no hay nada que investigar. Tenemos que dejarlo correr.

—¡Pero te consta que hay algo turbio! —protestó enérgicamente Charlotte—. ¿Acaso Kynaston no reconoció que tenía una amante?

—Sí, pero no era Kitty Ryder.

—¿Le crees? —preguntó, con el ceño fruncido.

—Sí, le creo. —Se irguió un poco—. Según lo que dicen los demás criados, Kitty era una chica guapa, tenía ambiciones de mejorar, no de tener una aventura que podía costarle el empleo. O, peor aún, quedarse embarazada y verse en la calle sin un céntimo, sin empleo y sin futuro. Creo a Kynaston. La verdad es que no pienso que un revolcón con la doncella de su esposa justifique que la matara para guardar el secreto. No sé por qué se marchó Kitty, pero no me la imagino haciéndole chantaje con éxito o, según lo que dicen los demás criados, ni siquiera intentándolo. Al parecer se fugó con Dobson y tal vez luego se avergonzó tanto que no se atrevió a regresar a su casa.

—¿Y si ya estaba embarazada y se casó con él? —sugirió Charlotte—. Supongo que habréis comprobado todos los registros civiles...

Pitt sonrió.

—Sí, querida, lo hicimos.

—Vaya.

Se quedó callada unos minutos. Solo se oía el parpadeo del fuego y la lluvia contra las ventanas.

—¿Pues entonces qué está haciendo Somerset Carlisle? —dijo al cabo—. ¿Por qué planteó la cuestión en la Cámara? Seguro que tenía un motivo. Es más, ¿cómo se explica que supiera tanto al respecto?

—No lo sé —confesó Pitt—. Debió de enterarse de algo o, cuando menos, lo creyó. La información no es tan difícil de obtener; es posible que tenga amigos en la policía o en los periódicos.

Charlotte frunció el ceño.

—¿Qué podía saber que nosotros no supiéramos? Tiene que ser sobre Kynaston, ¿no?

—O sobre su querida —repuso Pitt, pensativo—. A lo mejor dispone de medios para averiguarlo, a nivel personal, que nosotros no tenemos.

—¿Acaso importaría? —Estaba desconcertada, seguía ignorando el bordado—. Es decir, ¿le importaría a Somerset? Si fuese alguien a quien conociera o que le preocupara, sin duda, sería lo último que querría sacar a la luz pública, ¿no te parece?

Pitt consideró la posibilidad de que la mujer fuese alguien que desagradara a Carlisle, pero en cuanto ese pensamiento cobró forma en su mente, lo descartó. Carlisle era impredecible en muchos aspectos, a veces extravagante, por no decir otra cosa, pero nunca se habría rebajado a servirse de su privilegio parlamentario con el propósito de llevar a cabo una venganza personal.

Charlotte lo estaba observando.

—¿Qué pasa? —preguntó.

—No lo sé. Que Talbot esté implicado me molesta, pero no puedo meter el dedo en la llaga. Carlisle lo aborrece. Se le nota en los modales y la voz, cortés y perfectamente controlado para que no haya a qué agarrarse. A mí tampoco me gusta Talbot, y estoy convencido de que es algo mutuo. Pero, que yo sepa, solo es porque no soy el caballero que en su opinión debería ocupar mi puesto.

De repente le dio vergüenza haber dicho eso. Charlotte era hija de una familia muy acaudalada y con una buena posición social desde hacía mucho tiempo, no de la alta sociedad como Vespasia, pero muy por encima de la condición de sirvientes de su propia familia. Una generación antes habría sido su lacayo, no su marido. Pitt era más consciente de eso que Charlotte. La actitud de Talbot se lo había vuelto a recordar.

—Pues es un idiota —dijo Charlotte, enojada—. Es un puesto demasiado importante para que designen a alguien por quienes fueron sus padres. Solo podemos permitirnos lo mejor. Intentar socavar este principio es ser desleal con el país. Cosa que le recordaré si tiene la osadía de hacer semejante comentario en mi presencia.

Pitt se rio, aunque un poco forzadamente. Le constaba que Charlotte era muy capaz de hacer lo que decía.

—¿Hablarás de nuevo con Carlisle? —preguntó Charlotte.

—No hasta que tenga algo concreto que preguntarle —contestó Pitt—. Nos conocemos demasiado bien para que intente engañarlo ni siquiera un instante. ¡Ojalá me sucediera lo mismo con él!

—Me alegra que no os parezcáis —respondió Charlotte gentilmente.

Por la mañana Pitt estaba en su despacho leyendo informes de varios agentes diseminados por el país cuando, tras llamar enérgicamente a la puerta, Stoker entró. No se lo veía en absoluto estoico. Su habitual rostro sombrío y más bien escuálido irradiaba satisfacción. Le brillaban los ojos.

Pitt no estaba de humor para preámbulos.

—¿Qué pasa? —inquirió.

—Encontré a Harry Dobson —contestó Stoker en el acto—. Ha montado su propio taller de carpintería, por eso no dábamos con él. Es un tipo normal y corriente pero decente. Lo he investigado, no tiene ficha policial. Paga todas sus deudas. No se sabe nada malo de él...

—Al grano, Stoker. ¿Dónde está Kitty Ryder? —interrumpió Pitt.

—A eso iba. Se fugó de Shooters Hill con Dobson porque se había enterado de algo que le daba tanto miedo que pensó que la matarían si se quedaba en la casa. No explicó a Dobson de qué se trataba, pero la cosa se puso muy fea cuando apareció el sombrero con la pluma roja; pensó que alguien volvía a andar tras ella y se mudó. No dijo adonde se iba. Quizá no lo había decidido todavía. —Endureció su expresión—. O tenía intención de seguir moviéndose, demasiado asustada para quedarse en un lugar concreto.

—¿Es eso lo que le dijo Dobson? —preguntó Pitt.

—Le creí —insistió Stoker. Había una certeza categórica en su voz, en su rostro y en su posición de firmes ante el escritorio de Pitt—. Creo que se preocupa por ella y, si quiere que le diga la verdad, dudo de que sea lo bastante inteligente para mentir. Encaja con todo lo demás que sabemos.

—Aun así, sigue dejando muchas cosas sin contestar —dijo Pitt tristemente. ¿De qué tenía miedo? ¿Quién pensaba que iba tras ella? Igual que Stoker, deseaba creer que estaba viva. También quería creer que Kynaston no le había hecho daño y que el cadáver de la gravera era el de una desconocida; y, por supuesto, si era sincero consigo mismo, un asunto del que debería encargarse la policía local.

—¿Señor? —dijo Stoker con cierta brusquedad.

Pitt volvió a prestar atención.

—Supongo que habrá comprobado si algún vecino la vio con Dobson después de la noche en que desapareció.

—Sí, señor. Solo di con uno, pero no encontré a Dobson hasta ayer a última hora de la tarde. Tuve suerte de que aún estuviera trabajando.

—¿Tan tarde? —preguntó Pitt con curiosidad.

—Sí, señor. Serían las siete.

Las enjutas mejillas de Stoker estaban ligeramente sonrojadas.

—En su tiempo libre —señaló Pitt.

Stoker se puso más rojo.

—Pensé que era importante, señor —respondió, un tanto a la defensiva.

Pitt se apoyó en el respaldo de su sillón y contempló a Stoker con interés y una creciente simpatía. Aquella necesidad de seguir la pista de una persona desaparecida, incluso en su tiempo libre, era un aspecto de Stoker que no había percibido hasta entonces. También resultaba interesante que Stoker estuviera avergonzado. Lejos de irritarse con él o desdeñarlo, Pitt lo encontró más simpático. Demostraba una delicadeza, una vulnerabilidad que nunca había pensado que Stoker poseyera.

—Seguramente lo sea —convino Pitt—. Entonces la pregunta es: ¿qué descubrió que fuera tan espantoso, o que ella creyera tan espantoso, para que huyera sin llevarse nada consigo ni avisar a nadie? ¿Y por qué no se ha puesto en contacto con la casa Kynaston, o con la policía, para decir que está sana y salva?

—Lo he estado pensando —dijo Stoker, recobrando un poco la compostura—. Según lo que le dijo a Dobson, está bastante claro que pensaba que alguien iba tras ella, pero no le dijo quién. Y nadie hace algo semejante por una aventura, sea con quien sea.

—No —concedió Pitt—. De hecho me pregunto si Kynaston lo confesó solo para satisfacer nuestra curiosidad y lograr que dejáramos de investigar.

Stoker se mordió el labio.

—No podemos pasarlo por alto, señor.

—¡Por Dios, siéntese! —le dijo Pitt—. Tenemos que volver al principio de todo. ¿Le dijo Dobson si el pelo y la sangre encontrados en la escalera del patio eran de ella? Si lo eran, ¿cómo llegaron allí? Supongo que no se peleó con ella. ¿Acaso los puso alguien para despistarnos? ¿Alguien intentó detenerla? ¿Quién? Cuesta creer que fuera pura coincidencia.

Stoker volvió a sonrojarse.

—No se lo pregunté. Iré a verlo otra vez. Me parece que lo más probable es que fuera un accidente. Quizá tropezó.

—Un accidente me lo trago —contestó Pitt—. Dos, no puedo. ¿De quién era el cadáver de la gravera? La policía local no logra dar con alguien que haya desaparecido, y han peinado varios kilómetros a la redonda. Sea quien sea, esa pobre mujer murió violentamente, después la escondieron durante varios días entre el momento de su muerte y el momento en que fue encontrada en la gravera. Y estaba espantosamente mutilada. En eso no hay accidente que valga.

—No, señor. Alguien está jugando con nosotros. Las apuestas deben de ser altas.

—Muy altas —dijo Pitt gravemente—. Ni siquiera estoy seguro de que sepamos quiénes son los jugadores.

—¿El señor Carlisle es un títere o un jugador? —preguntó Stoker.

—Esa es otra cosa que no sé —contestó Pitt—. Hace años

que lo conozco. Me parece que será más prudente suponer que es un jugador.

—¿De qué bando?

—Del nuestro... espero.

—¿Y el señor Kynaston?

—Creo que ahí es por donde hay que comenzar. De momento, delegue todos los demás asuntos.

—Sí, señor.

11

Pitt se había quedado despierto hasta tarde la noche anterior, releyendo todos los documentos que tenía sobre el caso Kynaston. Lo consideraba en estos términos porque el meollo del asunto residía en la casa de Kynaston. Finalmente, se había acostado hacia la una y media, cuando las páginas bailaban ante sus ojos y no hacía más que perder el tiempo mirándolas.

Lo despertó de golpe la mano de Charlotte en su hombro, amable pero bastante firme, sacudiéndolo. Abrió los ojos y vio la pálida luz gris matutina que inundaba la habitación. Era el uno de marzo. El sol salía más temprano cada día. Faltaban menos de tres semanas para el equinoccio, el primer día de primavera.

—Perdona. Me he dormido —farfulló, incorporándose a regañadientes. Los pies le pesaban y tenía una contractura en la nuca.

—No es muy tarde —dijo Charlotte con dulzura, pero hacía demasiado tiempo que Pitt la conocía, y demasiado bien para no reparar en el tono de inquietud.

De pronto se despertó de verdad.

—¿Qué ha ocurrido?

Primero pensó en sus hijos, luego en Vespasia e incluso en la madre de Charlotte. Le entró frío. Se puso tenso.

—Han encontrado otro cadáver en una de las graveras de

Shooters Hill —contestó Charlotte, inquieta y con el ceño fruncido.

Lo único que sintió Pitt fue un gran alivio, como si la sangre caliente volviera a fluir por su cuerpo. Apartó el cobertor y se levantó.

—Más vale que me vista y vaya para allá. ¿Quién ha llamado? No he oído el teléfono.

—Stoker te está aguardando. Ha venido en un coche de punto. Le prepararé una taza de té y unas tostadas mientras te vistes, y también habrá para ti cuando bajes.

Pitt tomó aire para responder, pero Charlotte ya estaba en la puerta.

—¡Y no me digas que no tienes tiempo! —le gritó—. El té estará en su punto para que te lo bebas, y la tostada te la puedes llevar.

Un cuarto de hora más tarde estaba aseado, vestido, afeitado apresuradamente y sentado al lado de Stoker en el coche de punto. Iban tan deprisa como era posible mientras se hacía de día, traqueteando por las calles adoquinadas, dirigiéndose al sur.

—La policía local me ha llamado —dijo Stoker—. Todavía no he ido allí, vine directamente a buscarlo. Dicen que este es peor. Mucho peor.

—¿Otra mujer? —preguntó Pitt.

—Sí, pero rubia.

Stoker no miró a Pitt al decirlo. Tal vez lo avergonzara, pero hubo una nota de alivio en su voz.

—¿Alguien sabe quién es? ¿La ha reconocido algún policía local? —preguntó Pitt.

Stoker negó con la cabeza.

—No; al menos cuando llamaron. A lo mejor han hecho progresos desde entonces.

Ninguno de los dos habló durante el resto del viaje, ni siquiera cuando el carruaje aminoró la marcha al enfilar la cuesta que atravesaba Blackheath para luego seguir subiendo hasta Shooters Hill. Allí el terreno era baldío, el viento rastrillaba la hierba entre las escasas arboledas donde aún no se veía una sola hoja. Algunas graveras estaban llenas de agua después de las lluvias invernales.

Pitt se preparó para el azote del viento, que sería violento y húmedo cuando saliera del coche. Intentó imaginar lo que los aguardaba, como si la previsión pudiera amortiguar el impacto.

—No los esperaré —dijo el cochero muy serio, con la cara irritada medio oculta por la bufanda que llevaba en torno al cuello y el mentón—. No es justo para mi caballo.

—No pensaba pedírselo.

Pitt se apeó con cierta rigidez y pagó generosamente al cochero, dándole un importe superior al que le había pedido.

El conductor cambió súbitamente de actitud.

—Gracias —dijo sorprendido—. Que tenga un buen día... señor.

Acto seguido, antes de que Pitt tuviera ocasión de cambiar de parecer, espoleó a su caballo, giró en redondo y se dirigió de regreso a Greenwich en busca de otro cliente.

Pitt y Stoker caminaron contra el viento hacia el grupo de hombres que vieron a unos cien metros. Las matas de hierba eran ásperas y el suelo entre ellas estaba sembrado de piedras y maleza. En un momento tuvieron los botines cubiertos de un barro claro y arenoso.

Algún movimiento debió de llamar la atención de uno de los hombres porque se volvió y fue a su encuentro, con las puntas de su bufanda agitándose al viento. Antes de llegar a ellos se detuvo, saludó a Stoker con una inclinación de la cabeza y se dirigió a Pitt.

—Lo siento, señor. Se parecía demasiado al anterior para no informarlo. Por aquí.

Dio media vuelta y echó a caminar de regreso, con la cabeza gacha. Sus pies no hacían el menor ruido sobre la tierra esponjosa.

Pitt y Stoker lo siguieron, cada cual sumido en sus propios pensamientos.

El sargento al mando era el mismo hombre de la vez anterior. Se le veía cansado y con frío.

—Cuidado con esas huellas de ahí —ordenó, señalando lo que quedaba de un sendero—. Parecen de un poni y una carreta, o algo parecido. Quizá no tengan nada que ver con el cadáver, pero es muy probable que las dejara el cerdo que la trajo aquí.

—¿No murió aquí? —preguntó Pitt.

El sargento se mordió el labio.

—No, señor. Es prácticamente como el de hace unas semanas. Incluso tiene el mismo tipo de cabello y de constitución. A primera vista, tuvo que ser muy guapa en vida. Necesitaremos que el forense nos lo diga con certeza, pero calculo que no fue hace muy poco. Una semana o dos, por lo menos.

—¿Oculta? —preguntó Pitt.

—Esa es la cuestión —contestó el sargento—. No la habían escondido. Estaba justo aquí para que cualquier transeúnte la viera. Sería difícil no reparar en ella, la pobre.

—¿O sea que la dejaron aquí hace muy poco?

—Anoche. Por eso las huellas de las ruedas quizás tengan algún valor.

—¿Quién la ha encontrado?

—Una pareja de jóvenes. —El sargento torció el gesto—. Estuvieron fuera toda la noche. Iban a casa de la chica para que pudiera fingir que había dormido en su cama. ¡Ahora ya no engañan a nadie!

Soltó una carcajada.

—Al menos lo denunciaron —observó Pitt, caminando a su paso—. Podrían no haberlo hecho. Entonces quizás hubiésemos tardado mucho más en encontrarla. Habría llovido más y no habríamos encontrado las huellas de la carreta. ¿Hasta dónde llegan?

—Hasta el camino principal —señaló—. Luego se pierden entre las roderas de la grava. Pero es razonable pensar que es por donde vino. En realidad no hay otro camino.

—O sea que la trajo aquí deliberadamente.

Pitt señaló el suelo cuando alcanzaron a los demás hombres. Se arrimaban unos a otros con la vana esperanza de resguardarse entre sí aunque el viento, inmisericorde, agitaba las bufandas y los faldones de los abrigos, al tiempo que inclinaba la hierba en torno a sus pies.

Se separaron un poco para abrir paso a Pitt hasta el cadáver que yacía en una hondonada poco profunda. Tenía la ropa extendida a su alrededor, oscura y sin una forma o color distintivos a la húmeda luz de la mañana. El cabello llamaba la atención porque era abundante y rubio, un poco más largo de lo habitual. Pitt pensó que en vida habría sido muy guapa.

Su rostro era más difícil de apreciar porque ya estaba distorsionado por la muerte y, del mismo modo que el del cadáver anterior, lo habían lacerado obscenamente con una cuchilla afilada. Le faltaban los ojos, la nariz y los labios. Era peor aún porque la descomposición había comenzado, y pequeños animales nocturnos ya habían dado con ella. Tal como le dijo el sargento, llevaba algún tiempo muerta antes de que la trasladaran allí.

—¿Cómo murió? —Pitt se enderezó, procurando dominar el horror y la compasión que anidaban en su fuero interno. Le temblaba todo el cuerpo y no podía hacer nada por impedirlo. Miró a cada uno de los hombres—. No veo nada evidente.

El sargento habló en voz baja y ronca.

—Necesitaremos que el médico forense nos lo diga con certeza, pero tiene las entrañas muy mal y las dos piernas rotas por la parte más alta, como cruzando... —Se pasó la mano por debajo de las caderas—. Sabe Dios lo que le haría.

—Pero no hay sangre —dijo Pitt, sorprendido. Miró el suelo en torno a ella y lo único que vio en las proximidades fueron las marcas dejadas por las garras de animales pequeños—. ¿Y anoche no estaba aquí? —agregó.

—La habrían visto, tan cerca de los senderos principales —contestó el sargento—. Y su ropa está húmeda pero no empapada. También están las huellas de la carreta. No, la dejaron aquí anoche. ¡Solo Dios sabe con qué fin! Si atrapamos al cerdo que se lo hizo, no necesitará un verdugo...

Uno de los jóvenes carraspeó.

—¿Comandante Pitt?

Pitt lo miró.

—Señor, está en una postura rara, como si tuviera la columna torcida o algo por el estilo. También estuve cuando encontramos a la primera, señor, y estaba tendida exactamente igual que esta; y me refiero a una exactitud total. Como si fuese lo mismo otra vez.

Pitt tuvo una visión fugaz de la mujer que habían creído que podía ser Kitty. La postura era idéntica, como si el mismo dolor interior le torciera la espalda.

El viento arreciaba, ululando un poco entre las ramas que tenían encima y haciendo crepitar las matas de hierba muertas.

—Tiene razón. Bien observado —dijo Pitt—. Supongo que el médico forense está de camino.

—Sí, señor.

—Pues mientras llega hablaré con la pareja que la encontró. Quizá también deberían venir para acá. ¿Algo más acerca de ella? Me figuro que nadie sabe quién es...

—Ni la más remota idea, señor. Excepto que la calidad del vestido y la chaqueta indica que podría ser otra doncella. Le he mirado las manos y también presenta pequeñas quemaduras y cicatrices, como si planchara o cocinara, ese tipo de cosas. Y... hay un pañuelo en el bolsillo del abrigo; bordado con una erre. Según lo que recuerdo, es prácticamente igual al que encontramos en el otro cadáver. Y peor todavía, señor, llevaba esto con ella.

Sacó un sobre de un bolsillo y lo abrió. Dentro había una leontina de oro con un reloj de bolsillo muy bonito, también de oro, de unos tres centímetros de diámetro pero con la esfera irregular. La circunferencia estaba labrada, formando una rosa de cinco pétalos. En el reverso había las iniciales BK en una caligrafía decorativa. ¿Bennett Kynaston? Tenían que ser la leontina y el reloj de bolsillo que Dudley Kynaston sostenía que le había robado un carterista.

—Ya estoy viendo lo que los periódicos harán con esto —dijo Pitt malhumorado—. Déjeme ver ese pañuelo, por favor.

El agente se agachó y lo sacó del bolsillo de la fallecida. Se lo pasó a Pitt. Era pequeño, cuadrado y blanco, con el borde de encaje y una erre bordada en una esquina, junto a unas flores diminutas. Coincidía exactamente con el otro.

—Iré a hablar con Kynaston —dijo Pitt al sargento, luego se volvió hacia Stoker—. Quédese aquí. Hable con la pareja que la ha encontrado. Averigüe cuanto pueda. Me reuniré con usted en la comisaría o en la morgue. Asegúrese de que esto tenga prioridad absoluta.

—Sí, señor —contestaron Stoker y el sargento como un solo hombre.

Pitt tenía frío y hambre cuando llamó a la puerta principal de la casa de Kynaston en Shooters Hill. Esta vez no tenía interés en la zona del patio y la escalera de la cocina ni tampoco en los criados, excepto para que corroborasen sus respectivas coartadas.

Le abrió la puerta Norton, el mayordomo, que contempló a Pitt con lastimoso recelo. Nadie con un mínimo de modales llamaría a esas horas. Solo podía tratarse de una mala noticia.

—Buenos días, señor. ¿En qué puedo servirle? —dijo con suma frialdad.

—Gracias. —Pitt pasó al interior, obligando a Norton a apartarse o a impedirle el paso deliberadamente—. Mis disculpas por el estado de mis botines. Lamentablemente, están mugrientos. He estado en la gravera... otra vez.

Notó que la voz le temblaba. Tenía el cuerpo tenso, los músculos se veían rígidos en los hombros y la barriga, como si tuviera tanto frío como el cuerpo mutilado que yacía en la hierba azotado por el viento a menos de un kilómetro de allí.

Norton se puso pálido y tragó saliva.

—Seguro que el limpiabotas podrá hacer algo con su calzado, señor. ¿Quizá le vendrían bien unas pantuflas, entretanto? ¿Y una taza de té?

Pitt estaba congelado y se dio cuenta de que tenía la garganta seca. También estaba de servicio respecto a un crimen particularmente vil. Aceptar que le limpiaran los zapatos era una cortesía necesaria para con las criadas que tendrían que intentar limpiar las alfombras. Un té con tostadas era un lujo y, por consiguiente, un capricho.

—Muy amable de su parte —contestó Pitt—. Las pantuflas serán una cortesía muy práctica; el té no es necesario. Solicito hablar con el señor Kynaston antes de que salga de casa. Sin duda, no tardará mucho en enterarse. Me temo que han encontrado otro cadáver en una gravera del cascajal. —Reparó en la expresión horrorizada de Norton—. No es Kitty Ryder —aclaró enseguida—. De hecho, es bastante posible que Kitty todavía esté sana y salva. —Supo al instante que no tendría que haber hablado tanto. Seguro que Norton se lo diría a su amo. Pitt había echado a perder la oportunidad de pillar a Kynaston desprevenido—. Lo siento, pero este asunto no puede esperar —agregó.

—Sí, señor. —Norton inclinó ligeramente la cabeza en señal de reconocimiento—. Informaré al señor de inmediato. Si quiere aguardar en el salón, está caldeado y resulta agradable. Veamos si estas pantuflas le van bien.

Pitt obedeció, quitándose sus preciadas botas para luego seguir a Norton hasta el salón, con las pantuflas en la mano.

Kynaston apareció momentos después, con una expresión grave y angustiada. Cerró la puerta a sus espaldas y se quedó de pie.

—Norton acaba de decirme que han encontrado el cadáver de otra mujer en una gravera del cascajal —dijo sin más preámbulo.

—Sí, señor, así es. También está mutilada y, según parece,

lleva muerta cierto tiempo, pero no la dejaron allí hasta ayer por la noche.

Los últimos restos de color desaparecieron del rostro de Kynaston. Tragó saliva con dificultad, como si algo le constriñera la garganta.

—¡Por el amor de Dios, hombre! ¿Por qué me cuenta esto? —inquirió con voz ronca—. ¿Piensan que es Kitty al fin?

¡O sea que Norton no se lo había dicho! Interesante. ¿No había tenido ocasión o acaso su lealtad estaba más dividida de lo que cabía sospechar?

—No, señor, creo que no es posible —contestó Pitt—. Esta mujer es rubia, no concuerda con la descripción de Kitty Ryder. Además hemos encontrado a Harry Dobson y dice que Kitty huyó con él, pero que hace unos días lo abandonó. Lo hemos comprobado, y los vecinos y tenderos del barrio la vieron, sana y salva, después de que se marchara de aquí.

—¿Y no podía habérnoslo dicho antes? —dijo Kynaston en una súbita explosión de furia. Los ojos le centelleaban y tenía las mejillas coloradas—. ¿Qué demonios le pasa, hombre? ¡Era parte de la casa! ¡Nos preocupa su bienestar!

Pitt sintió el azote de sus palabras, pero, curiosamente, le resultó grato. Kynaston estaba mostrando algún signo de decencia.

—Acabamos de averiguarlo, señor —contestó sin perder la compostura—. Ayer. El sargento Stoker trabajaba en el caso en su tiempo libre. Esta mañana me ha despertado la noticia de este segundo cadáver, que también tiene un pañuelo idéntico al que encontramos en el primero, así como a varios de los que posee su esposa. —Sacó el reloj de oro del bolsillo y lo dejó encima de la mesa que había entre ambos—. Y también tenía esto...

Ahora Kynaston se sentó, dejándose caer como si dudara de que las piernas fueran a sostenerlo mucho más tiempo. Tenía el semblante ceniciento.

—Es mi reloj de bolsillo. Antes era de mi hermano. Por eso me disgusté tanto cuando me lo robaron.

—¿Dónde ocurrió el robo, señor? ¿Aunque sea aproximadamente?

—En Oxford Street, estaba atestada, no me di cuenta hasta que quise ver la hora. Alguien intenta que parezca que estoy implicado en esto —dijo desesperado—. ¡Sabe Dios por qué! No tengo la menor idea de quién es esa mujer, qué le ocurrió ni cómo llegó hasta aquí. Sé lo mismo que sobre la primera, pobre mujer. —Levantó la vista—. Si no es Kitty, cosa que agradezco profundamente, ¿quién es? Sigue siendo alguien que ha muerto violentamente y de cuyo cuerpo se han deshecho. ¿Por qué no está haciendo lo que esté en su mano para descubrir quién es y quién le hizo eso?

Pitt tuvo cierta dificultad para dominar sus sentimientos. Había visto aquel cadáver, y también el primero.

—Es competencia de la policía regular, señor Kynaston. Yo pertenezco a la Special Branch y mi trabajo consiste en velar por la seguridad del país. Y, en este caso, en salvaguardarlos a usted y a su reputación para que pueda continuar con el trabajo que hace para la Armada.

Kynaston se tapó la cara con las manos.

—Sí... ya lo sé. Perdone. Dígame cuándo dejaron este segundo cadáver ahí, si lo sabe, y le daré explicaciones sobre mi paradero.

—En algún momento después de que ayer anocheciera —le dijo Pitt—, y antes de las primeras luces de esta mañana, probablemente no menos de una hora antes. No puedo concretar más la hora. Quizá pueda después de hablar con el médico forense, cuando haya tenido tiempo de examinarla más detenidamente. Lleva cierto tiempo muerta.

—¿Cómo... cómo murió?

—Eso tampoco lo sé. Pero quizá podamos excluirlo a usted antes de averiguarlo. ¿Dónde estuvo desde la puesta de sol de ayer hasta hoy, pongamos, a las seis de la mañana?

Kynaston se mostró un tanto sorprendido.

—¡Estuve en cama casi toda la noche, como todo el mundo!

—¿Desde el anochecer de ayer, señor?

—Cené fuera... en mi club. Trabajé hasta tarde en la City. No quise aguardar a llegar a casa para cenar. Estaba cansado y hambriento.

Lo dijo con cierta sequedad, pero Pitt no pudo discernir si era por irritación o por miedo.

—¿Cenó solo? —preguntó Pitt—. ¿Se acordará de usted algún camarero?

—Tenía cosas que reflexionar para una reunión, no estaba de humor para conversaciones triviales, aunque fueran agradables. Pero seguro que el camarero se acordará de mí. Pregúntele.

—Sí, señor, lo haré. Si tiene la bondad de darme el nombre y la dirección del club... Y si recuerda qué camarero le sirvió, hablaré con él personalmente. ¿A qué hora se marchó?

—No miré el reloj. Serían las nueve y media.

—¿Y a qué hora llegó a casa?

—El tráfico estaba fatal. Un estúpido accidente, un hombre perdió el control de sus caballos. Llegué tarde. Pregunte a Norton, él se lo dirá. Creo que hacia las once.

—¿Habló con la señora Kynaston?

Pitt y Charlotte compartían cama, pero sabía que muchas parejas que vivían en casas grandes no siempre lo hacían, sobre todo cuando llevaban cierto tiempo casadas. Los hijos de Kynaston estaban en un internado o en la universidad y sus dos hijas, casadas.

—Me pareció innecesario molestarla a aquellas horas de la noche —contestó Kynaston. Torció los labios en una sonrisa amarga—. Pero si cree que salí a escondidas de la casa sin ser visto, que encontré el cadáver de una desdichada mujer y que de un modo u otro me las arreglé para llevarlo hasta la gravera y que luego regresé a mi cama, quizá debería cavilar cómo conseguí hacerlo sin molestar a nadie y sin que se me mojara la ropa. ¡O incluso cómo la transporté! Con mi carruaje no fue. El mozo de cuadras se habría enterado si hubiese molestado a los caballos, ¡y desde luego no lo hice con un coche de punto!

Pitt le sonrió.

—Francamente, señor, no creo en absoluto que lo hiciera usted. Pero alguien lo hizo. Lo único que me queda por hacer es quedarme satisfecho con que no pudo ser usted ni ningún otro habitante de esta casa...

—¿Norton? ¿Ha perdido el juicio? —dijo Kynaston, incrédulo—. ¿El cochero? ¿El limpiabotas?

—No, señor. Nunca he considerado posible que fuera Norton. Pero su observación acerca de los caballos, y la idea de alguien haciendo semejante cosa con un coche de punto también lo descarta. En realidad, creemos que fue un poni con una carreta.

—Yo no tengo.

—Sí, señor, ya lo sé.

Kynaston suspiró.

—Me figuro que es su trabajo. ¡No sabe cuánto me alegra que no sea el mío!

Pitt se sintió herido.

—Sí, señor. Y a veces resulta en extremo desagradable, lleno de tinieblas y tragedia. Pero si fuera su esposa o su hija la que está tendida ahí fuera, usted querría que hiciera cuanto pudiera para descubrir la verdad, por más molestias que causara a otras personas. —Respiró hondo—. Hablaré con todos los criados, con su permiso, por si pueden aportar algo.

Supuso que Kynaston montaría en cólera, pero, en cambio, se puso a temblar y palideció tanto que de no haber estado sentado se habría caído.

—Lo siento —dijo en voz muy baja—. He hablado sin pensar. Todo este asunto es sumamente angustiante.

Pitt deseó no haber sido tan impulsivo. Y, sin embargo, suscribía cuanto había dicho, aunque al mismo tiempo tenía claro que no debía haberlo hecho. Tal vez ahora lo más sensato fuese no abordar la cuestión de su aventura hasta que estuviera más sereno.

—Lo informaré puntualmente, señor, si por fin encontramos

a Kitty Ryder. Aunque no cabe duda de que su cuerpo no es ninguno de los dos que hemos encontrado en el cascajal.

—Gracias. Norton lo acompañará a la puerta.

Pitt salió al vestíbulo, donde Norton le dio sus botines recién lustrados y se quedó con las pantuflas. Pitt le dio las gracias.

Pitt pasó el resto de la mañana comprobando lo que le había dicho Kynaston. No era que no le creyera, pero quería disponer de pruebas para poder refutar cualquier acusación que hiciera la prensa. Más importante aún, debía ser capaz de contestar con firmeza, incluso de manera cortante, a las preguntas que Somerset Carlisle pudiera plantear en la Cámara, amparado por el privilegio parlamentario.

Hacia las dos de la tarde estaba cansado y abatido. El hambre le provocaba retortijones de estómago, tanto era así que se sentía mareado cuando se sentó a la mesa de un *pub*. Comer un buen bistec y pudin de riñones con un vaso de sidra lo reanimó un poco.

Kynaston había estado en su club, pero se había marchado al menos una hora antes de lo que había dicho y llegó a su casa una hora más tarde de lo que le había apuntado a Pitt. Tampoco se tenía constancia de incidencias o accidentes de tráfico ni de otros motivos que justificaran su retraso. Pitt había hecho que Stoker hablara con unos cuantos conductores de coches de punto, puesto que, eran la fuente de información más fiable en cuanto a las condiciones del tráfico en las calles. Estar al tanto formaba parte de su manera de ganarse la vida. Los rumores de retenciones, accidentes y contratiempos de todo tipo corrían como la pólvora entre ellos. Apenas había una calle de Londres que no frecuentaran, por no hablar del trayecto desde el club de Kynaston en el centro de la ciudad hasta su hogar en Shooters Hill.

La camarera pasó cerca de su mesa para comprobar si estaba

satisfecho con su comida. Pitt le sonrió en agradecimiento y tomó otro bocado.

¿Por qué había mentido Kynaston? Estaba claro que tenía miedo, pero ¿de quién? ¿De qué? ¿Dónde había estado durante las casi dos horas que no había justificado?

¿Cabía que el asunto remitiera de nuevo a su amante? La desaparición de Kitty Ryder prácticamente se había extinguido en la mente del público. Los periódicos dedicaban su atención a otras cosas. La policía deseaba identificar el primer cadáver pero ya había agotado las vías de investigación. Kynaston bien podía creer que la vida había vuelto a su cauce normal. Solo el descubrimiento de aquel nuevo cadáver en la gravera refrescaría la memoria colectiva.

Pitt siguió comiendo. Por fin entraba en calor.

Seguro que los periódicos publicarían titulares sobre aquel segundo descubrimiento tan aciago. Venderían miles de ejemplares adicionales gracias al horror que suscitaba. Se cebarían de nuevo con Kynaston porque era un personaje público. Ni siquiera intentarían resistirse a esa tentación.

¿Por qué demonios había mentido? Costaba creer que no hubiese previsto las consecuencias.

Pitt sabía que debía sopesar cómo contestaría a Talbot cuando este lo mandara llamar, como, sin duda, haría.

Luego se le ocurrió otra idea. ¿Era concebible que Kynaston supiera quién había matado a las dos mujeres? ¿Lo estaba protegiendo por voluntad propia o le tenía miedo? ¿Alguien a quien amaba corría el riesgo de estar tan implicado que Kynaston no sabía cómo protegerle?

Pitt terminó su comida sin disfrutarla como se merecía y apuró su vaso de sidra. Salió en busca de un coche de punto que lo llevara a Downing Street para informar de aquel último acontecimiento a Edom Talbot, aunque, sin duda, Talbot ya estaría enterado, al menos de los hechos en sí.

Pitt acertó. Lo hicieron pasar de inmediato y Talbot lo recibió al cabo de diez minutos. Solo una reunión con el primer ministro en persona podría tener prioridad sobre el asunto que lo había llevado allí.

Talbot entró en la habitación hecho un basilisco. Sus manos buscaron a tientas el pomo y terminó dando un portazo sin querer. Estaban en la residencia y la oficina del primer ministro de Gran Bretaña, y no podía permitirse perder los estribos de aquella manera. Echó las culpas a Pitt.

—¿A qué demonios está jugando, Pitt? —inquirió con voz grave y enojada—. ¡Pensaba que tenía controlado este asunto!

Pitt sabía que no podía permitirse perder el dominio de sí mismo. Narraway no lo habría hecho, sintiera lo que sintiese. Era un hombre de temperamento, Pitt lo sabía de sobra, pero Narraway tenía demasiada dignidad para permitir que alguien lo manipulara. Esa idea era útil. Se aferró a ella.

—Y lo teníamos, señor —contestó fríamente—, hasta que se ha descubierto este segundo cadáver. Todavía no sabemos quién es. Para mí lo primero ha sido ir a ver si el señor Kynaston podía darnos pruebas de que no tenía nada que ver con él ni con alguien de su casa.

—¿Y lo ha conseguido?

Talbot no podía disimular su temor. Tenía el rostro crispado, los músculos del cuello tan tensos que apenas podía volver la cabeza sin una mueca de dolor. El cuello de la camisa se le debía de clavar.

—A mi plena satisfacción —contestó Pitt—. Pero no satisfará a la policía ni a los periódicos, cuando se enteren. Desde luego, no satisfaría a un jurado.

Talbot daba la impresión de no estar respirando; sin embargo, una vena le palpitaba en la sien.

—Sea más concreto —le espetó—. ¿Qué está diciendo? Al primer ministro no puede írsele con síes y quizás. ¿Kynaston está implicado? ¿Sí o no? Si el maldito idiota de Carlisle vuelve a hacer preguntas en la Cámara, ¡el primer ministro debe tener una respuesta aceptable y categórica! Y yo debo estar en condiciones de asegurarle que es rigurosa. ¡Y que a pesar de que parezca lo contrario, la Special Branch sabe qué demonios está haciendo!

Pitt mantuvo la calma con considerable esfuerzo.

—Esta mujer tenía una leontina de oro con un reloj de bolsillo fuera de lo común. La primera tenía un reloj, como, sin duda, recordará...

—La mitad de los hombres adinerados de Londres tiene relojes de oro —espetó Talbot—. Probablemente casi todos tengan una leontina de un tipo u otro.

—El reloj es de Kynaston —dijo Pitt con compostura—. Lo ha reconocido. La leontina, también. Lleva las iniciales BK en el reverso. Ha dicho que había pertenecido a su hermano Bennett y que tiene un gran valor sentimental para él. Asegura que se lo había robado un carterista en Oxford Street o en sus inmediaciones.

Talbot guardó silencio un momento.

Pitt aguardó.

—¿Y usted le cree? —preguntó Talbot, por fin.

—No lo sé. También había un pañuelo como el del primer cadáver.

—¡No significa nada! —dijo Talbot con severidad.

—¿Y el reloj con leontina, en dos mujeres diferentes, ambas muertas y mutiladas, abandonadas en las graveras? —preguntó Pitt—. Por otra parte, nos consta que la doncella de Kynaston fue vista, sana y salva, después de que se encontrara el primer cadáver, y el segundo no se le parece.

Algo casi palpable se relajó dentro de Talbot.

—¿Sana y salva después del hallazgo del primer cadáver? ¡Pues entonces deje en paz a Kynaston, por Dios! ¡No puede demostrar nada! ¡Quizás ese carterista sea su homicida loco!

—Tal vez. Pero cuando pedí al señor Kynaston que justificara su paradero en el intervalo de tiempo en que dejaron el cuerpo en la gravera, mintió.

—¡O sea que tiene algún asunto, o pasatiempo, que no quiere comentar en público! —Talbot enarcó mucho las cejas—. ¿Acaso no los tenemos todos? Que estuviera apostando, bebiendo o de putas me trae sin cuidado. ¡No estaba asesinando a una desdichada mujer y abandonando su cuerpo en las graveras de enfrente de su maldita puerta!

—Esperaba conseguir algo más concluyente para los periódicos —explicó Pitt—. Quizá consideren que cualquiera de los pasatiempos que usted ha mencionado merecen la atención del público, y me consta que preferiríamos que no fuera así.

Disimuló su sonrisa con dificultad. Bien pudo haber sido una expresión desdeñosa.

Talbot comenzó a hacer un comentario, pero cambió de parecer.

—Manténgame al tanto —ordenó en cambio—. Intente resolver esto sin que aparezca en la prensa.

—Sí, señor.

Caía la noche y había chubascos dispersos cuando Pitt llegó a la morgue para ver al médico forense. Sabía que habrían dado prioridad a la mujer encontrada en la gravera. Para entonces, Whistler seguramente ya tendría toda la información que necesitaba.

Encontró a Whistler en su despacho, con aspecto cansado y un poco demacrado. Llevaba la ropa arrugada y el nudo de la corbata aflojado. Un hervidor humeaba encima de la estufa de leña que había en un rincón, y en conjunto la habitación resultaba muy agradable, aparte de su proximidad a la morgue propiamente dicha. Toda sensación de paz se disipaba al saber que a menos de diez metros había cámaras frigoríficas llenas de cadáveres, y mesas sobre las que esos mismos cadáveres serían debidamente descuartizados para examinarlos por pedazos.

Cuando Pitt entró, Whistler se estaba quitando la chaqueta de trabajo para ponerse otra más informal. Tenía las manos rosadas, la piel un poco áspera como si acabara de limpiárselas con un cepillo abrasivo.

—Le estaba esperando —dijo con poca energía—. De hecho pensaba que estaría aquí esperando, como un perro su cena.

Se sentó a su escritorio, que estaba cubierto de papeles sin un orden aparente.

—¿Habría merecido la pena la espera? —preguntó Pitt, cerrando la puerta. Estaba agradecido de no tener el trabajo de Whistler aunque sus clientes ya no sufrieran y los suyos sí. Tampoco era posible ayudarlos.

Whistler suspiró.

—¿Té? —ofreció—. Hace más frío que robando uvas en esta maldita morgue.

Sin aguardar la respuesta de Pitt, puso el hervidor en medio de la estufa y se quedó observándolo. Fue hablando mientras preparaba el té en una tetera de peltre abollada que una vez tuvo que ser bonita.

—La causa de la muerte es obviamente una caída muy mala —dijo—. A juzgar por el aspecto de la pobre, pudo ser desde una ventana. Dos pisos de altura, como mínimo, quizá más. Muchos huesos rotos, algunos directamente astillados. Lo único bueno es que seguramente apenas se enteró.

Pitt no pudo reprimir una mueca de dolor.

—¿Cuándo ocurrió?

—¡Ah! —Whistler vertió el agua hirviendo en la tetera e inhaló el fragante vapor—. Esa es la parte más difícil. Hace dos semanas como mínimo, pero apostaría a que en realidad son tres. Aunque igual que en el otro cadáver del cascajal, la guardaron en un lugar frío. Yo no podría haberlo hecho mejor si la hubiese tenido aquí. ¡Y le aseguro que no la tuve! No hay marcas aparentes de depredación, excepto unas cuantas picaduras de insectos. No estuvo a la intemperie más de una noche. Pero me figuro que ya lo sabe. ¿Leche?

—Sí, por favor.

Pitt estaba perdiendo el gusto por la bebida y la comida, pese a estar helado hasta los huesos.

—¿Azúcar?

—No, gracias.

—No tengo tarta. Tengo que dejar de comer tanto. He abierto a demasiadas personas gordas y he visto lo que hay dentro para querer convertirme en una de ellas. —Pasó un tazón a Pitt—. Tenga.

—Gracias. ¿O sea que la guardaron durante dos semanas como mínimo? ¿Está seguro? —preguntó.

Whistler lo miró torciendo el gesto.

—¡Claro que estoy seguro! ¡Se enfrenta a un maldito loco! Cuanto antes lo atrapen y lo encierren, mejor.

Pitt hizo la pregunta que había estado temiendo.

—¿Está seguro de que la asesinaron?

Las cejas de Whistler se enarcaron casi hasta lo más alto de su frente.

—¿Qué? Oiga, la mitad de los huesos de su cuerpo está hecha añicos. ¡No fue caminando hasta la gravera en plena noche!

—No estoy dando a entender que fuera por sus propios medios —dijo Pitt con paciencia—. Pero es posible que muriera de una caída accidental y que luego alguien la llevara allí.

—¿Cuando llevaba dos o tres semanas muerta? ¡Y por el amor de Dios, las mutilaciones! Eso no lo hacen los animales ni la naturaleza; es grotesco, ¡una obscenidad! —Whistler inspiró profundamente y soltó el aire despacio—. Aunque supongo que es posible que la muerte en sí misma fuese accidental, siempre y cuando se considere aisladamente —concedió—. Pero ¿por qué? ¿Por qué un hombre en su sano juicio guardaría a la víctima de un accidente espantoso durante semanas, la mutilaría y luego la arrojaría a la gravera, y encima de modo que fuera imposible no encontrarla? Si quería deshacerse del cuerpo, ¿por qué no enterrarlo? ¿O incluso arrojarla, con unas cuantas piedras en torno a la cintura, a una de las lagunas de la zona? Para cuando el verano la secara, sería irreconocible. No habría la más remota posibilidad de descubrir quién era ni quién la dejó allí. ¡Suponiendo que llegaran a encontrarla!

Pitt lo meditó.

—Bueno, no parece que lo interrumpieran, de modo que tuvo tiempo de hacer lo que quisiera. Sin duda, quería que la encontraran.

Whistler lo miró de hito en hito.

—Nos las estamos viendo con un lunático.

—Tal vez...

—Si este no lo es, ruego a Dios Nuestro Señor que nunca demos con uno que encaje con su idea de lo que es un lunático —dijo Whistler, indignado.

—¿Algo más que pueda decirme?

Pitt bebió un sorbo de té sin prestar atención. Pese a la improvisada preparación, la verdad era que estaba delicioso. Después del tema de conversación y del miedo que estaba anidando en su mente, la infusión caliente lo reconfortó.

—Le redactaré un informe completo —prometió Whistler—, pero dudo de que le sirva de mucho. Por lo que sé, era una mujer bien alimentada de poco menos de treinta años. En el estado en que se encuentra, es difícil decir mucho más. Unas cuantas cicatrices antiguas en las manos, igual que la otra. En vida pudo haber sido doncella o lavandera, o una joven ama de casa a quien nadie ayudara con las tareas del hogar. Pero aun siendo pobre, comía bien. El cabello tuvo que ser bonito, y era alta y bien formada. ¿Le sirve de algo?

Dejó su tazón encima del escritorio y le añadió agua.

—A primera vista, no —admitió Pitt—. Haremos que la policía local de esta orilla del río averigüe si ha desaparecido alguien que encaje con su descripción. Gracias de todos modos.

—Lamento no poder decirle cuándo murió con más exactitud. Será difícil descartar a posibles sospechosos fundamentándose en eso.

—Ni siquiera sabemos quién la dejó allí —respondió Pitt—. ¡Ni si esa información nos valdría de algo!

Pitt le dio las gracias y se marchó, alegrándose de volver a estar al aire libre, lejos del ambiente cargado del despacho de Whistler, donde su imaginación creía oler la morgue.

Caminó un buen rato sumido en sus pensamientos. Todavía no estaba listo para decidir los próximos pasos a dar, aunque era demasiado tarde para hacer algo aquella tarde. Cuando llegara a casa cenaría, luego ayudaría a Jemima con los deberes, o al menos le haría sugerencias. Echaría una partida de dominó con Daniel, que se estaba convirtiendo en un jugador bastante bueno. Al cabo de uno o dos años ya no tendría ocasión de hacer esas cosas. Daniel y Jemima estarían inmersos en sus futuros respectivos. Jemima seguramente ya se habría enamorado.

Charlotte entendería que Pitt siguiera trabajando hasta tarde, pero eso no era excusa para que lo hiciera. Al margen de su deseo de que se resolviera el caso, Pitt anhelaba pasar tiempo con ella, tiempo que no tuviera nada que ver con Kynaston ni con las mujeres muertas ni con una posible traición o amenaza para el Estado.

Caminando hacia su casa a solas y de noche, con el viento borrascoso en torno a él, aprovecharía para reflexionar.

¿Había alguien intentando que Kynaston pareciera culpable del asesinato de aquellas mujeres? ¡Era una idea descabellada! Peor que excéntrica, absurda. Puesto que Kitty estaba viva, al menos hasta pocos días antes, el primer cadáver no podía ser el suyo. No obstante, alguien había dado a entender que sí deliberadamente, mediante aquel reloj de oro tan peculiar. ¿Quién? Y lo que era más todavía, ¿por qué? ¿Realmente había existido el carterista? Era totalmente verosímil e imposible de desmentir.

Cruzó una avenida y tuvo que aguardar a que pasaran dos carruajes.

¿Era Somerset Carlisle quien estaba detrás de todo aquello? Desde luego, ¡era suficientemente estrambótico y macabro para él! Pitt retrocedió varios años hasta el caso en Resurrection Road, y los cadáveres de entonces. Recordó la resolución de aquel caso con un estremecimiento y con un extraño y retorcido humor. ¿Quizá tendría que haber hecho que lo enjuiciaran en su momento? Pero no lo había hecho. Se trataba de una de las escasas ocasiones en las que se había saltado las reglas. Su propio sentido de la justicia lo obligó a hacerlo. ¿Lo había sabido siempre Carlisle? Sí, era lo más probable.

Y ahora que Pitt conocía mucho mejor a Vespasia, que le importaba tanto como cualquier otra persona de fuera del círculo familiar más inmediato, ¡seguía siendo imposible! Carlisle había sido su amigo en momentos de decepción o necesidad. Ninguna petición de ayuda de Pitt le había parecido demasiado peligrosa o conflictiva.

Apretó un poco el paso, caminando por la acera.

Y, además, debía a Carlisle que lo hubiese rescatado de la vergüenza, y posiblemente de alguna desgracia todavía mayor, delante de Talbot. ¡Y Carlisle nunca había intentado cobrar un favor! Eso lo hacía aún menos llevadero.

¡Malditos fueran él y su encanto, su valentía y su escandaloso comportamiento!

Pitt decidió que por la mañana pondría a Stoker y a todos los demás hombres disponibles a investigar más a fondo cada uno de los aspectos de la vida de Kynaston, sus relaciones pasadas y presentes, personales y profesionales. ¿Tenía rivales que anhelaran su puesto? ¿Cuál era exactamente su situación económica? ¿Qué deudas o expectativas tenía? Y, por supuesto, ¿quién era la querida que tan celosamente escondía? ¿Y por la que mentía? ¿También tenía rivales ahí, aparte del marido de la mujer en cuestión? Ya no podía permitirse seguir ignorando aquellas cosas, por más desagradable que resultara investigarlas. El reloj y la leontina hacían que fuese imposible pasarlas por alto.

12

Victor Narraway se despertó temprano la mañana siguiente y no le sorprendió lo más mínimo que Pitt llamara a su puerta cuando se disponía a desayunar. Los periódicos de la víspera habían abundado en el descubrimiento de otro cadáver mutilado en las graveras de Shooters Hill. Narraway había pasado parte de la noche en vela, dándole vueltas al asunto. Por fin se durmió hacia las tres de la madrugada, agotado y sin ideas nuevas que fueran de utilidad.

Dio la bienvenida a Pitt y pidió a su criado que le sirviera el desayuno. Pitt rehusó pero Narraway no le hizo caso.

—Va a sentarse aquí y a hablar conmigo. Bien puede comer algo —señaló—. No pienso con claridad con el estómago vacío, y usted tampoco. ¿El nuevo cadáver guarda alguna relación con Kynaston?

El criado apareció con un plato y una taza adicionales. Narraway le dio las gracias y sirvió té a Pitt sin preguntarle.

—Eso parece —contestó Pitt, aceptando el té y dándole las gracias. Se dio cuenta de que estaba verdaderamente agradecido. Tras beber el primer sorbo, constató que además tenía apetito—. Tenía una leontina de oro y un reloj muy poco común, también de oro, que Kynaston admitió que era suyo, y que es el reloj que sostiene que le robó un carterista en Oxford Street. No reclamó a la aseguradora porque su valor sentimental es irreemplazable. Había pertenecido a su difunto hermano Bennett.

Narraway dejó de comer un momento y miró a Pitt con renovada atención, tratando de descifrar si estaba pensando lo mismo que él. No había tiempo que perder. Todo aquel asunto estaba cobrando enormes dimensiones.

—¿Cree que Kynaston dice la verdad en lo referente al robo? —preguntó, sin apartar sus ojos de los de Pitt.

—No sé qué pensar —reconoció Pitt—. Parece extremadamente fortuito y, sin embargo, no tengo la impresión de que esté mintiendo. Alguien pudo robárselo y dejarlo con el cadáver, igual que el reloj del primer cadáver. La cuestión es por qué. ¿Es por algo personal o profesional?

—¿Existe algún motivo para que sea personal?

Narraway hizo la pregunta dando por sentado que Pitt no habría hallado tal motivo. Ambos progresaban trabajosamente hacia la respuesta que no deseaban, tal vez por la misma razón.

Era trabajo de Pitt descubrir esa verdad, resultara la que resultase ser, no de Narraway. El Gobierno lo había cesado. No le debía más lealtad que cualquier ciudadano de a pie. No, no era verdad, al menos no del todo. Las antiguas lealtades nunca se descartaban del todo.

Narraway dijo lo que ambos estaban pensando.

—Carlisle.

Pitt asintió.

—Es quien está llamando la atención sobre Kynaston en el Parlamento. ¿Qué importancia tiene la desaparición de la doncella de Kynaston para Carlisle, salvo que tenga un motivo más profundo para sacar el tema a colación? ¿Por qué lo hace?

—¿Ha hablado con él?

El criado entró silenciosamente con el desayuno de Pitt: huevos, panceta, pan frito y tostadas recién hechas.

Pitt le dio las gracias y comenzó a comer con fruición.

—No —contestó al cabo de unos momentos—. Lo he estado posponiendo...

—Prefiere no saberlo —dijo Narraway con ironía—. Yo tampoco, pero creo que es su deber. —Esbozó una sonrisa—. No...

Pitt lo miró de hito en hito. La chispa de humor se extinguió en sus ojos y se sonrojó levemente, apenas un rubor en las mejillas.

Eso le dijo a Pitt todo lo que quería saber. Narraway amaba a Vespasia lo suficiente para cegarse adrede, de modo que pudiera proteger a Carlisle porque era amigo de ella. Pitt sintió una honda emoción, una felicidad que lo sorprendió. Pero ahora no comentaría nada al respecto, aun siendo consciente de la extraña soledad que por lo visto embargaba a quien había contado tener como aliado. Y, no obstante, también se alegró. Era algo de lo que nunca había creído capaz a Narraway y, por el modo en que se manifestaba, tampoco lo había creído el propio Narraway.

—Y tendré que hacerlo pronto —prosiguió Pitt en voz alta—. Me pondré muy contento si tiene alguna historia plausible para explicarse.

—Muy agudo —dijo Narraway con sarcasmo—. ¡La verdad, Pitt, usted puede hacerlo mejor!

Pitt enarcó las cejas.

—¿Tengo que hacerlo?

—No, lo cierto es que no. Y diría que le habrían llovido las críticas si lo hubiese hecho. Yo lo habría visto a la legua. Tome una tostada.

Pitt aceptó.

—Creo que Kynaston es la clave —dijo después de tragarse el primer bocado—. Parece estar dispuesto a mentir aunque así sea sospechoso de haber arrojado este segundo cadáver a la gravera.

—Más vale que proceda con cuidado —advirtió Narraway—. Tenga todos sus motivos a punto para explicar por qué está indagando en la vida privada de un hombre cuyo talento de inventor es extremadamente importante para el país.

—Si solo se trata de una aventura, ¿por qué no me lo dice y

se libra de la sospecha de asesinato? —arguyó Pitt—. No apruebo que se acueste con la esposa de otro hombre, pero no es asunto mío salvo si está poniendo en peligro la seguridad nacional. No voy a ponerlo al descubierto. ¡Caray, he pasado toda mi vida trabajando en la policía! ¿Acaso se figura que no he visto todos los tipos de aventura que quepa imaginar, y unos cuantos inimaginables?

Narraway sonrió.

—Lo entiendo. No puede dejar el trabajo a medias. Solo le aconsejo que vaya con cuidado. Talbot le tiene aversión...

—¡Apenas lo conozco! —protestó Pitt.

Narraway negó con la cabeza.

—A veces peca de ingenuo, Pitt. Talbot no necesita saber que a usted le sentó mal ascender a un cargo que suele ocupar alguien de considerable estatus social, y con frecuencia con un pasado en el Ejército o la Armada. El hecho de que usted sea el mejor hombre para ocupar el cargo carece de importancia para él.

—¿Por qué demonios...? —comenzó Pitt.

—¡Porque tiene sus mismos orígenes, atontado! —dijo Narraway exasperado—. Y sabe que no tiene acceso a la alta sociedad. A usted le trae sin cuidado, y eso le confiere una especie de elegancia, Dios me asista, que le permite ser aceptado. A lo que hay que añadir, y créame si digo que lo comprendo, que conoce los secretos de demasiadas personas para que alguien se arriesgue a ofenderlo.

—¿Y a usted? —preguntó Pitt.

—O a mí, en efecto —admitió Narraway—. Y a mí también me trae sin cuidado.

Se calló de golpe.

—Nunca me ha importado haberme casado con alguien de una clase social superior a la mía —agregó Pitt irónicamente—. O casi nunca...

Narraway contuvo el aliento y luego soltó el aire silenciosamente.

—Sin ánimo de ofender —dijo Pitt con gentileza—. Dudo de que quede algún príncipe de la realeza con quien Vespasia pueda casarse y mejorar su posición social, y tampoco creo que desee hacerlo.

—Espero que no —dijo Narraway con sentimiento. Luego cambió de tema bruscamente, con un leve rubor en las mejillas—. Tenga cuidado con Talbot. Carlisle no volverá a arriesgar el cuello para rescatarlo. Está en deuda con él, aunque me figuro que lo sabe de sobra.

—Sí, pero...

Había estado a punto de decir que eso no afectaría a la manera en que se enfrentaría a Carlisle a propósito de los cadáveres de las graveras; luego se preguntó si era verdad. En parte lo había eludido porque desacreditarlo, quizás incluso enjuiciarlo, también acarrearía otros peligros. Aunque tampoco había olvidado su deuda con Carlisle.

—Supongo que tendría que haber... —comenzó.

—No sea idiota, Pitt —le espetó Narraway—. No puede ir por la vida sin deber nada a nadie. Las auténticas deudas rara vez son cuestión de dinero: son de amistad, confianza, ayuda cuando más la necesitas, una mano que toma la tuya en la oscuridad cuando estás solo. La tiendes cuando puedes y no esperas que te den las gracias, mucho menos que te lo paguen. Te agarras a ella cuando te estás ahogando y nunca olvidas de quién era esa mano.

Pitt permaneció callado.

—Carlisle nunca le pedirá nada —dijo Narraway convencido—. Usted ha hecho la vista gorda unas cuantas veces ante sus fechorías.

—Y él me ha ayudado en más de una ocasión —contestó Pitt—. ¡Claro que no me pedirá nada! Pero yo seré consciente de ello.

—Es más que eso. —Narraway alcanzó la tetera y volvió a llenar las dos tazas—. Será imposible ocultar que está investigando la vida privada de Kynaston. ¿Seguro que está preparado para enfrentarse a lo que descubra? A veces la ignorancia es una especie de salvaguarda. Y con la reacción de otras personas cuyos hábitos personales no resistirían ser expuestos en público, podría perder aliados muy valiosos. Ese tipo de información le granjeará muchos enemigos por más valor que pueda tener para usted. En este trabajo averiguará demasiadas cosas que preferiría ignorar, sin añadir más gratuitamente. Es una cuestión de equilibrio: saber pero fingir que no sabe. Tiene que ser mejor actor, Pitt, y menos moralista, al menos en apariencia. Su trabajo es saber, no juzgar.

—Hace que parezca un clérigo provinciano con más fariseísmo que compasión —dijo Pitt con desagrado.

—No. —Narraway negó con la cabeza—. Estoy recordando cómo era yo cuando tenía su edad.

Pitt se rio con ganas.

—Cuando usted tenía mi edad, ¡era veinte años mayor que yo!

—En algunos aspectos —convino Narraway—. En otros llevo un retraso de veinte años. Será mucho mejor que yo haga mis indagaciones y le diga solo lo que necesita saber.

Pitt no discutió.

—Gracias —dijo en voz baja.

Al día siguiente Pitt recibió una petición bastante formal para reunirse con su cuñado, Jack Radley. Dado que al parecer se trataba del caso Kynaston, Pitt no podía rehusar. Vio a Jack a solas, aunque no precisamente en privado, en el Embankment, no lejos de la Cámara de los Comunes. El día era claro y ventoso, con el habitual frescor de primeros de marzo. El aire procedente del río era frío y salitroso, demasiado fuerte para estar a gusto sentados a la intemperie, de modo que caminaron con brío.

Jack fue directo al grano.

—Tengo entendido que has estado haciendo muchas preguntas bastante directas acerca de Dudley Kynaston, Thomas. ¿Por qué es asunto de la Special Branch que tenga una amante, y mucho menos su identidad?

Pitt percibió el marcado tono de crítica en la voz de Jack, algo a lo que no estaba acostumbrado. Tenían muchas diferencias de opinión, pero su trato siempre había sido amistoso. El cambio de tono pilló a Pitt por sorpresa.

—Si no fuese asunto mío, no haría preguntas —contestó—. Aunque no era consciente de que fuese tan evidente.

—¡Vamos, hombre! —Jack se impacientó—. Estás preguntando dónde estuvo, con quién estuvo, comprobando si asistió a distintos teatros y cenas. Cualquiera puede deducir qué andas buscando. —Encorvó los hombros para resguardarse del frío y se subió un poco más la bufanda de seda—. No abrigas sospechas de robo, de malversación de fondos de la Armada ni de hacer trampas en las cartas, ¿verdad? O siquiera de que se haya emborrachado un poco y hablado más de la cuenta. Cualquiera puede decirte que Dudley Kynaston es un hombre honrado que se comporta como un caballero y que es sumamente leal a su país y todo lo que este significa.

Se volvió hacia Pitt.

—Si tiene una amante, ¿qué más da? ¡Quizá su esposa sea un muermo o una de esas mujeres frías que romperían algo si se rieran o amaran!

Pitt lo agarró del brazo y le hizo dar media vuelta para obligarlo a detenerse. Se quedaron cara a cara, azotados por el viento.

—Lo dices con mucho sentimiento, Jack —dijo Pitt, dejando que sonara como una acusación. No había olvidado del todo la reputación que había tenido Jack antes de casarse.

Jack se sonrojó; sus ojos, bajo sus increíbles pestañas, miraban airados.

—A veces eres un idiota con pretensiones de superioridad moral, Thomas. Quizá te hayan ascendido para que seas el guardián de los secretos de la nación, pero nadie te ha nombrado árbitro de nuestra moralidad. Deja en paz a ese pobre hombre antes de que lo arruines con tus sospechas.

—Me trae sin cuidado su moralidad —dijo Pitt entre dientes—. ¡Intento demostrar que no asesinó a dos mujeres para luego abandonar sus cadáveres en las graveras cercanas a su casa! Pero no puedo hacerlo si sigue mintiéndome sobre su paradero en los momentos clave.

—Creía que no sabías cuándo asesinaron a la segunda mujer —replicó Jack al instante.

—¡No lo sé! —Ahora era Pitt quien estaba levantando la voz—. Pero sé entre qué horas la arrojaron a la gravera y estoy casi seguro de cómo la llevaron allí. Si Kynaston me dijera donde estaba y yo pudiera confirmarlo, estaría seguro de que no lo hizo él.

—¿Por qué demonios has llegado a sospechar de él?

—Sabes que no deberías preguntármelo —contestó Pitt—. Sabes perfectamente que no te lo puedo decir.

El enojo desapareció de la voz de Jack.

—Debe ser algo sumamente privado...

—¡Tengo que saberlo! —dijo Pitt, exasperado—. No voy a contárselo al mundo. Si no es culpable, me está haciendo perder el tiempo, y me olvidaré del caso, dejando que la policía regular se encargue de resolverlo. Si este asunto no supone una amenaza para Kynaston, la Special Branch no pinta nada en la investigación.

Jack lo miró sin dar crédito a sus oídos.

—¿De verdad piensas que el empeño de Kynaston en ocultar la identidad de su querida podría suponer una amenaza para la seguridad del Estado? Vamos, Thomas. Eso te hace quedar como un agente advenedizo abusando de su recién estrenada autoridad para avergonzar a sus superiores en la escala social, solo porque puede. Es impropio de ti.

Pitt se quedó atónito. El sol brillaba con fuerza y el viento frío procedente del agua le atravesó el abrigo como si fuese de algodón.

—La doncella de Kynaston huyó la noche antes de que se encontrara el primer cadáver, Jack —contestó; la voz le temblaba no solo de rabia sino también porque se sentía dolido—. Vio u oyó algo que la hizo temer por su vida. ¡Y no se trata de una suposición! Ha sido vista con vida y han hablado con ella. Nosotros no, no logramos encontrarla, pero sí otras personas sin ninguna implicación en este asunto. Ahora hay una segunda mujer asesinada, mutilada y arrojada a la misma gravera. Las pruebas materiales, que él no niega, lo vinculan a las dos mujeres. Kynaston miente sobre su paradero y lo único que nos dice es que tiene una aventura. Pero debe demostrarlo, o permitir que su amante, aunque sea en secreto a la Special Branch, diga dónde estuvieron. Ella podría confirmar que realmente estaba con él. Kynaston trabaja para la Armada en secretos de Estado sumamente confidenciales. ¿Tú no querrías algo mejor que una respuesta evasiva?

Jack daba la impresión de que el viento también hubiese atravesado su abrigo. Los últimos restos de enojo se desvanecieron y su rostro quedó pálido y tenso.

—¿Crees que la mató? —preguntó en voz muy baja.

—No quiero hacerlo —contestó Pitt—. Pero está ocultando mucho más que el nombre de la mujer con quien tiene una aventura.

Jack permaneció callado.

—¿Preferirías que te acusaran públicamente de asesinato en vez de que lo hicieran de infidelidad en privado? —inquirió Pitt.

—No tiene sentido —convino Jack, apenado, con cara de preocupación y la espalda encorvada—. ¿Acaso está protegiendo a alguien? La lealtad familiar es de suma importancia para él.

—Claro que lo es —respondió Pitt con sarcasmo—. ¡Por eso tiene una amante!

Jack hizo una mueca como si Pitt le hubiese dado una bofetada.

—Tal vez eso sea más leal que abandonar a una esposa y humillarla públicamente —dijo en voz tan baja que el aullido del viento casi se llevó sus palabras.

Pitt lo miró fijamente. Aquella posibilidad no se le había ocurrido. Acto seguido surgió una idea peor, pisándole los talones a la anterior. ¿Jack estaba hablando de Kynaston o de sí mismo? Charlotte le había comentado la infelicidad de Emily, pero él también la había percibido. Le faltaba color, todas las líneas de su rostro apuntaban hacia abajo. No era de extrañar que Ailsa Kynaston la hubiera tomado por la hermana mayor de Charlotte, no la menor. ¿Era ese el verdadero motivo por el que a Jack le molestaba tanto que Pitt siguiera investigando la aventura de Kynaston? A veces Pitt deseaba no tener que saber tantas cosas. Ese tipo de conocimiento podía aislarte de toda intimidad con el prójimo. No podía decírselo a Charlotte. El amor por su hermana Emily y su propia franqueza lo revelarían en el acto.

—Me consta que te han ofrecido un puesto cercano a Kynaston —dijo en voz alta—. Ten cuidado, Jack. Reflexiona antes de aceptarlo. Tienes mucho que perder.

—¿Has dicho que hay pruebas materiales que vinculan a Kynaston con la mujer asesinada? —preguntó Jack—. ¿Estás seguro?

—Por completo. No me preguntes al respecto porque no puedo decir más. No demuestran que sea culpable pero son muy sugestivas. Si tienes alguna influencia sobre él, Jack, dile que se explique. ¡No puedo abandonar el caso!

Jack lo miró fijamente a los ojos un buen rato, luego esbozó un gesto de asentimiento, dio media vuelta y se marchó de regreso al Parlamento y a la torre que albergaba el Big Ben, que se alzaba hacia el cielo salpicado de nubes.

Pitt no podía referir a Charlotte aquella conversación con Jack. Lo conocía demasiado bien: aunque no le hiciera preguntas, deduciría de su malestar que había algo que no podía comentar. Su imaginación la llevaría a suponer lo peor, probablemente que el distanciamiento entre Emily y Jack era mayor de lo que había supuesto. Quizás ella y Emily a veces discutieran por toda clase de pequeñeces, pero en el fondo era profundamente leal a su hermana. Entretejidas en los recuerdos de toda su vida estaban las imágenes de Emily como hermana menor, a quien llevaba dos años y cuyo cuidado y protección se habían confiado a Charlotte. No había tenido nada que ver con el deber ni con la necesidad. Emily había demostrado con creces ser capaz de cuidar de sí misma... hasta ahora.

Aquella tarde Pitt se sentó en su sillón junto al fuego y se dedicó a observar cómo Daniel y Jemima resolvían un rompecabezas enorme. Al cabo de un rato se percató de que existía una cierta pauta, no solo en la imagen que empezaba a cobrar forma sobre la mesa sino también en su comportamiento. La diferencia de edad entre ambos era de tres años. Jemima siempre iba esos tres pasos por delante. Así sería a lo largo de la vida, hasta que la edad comenzara a ser una desventaja. Ahora todo iba a favor de Jemima, y Pitt veía cómo localizaba una pieza, alargaba la mano y volvía a retirarla, sonriendo cuando Daniel la veía y la colocaba en el lugar correcto.

Sintió una profunda emoción, casi abrumadora. Veía algo de sí mismo en ella, pero mucho más todavía de su madre. Ese momento de discreta gentileza era exactamente lo que había visto hacer a Charlotte, con su discreta generosidad. Jemima aún no había cumplido los dieciséis, pero ahí estaba el instinto de cuidar, de proteger.

¿Cómo podía proteger a Jack o a Emily en aquel desdichado asunto sin traspasar los límites de su propia moralidad?

En el pasado, Jack había cometido un error de juicio con sus lealtades. Habría quienes estarían encantados de recordárselo a sus superiores, poniendo en entredicho su sensatez. Velar por la seguridad del Estado era el deber de Pitt, sin tomar en consideración a quienes amaba. Nadie en quien se hubiese depositado la confianza de desempeñar un cargo público podía favorecer a su familia. Hacerlo quizá supusiera la traición definitiva del juramento que había prestado, y de la fe en él que había aceptado.

Y, sin embargo, descubriría secretos que no quería saber, vulnerabilidades que no podía salvaguardar. Tenía su propia red de deudas y lealtades; era lo que hacía valiosa la vida: el honor y la bondad. Sin tales cosas quedaba vacía, una larga marcha hacia ninguna parte.

Carlisle les había hecho favores a todos ellos, en una ocasión u otra, sobre todo a Vespasia. ¿Podría Pitt seguir confiando en Vespasia si Carlisle estaba implicado, tal como temía cada vez más? Ella necesitaba inocencia en lo que Carlisle estaba haciendo, completa inocencia, no una excusa.

Tal vez Victor Narraway era el único en quien podía confiar sin ponerlo en una situación embarazosa.

Pero si pensaba en su último encuentro, ¿quizá también él estuviera comprometido ahora? Su afecto por Vespasia era mucho más profundo que el de la mera amistad. Después de todos los amoríos y aventuras de su juventud, incluso de su cariño por Charlotte, ¿acaso aquel estaba llamado a ser el amor de su vida, el que lo enternecía demasiado profundamente para que cicatrizara o se le pasara?

¿Qué sentimientos abrigaba Vespasia hacia él, aparte de amistad, interés, cariño? ¡Ningún hombre, y menos uno tan sensible en el fondo como Victor Narraway, se conformaría con eso! Si amas lo quieres todo.

Nada de aquello debía afectar a Pitt. ¿Por qué debería intervenir, excepto para tomar la decisión de no volver a poner a Narraway ante alguna tentación con respecto al caso Kynaston?

Pitt estaba solo con cualquier acción que emprendiera o dejara de emprender. Estaba más solo de lo que alcanzaba a recordar. Hiciera lo que hiciese a propósito de Somerset Carlisle, la decisión dependería únicamente de su propio criterio. ¿Realmente era el hombre apropiado para hacer aquel trabajo? Era inteligente y un buen detective. Había investigado y descubierto la verdad en muchas ocasiones en las que otros no lo habían logrado. De ahí que su ascenso fuese merecido. Ahora bien, ¿poseía el sentido común necesario? ¿Entendía a los ricos y a los poderosos, los antiguos privilegios históricos asociados a un título, el orgullo y la lealtad que se extendían en intrincadas redes que abarcaban a todas las grandes familias del país y, en algunos casos, de la Europa continental?

¿Acaso él estaba libre de toda deuda y lealtad, toda compasión que pudiera corromperlo? Miró a su familia, que estaba en torno a él a media luz. Pero en realidad aquello abarcaba mucho más: Vespasia, Narraway, Jack y Emily; más aún, a la madre de Charlotte y a su marido. Incluso a Somerset Carlisle. A todas las personas con quienes había compartido momentos importantes de su vida, para bien o para mal, y a quienes debía sino compasión, como mínimo honestidad.

No quería saber si Carlisle había abandonado a aquellas mujeres muertas en la gravera, pero le constaba que no podía seguir eludiendo el asunto.

Si Carlisle había puesto los cadáveres allí, ¿dónde los había obtenido? Pitt se negaba a imaginar siquiera que las hubiera matado él mismo, o que hubiese pagado a alguien para que lo hiciera. Eso significaba que ya estaban muertas. ¿Dónde encontraría cadáveres que pudiera llevarse? En un hospital, no. Difícilmente podría alegar ser un pariente de la finada porque resultaría increíble. Como tampoco demostrar que era su patrón u otro tipo de benefactor.

Por consiguiente, lo había hecho en secreto, aunque, sin duda, con ayuda de alguien más. Era posible que tuviera un criado en quien confiara o, más probable aún, que conociera a alguien que se moviera casi al margen de la ley a quien hubiera ayudado en el pasado y que ahora estuviera dispuesto a devolverle el favor.

Siempre había cadáveres sin reclamar en una morgue, personas que no tenían parientes próximos deseosos de enterrarlas. No sería difícil sostener que el fallecido fuese una relación del pasado, un antiguo criado, o pariente de un criado, y que por compasión se ofreciese a proporcionarle un entierro decente. Y entonces, ¿qué? Comprar un ataúd lleno de sacos de arena, o alguna otra cosa del peso apropiado.

Eso respondería la cuestión de dónde se habían guardado los cadáveres tan fríos y limpios. También explicaría las fechas en que fueron descubiertos: solo cuando Carlisle pudiera encontrar uno que le pareciera adecuado. Tenían que ser mujeres jóvenes, dedicadas al servicio doméstico, que nadie más reclamara y que hubieran muerto de manera violenta. ¡Tuvo que haber peinado todo Londres en su busca!

¡Suponiendo que en efecto lo hubiese hecho él!

No había pruebas, solo lo que Pitt sabía de Carlisle y lo que opinaba sobre su carácter.

¿Qué prueba podría encontrar? Podía hacer que sus hombres revisaran todos los archivo de muertes recientes de mujeres en el área de Londres, las que hubiesen sido violentas y resultado con el tipo de heridas que presentaban los cadáveres de la gravera. Luego ver cuáles no habían sido reclamados por familiares, y si algún benefactor se había ofrecido a pagar el funeral.

Y después, ¿qué? ¿Exhumarlos para ver si los cadáveres estaban enterrados o si en su lugar había sacos de tierra? Tal vez, aunque solo como último recurso, y necesitaría algo más consistente que una imaginación desbordada para justificarlo.

Pondría en marcha las pesquisas discretamente. Nada de inhumaciones hasta que tuviera pruebas.

Tenía que saber más acerca de Carlisle, conocer la opinión de personas que hubiesen tratado con él en contextos diferentes que Pitt. Cuáles eran sus intereses personales aparte de la política y la reforma social, las numerosas batallas contra la injusticia. ¿Quiénes eran sus amigos, además de Vespasia? ¿Había alguien concreto a quien pudiera haber pedido ayuda para aquella inusitada tarea? ¿Conocía personalmente a Kynaston? ¿Existían otros contactos que mereciera la pena explorar?

Tenía que proceder con sumo cuidado y enmascarar los motivos que tenía para preguntar. Si hablaba con demasiadas personas, Carlisle seguro que se enteraría y sabría qué estaba haciendo con toda exactitud.

Un amigo de Carlisle con quien Pitt habló fue un muy respetado arquitecto apellidado Rawlins. Pitt lo llevó a almorzar a un restaurante tan discreto como caro. Puso el pretexto de estar comprobando si a Carlisle podía confiársele información de la Special Branch, a fin de contar con su ayuda en el Parlamento. Preguntar sobre los amigos que Carlisle tuvo en el pasado resultaba bastante natural.

—Imprevisible —confirmó Rawlins—. Yo quería construir torres y agujas que llegaran al cielo —dijo con una irónica sonrisa—. ¡Somerset las quería escalar! Lo apreciaba muchísimo; todavía lo hago aunque no lo veo demasiado a menudo. Pero nunca lo comprendí. Nunca supe qué pensaba.

Bebió un sorbo del excelente vino que estaban tomando con el buey asado.

Pitt aguardó. Sabía por la expresión concentrada del rostro de Rawlins que estaba rebuscando en la memoria, esforzándose en entender algo que escapaba a su comprensión desde hacía mucho tiempo.

—Luego se marchó a Italia sin terminar la carrera —dijo Rawlins en voz baja—. Entonces no lo comprendí. Estaba llamado a ser el primero de su promoción; podría haber sido académico.

—¿Una mujer? —sugirió Pitt. Hasta entonces no se había mencionado ninguna aventura amorosa, solo devaneos, nada que arrebatara el corazón.

—Eso pensé en su momento —concedió Rawlins. Encogió ligeramente los hombros y bebió otro sorbo de vino—. Al cabo de mucho tiempo me enteré de que había ido a combatir con unos partisanos que luchaban por la unificación de Italia. Nunca me lo contó. Solo lo supe por una mujer que conocí en Roma años después. Hablaba de él como si sus hazañas estuvieran entretejidas en la mejor y más plena etapa de su vida. Me parece que estuvo enamorada de él.

Sonrió atribulado.

—Recuerdo que me puse celoso. Según decía ella, parecía divertido, increíblemente valiente, absolutamente disparatado pero irreconocible como el hombre que yo había tratado.

Suspiró y tomó otro bocado del exquisito asado.

—Terminó encerrado en una cárcel del norte de Italia, con los dos hombros dislocados. Tuvo que dolerle una barbaridad. Nunca lo mencionó. Si necesita corroborarlo, me temo que no lo puedo ayudar. No tengo ni idea de qué sucedió ni de quién lo hizo. Podría darle media docena de explicaciones en cuanto a por qué.

Pitt evitó los ojos de Rawlins, mirando en cambio su propio plato.

—¿Tiene constancia de que alguna vez fuese violento con alguien? —preguntó—. ¿Tal vez convencido de que el fin justificaba los medios?

No deseaba oír la respuesta y faltó poco para que negara la pregunta. Notaba sus músculos tensos, como si estuviera esperando recibir un golpe.

—No sé qué decir —contestó Rawlins en voz baja—. No de una manera que pueda tener algún valor. Nunca lo vi optar por la violencia. De hecho, siendo estudiantes, lo vi hacer lo posible por evitarla. Era discutidor pero no peleón. Aunque me consta que era un hombre de pasiones intensas. Dudo de que algo pudiera impedirle hacer lo que creyese necesario por una causa que le importara. Tenía demasiada imaginación y, apenas, conocía el miedo. Era el tipo de hombre de todo o nada. A juzgar por sus discursos en el Parlamento y lo poco que sé acerca de él, sigue siéndolo. En realidad, creo que esas cosas nunca cambian. Siento no serle de más ayuda.

—¿Algún amigo que debería preocuparme? —preguntó Pitt con fingida indiferencia.

—¿Preocuparle?

—Tipos marginales de los bajos fondos, por ejemplo.

Rawlins sonrió.

—¿Carlisle? Es muy posible. Es un hombre de gustos ecléticos y lealtades peculiares. Pero si hace una promesa, jamás la rompe.

—Se ajusta bastante a lo que yo pensaba —convino Pitt.

Terminaron el almuerzo conversando sobre otros temas. Rawlins era un hombre simpático, inteligente y cortés. A Pitt no solo le pareció fácil congeniar con él, sino más fácil creerle de lo que hubiese deseado.

Nada de lo que le contaron durante dos días enteros había pintado un retrato de Somerset Carlisle que fuera distinto al del hombre que ya conocía, el hombre que había jugado a un juego peligroso y grotesco con los cadáveres de Resurrection Row.

En todo caso, para peor, pues se dibujaba el retrato de un hombre que no solo le agradaba, y que ahora sentía el impulso de admirar, sino de un hombre muy capaz de hacer precisamente lo que Pitt temía.

13

La mañana siguiente Pitt llegó tarde a su despacho tras haberse visto retenido en un atasco por un accidente de tráfico en Euston Road. Se había formado un caos fenomenal dado que todos los carruajes intentaban sortear los vehículos implicados, y terminaron embotellados en un punto muerto absoluto en el que nadie tenía espacio para maniobrar.

Stoker lo estaba aguardando con el semblante sombrío.

—No se moleste en quitarse el abrigo —dijo en cuanto Pitt entró por la puerta.

Pitt se paró en seco.

—¡Otro cadáver, no!

—No, señor, se trata del mismo. Whistler quiere verle. Y si no le importa, señor, me gustaría ir con usted.

Pitt no tenía inconveniente en que Stoker lo acompañara, pero sentía curiosidad y anhelaba desesperadamente un rayo de esperanza.

—¿Por qué? —preguntó.

Stoker lo miró con sus ojos grises.

—Quiero saber más sobre el tipo de hombre capaz de hacer esto a una mujer. Quiero saber de quién creía estar huyendo Kitty Ryder.

—¿Sigue pensando que guarda relación con Kynaston?

Pitt notó que se le hacía un nudo en el estómago.

—No lo sé, señor, pero ella sí que lo cree. Si pudiera encontrarla, se lo preguntaría.

—¿Algún progreso en ese sentido? —preguntó Pitt.

—Poca cosa. —Stoker se interrumpió, respiró profundamente y prosiguió—. Pero no voy a tirar la toalla.

Había un leve rubor en su rostro huesudo, solo una mancha rosada en las mejillas. Miró desafiante a Pitt, sin ofrecer más explicaciones.

—Bien, si lo consigue, podrá preguntárselo. —Pitt se encasquetó el sombrero otra vez—. Pero entretanto no podemos aguardar. Mejor será que vayamos a ver a Whistler. Justo lo que más podía apetecerme una mañana lluviosa, atascarme en un embotellamiento y luego una visita a la morgue. ¡Vamos!

Salió delante a la calle.

Pitt y Stoker tuvieron que aguardar un rato para encontrar un coche de punto. Siempre ocurría lo mismo los días de lluvia. Nadie estaba dispuesto a caminar.

Finalmente, encontraron uno y chapotearon por los charcos para encaramarse a su interior, con las perneras de los pantalones aleteando y los abrigos abiertos al viento.

Había un largo trayecto desde Lisson Grove hasta Blackheath, en la otra orilla del río y bastante más hacia el este.

—Si alguien está intentando que Kynaston parezca culpable de esto, tiene que conocer bastante a fondo su casa —dijo Stoker al cabo de unos minutos—. Y también conoce al propio Kynaston. O bien sabe por qué Kynaston sigue mintiendo, o bien lo tiene dominado de alguna manera para que no nos diga la verdad.

Iba envuelto en su abrigo mojado y miró de reojo a Pitt.

—Me temo que eso es indiscutible —convino Pitt—. Lo que necesito saber es por qué. Con qué finalidad. Ojalá pudiera pensar que fue alguna clase de venganza personal, pero no hemos hallado ningún motivo para ello.

En Seymour Place giraron a la derecha para enfilar Edgware Road, y luego a la izquierda y a la derecha de nuevo para tomar Park Lane.

—Bueno, diría que Rosalind Kynaston se enojaría bastante si se enterara de lo de la querida —señaló Stoker—. Y pudo coger la leontina y el reloj sin la menor dificultad.

—Quizá lo odie —contestó Pitt sensatamente—, pero no lo arruinaría. Si lo hiciera, también supondría su ruina. Su desgracia también sería la suya. Y si se quedara sin ingresos, ¡ella también! Usted me dijo que procede de una familia respetable pero que no posee una fortuna propia. ¡Salvo que usted crea que también tiene un amante! ¿Alguien se casaría con ella a pesar de lo que este asunto suponga para su reputación? Supongo que es posible, pero no lo veo probable, ¿usted sí?

Stoker meditó un momento.

—No conozco a las mujeres tan bien, señor. No como usted, que tiene esposa y una hija...

—Dudo de que algún hombre conozca a las mujeres —dijo Pitt con ironía—. Pongamos que mi ignorancia tal vez no sea tan absoluta como la suya. ¿Y bien?

—La señora Kynaston no me parece que sea el tipo de mujer que tendría un amante secreto, señor. —Stoker evitaba su mirada aplicadamente—. Recuerdo cuando mi hermana Gwen se enamoró de su marido, apenas sabía de su existencia, pero ¡demonios!, tenía claro que andaba metida en algo. Pequeños detalles, como la manera de arreglarse el cabello, el cuidado que ponía al vestirse, no solo a veces sino siempre. Esa sonrisita secreta, como la de un gato cuando le dan leche. Y la manera en que se contoneaba haciendo oscilar las faldas, como si supiera que iba a ir a un lugar especial.

Pitt no pudo menos que reír pese al frío y a la incomodidad del interior del coche que traqueteaba, estrujándolos en el asiento. Había visto exactamente lo que Stoker acababa de describir en Charlotte años atrás, cuando le hacía la corte. Entonces no lo había entendido: la felicidad de un instante, desespero al siguiente, pero siempre su vitalidad. Parecía resplandecer de vida.

También lo había visto en Emily, cuando comenzó a pensar

en serio en Jack Radley, pero ese era otro tema y, por el momento, más doloroso que placentero.

Y, por descontado, ahora también estaba comenzando a notarse en Jemima. ¡Qué deprisa crecía! Pitt sabía qué jóvenes le gustaban y cuáles no le interesaban. Era tan guapa, valiente y vulnerable como su madre, imaginándose sofisticada, y tan fácil de leer como si fuese un libro abierto. ¿O solo era así para él, porque la amaba y la protegería de cualquier sufrimiento, si fuera posible?

¡El padre de Charlotte la habría protegido del desastre social, por no decir económico, que suponía casarse con un policía! El único destino peor habría sido que no se casara, ¡y ese prejuicio les vino de perlas! ¡Menos mal que su madre era más sensata en lo emocional!

¿Lo sería él, cuando llegara el momento de que Jemima se casara?

No era preciso pensarlo ahora. ¡Faltaban años! ¡Un montón de años!

Avanzaban sin tropiezos hacia el sur, en dirección al río. Sin duda, el cochero los conduciría por el Embankment para luego tomar un puente hasta la otra orilla.

Pitt contempló a Stoker con renovado respeto. No lo había creído capaz de tan humanas observaciones. En un momento de lucidez, cayó en la cuenta de que sabía muy poco acerca de Stoker. Aparte de su destreza e inteligencia en el trabajo, y de su más que demostrada lealtad, ¡era prácticamente un desconocido!

—¿Así pues, considera que Rosalind Kynaston no está teniendo una aventura? —preguntó.

—Exactamente, señor. Parece una mujer que tiene muy poco de lo que estar contenta —contestó Stoker.

—¿Cree que está enterada de que Kynaston tiene una aventura?

—Probablemente. Según mi experiencia, esas cosas se saben, sobre todo las mujeres, incluso si no pueden permitirse admitirlo. Por supuesto, cuando no pertenecen a la alta sociedad y no hay mucho dinero o una casa que perder, no existe la misma necesidad de fijar una sonrisa en tu cara y fingir que no has visto nada. Y le apuesto lo que quiera —agregó— a que no mató a esas mujeres ni las arrojó a las graveras... ¡ni les cortó la cara a tiras!

Pitt se estremeció.

—Vaya. Sin embargo, está seguro de que quien lo está haciendo guarda relación con la casa de Kynaston.

—Sin lugar a dudas —convino Stoker—. ¡Solo que no sé cuál! Le he estado dando muchas vueltas, pero nada acaba de tener sentido. Para empezar, ¿a qué vienen esas mutilaciones? ¿Qué clase de persona corta la carne del rostro de alguien que ya está muerto? La única razón que se me ocurre es ocultar su identidad. Pero de todos modos no tenemos ni idea.

—O llamar nuestra atención —dijo Pitt, pensando en voz alta.

—¿Quiere decir que dos mujeres muertas y arrojadas en una gravera van a conseguir que nos detengamos a pensar? —preguntó Stoker con suma incredulidad.

—No dan pie a titulares tan grandes como dos que estén mutiladas de la misma manera —señaló Pitt.

—¿Con qué fin? —Stoker miraba a Pitt con curiosidad, como si aguardara una respuesta—. ¿Se refiere a llamar más la atención sobre Kynaston? ¿Cómo lo de los pañuelos?

—Quizá.

—¿Por qué?

—Eso es lo que intento desentrañar —le dijo Pitt, procurando responderle con franqueza pero sin hablarle de Somerset Carlisle. No mencionarlo sería más fácil, aunque Stoker sabría que estaba eludiendo la respuesta y eso era una ofensa que no merecía. También socavaría su mutua confianza, que era una de las mejores bazas de Pitt. Sin la confianza de aquel hombre estaría solo. Cada vez era más consciente de la falta de confianza de personas como Talbot y, probablemente, de otros miembros del Gobierno. Incluso en Lisson Grove ya se había percatado de la clase de respeto que habían profesado a Victor Narraway.

—Una cosa que se me ha ocurrido —prosiguió Pitt mientras cruzaban el río y torcían hacia el este— es que si Kynaston es sospechoso y la red se va cerrando en torno a él, estará sumamente agradecido a cualquiera que pueda demostrar su inocencia...

—No nos lo agradecerá mucho tiempo, señor —dijo Stoker con una curiosa gentileza, como si previniera a un joven de una desilusión.

Pitt evitó mirarlo. De pronto ambos estaban conmovidos y divertidos por su deseo de prevenir un sufrimiento que afligía a todo el mundo de vez en cuando. Era la realidad, cruda y cortante como el gélido viento de primavera que tan a menudo sacudía las flores primerizas.

Pitt tenía que decir algo enseguida, disipar el equívoco antes de que tomara forma.

—Ya lo sé, Stoker. Estaba considerando la posibilidad de que alguien se ofreciera a rescatarlo a cambio de un precio, alguien a quien nada debe pero con quien contraería una deuda enorme.

Stoker abrió los ojos, perspicaces y brillantes.

—¡Entiendo! ¡Un precio que luego pagaría indefinidamente! Eso sería muy inteligente. Y nosotros quedaríamos como unos estúpidos. ¡Quizá nos harán menos caso la próxima vez que sospechemos de alguien!

A Pitt ni se le había ocurrido pensarlo. Deseó haberlo hecho. Era una posibilidad plausible y peligrosa.

—En efecto —dijo en voz baja, apenas audible entre el ruido del tráfico en Rotherhite Street—. Cada vez pinta peor, ¿verdad? Al menos las posibilidades. La cuestión que surge de nuevo es: ¿quién?

—Según parece, existen indicios de conflicto, señor —contestó Stoker—. Uno de ellos considera que Kynaston tiene una querida y que es culpable de asesinar a la doncella que lo descubrió, aunque no tiene mucho sentido... salvo que falte una pieza importante. ¿Y por qué cuatro mujeres distintas?

Pitt se quedó desconcertado un momento.

—Kitty Ryder, la primera mujer de la gravera, la segunda mujer de la gravera y la querida —contó Stoker—. Es imposible que dos de ellas sean la misma persona.

—No se me ocurre el modo de hacer que eso tenga sentido —admitió Pitt—. Y, sin embargo, las dos mujeres de la gravera están vinculadas por diferentes circunstancias: el lugar donde fueron encontradas pero no necesariamente asesinadas; las mutilaciones, que son espantosas y no parecen servir a propósito alguno puesto que se las infligieron después de muertas, pero que no sirvieron para ocultar su identidad porque la desconocemos de todos modos. Todo indica que las dos eran doncellas, pero nadie las ha reclamado. Por no mencionar el hallazgo de la leontina de Kynaston en una y del reloj en la otra.

Stoker asintió.

—¿Y si nada de esto guarda relación con la identidad de las mujeres sino con Kynaston, que alguien le esté haciendo chantaje o intente coaccionarlo para que haga o deje de hacer algo? Tal vez se comporta tan estúpidamente porque tiene pruebas que arruinarían a alguien, y están comprando su silencio.

—Es posible —convino Pitt. Era posible, en efecto, y Somerset Carlisle no encajaba en absoluto en esa versión de los hechos. De ahí que, por más que Pitt quisiera creerlo culpable, no pudiera.

—¿Tiene alguna otra idea, señor? —preguntó Stoker.

—Solo una conjetura —contestó Pitt. No podía seguir ocultándola por más tiempo. Le estaba mintiendo a Stoker y a sí mismo. Somerset Carlisle era tan afilado como una navaja abierta en su cerebro. Pero Carlisle no mataría... seguramente. ¿Qué podía importarle tanto para hacer todo aquello: los cuerpos robados quién sabía dónde, la mutilación, que tuvo que ser espantosa, casi insoportable para él y que, sin embargo, había llevado a cabo... ¿si en efecto había sido él?

La única respuesta que encajaba en todo aquello era algo tan grave como la traición.

La voz de Stoker irrumpió en sus pensamientos

—¿Señor?

—Para obligarnos a investigar hasta que encontremos un crimen peor —contestó Pitt.

—¿Peor que un asesinato? —preguntó Stoker con voz tomada, enojado e incrédulo.

—Sí, peor que el asesinato —respondió Pitt con ecuanimidad—. Una traición.

Stoker se irguió en el asiento. Tragó saliva.

—Sí, señor. En ningún momento he pensado... no... no en todo este...

—Dios quiera que no tenga que hacerlo —dijo Pitt, manteniendo la vista al frente—. Solo es una idea.

—No, señor. —Stoker también se volvió hacia el frente—. Es nuestro trabajo.

Whistler los recibió en su despacho de la morgue, un lugar que se había vuelto desagradablemente familiar para Pitt durante las últimas semanas. Esta vez Whistler estaba atareado y de poco humor para ofrecerles siquiera una taza de té.

—Los periódicos ya lo saben —dijo bruscamente—. Solo quiero que sepa que no ha sido cosa mía. —Fulminó a Pitt con la mirada como si este hubiese dudado de él—. ¡Son como sabuesos sanguinarios siguiendo el rastro de la muerte! —dijo con amargura—. No sé qué demonios van a hacer con esto; seguramente le sacarán tanto jugo como puedan. —Comenzó a menear la cabeza y acabó con el cuerpo entero temblando, como si lo hubiesen arrojado a un pozo de agua helada—. Las mutilaciones se realizaron después de la muerte. Ya se lo dije en su momento. Tras examinarlas con más detenimiento, las roturas de hueso, también. Solo unas pocas fracturas se produjeron mientras estaba viva, siendo la más importante la del cráneo. Los moretones se hicieron a la vez. No aparecen moratones después de la muerte. Entonces no hay flujo sanguíneo.

Pitt lo miró fijamente.

—¿Fue el golpe en la cabeza lo que la mató?

No sabía qué quería que respondiera Whistler. Era una pesadilla. Lo único que la mejoraría sería despertarse.

—El golpe —repitió Whistler la palabra, dándole vueltas en la cabeza, analizándola.

—¿Lo fue?

—Un objeto grande y plano —dijo Whistler en voz baja—. Muchos moratones que no puedo definir con exactitud. Lleva demasiado tiempo muerta. ¿Mi opinión? Cayó por una escalera y se rompió la cabeza contra el suelo. Nada indica que no fuera accidental.

Pitt se dejó embargar por un alivio tan intenso que rayaba en el tipo de dolor que sientes cuando un miembro congelado regresa a la vida.

—¿O sea que no fue asesinada?

—No hay motivo para pensar que lo fuera —convino Whistler—. Pero que después un maldito lunático le arrancara media cara de cuajo ya es otra cuestión... ¡suya, no mía!

Pitt le dio las gracias con un ademán de asentimiento y Stoker y él se marcharon.

Lo primero que haría Pitt sería ir a hablar con Somerset Carlisle. Si había orquestado todo aquel horror para obligar a Pitt a investigar a Kynaston, había llegado el momento de enfrentarse a él y preguntarle de qué crimen lo consideraba culpable.

Al principio no supo si advertir a Carlisle de su visita. La sorpresa tenía muchas ventajas, y si optaba por fijar una cita formal tendría que revelar el motivo de su llamada. Ahora bien, si no lo hacía, había muchas posibilidades de encontrarse con que Carlisle no estuviera en casa. Y tal vez intentando ser taimado solo conseguiría un engaño que lo pondría en ridículo. Descolgó el teléfono y fijó la cita. Carlisle no puso objeción alguna; en realidad había dado la impresión de tener ganas de ver a Pitt.

En efecto, un criado con un uniforme muy sobrio dio la bienvenida a Pitt en la puerta y lo condujo a una sala de estar agradable y bastante original, donde Carlisle pasaba las pocas veladas que podía quedarse en casa, en invierno junto al fuego que ahora caldeaba la habitación entera. Para el verano había una cristalera provista de buenos cortinajes.

—Lo que le trae por aquí debe de ser importante —dijo Carlisle con una sonrisa irónica—. Hace una noche de perros. ¿La primavera se hace de rogar, eh? En fin, supongo que así será mejor recibida cuando llegue. Siéntese. —Indicó un vaso de whisky que descansaba sobre una mesa cercana al sillón del que se había levantado—. ¿Whisky? ¿Jerez? —Esbozó una mueca—. ¿Té?

—Después, gracias —contestó Pitt—. Si todavía tiene ganas de ofrecérmelo.

Carlisle sonrió, como si estuvieran jugando a un juego de salón.

—¿Y en qué considera que puedo servirle? No conozco a nadie que asesine mujeres y las abandone en graveras. Créame, de lo contrario ya se lo habría dicho.

—En realidad, no es tanto su muerte lo que me preocupa ahora —dijo Pitt, correspondiendo a su sonrisa—, sino que parezca existir una relación entre ellas y Kynaston.

Echó un vistazo a la habitación con agudo interés. Se tomó el tiempo necesario para reparar en los objetos navales que tenía más cerca. La belleza de uno de los cuadros daba a entender que era obra de un gran artista y que quizá valía un montón de dinero. Si no, había sido elegido con notable diligencia. Tal vez fuera una herencia de alguien que había amado mucho el mar.

Carlisle estaba aguardando a que continuara. ¿Cuán directo debía mostrarse?

—El reloj de oro de Kynaston fue encontrado en el primer cadáver —dijo, observando la expresión de Carlisle y viendo solo un ligerísimo cambio—. Y la leontina, en la segunda mujer. Entre otras cosas quizá menos tangibles.

Carlisle titubeó. A todas luces se debatía en su fuero interno entre seguir bromeando o enfrentarse a una batalla real. Debió de decidir lo segundo porque el humor se desvaneció de sus ojos y de repente, a la luz de la chimenea y los apliques de gas, las arrugas de su rostro parecieron más profundas. Era mayor que Pitt, quizá bien entrado en la cincuentena. Su energía era lo que hacía que a veces uno lo olvidara. Ahora su tez curtida por el sol y el viento de sus años como escalador, las arrugas en torno a sus ojos por haber oteado largas distancias, marcaban sus facciones.

—Una conexión muy clara. ¿Cómo la explicó? —preguntó Carlisle.

—Diciendo que el reloj se lo había robado un carterista —contestó Pitt.

—¿Y usted le creyó?

—Me inclino a hacerlo. No queda fuera de sus habilidades hacer que alguien lo robe por usted.

—¡Santo cielo! Un cumplido bastante equívoco a mis habilidades. Una empresa arriesgada, ¿no le parece?

—Extremadamente —convino Pitt—. Por consiguiente, usted tenía un muy buen motivo. No me imagino una aventura amorosa que pudiera suscitar su enojo o su pasión hasta el punto de utilizar a esas mujeres de esta manera para involucrarme.

—En ocasiones ha permitido que el corazón gobernara a su cabeza —contestó Carlisle bruscamente, sopesando sus palabras—. No amar es morir poco a poco. O tal vez sea todavía peor. Quizá sea vacilar en la orilla de la vida sin llegar a sumergirte en sus aguas. Pero si lo lleva a un extremo, nadie puede ahogarse solo, sin arrastrar a otros consigo.

—Cierto —convino Pitt—. Pero creo que usted tiene en mente algo muy concreto.

Las cejas de Carlisle se enarcaron formando una doble uve muy marcada.

—Verbalmente, tal vez. Pero es usted quien apela a mí, no al contrario.

—¿En serio? —dijo Pitt calladamente—. Tenía la impresión de que era usted quien apelaba a mí, y ya iba siendo hora de que le contestara.

Carlisle vaciló apenas un segundo.

—¿De veras? ¿Qué le llevó a esa idea, o ya hemos dejado atrás ese punto?

—Lo hemos dejado atrás —respondió Pitt.

—Entiendo. ¿Y su respuesta cuál es?

Carlisle permaneció inmóvil en el sillón, su whisky olvidado. De hecho, no había tomado más que un par de sorbos. Su color reflejaba el dorado de las llamas; en el cristal tallado parecía una joya.

—Soy todo oídos —dijo Pitt—. Le escucho.

Carlisle no contestó.

—¡Vamos! —dijo Pitt, más bruscamente de lo que se había propuesto. Carlisle estaba poniendo a prueba sus nervios. No podía permitirse perder en aquel juego. Nada en toda su experiencia con Carlisle sugería que alguna vez hubiera actuado a la ligera o corrido riesgos innecesarios que pudieran costarle la libertad, incluso la vida, salvo que las apuestas fueran lo bastante altas para que lo merecieran.

»Investigué a Kynaston y no encontré nada —prosiguió Pitt—. Kitty Ryder sigue viva, pero se marchó de noche y sin llevarse sus pertenencias. Debía de tener mucho miedo de algo. Dudo de que se debiera a que Kynaston tenga una amante, salvo que se trate de la esposa de un hombre extraordinariamente poderoso.

Mientras decía esto último, él mismo no se lo creía.

—Esto no es digno de usted, Pitt —dijo Carlisle, al parecer decepcionado—. ¿Por qué demonios debería importarme con quién se acuesta Kynaston?

—A usted nada —convino Pitt—. Por eso me pregunto qué es lo que le preocupa... lo suficiente para montar esta macabra farsa. Porque es una farsa, ¿verdad?

Los ojos de Carlisle no se apartaron del rostro de Pitt.

—¿Lo es? —susurró.

—¡Si no descubro la verdad, sí! —respondió Pitt, con los nervios de punta.

Vio una chispa de miedo en los ojos de Carlisle, solo por un instante tan breve que ni siquiera estuvo seguro de haberla visto en absoluto.

—Creo que usted no mató a esas dos mujeres —agregó Pitt—. De hecho, lo más probable es que nunca las viera con vida.

Carlisle soltó el aire despacio. Algo en su fuero interno se relajó, pero solo un poquito.

—Y también puso el reloj y la leontina —prosiguió Pitt. No mencionó las mutilaciones; era una repugnante laguna que flotaba entre ambos—. Y seguramente la llave del armario. ¡Sin duda, estaba convencido de que yo no sabría atar cabos para acusarlo!

—Es el mejor detective que conozco —contestó Carlisle con la voz un poco ronca, como si le faltara el aire y tuviera la garganta seca.

—¿Y qué es lo que quiere que descubra? —Pitt se inclinó hacia delante—. ¡Abandonó a esas mujeres allí arriba para que los animales se las comieran! ¿Qué tiene tanta importancia para usted, Carlisle? ¿Un asesinato? ¿Un múltiple asesinato? —pronunció la última palabra con mucho detenimiento—. ¡Sigue sin ser suficiente! ¡Tiene que ser una traición!

Carlisle respiró profundamente.

—¿Conoce a sir John Ransom?

—Personalmente, no, pero sé quién es.

—Faltaría más —respondió Carlisle—. Ha sido una pregunta retórica. Si el jefe de la Special Branch no supiera el nombre de quien dirige los inventos científicos de la Armada y la guerra naval, no cabe duda de que estaríamos ante un problema muy grave.

—¿Qué pasa con Ransom? —preguntó Pitt.

—Es amigo mío. Iba un par de cursos por delante de mí en Cambridge —contestó Carlisle.

Pitt dejó que continuara, sabedor de que tanto preámbulo era necesario. Un tronco se asentó en la chimenea, despidiendo una lluvia de chispas, pero Carlisle pareció no darse cuenta.

—Vino a verme hace dos o tres meses —prosiguió Carlisle—.

Carecía de pruebas, pero creía que ciertos datos sumamente confidenciales, relacionados con un nuevo adelanto en la guerra submarina, estaban siendo ofrecidos a otra potencia naval. No dijo a cuál porque creo que no lo sabía.

—Desde el departamento donde trabaja Kynaston —concluyó Pitt.

—Exacto. Ransom estaba muy preocupado porque apenas abrigaba alguna duda de que estuviera sucediendo, pero no tenía ni idea de de quién era la responsabilidad. Aunque solo recaía en tres hombres. Los otros dos han sido exonerados...

—Quedando Kynaston... —dijo Pitt entristecido—. Pero no hay pruebas, pues de lo contrario no lo estaríamos comentando. Usted nos las habría entregado.

—En efecto. Sin pruebas, permitir que Kynaston sepa que estamos al corriente de lo que está haciendo solo serviría para ponerlo sobre aviso, y quizás empeoraríamos las cosas —convino Carlisle.

—De ahí que usted haga que parezca que asesinó a la doncella de su esposa por una aventura amorosa real o imaginaria, ¡esperando que yo le saque las castañas del fuego!

—Más o menos —admitió Carlisle—. ¡Pero está siendo puñeteramente lento! —Torció los labios en una sonrisa sardónica—. A usted le cae bien...

—Sí, es verdad, pero eso no tiene nada que ver —respondió Pitt, enojado—. Al margen de lo que piense de él, no puedo acusarlo de nada hasta que tenga pruebas para demostrarlo. Y puesto que Kitty Ryder ha sido vista sana y salva después de que se encontrara el primer cadáver, y el segundo ni siquiera se parece a ella, ¡carezco de motivos para acusar a Kynaston!

—Fue un patinazo —admitió Carlisle, haciendo una mueca de disgusto—. Pero no sabía que Kitty hubiese sido localizada. ¿Está seguro?

—Sí. Tengo un ayudante sumamente diligente...

—¡Ah! El formidable Stoker. Sí. Un hombre excelente. —Carlisle esbozó una sonrisa—. Si consiguiera encontrar a esa mujer, ella prestaría declaración sobre lo que vio u oyó, y explicaría por qué huyó. Aunque siempre sería mejor contar con algo de más peso que la palabra de una doncella huida.

—Ampliaré su búsqueda —prometió Pitt—. ¿Quién más está implicado? Tendrá que pasarle la información a alguien. ¿Y por qué, santo cielo?

El mero formular la pregunta en voz alta resultaba doloroso. Lo peor que había pensado de Kynaston era que quizá fuese demasiado indulgente con el asunto de su amante, pero no que fuese un hombre capaz de traicionar a su país. Con el tiempo se había acostumbrado a encajar desilusiones, pero aun así le dolió.

Carlisle hizo un ademán de disculpa.

—No lo sé. Pero estoy seguro de que contará con un montón de defensores, simplemente porque ninguno querrá creer que los haya podido traicionar, ¡o que le hayan permitido hacerlo! ¡El primer ministro se contrariará, y de qué manera!

—Estoy bastante acostumbrado a contrariar al primer ministro —dijo Pitt con aspereza—. Según parece es una de las funciones de este trabajo. Pero atrapar a Kynaston, aun demostrando lo que ha hecho, dista mucho de ser el final de la tarea...

—¡Oh, eso ya lo sé! —interrumpió Carlisle—. ¡Tiene que descubrir todo el pastel! Y antes que nada, debe saber cuánta información ha pasado exactamente, y a quién. A ser posible, también debe saber cómo llegó a semejante posición, y lo mismo vale para los demás implicados. Y, además, como es natural, tendrá que tratar directamente con él para que se entere el menor número posible de personas, habida cuenta de las circunstancias. Celebrar un juicio y sacarlo a la luz resultaría casi tan dañino como el crimen en sí.

—¡Gracias, Carlisle! ¡Hasta ahí llego! —le espetó Pitt—. ¡También preferiría no verme obligado a procesarlo a usted! Acepto que usted no mató a ninguna de las dos mujeres, pero se llevó sus cadáveres de allí donde estuvieran guardados, una morgue, me figuro, y los abandonó en el cascajal. Prefiero no saber que también las mutiló de idéntica manera para que nos viéramos forzados a concluir que las había matado la misma persona, y que el vínculo con Kynaston fuese demasiado claro para pasarlo por alto. Pues bien, mensaje recibido y entendido. Lo ha conseguido.

Carlisle estaba pálido, incluso a la luz de las llamas.

—No me siento orgulloso —dijo en voz muy baja—. Pero Kynaston está traicionando a mi país. Hay que detenerlo.

—Haré cuanto pueda por detenerlo —prometió Pitt—. Y usted me ayudará, si se me ocurre cómo. Y a partir de ahora hará exactamente lo que yo le diga... de modo que pueda encontrar un motivo para no acusarlo de robar cadáveres, mutilar a los muertos y, en general, ¡ser un puñetero incordio!

—Lo haré si... —comenzó Carlisle.

Pitt lo fulminó con la mirada.

—¡Sí, lo hará! ¡Y como involucre a Vespasia en esto me encargaré de que lo pague perdiendo su escaño en el Parlamento!

—Le creo —dijo Carlisle con un hilo de voz—. Le doy mi palabra de que no lo he hecho ni lo haré.

—Gracias. —Pitt se levantó—. Le agradezco que me haya contado al menos esta parte de la verdad. ¡Ojalá hubiese aceptado el whisky!

—Si le apetece...

—No, gracias. Tengo que irme a casa. Es tarde, y necesito pensar cómo demonios voy a esclarecer esto, empezando mañana por la mañana. Por cierto, ¿de dónde sacó los cadáveres? ¿Supongo que de una morgue?

—Sí. Pero me encargaré de que tengan un entierro decente, cuando usted haya terminado con ellos. Tal como prometí de entrada —contestó Carlisle.

Pitt se quedó mirándolo un momento, procurando hallar, sin éxito, palabras para expresar lo que mediaba entre ellos. Dio media vuelta y se marchó.

Fuera había dejado de llover, pero el viento era todavía más frío. Pitt pensó, al ver el titilante brillo de las estrellas, que por la mañana habría escarcha.

Caminando con brío por la acera meditó de nuevo sobre Carlisle. Aquel hombre lo ponía furioso pero no le caía mal. En aquella ocasión había visto, más allá del ingenio y la imaginación, a alguien que se atrevía a creer en cosas que no alcanzaba a ver por sí mismo y que buscaba, si bien alocadamente, lo sublime. Un hombre solitario.

No podía creer que Carlisle hubiese tenido alguna participación en la muerte de las dos mujeres, simplemente había aprovechado una oportunidad. Pitt podía imaginárselo cortando cuidadosamente los rostros muertos, mujeres ajenas a la dignidad o el sufrimiento, y disculparse por utilizarlas para lo que consideraba un bien mayor y más apremiante. El Carlisle que había conocido en el pasado jamás habría matado a un semejante, ni siquiera para desenmascarar una traición.

Pero las personas cambian. Presiones inusitadas caen sobre sus hombros, viejas deudas que hay que pagar. ¿Por eso Carlisle había rescatado a Pitt de la furia de Edom Talbot de manera tan fortuita? ¿Y era él mismo quien había propiciado la situación premeditadamente, de modo que Pitt quedara en deuda con él?

¿Carlisle le debía aquello tan terrible a alguien?

¿O era Kynaston quién había contraído una deuda imposible de saldar?

Y tal vez la traición tuviera mayor alcance del que Pitt había supuesto hasta ahora.

Levantó la cabeza hacia el firmamento. El viento era cortante y le hizo apretar el paso.

14

Charlotte había decidido pasar más tiempo con Emily, de modo que cuando Emily la había invitado a asistir con ella a una recepción en honor de un explorador noruego, y a escuchar su conferencia, aceptó. Lo hizo por Emily, no porque estuviera particularmente interesada en las islas del Atlántico Norte ni en las especies de aves que pudieran habitarlas. Pensar en tanto hielo flotante le hizo tener frío, incluso antes de salir.

De haber estado Pitt en casa hubiera supuesto un sacrificio mayor, pero últimamente pasaba muchas tardes fuera, investigando distintas vertientes del caso de Kitty Ryder. Le había dicho que estaba viva, pero aun así no lograban dar con ella.

Sentada mientras Minnie Maude le arreglaba el cabello, destreza que estaba adquiriendo muy deprisa, Charlotte siguió pensando en el asunto. No había interrogado más a Pitt porque le bastaba con ver su rostro para entender que estaba sumamente preocupado por el caso, que ahora presentaba un nuevo cariz que no podía comentar con ella. Eso no significaba que no tuviera la libertad de intentar discernirlo por su cuenta.

Sabía más acerca de la vida privada de personas como Dudley Kynaston de cuanto llegarían a saber alguna vez Pitt o Stoker, pues los Kynaston pertenecían al estrato social en el que ella se había criado y al que Emily había pertenecido toda su vida. Charlotte y Pitt ahora vivían en los márgenes, pero para él siempre sería un mundo ajeno, al menos en lo concerniente a algunos de sus valores, por más hábil que se hubiese vuelto en fingir que estaba a sus anchas.

Cuando Emily llegó, Charlotte vio que se había vestido de verde claro, el color que más la favorecía. El vestido en sí mismo era exquisito y perfectamente apropiado para la ocasión. Charlotte lo reconoció como un «traje de batalla» por la manera en que le quedaba y por la belleza de los delicados pendientes de esmeraldas y diamantes que Emily se había puesto. Al darle un beso en la mejilla, su opinión se vio confirmada por el perfume que percibió, tan sutil que tuvo ganas de acercarse a ella otra vez para captarlo mejor. No era una fragancia que pudiera nombrar, y, sin duda, sería muy cara. El tipo de capricho que una mujer compraba por su cuenta, cuando no debía preocuparse por el coste.

En cuanto estuvieron sentadas en el carruaje y se separaron del bordillo para tomar la calzada, Charlotte hizo la pregunta.

—¿Por qué vamos a una conferencia sobre la exploración del Ártico?

Emily sonrió. Pese a que ya atardecía y las farolas apenas alumbraban la calle, su satisfacción era patente.

—Porque Ailsa y Rosalind Kynaston van a ir —contestó—. He conocido un poco mejor a Rosalind Kynaston, de un tiempo a esta parte. No es difícil ni extraño, habida cuenta de las circunstancias. Si ofrecen a Jack ese puesto junto a Dudley Kynaston, a lo mejor nos hacemos amigas.

—¿Y lo va a aceptar?

De pronto Charlotte olvidó toda preocupación a propósito de los Kynaston, así como los apuros de Kitty Ryder. Solo podía pensar en Jack por miedo a cómo afectaría a Emily otra desilusión.

—No te gustaría, ¿verdad? —dijo Emily con un súbito tono de desafío en la voz—. Es brillante, ¿sabes? ¿O acaso no lo sabes? Para Jack sería muy interesante trabajar con él, y supondría un ascenso, además. ¡Aunque seguro que lo sabes y has estado pensando en ello!

Charlotte olvidó su determinación a ser paciente y amable.

—Quiero que lo acepte, siempre y cuando Kynaston no sea culpable de nada —dijo con aspereza—. Que tuviera una aventura con la doncella de su esposa me figuro que no es demasiado importante, salvo para su esposa y tal vez para la doncella. Pero si la mató, preferiría que Jack no trabajara para él. Hasta que lo acusen, por supuesto, y entonces supongo que estará en prisión y será imposible que alguien trabaje con él. Pero aunque la matara o amenazara con matarla y nunca lo demostremos, seguiría prefiriendo que Jack no tuviera nada que ver con esa familia. —Respiró profundamente—. E incluso aunque fuese su esposa quien la matara, cosa harto improbable, preferiría que nadie a quien amo se relacionara con ellos.

—A Jack le encantará saber que lo amas —dijo Emily fríamente—. Aunque al parecer infecte tu imaginación con fantasías grotescas. ¡Si todas las mujeres de Londres tuvieran que matar a sus doncellas porque sus maridos se acuestan con ellas, la sangre nos llegaría a las rodillas!

—Lo dudo —respondió Charlotte con la misma frialdad—. No la apuñalaron. La golpearon, le mutilaron la cara y abandonaron su cadáver en la gravera, a merced de los animales carroñeros. Apenas hubo sangre.

—¡Eres repugnante! —escupió Emily.

—¡No seas tan tonta! —le espetó Charlotte—. Es a ti a quien amo, y a Jack lo aprecio mucho, pero eso se acabará en el acto si te hace daño.

—Jack nunca... —comenzó Emily, pero se calló de golpe.

Charlotte se volvió para mirarla y vio que se le saltaban las lágrimas. En otra ocasión habría dicho algo, incluso la habría abrazado. Ahora la emoción que las embargaba era demasiado quebradiza. Permaneció un rato callada, dejando que Emily recobrara la compostura. Cuando consideró que ya había aguardado bastante, inició otra conversación.

—¿Cómo es Rosalind? —preguntó. No tuvo que fingir interés.

—En realidad, me cae bien —contestó Emily—. Tiene mucha más personalidad de lo que parece a primera vista. Lee bastante, y está informada de todo tipo de cosas poco comunes: aventuras, exploradores, la gente que va a Mesopotamia y a Grecia a cavar tumbas y descubre cosas asombrosas, objetos y escritos. Y conoce de maravilla las plantas. Fui a Kew Gardens con ella, y sabía decirme de dónde procedían los árboles y las flores, y quién los había encontrado. Empecé a prestarle atención por pura cortesía pero no tardé en verme sinceramente interesada. Y no es en absoluto tan sosa o ingenua como suponía.

—¿Por eso asiste a esta conferencia? —preguntó Charlotte, sorprendida. Pitt le había hablado poco de Rosalind, y Charlotte había dado por sentado que debía de ser bastante anodina. Tal vez fuese culpable de pensar así de ella porque su marido tenía una querida y, por tanto, ella tenía que ser aburrida. ¿Acaso todas las mujeres casadas suponían lo mismo? Si un hombre buscaba la compañía de otra mujer, ¿su esposa tenía que ser fría, pesada o poco agraciada, algo que debías evitar ser para que nunca te ocurriera a ti?

—Tengo ganas de conocerla mejor —dijo.

Emily quizá fuera infeliz, pero no había perdido en absoluto su don de gentes. Todavía sabía hacer que un plan elaborado pareciera un completo azar. Ella y Charlotte se encontraban junto a Rosalind y Ailsa Kynaston. Estaban emparentadas por matrimonio pero nadie las hubiera tomado por hermanas. Rosalind iba sobriamente vestida de un color ciruela oscuro que parecía refinado y caro, pero, no obstante, carecía del estilo que Emily podría haber alcanzado con algo mucho menos ostentoso.

Ailsa tenía de su parte la ventaja de la estatura y el garbo que esta daba a sus movimientos. La vitalidad de su rostro y el brillo plateado en sus cabellos llamaban la atención, quisieras o no. Los sombríos tonos azules de su vestido no importaban; en todo caso eran un contraste que realzaba su propia energía.

Se saludaron con gusto, como si la suerte las hubiera hecho coincidir en el mismo lugar. Tanto Ailsa como Rosalind se acordaban de Charlotte y fingieron alegrarse de volver a verla. Si la relacionaron inmediatamente con Pitt y el desdichado asunto que lo había llevado a su casa, fueron demasiado educadas para comentarlo.

La conversación fluyó sin dificultad, centrándose solo en trivialidades. Emily estuvo magnífica, resultando interesante y divertida a la vez. En concreto hizo reír a Rosalind, dejando a Charlotte la libertad de limitarse a escuchar y observar el lenguaje de las miradas y los gestos que cruzaban Rosalind y Ailsa. Quizás eso fuese lo que Emily había pretendido. En tal caso, no podría habérselas ingeniado mejor.

—Me complace que haya acudido tanta gente —dijo Rosalind, echando un vistazo a la creciente concurrencia—. Debo reconocerlo, temía que hubiese una vergonzante escasez de público.

—Todos agradecemos que esta primavera, aunque fría, no sea ni mucho menos tan rigurosa como podría ser —convino Emily.

Ailsa encogió un poco sus elegantes hombros.

—El norte posee una belleza limpia que mucha gente admira —terció. No cabía decir que contradijera a Emily, pero su voz rezumaba frialdad.

—¿Conoce bien el norte? —preguntó Emily con entusiasmo.

Ailsa titubeó un momento, como si no estuviera preparada para responder a aquella pregunta.

—He viajado al norte —admitió—. Posee una belleza grandiosa, y enseguida te aclimatas al frío. Por descontado, el verano no es nada frío y es más luminoso que aquí... casi siempre.

—O sea que estará familiarizada con lugares como los que el profesor Arbuthnott mencionará —concluyó Emily. Se volvió hacia Rosalind—. ¿Usted también ha estado?

Rosalind sonrió.

—Oh, no. Me temo que lo más al norte que he ido es París, que me parece una ciudad maravillosa.

—París está al sur de aquí, querida —dijo Ailsa amablemente.

Charlotte la miró a la cara. Sonreía, aunque sin el menor atisbo de afecto a pesar de su tono. Charlotte tuvo claro que si hubiese apreciado a Rosalind, nunca habría hecho semejante observación.

Rosalind se ruborizó ligeramente.

—Ya lo sé. Tal vez habría sido más clara si hubiese dicho en Europa.

A Charlotte se le ocurrieron varios comentarios apropiados para poner a Ailsa en su sitio, pero se abstuvo de hacerlos.

—Me encantaría viajar —dijo, en cambio—. Tal vez un día lo haga. Pero siguen pareciéndome más interesantes las personas que las ciudades, por maravillosas que sean. Es de agradecer que haya hombres como el profesor Arbuthnott, que nos traen fotografías e imágenes de linterna mágica para mostrarnos la belleza de lugares que nunca visitaré.

—El patrimonio de toda una vida —observó Ailsa.

Charlotte fingió no haberla comprendido bien. La irritó que despachara su vida de semejante manera, pero aún se ofendió más por Rosalind, porque, a juzgar por su expresión, la impertinencia le dolió más en lo vivo.

—¿En serio? No aparenta más de cuarenta y cinco en las fotografías, aunque tal vez no sean recientes.

Ailsa la miró de hito en hito y, de repente, una chispa de humor, casi de reconocimiento, le iluminó el semblante. Charlotte se dio cuenta de que respetaba a quien contraatacaba. Sonrió a Ailsa con el considerable encanto que era capaz de reunir cuando quería, y constató su identificación y su pronta aceptación.

Ocuparon sus asientos y un rumor expectante se adueñó de la sala. El profesor Arbuthnott apareció, lo aplaudieron y comenzó la conferencia.

Ciertamente lo que tenía que decir era interesante y completamente desconocido para Charlotte, aunque esta no podía permitirse prestarle la debida atención. Ella y Emily habían tomado asiento junto al pasillo, justo detrás de Ailsa y Rosalind. Así tenía ocasión de vigilarlas a las dos mientras aparentaba estar concentrada en el conferenciante. Por supuesto sería descortés cuchichear mientras el profesor Arbuthnott disertaba, pero a Charlotte le pareció absolutamente normal, incluso deseable, que en momentos apropiados una hablara con su acompañante para comentar algo particularmente bello o sorprendente. Así lo hizo con Emily, sin darle la menor importancia.

Luego volvió a mirar hacia el frente y comenzó a estudiar a las dos mujeres que tenía delante. Ambas se sentaban con la espalda muy tiesa, tal como sus institutrices les habían enseñado. La belleza era un don; el porte se adquiría, así como la forma de hablar, tanto en timbre como en pronunciación. Tener algo interesante que decir, por descontado, ya era harina de otro costal.

Rosalind se inclinó muy ligeramente hacia Ailsa y le susurró algo al oído, aunque tan bajito que Charlotte no lo oyó.

Ailsa asintió pero no contestó. Tampoco inclinó su cuerpo hacia Rosalind. Poco después echó un vistazo a la concurrencia con tanta discreción como pudo, como si buscara una cara conocida. Al parecer no la encontró, puesto que volvió a hacerlo en la siguiente oportunidad, sin que se le notara demasiado. Charlotte tuvo mucha curiosidad por saber a quién estaría buscando.

Lo averiguó más tarde, una vez finalizada la conferencia propiamente dicha, cuando se sirvió un tentempié. Muchas personas felicitaban al profesor Arbuthnott y le hacían preguntas sobre la fuerza y la belleza del océano Ártico.

Emily conversaba en un aparte con Rosalind, y Charlotte había resuelto seguir a Ailsa tan de cerca como pudiera sin ponerse en evidencia. Aparentó estar buscando a un conocido y se sintió como si se comportara como una excéntrica redomada. Esperó no tener que ver de nuevo a ninguna de aquellas personas en otros actos sociales. ¿Quizá si la encontraban demasiado rara se tomarían la molestia de evitarla?

Fue recompensada con creces. Se dirigió hacia donde había

visto desaparecer a Ailsa, supuestamente buscando un pequeño respiro del ambiente cargado y las vehementes conversaciones de la sala. Se había dirigido despreocupadamente hasta un intrincado pasadizo abovedado que conducía a una sala aneja, una galería menor de hermosas proporciones que solo llevaba a un gran ventanal.

Charlotte no quería una confrontación. Sería una torpeza excesiva y haría patente que había decidido seguir a Ailsa hasta allí. Ni siquiera se atrevió a acercarse demasiado porque había varios espejos muy bonitos, y al pasar por delante de alguno atraería la atención de cualquiera.

De pronto se paró en seco. Sin darse cuenta se había situado exactamente donde podía ver a Ailsa reflejada en un espejo que tenía a su lado, revelando un claro perfil que se repetía en otro espejo que quedaba fuera del campo visual de Charlotte. ¡No podía apartar los ojos! Ailsa estaba prácticamente quieta junto a Edom Talbot. A juzgar por su mutua proximidad y la expresión del semblante de Talbot, no había nadie más en la estancia. Talbot se ubicó detrás de ella de modo que Charlotte solo le veía los brazos mientras envolvían con delicadeza la cintura de Ailsa, y los hombros por encima de los suyos. Ella era alta, pero él le sacaba unos pocos centímetros de estatura. No era un hombre bien parecido, pero sí en cierto modo distinguido y a todas luces inconfundible.

Ailsa no se movió. Esbozaba una sonrisa, como si no estuviera solo complacida sino también divertida.

Las manos de Talbot fueron subiendo poco a poco desde su cintura hasta que le acariciaron los pechos. Lo hizo confiado, como si no esperara ser rechazado.

Charlotte estudió el rostro de Ailsa y vio que se quedaba petrificada. El gesto no la había sorprendido pero le resultaba desagradable. Charlotte pudo sentirlo como si fuese su propio cuerpo el que estaba siendo tocado. Vio que los músculos del cuello y la garganta de Ailsa se tensaban como si casi hubiese dejado de respirar.

Los pensamientos se agolpaban en la mente de Charlotte. ¿Por qué lo soportaba? No creyó ni por un instante que Ailsa no supiera cómo zafarse de semejante situación. Solo tenía que dar media vuelta bruscamente y enfrentarse a él o, todavía más simple, dar un comedido paso atrás y apoyar el tacón en un empeine de Talbot, y luego su peso. Era una mujer bien plantada. El dolor sería atroz. Podría fingir haberlo hecho sin querer aunque ambos sabrían que había sido totalmente a propósito. Mas no lo hizo.

Talbot inclinó la cabeza y comenzó a besarle con ternura el cogote y la espalda. Ailsa parecía esforzarse en dominar sus sentimientos. Él no le veía la cara, solo se la veía Charlotte, que percibió su repulsión como si hubiese sido la suya propia.

Entonces Ailsa se volvió, correspondió con un beso y se separó de él. Dijo algo y Talbot sonrió. Comenzaron a moverse.

Charlotte no se atrevió a quedarse más tiempo. Había demasiados espejos. No podía permitirse que la sorprendieran espiando. Si sus miradas se cruzaran una sola vez, nunca podría negarlo.

Charlotte no tuvo ocasión de contárselo a Emily hasta que estuvieron de nuevo en el carruaje de regreso a casa, avanzando deprisa entre las luces del tráfico.

—¿Qué? —dijo Emily, incrédula—. ¡Tienes que estar equivocada! ¿Estás segura de que era Ailsa?

—Sí, claro que estoy segura. Aparte del vestido, que era bastante original, ¡le he visto la cara!

—¡Entonces quizá no era Talbot! ¿Es posible que Dudley Kynaston hubiese llegado sin que nos diéramos cuenta? —insistió Emily.

—¿Dudley? ¡Es la viuda de su adorado hermano! —protestó Charlotte.

—¡No seas ingenua! —dijo Emily, más incrédula que crítica—. ¡Bennett está muerto! ¿Qué mejor cumplido podría hacerle el devoto Dudley que ocupar su lugar?

—¡Qué repugnancia! —replicó Charlotte—. ¿Tan poco tardarías en ocupar el mío?

Emily sonrió.

—Oh, no lo sé. ¡Creo que Thomas es un encanto! Y nunca me aburriría, ¿verdad?

Charlotte se dio cuenta de que le estaba tomando el pelo justo a tiempo para no ponerse en ridículo y tal vez hacer un comentario cuyo resquemor habría durado más de lo que hubiera sido su intención.

—Ronca —dijo.

Emily se quedo pasmada.

—¿De verdad?

—¡No!

Emily suspiró.

—Jack sí. Cuando duerme está muy guapo, con esas pestañas suyas. Pero lo cierto es que a veces ronca.

Charlotte se volvió hacia ella.

—Emily, ¿hablabas en serio cuando has dicho que Ailsa podría ser la amante de la que Dudley se niega a hablar?

Emily se puso seria en el acto.

—Bueno, tendría sentido, ¿no? Tampoco es que sea tan terriblemente escandaloso, aun siendo una profanación de la memoria de su adorado hermano difunto. —Se interrumpió—. Salvo que Ailsa me dijo que no había superado lo de Bennett. Sigue estando enamorada de él.

—¿Acaso Dudley le recordó a Bennett? —dijo Charlotte, pensando en voz alta—. ¿Y en un momento de debilidad, sintiéndose sola, cometió un desliz?

—¿Qué? ¿Y ahora no sabe decir basta? —preguntó Emily, incrédula—. Te equivocas. Apostaría a que Ailsa es capaz de pararle los pies a cualquiera, y lo digo en serio. Si le sigue la corriente es porque quiere.

—Solo que no estaba con Dudley, te lo aseguro —insistió Charlotte—. Tenía más o menos la misma estatura, pero indudablemente era Edom Talbot. Le he visto la cara. Era un reflejo, pero se veía con toda claridad. Ailsa ha dejado que la tocara de una manera muy íntima, pero ha tenido que obligarse a hacerlo.

—Con Talbot —dijo Emily, pensativa. Permaneció callada un momento—. Hay tantas posibilidades... —dijo al cabo—. Tenemos que discutirlo. Ven conmigo y hablaremos. Luego te acompañarán a casa con mi carruaje. ¿Te parece?

—Por supuesto —respondió Charlotte al instante. Poco importaba que realmente fueran a comentar lo que habían observado aquella tarde o, simplemente, que Emily no quisiera irse sola a casa o, todavía peor, encontrar a Jack silencioso y ensimismado. Cabía incluso que estuviera nervioso debido a la situación de Kynaston y, por consiguiente, quizás irritable. El mero hecho de que no compartiera su inquietud con Emily era causa del desasosiego de su hermana, fuera cual fuese el motivo. Seguramente creía estar protegiéndola. Los hombres podían ser increíblemente tontos a veces, darse de bruces con lo evidente y aun así no verlo.

Bien era cierto que, a aquellas alturas, Emily ya debería saberlo y no darle mayor importancia.

Por otra parte, Jack quizá se estuviera desenamorando y fuese preciso un gran cambio. Y, obviamente, Charlotte no era lo bastante sabia para contestar a esa pregunta. Pero iría a casa de Emily y se quedaría por lo menos una hora, si ese era el deseo de su hermana.

—¿Crees que en realidad todo podría girar en torno a Bennett? —preguntó Charlotte una vez que estuvieron sentadas junto a la chimenea del salón de Emily, donde los tonos dorados y rosas, las pinceladas de rojo y los cuadros de las paredes reflejaban sus gustos y su personalidad.

—¿Por qué no? —preguntó Emily—. Según dice Rosalind, parece ser que era un hombre razonable y muy simpático. Era el más guapo de los dos hermanos y, cuando falleció, se consideraba que tenía un futuro muy prometedor.

Charlotte se quedó pensativa, consciente de que Emily la estaba observando.

—No debía ser fácil sobrellevarlo —dijo por fin—. No culparía del todo a Dudley si sus sentimientos para con su hermano fueran una pizca ambivalentes. Aunque Thomas me dijo que tiene un retrato de Bennett en su estudio. Al parecer estaban muy unidos. Lo admiraba sobremanera y en cierto modo se esforzó por ser como él, incluso terminando parte del trabajo que Bennett comenzó...

Emily se estremeció.

—¿Estás diciendo que ahora quiere completarlo teniendo una aventura con la viuda de Bennett?

—Bueno, tú misma has dicho que era posible, ¿no?

—Sí... ¡De hecho es posible que iniciara la aventura antes de que Bennett falleciera!

—Pero si Bennett era tan maravilloso, ¿por qué estuvo dispuesta a traicionarlo Ailsa, y encima con su propio hermano? —arguyó Charlotte.

Emily hizo una mueca.

—No todos los hombres que parecen guapos, inteligentes y encantadores resultan tan interesantes cuando los conoces mejor...

—¿Quieres decir en la cama?

—Por supuesto. —Emily se rio—. ¡Oh, cielos! No me refiero a Jack. He sido un poco patosa, ¿verdad?

Charlotte estaba demasiado aliviada para discutir.

—Sí —convino—. ¡Sin duda, lo has sido! Pero acepto tu negativa. ¿Realmente crees que puede remontarse tanto? ¡Estaríamos hablando de años! Pobre Rosalind. No es de extrañar que parezca un poco... apocada.

El rostro de Emily volvió a ensombrecerse.

—Lo parece, ¿verdad? —Vaciló un momento—. ¿Yo también?

Charlotte se había metido en la boca del lobo. Emily no le había tendido una trampa deliberadamente, pero aun así no dejaba de serlo. Y Emily detectaría una mentira, o incluso una evasiva, al instante.

—Comparado con tu modo de ser habitual, sí, lo pareces —dijo, odiando cada una de las palabras que salían de su boca. ¿Acaso Emily hubiese preferido una mentira aunque ninguna de las dos se la creyera? Tenía que añadir algo, buscar un rayo de esperanza—. ¡Que tú creas que Jack ya no está enamorado de ti no significa que sea verdad! ¡Hay personas que creen que el mundo es plano! Incluso las quemaban en la hoguera, una vez.

—En realidad varias veces —dijo Emily, procurando sonreír.

—¿Qué sentido tiene quemar a alguien varias veces? —preguntó Charlotte al hilo—. Parece un poco excesivo, ¿no?

Emily se rio a su pesar.

—¿Intentas que me sienta mejor?

—Intento que entres en razón.

Charlotte sirvió té para las dos. Era Earl Grey, sutil y fragante, el polo opuesto de la conversación.

—He tenido otra idea —prosiguió Emily—. ¡Es espantosa! Pero ¿y si Dudley y Ailsa se enamoraron de verdad tiempo atrás, cuando ella estaba casada con Bennett? ¿Y si es algo mucho peor? ¿Estamos completamente seguras de que la muerte de Bennett fue natural? Era jovencísimo para morir y nunca había tenido problemas de salud.

Charlotte se quedó atónita.

—¿Insinúas que Dudley lo mató? ¿Ese es el secreto que descubrió Kitty? ¿Cómo diablos iba a enterarse de algo semejante?

—¡No lo sé! Las doncellas personales averiguan toda suerte de cosas. No quiero ni pensar qué sabe sobre mí la mía. En ciertos aspectos, más que Jack. ¡Incluso más que tú!

Charlotte siguió el razonamiento.

—¿Entonces por qué sigue viva Rosalind? ¿O acaso lo sabe, pero tiene alguna manera de mantenerse a salvo? ¡Por Dios! ¿Por qué iba a tomarse tantas molestias? ¿Qué demonios vale un marido que preferiría estar en otra parte?

—¿Venganza? No lo sé. —Emily se inclinó hacia delante—. A lo mejor no mató a Bennett. ¿Quizá lo descubrió y quedó tan destrozado que se suicidó y ellos lo encubrieron? Seguro que se podría convencer a un médico honrado de que fuese discreto.

—¿Y este es el escándalo? —Charlotte reflexionó un rato—. Sería bastante horrible, ¿no? ¡Menuda traición! ¡Qué tragedia tan infame! Dudley no podría permitir que se supiera. Es tan... ¡feo! —Cerró los ojos como si así pudiera hacer desaparecer aquella idea—. Me pregunto si sigues amando a un hombre después de algo así, o si terminas odiándolo porque cada vez que piensas en él, cada vez que le ves la cara, recuerdas en qué te has convertido debido a lo que sientes por él. ¿No crees que un amor de verdad hace que te esfuerces en dar lo mejor de ti? ¿Lo más noble, lo más valiente, lo más gentil?

Emily la miraba fijamente.

—Sí —dijo en voz muy baja. Poco a poco sus hombros se fueron relajando a medida que la tensión la abandonaba—. Sí, por supuesto. —Sonrió—. Me alegra de que hayas venido esta tarde y que hayas dicho lo que has dicho. Me gustaría pensar un rato en mí misma y en lo que tengo que hacer. Seguiremos charlando de los desdichados Kynaston mañana o pasado.

Alcanzó la campanilla para pedir al lacayo que preparara el carruaje para llevar a Charlotte a su casa.

15

Pitt se había estado debatiendo sobre si debía referir a Stoker la información que había recibido de Carlisle, cosa que obviamente conllevaría que también le contara todo lo que sabía acerca de Carlisle. Eso comprendía la historia de su relación, al menos en la medida necesaria para que Stoker entendiera por qué Pitt confiaba en él, así como el motivo de que se sintiera en deuda con él.

A la mañana siguiente se dio cuenta de que en realidad el conflicto se reducía a cómo lo haría, qué palabras emplearía y hasta qué punto podía evitar hablar de ello. Todo había comenzado cuando Carlisle se vio en deuda con Pitt por su silencio en el asunto de Resurrection Road. Después, con el paso de los años, la balanza se había inclinado hacia el otro lado. Ahora, tras haber sido rescatado de las garras de Talbot, el peso estaba en el otro plato: Pitt estaba en deuda con Carlisle.

¿Era así para que Carlisle pudiera cobrársela ahora? Sería impropio del hombre que Pitt conocía. Habría aborrecido semejante manipulación. Entonces, ¿para qué? Sin duda, tenía que ver con las deudas y el honor.

Llamaron bruscamente a la puerta. Apenas había contestado cuando se abrió y entró Stoker, y la cerró a sus espaldas. Se lo veía recién aseado y bien dispuesto, pero las arrugas de su rostro y las profundas ojeras revelaban su cansancio. Había seguido aquel caso como si algo de lo que había descubierto sobre la mujer desaparecida la hubiese vuelto particularmente real para él.

También era cierto que Stoker nunca hacía las cosas a medias. Si hubiese negado que lo preocupaba esa mujer, aduciendo que era la mejor manera de hacer el trabajo, se habría equivocado: ambas cosas eran falsas.

—¿Señor? —Stoker interrumpió los pensamientos de Pitt, impaciente por saber por qué lo había mandado llamar.

—Siéntese —le dijo Pitt.

Stoker obedeció, sin apartar los ojos del rostro de Pitt.

Pitt le refirió muy sucintamente la historia de lo acontecido en Resurrection Row, el espectacular desentierro de cadáveres para sacar a la luz un caso de asesinatos y corrupción, hacía más de una década, y su primer encuentro con Carlisle.

Stoker lo miró incrédulo, luego divertido y, finalmente, asombrado.

—Lo siento, señor —se disculpó, recobrando una expresión más seria—. No creerá que Carlisle esté detrás de estos cadáveres, ¿verdad? Puedo entender lo de los otros pero... —Abrió ojos como platos—. ¡Sí que lo cree! ¿Por qué? Esto es... grotesco...

—También lo fue aquello, créame —contestó Pitt—. Y sí, lo siento, pero creo que también está detrás de estos cadáveres. Tiene la inventiva y los medios...

—¡No sin ayuda, señor! —interrumpió Stoker.

—Apostaría a que su criado está implicado, y probablemente moriría antes que admitirlo. Lleva más de treinta años con Carlisle. Lo he comprobado.

—Pero ¿por qué? —inquirió Stoker. Entonces se calló de golpe y su semblante reflejó comprensión—. ¡Para obligarlo a investigar a Kynaston! ¿Con qué fin? No mató a Kitty Ryder puesto que nadie lo hizo. ¿Qué podía saber ella acerca de él que mereciera tales extremos? Y, además, ¿cómo se enteraría Carlisle? Ella no conocería a alguien como Carlisle, ¿verdad?

—Lo dudo. Carlisle se ha enterado por boca de sir John Ransom.

—¡Oh! —Stoker suspiró—. ¿Estamos hablando de traición, señor?

—Sí, en efecto.

—Esto pinta muy feo. Significa que debemos atrapar a Kynaston a toda costa. Me gustaría conocer a ese tal Carlisle y estrecharle la mano.

Pitt se sintió curiosamente eufórico. Había temido que a Stoker le molestara la interferencia de Carlisle y que deplorase su estrambótico comportamiento. Stoker ganó puntos no solo en su estima sino en su consideración. Pese a su aparente actitud adusta y su carencia de relaciones o pasatiempos normales, sus lealtades eran inquebrantables, y ahora parecía que bajo su manifiesta inflexibilidad tenía una imaginación portentosa.

—Me encargaré de que se conozcan —prometió Pitt—. A no ser que suceda durante el curso natural de los acontecimientos.

—Gracias, señor.

Apenas hubo un titileo en los ojos de Stoker pero, por un instante, torció los labios como si fuese a sonreír, tal vez para sus adentros; incluso a reír.

—Ahora tenemos que encontrar a Kitty Ryder —prosiguió Pitt—. Disponga que otros dos hombres lo ayuden, si así lo desea. Ya no se trata de resolver un asesinato que ya se ha cometido, se trata de impedir la filtración continuada de los secretos armamentísticos de nuestras fuerzas navales. Esto debe quedar entre nosotros. En lo que atañe a los demás, Kitty Ryder es un testigo en peligro.

—Sí, señor. Si Kynaston sabe todo esto, ¿no estará buscándola por su cuenta, también?

La inquietud hizo palidecer a Stoker.

—Eso es lo siguiente que voy a hacer —contestó Pitt—. Descubrir con toda exactitud qué pasos ha dado Kynaston para buscarla.

Stoker se levantó.

—¿Quién está filtrando los secretos? Tenemos que saberlo, señor. Y asegurarnos de que nadie más lo haga.

—¡Ya lo sé, Stoker! No estará metido en esto él solo.

Stoker frunció el ceño.

—¿Qué demonios hace que un hombre como Kynaston traicione a su país? Tiene que ser por algo más que dinero. ¡No hay nadie en el mundo que tenga suficiente dinero para comprar tu vida, tu honradez, tu hogar, tus amigos! Tu sueño por la noche...

—No lo sé —reconoció Pitt—. ¿Tal vez el amor?

—¡Será el deseo! —dijo Stoker, indignado—. ¿Qué clase de amor puedes ofrecer si has vendido tu honor? ¡Y, sin duda, no te aman si te han pedido que lo hicieras!

—No estaba pensando en el amor entre hombres y mujeres. —Pitt iba dando forma a una idea a medida que hablaba—. ¿Quizá la vida de un hijo? Si algo nos importa de verdad, somos rehenes del destino.

—¿Los hijos de Kynaston? —Stoker le estuvo dando vueltas a la posibilidad—. Todos son adultos, o casi. Pero haré que los vigilen, si usted piensa que merece la pena.

—Sí, hágalo antes de ponerse a buscar a Kitty otra vez.

En cuanto Stoker se fue, Pitt volvió a centrar su atención en Kynaston. Si Kitty había tropezado con información peligrosa para él y había huido al temer por su vida, seguro que Kynaston habría intentado encontrarla por su cuenta. Por más asustada que estuviera, siempre cabía la posibilidad de que se confiara en alguien, aunque solo fuera por su propia seguridad, o para aliviar el peso de cargar a solas con semejante secreto.

Excepto que si le decía a alguien que Dudley Kynaston estaba traicionando a su país, ¿quién iba a creerla? Inevitablemente levantaría un revuelo y delataría su paradero. Si estaba aterrorizada de verdad, sería mucho más sensato desaparecer y volverse tan invisible como fuera posible.

¿Kynaston la buscaría? ¿O confiaría en que el miedo y la sensatez le impidieran referir lo que sabía?

Raro sería que Kynaston recorriera los *pubs* y los callejones en persona. Que se indagara un poco sobre ella resultaría normal. Estaba a su cuidado y había desaparecido de su casa. Un hombre decente no tendría que explicar por qué lo había hecho. Tal vez sería interesante ver cómo reaccionaba ante esa pregunta.

Mientras salía para iniciar sus discretas averiguaciones sobre si era Kynaston quien estaba persiguiendo a Kitty Ryder, Pitt se dio cuenta de que todavía le costaba trabajo creer que Kynaston fuese un traidor y que, dados el motivo y la oportunidad, también asesinara a una de sus criadas a fin de protegerse a sí mismo.

Pitt podría haber delegado aquel trabajo en uno de sus subalternos. Era lo bastante importante para apartar a alguien de una de las múltiples tareas que recaían sobre la Special Branch. Pero no deseaba involucrar a más hombres. No estaba preparado para explicar sus razones a Talbot, ni a ningún otro, si Kynaston se enteraba y presentaba una queja.

Pasó la mayor parte del día haciendo el mismo tipo de trabajo policial que había llevado a cabo en el pasado para investigar asesinatos. Iba de un lugar a otro, preguntando abiertamente por Kitty Ryder y, oblicuamente, por otras personas que hubieran indagado sobre ella.

En muchas ocasiones le hablaron de un hombre que reconoció como Stoker, pero hubo otras en las que la persona que preguntaba estaba claro que había sido Norton, el mayordomo de Kynaston.

—Sí, señor —contestó el camarero del Pig and Whistler, meneando la cabeza apesadumbrado—. Todo un caballero, el señor Norton. Muy correcto, como es de esperar de un mayordomo, pero desde luego estaba preocupado, eso seguro. —Se secó las manos en el delantal—. Vamos, que me pareció que era como si ella fuese de su familia. Le dije todo lo que sabía, que no fue gran cosa. Me lo agradeció con una buena propina, pero por más que me habría gustado ayudarlo, no pude. No tengo ni idea de dónde fue ni por qué, la verdad.

—¿Alguna vez lo preguntó usted? —insistió Pitt.

El camarero negó con la cabeza.

—Bueno, también vino el cochero de la señora Kynaston. Me presionó de mala manera, pero, tal como le dije a él, no puedo decir lo que no sé. Preguntó por el joven Dobson y también le dije todo lo que sé sobre él.

«Interesante», pensó Pitt. De modo que Rosalind también había enviado a alguien por su cuenta, al parecer alguien que había llevado el asunto un poco más lejos.

Pitt dio las gracias al camarero y fue en busca de otros rastros de Harry Dobson para ver si el cochero había seguido investigando a partir de aquellos indicios. No le sorprendió descubrir que lo había hecho, aunque le llevó el resto de la tarde y todo el día siguiente corroborarlo con absoluta certeza. Daba la impresión de que el cochero había dispuesto de tiempo y que lo había usado con diligencia e imaginación, pero sin éxito. Eso decía mucho de la habilidad de Stoker para dar con Dobson, si bien no antes de que Kitty se hubiese vuelto a marchar.

Tal vez no debería haberse sorprendido. Kitty había sido la doncella de Rosalind. Según parecía, su lealtad era mutua. Si Gracie hubiese desaparecido, Charlotte habría peinado todo Londres para encontrarla, sin tener en cuenta el peligro, por no mencionar el coste o las molestias.

Pitt decidió que antes de hablar con Kynaston buscaría al cochero y le preguntaría en qué punto había desistido. Era poco probable que tuviera algo que añadir a aquellas alturas que resultara útil para encontrar a Kitty, pero no podía pasar por alto esa posibilidad.

—No, señor —contestó el cochero, desconcertado. Estaban frente a los establos, y los caballos miraban curiosos a Pitt. El mozo de cuadras iba y venía con brazadas de heno.

Pitt disfrutaba con las familiares sensaciones que lo trasladaban a su infancia: heno y paja; cuero limpio; aceite de linaza; los ruidos de los caballos al patear, mascando de vez en cuando, resoplando.

—No es algo de lo que avergonzarse —dijo Pitt al cochero—. De hecho, le honra.

—Ojalá lo hubiese hecho, señor —le aseguró el cochero—, pero no lo hice. Pregunte al señor Kynaston, señor. Estuve ocupado con sus encargos o llevando a la señora donde tuviera que ir.

—¿No fue la señora Kynaston quien le pidió que buscara a Kitty? —preguntó Pitt.

—No, señor. Estaba muy disgustada porque se hubiera ido, claro, pero nunca me pidió que la buscara. Supongo que se fugó con ese carpintero que la estaba cortejando. El único que no lo creía era el señor Norton. Y la pequeña Maisie. —Sonrió y ladeó la cabeza—. Es demasiado lista para ser pinche de cocina, esa cría. O se hará rica o acabará mal.

Pitt estaba perplejo. El camarero se había mostrado muy seguro, y la información que había dado a Pitt era correcta. La había seguido y encontró la pista del cochero, hasta que él también se había dado por vencido.

—Usted fue visto e identificado —le dijo Pitt—. ¿Por qué demonios lo niega? Lo que hizo es irreprochable. Sé con toda exactitud adónde fue.

—Solo que no lo hice —insistió el cochero—. Quienquiera que se lo dijera, mintió. Pregunte a los señores Kynaston, ellos se lo dirán.

Pitt miró de hito en hito al cochero, que le sostuvo la mirada sin un asomo de astucia. Entonces, de repente, se le ocurrió una idea completamente distinta. Ailsa también era la señora Kynaston. ¿Era concebible que hubiera prestado a su lacayo para esa labor y que aquel hombre estuviera diciendo la verdad?

¿Por qué haría algo semejante Ailsa? ¿Por hacer un favor a Rosalind, de modo que su marido no lo supiera? Esa respuesta estaba cargada de posibilidades, y la primera que le acudió a la mente fue que Rosalind sospechaba que su marido estaba implicado en la desaparición de Kitty y que no se atrevía a dejar que supiera que ella seguía investigando.

—Parece que alguien se equivocó —concedió Pitt—. Tal vez dijeran lo que creían que deseábamos oír. Gracias.

Dio media vuelta y se marchó, con la mente llena de otras ideas y escenas.

Por ejemplo, ¿Ailsa buscaba a Kitty para complacer a Rosalind o a Kynaston? ¿Intentaba demostrar su inocencia, por el bien de todos? Si Kitty estaba viva, no había asesinatos relacionados con la casa Kynaston.

Se dirigió al patio de servicio, abriéndose paso entre cubos de ceniza y de carbón, y se plantó en la puerta de la antecocina.

Todavía era pronto para ver a Kynaston, de modo que aguardó en el salón. Habría preferido hacerlo en la cocina, pero Norton se encargó de que no se demorara más de lo imprescindible allí. Lo hizo bajo una apariencia de hospitalidad, pero Pitt tuvo claro que en realidad era para que no oyera los chismorreos de los criados.

Cuando Kynaston apareció, Pitt ya había tomado una decisión. No le gustaba obligarlo a contestar, pero no sería la primera vez que un hombre que le caía bien hubiese sido culpable de crímenes atroces.

Kynaston entró cansado y con frío, pero sus modales fueron tan encantadores como siempre.

—Buenas tardes, comandante Pitt. ¿Cómo está?

Le tendió la mano. Pitt se la estrechó, cosa que normalmente no haría al entrevistarse con un sospechoso.

—Muy bien, gracias —contestó—. Lamento volver a molestarlo, pero esta vez traigo noticias mejores.

—Bien. Me alegro.

Kynaston sonrió y ofreció asiento a Pitt junto a la chimenea, y whisky si le apetecía. Pitt declinó de nuevo. Uno no aceptaba hospitalidad en semejantes circunstancias.

Antes de referir las novedades mencionó su conversación con el cochero. Tarde o temprano Kynaston se enteraría, y uno no hablaba con los criados de un hombre sin decírselo, aunque fuese después de haberlo hecho sin su consentimiento expreso.

—He hablado con su cochero —dijo, sin darle mayor importancia—. Seguimos buscando a Kitty Ryder y en el curso de la investigación nos hemos topado con un testigo que asegura que él también la ha estado buscando, posiblemente en su tiempo libre, aunque me parece más probable que lo hiciera a petición de usted.

Kynaston se quedó perplejo.

—¿Hopgood? ¿Está seguro? No fue a petición mía, se lo aseguro. Me sorprende que dispusiera de tiempo. ¿Quizá le tenía cariño? Era una chica muy guapa. Reconozco que no se me había ocurrido.

—¿Entonces no fue a petición suya? —preguntó Pitt.

Kynaston se mostró imperturbable.

—No. Pedí a Norton que hiciera unas pocas pesquisas, pero de eso hace ya tiempo. Lo hizo con gusto, pero no tuvo éxito. Comencé a aceptar que se había fugado con su joven carpintero de una manera que, lamentándolo mucho, solo puedo considerar desalmada. Hubiese esperado de ella que tuviera la cortesía de avisar como lo haría cualquier persona normal. Mi esposa quedó consternada, igual que todos nosotros. Obró con una falta de consideración impropia de ella.

—Hopgood me ha asegurado que no la había buscado, ni por su cuenta ni obedeciendo sus instrucciones —convino Pitt—. Solo lo menciono porque, sin duda, acabará por enterarse y, posiblemente, la señora Kynaston también.

—Gracias. —Kynaston seguía estando desconcertado. Se había servido un whisky y sostenía el vaso con una mano; su intenso color aún resultaba más cálido a la luz de la lámpara de gas y los reflejos del fuego.

—¿Quizá fuese el cochero de la señora Ailsa Kynaston? —sugirió Pitt.

La mano de Kynaston apretó el vaso con tanta fuerza que derramó unas gotas de whisky con el cambio de posición.

—¿Ailsa? Lo veo poco probable. —Meditó unos instantes—. A no ser que Rosalind se lo pidiera o que imaginara que podía ayudar...

Dejó la idea inconclusa.

—Tal vez los informantes nos dijeron lo que pensaron que queríamos oír —dijo Pitt con mucha labia—. A veces ocurre. En fin, ahora reviste mucha menos importancia puesto que estamos seguros de que, sin lugar a dudas, ninguno de los cadáveres encontrados en las graveras era el de Kitty Ryder. El segundo no se parece suficientemente a ella, y además fue vista sana y salva poco tiempo después de que se encontrara el primer cuerpo. No sé dónde está, pero usted y los habitantes de su casa están eximidos de cualquier sospecha relativa a su desaparición. Y, quizá todavía más importante, ya no tiene que afligirlos la idea de que haya muerto. Lamento que este asunto tuviera que salpicarlo.

Miró a Kynaston, atento a cada músculo de su rostro, su cuello, sus hombros, una mano en el vaso y la otra en el brazo del sillón. Lo vio tenso como la cuerda de un arco. Kynaston prácticamente no respiraba.

Pitt sonrió de manera insulsa, como si no se hubiese percatado, y permaneció callado. La cuestión era dejar a Kynaston sin saber qué decir, sin ofrecerle nada a lo que pudiera contestar.

Finalmente, Kynaston se movió, relajando los hombros y respirando profundamente. Dejó el vaso de whisky en la mesa.

—Es un gran alivio. Mi esposa estará encantada. Kitty se comportó muy mal, pero gracias a Dios no la mataron. —Adoptó una expresión de repulsa—. Me figuro que ya no perderá más tiempo buscándola. Un buen resultado en general, aunque haya costado alcanzarlo. ¡No acierto a imaginar en qué pensaría esa chica! Con todo, ya poco importa.

—En efecto. —Pitt asintió—. Por descontado, todavía tenemos que identificar a las dos mujeres que encontramos, pero de eso se encargará la policía local.

Kynaston exhaló una larga bocanada de aire y su cuerpo se hundió un poco en el sillón.

—Gracias. Ha sido muy considerado al venir a informarme personalmente, comandante. —Se levantó trabajosamente, como si estuviera un poco entumecido—. Espero que volvamos a vernos pronto, en circunstancias más agradables.

Pitt llegó a casa más temprano que los últimos días y tuvo ocasión de cenar con Charlotte y sus dos hijos. Apartó a Kynaston de su mente y escuchó su conversación, las novedades que tenían para darle y sus ideas. Daniel estaba entusiasmado con su plan de jugar al críquet el verano siguiente y apenas podía pensar en otra cosa. Habló de diferentes golpes, paradas, estilos de lanzamiento y bateo, pero para mayor regocijo y divertimento de Pitt, cuidadosamente disimulado, también abordó cuestiones de estrategia. Habló largo y tendido durante el primer plato y hasta llegar al pudin, con el rostro encendido de entusiasmo. Movió varios condimentos sobre la mesa para representar distintas maneras de situar a sus jugadores de campo.

Jemima puso los ojos en blanco pero escuchó pacientemente. Después, solo para no ser menos en la exposición de conocimientos que nadie más entendía, disertó sobre historia medieval francesa, sonriendo con suficiencia mientras su familia la escuchaba con fingido interés.

No fue hasta entrada la noche que Pitt y Charlotte se sentaron a solas junto a la chimenea y por fin ella pudo referirle la tarde que había pasado con Emily, cosa que a todas luces estaba deseosa de hacer.

A Pitt le costaba mantener los ojos abiertos. La sala estaba caldeada y resultaba sumamente confortable. La luz era tenue, solo había una lámpara de gas encendida. El fuego crepitaba agradablemente en el hogar y de tanto en tanto se desmoronaba al consumirse un tronco. Fue Charlotte quien se inclinó hacia delante para añadir leña: manzano viejo, de aroma dulce.

Pitt hizo un esfuerzo para mostrar interés.

—¿Cómo está Emily?

—Implicada —dijo Charlotte de inmediato—. Igual que yo. Me parece que esa es la mitad de su verdadero problema: ¡se aburre como una ostra!

Pitt procuró prestar más atención.

—¿Implicada en qué? ¿No dijiste que era una conferencia sobre la exploración del Ártico o algo por el estilo? No me imagino a Emily interesada en eso ni por asomo.

—El Atlántico Norte y el mar del Norte —lo corrigió Charlotte—. Y no, no creo que le importe más que a mí. ¡Aunque algunas fotografías eran de una belleza deslumbrante!

—Has dicho implicada, ¿verdad?

Debía de estar medio dormido. Estaba perdiendo el hilo. Charlotte sonreía, un poco inclinada hacia delante, con los ojos brillantes.

—Fascinada. Vi a Ailsa casi sin querer, aunque la seguí y descubrí una aventura de lo más extraordinaria.

—¿Aventura? —inquirió Pitt. Charlotte hablaba a trompicones y le costaba seguirla.

—¡Una aventura amorosa, Thomas! O tal vez se tratara más de lujuria que de amor. O quizá fuese lujuria por parte de él y algo bastante distinto por parte de ella. No sé a qué atenerme, todavía. Pero me propongo averiguarlo.

Pitt se incorporó un poco.

—¿Por qué? ¿Qué estás diciendo? ¿Y por qué es asunto tuyo? No será por Jack, ¿verdad?

—¡No! ¡Claro que no es por Jack! —Estaba completamente erguida, con la espalda tiesa cual palo de escoba—. ¿De verdad crees que estaría sentada aquí cómodamente, de brazos cruzados, si fuera por él? ¡Te lo habría contado antes de cenar! —dijo, indignada.

—Vaya. Sí, claro. Siendo así, ¿por qué te preocupas tanto?

—¡Porque se trata de Ailsa Kynaston y Edom Talbot!

Ahora fue Pitt quien se irguió de golpe, completamente despierto.

—¿Qué? ¿Quién has dicho?

—Ya lo has oído, Thomas. La estaba siguiendo y la vi, reflejada a través de dos espejos. Él estaba detrás de ella y la rodeó con los brazos... íntimamente. Le habría roto el pie a cualquiera que me hiciera eso a mí, salvo que fueras tú.

—¿Y a ella no le importó? —preguntó Pitt.

—Sí que le importó, pero fingió que no. Necesitó unos segundos para dominarse...

—¿Estás segura? ¿Cómo lo sabes?

—¡Porque la vi! —respondió Charlotte con impaciencia—. Luego se volvió y lo besó. ¡Pero tuvo que obligarse a hacerlo! ¿No te provoca mil preguntas?

—Como poco, un par de docenas —reconoció Pitt—. Había empezado a preguntarme si era la amante de Kynaston. Esto hace muy diferentes las cosas.

—No forzosamente —arguyó Charlotte—. ¿Y si lo es de ambos?

—¿De ambos? —dijo Pitt, incrédulo—. ¿Por qué iba a dejar que Talbot la tocara, si él no le gusta? ¿Para despistar a la gente fingiendo que tiene una aventura con él y no con Kynaston?

—Quizás —concedió Charlotte—. Pero ¿por qué tomarse tantas molestias cuando nadie parece sospechar? A no ser, claro está, que Rosalind tenga la mosca detrás de la oreja.

Pitt estuvo a punto de decir algo, pero ella se le adelantó.

—Hay un montón de posibilidades distintas, Thomas. ¿Y si hace mucho tiempo que están enamorados? ¿Incluso cuando Ailsa estaba casada con Bennett Kynaston?

—¿De Talbot? —preguntó Pitt, desconcertado.

—¡No, claro que no! ¡De Dudley! ¿Quizá Bennett murió tan joven por eso?

—¿De qué? La gente no muere porque la traicionen, aunque lo hagan una esposa y un hermano. ¿O acaso insinúas que lo mataron? ¿No es un poco...?

Se interrumpió. Resultaba atroz, pero a fin de cuentas también lo era la traición. ¿Era posible que toda aquella tragedia fuera de orden doméstico más que político?

—Tal vez lo hicieron —contestó Charlotte—. Sería terrible que Kitty Ryder lo descubriera. ¡Huiría de esa casa, fuese en plena noche o no! Yo lo haría. Y, por supuesto —agregó—, la otra posibilidad es que lo descubriera Rosalind y que se propusiera vengarse matándolos o poniéndolos en evidencia. Eso sería más efectivo...

—Te estás dejando llevar por la imaginación —le dijo Pitt con dureza.

—¡No, en absoluto! —insistió Charlotte—. ¡Que Rosalind no parezca tener ardor suficiente para romper la costra de una empanada de riñones no significa que no vaya a tenérselo en cuenta!

—¡Las costras de empanada no se rompen con fuego, cariño!

—¡No seas pedante! —dijo Charlotte, exasperada—. La llama está en su fuero interno. Aquí está ocurriendo algo muy retorcido, Thomas. Yo solo te presento algunas posibilidades. Tu trabajo consiste en averiguar cuál es verdad.

Pitt la miró, sentada en el borde del asiento, con los ojos brillantes, la luz del fuego arrancando destellos rojos y dorados en su cabello, las mejillas sonrojadas. Sería lo último que ella pensaría acerca de sí misma, pero para él poseía una belleza extraordinaria.

—Tienes suficiente ardor dentro de ti para cocerme empanadas el resto de mi vida —dijo a la ligera, por temor a que lo embargara la emoción.

—¡Creía que no te gustaba la empanada de riñones!

—¡Y no me gusta! ¡Pero me gusta tu ardor!

Charlotte se rio y se echó en sus brazos.

Cuando Jack Radley telefoneó a Vespasia y preguntó si podía visitarla por la tarde, ella se sorprendió pero percibió el tono de urgencia en su voz.

—Por supuesto —dijo Vespasia, como si no le causara inconveniente alguno. En realidad, tenía intención de visitar a una vieja amiga y luego ir sin prisas a una exposición de arte. Hacía tiempo que no se veían más que en recepciones que no daban pie a conversar seriamente. Había esperado con ganas la cita. Haría que su doncella le enviara una nota, deshaciéndose en disculpas. ¿Tal vez debería mandarle un ramo de flores? Mildred entendería que hubiese surgido una crisis familiar. Tenía hijas, y ahora incluso nietas.

Vespasia titubeó en cuanto a si servirle un té. Suponía que Jack no era muy dado a merendar, pero le proporcionaría una excusa para sentarse y mantener una conversación sin interrupciones. Nadie ponía fin a un té hasta haber observado el ritual completo. Estaba convencida de que eso era lo que deseaba Jack, pese a que una buena copa de *brandy* habría sido más de su agrado.

Llegó puntual. Tratándose de un hombre tan atareado como él, era un amable cumplido que hubiese sido tan atento. Aunque bien era cierto que siempre había tenido modales exquisitos. Databan de los años en que había vivido de su encanto. Había sido el tipo de joven apuesto que tenía ingenio, desenvoltura, elegancia e inteligencia para no abusar de la hospitalidad. Vestía impecablemente, era gallardo en la pista de baile, había visto casi todos los estrenos de teatro y, por encima de todo, jamás chismorreaba ni contaba asuntos de una casa en la siguiente, y tampoco hablaba sobre las damas a quienes había acompañado a una u otra recepción. Nunca establecía comparaciones ni hacía promesas que no fuera a cumplir. Sus dotes de seducción iban más allá del mero atractivo físico. Había una cualidad en su carácter que era digna de respeto.

Al entrar la saludó afectuosamente. Dio a la doncella el abrigo y el sombrero y besó a Vespasia en la mejilla. Aceptó la invitación a sentarse y le aseguró que estaría encantado de tomar el té con ella.

Los años habían sido amables con él. Las canas en las sienes le daban madurez, las pocas y discretas arrugas del rostro acentuaban su personalidad, arrogándole gravedad más que mera prestancia. Ahora bien, a pesar de su sonrisa, Vespasia se dio cuenta de que estaba preocupado.

—Por favor, querido, no pierdas tiempo conduciéndome con rodeos a lo que te está inquietando —le pidió Vespasia.

Jack sonrió, y el alivio relajó buena parte de la tensión de su cuerpo.

—Gracias. Me figuro que Emily te habrá contado que me han ofrecido un puesto para trabajar con Dudley Kynaston. Lo cierto es que disfrutaría haciéndolo. Es un hombre interesante con una mente privilegiada y, además, trabajaría en algo concreto en lugar de dedicarme a distintos temas generales. —Titubeó—. Sin embargo, me consta que Thomas ha estado investigando a Kynaston por lo de la doncella que desapareció de su casa, y luego el cadáver que encontraron en una gravera cercana, que tanto se parecía a ella. Somerset Carlisle estuvo haciendo preguntas en la Cámara, insinuando tácitamente que había un escándalo a punto de estallar. Eso no ha sucedido, pero tampoco han encontrado a la doncella ni han identificado el cadáver.

Se calló, aguardando a que Vespasia manifestara alguna reacción.

—Sí, estoy enterada de todas esas cosas —admitió—. ¿Te preocupa tomar la decisión correcta?

Jack estaba avergonzado.

—No puedo permitirme aceptar el puesto y luego encontrarme con que ya no existe. Me consta que Emily dispone de medios propios, pero siempre me he negado a vivir del patrimonio de su primer marido, que, de todos modos, se mantiene en fideicomiso para Edward. No es por orgullo, es...

—Por honor —dijo Vespasia por él—. No es presuntuoso decirlo. Lo comprendo, y además te respeto por ello. No solo no puedes permitirte perder los ingresos de un puesto adicional al de parlamentario, sino que tampoco puedes cuestionar tu buen juicio por si resulta que Kynaston está implicado en algo más feo que la infidelidad a su esposa...

Jack hizo una mueca.

—Lo dices tan ricamente, como si fuera a parecerme aceptable.

Vespasia le sonrió.

—Eres demasiado susceptible, querido. No estaba pensando nada de eso. A quien conocieras o en qué medida lo hicieras antes de casarte con Emily no me interesa, y creo que a ella tampoco. Para mí lo absolutamente inaceptable es traicionar la confianza, pero soy muy consciente de que ocurre mucho más a menudo de lo que sería deseable. No puedes permitirte juzgar a un hombre por ese motivo cuando estás considerando si deseas trabajar con él o no. Es un lujo que está fuera del alcance de la mayoría, de modo que todos fingimos no saber nada. En general, da muy buen resultado.

—Excepto si asesinas a tu doncella y arrojas su cuerpo a una gravera cercana —dijo Jack, apesadumbrado y con una pizca de amargura.

—¿Has preguntado a Emily qué opina? —preguntó Vespasia, casi como si la idea se le hubiese acabado de ocurrir.

Jack negó con la cabeza.

—No quiero preocuparla. No debería pedirle que tome la decisión por mí, como tampoco que cargue con mis problemas si me equivoco.

—Tal vez desea hacerlo —contestó Vespasia.

—Emily no quiere preocupaciones —insistió Jack—. Sobre todo cuando no puede hacer nada al respecto.

Vespasia sonrió.

—¿Estás diciendo que no puede hacer nada o que en realidad preferirías que no intentara hacerlo, y que te preocupa que si se lo cuentas intente ayudarte?

La pregunta fue tan directa que rayó en lo descortés, pero Vespasia sabía cuántos malentendidos generaba el abuso de eufemismos. Se terminaba siendo tan oblicuo que nadie sabía de qué estaba hablando.

Jack la miró muy serio.

—¡Intento cuidarla! Quiero tomar la decisión acertada y luego obsequiársela. Últimamente no está contenta. No sé por qué, y no me lo quiere decir. Me parece que conmigo se aburre, o quizá quiere que tome la decisión sin que me deje aconsejar, pero, naturalmente, si me dijera eso, ella misma me estaría aconsejando.

Vespasia suspiró.

—Pese a todos tus encantos, veo que no conoces demasiado bien a las mujeres. ¿Intentarías ser tan protector con Charlotte?

Jack se quedó perplejo.

—No... Le parecería horrible. Pero no estoy casado con Charlotte. Siempre estaríamos discrepando, y no importaría...

Se calló de golpe.

—Querido, podrías discrepar con Emily y tampoco importaría —le aseguró—. Lo que no debes hacer es ignorarla. Si sigues haciéndolo mucho tiempo más, comenzará a pensar que estás interesado en otra.

—Es más sensata que todo eso —respondió Jack, con la voz cargada de sentimiento—. La adoro. De hecho no me atrevo a decírselo porque detesta hacerse mayor, pero creo que la madurez la favorece. Parece más... más campechana, más accesible. Ya no tengo la sensación de que sea infalible, demasiado segura de sí misma, demasiado etérea para necesitar mi apoyo o mi protección... —Titubeó y se quedó callado, con cara de haber hablado más de lo que había sido su intención. Se mordió el labio y apartó la mirada de Vespasia, bajándola a la mesa—. Temo que se moleste si se la ayuda en algo, es tan suficiente...

Vespasia alargó la mano y le tocó el brazo tiernamente.

—Querido Jack, una de las ventajas de hacerse mayor es que empezamos a aceptar que ninguno de nosotros se las puede arreglar sin amigos, personas que amemos y que nos amen, sin un poco de ayuda o de crítica de vez en cuando, si se ofrece con delicadeza. Tal vez descubras que Emily ha adquirido cierta sabiduría.

Jack la miró con una chispa de esperanza.

—Mi consejo en cuanto a Dudley Kynaston es que de momento no te comprometas —prosiguió Vespasia—. Busca una excusa y aguarda un par de semanas. Piensa en otros asuntos que desees atender, algún otro compromiso que debas concluir. Y pide opinión a Emily, tanto si luego sigues su consejo como si no.

Jack le dedicó una sonrisa radiante, absolutamente cautivadora.

—Lo haré. ¿Puedo tomar otra tartaleta de mermelada? De repente estoy hambriento, y son deliciosas.

—Las he pedido para ti —contestó Vespasia—. Puedes tomártelas todas.

Vespasia cenó con Victor Narraway. Había dudado en aceptar su invitación. Veía la situación de Emily con toda claridad, pero en cambio estaba confundida a propósito de la suya. En compañía de Narraway disfrutaba más que con cualquier otra persona que recordara. Siempre le había resultado fácil hablar con él, fuere estando de acuerdo o discrepando. Sin embargo, últimamente había sentido una extraña vulnerabilidad en su compañía, como si en algún momento de su amistad hubiese perdido la armadura tras la que había mantenido a buen recaudo sus sentimientos durante tantos años. Ahora estaba pendiente de si la volvía a llamar, permitiendo incluso que su imaginación se preguntara qué pensaba Narraway de ella y si su amistad era tan valiosa para él como para ella.

Vespasia era mayor que Narraway, conocimiento que no dejaba de apenarla en cierta medida. Hasta entonces nunca le había dado la menor importancia. Ahora, absurdamente, ya no le daba igual. Narraway parecía ignorarlo por completo, si bien era demasiado educado para dejar traslucir algo tan poco galante. Y era a todas luces irrelevante. Por supuesto que sí. ¿En qué estaba pensando?

Como no se le ocurrió una manera digna de rehusar, aceptó

y se vio disfrutando de una cena tardía en uno de sus restaurantes predilectos.

No obstante, apenas habían terminado el primer plato y estaban aguardando a que llegara el segundo cuando Narraway se puso muy serio.

—Ha habido novedades en el caso que investiga Pitt —dijo en voz baja, inclinándose un poco sobre la mesa para poder hablar quedamente y, no obstante, estar seguro de que Vespasia lo oía—. Parece ser que Ryder, la doncella que se marchó de casa de Dudley Kynaston en plena noche, ha sido vista sana y salva, demostrándose así que el cadáver de la gravera no es el suyo.

Vespasia percibió la urgencia de su tono y no lo interrumpió. Poco importaba que ya estuviera informada gracias a Charlotte.

—El segundo cadáver tampoco es suyo —prosiguió Narraway—. Ahora parece inevitable concluir que ambos fueron puestos allí para que fueran descubiertos, a fin de llamar la atención de Pitt sobre la casa Kynaston.

La observaba atentamente, juzgando su reacción.

—¿Y sabe con qué propósito? —preguntó Vespasia, con un nudo en el estómago por miedo a que él fuera a hacerle la misma pregunta. Se veía ante un conflicto de lealtades. No estaba segura, pero creía que aquello había sido obra de Somerset Carlisle, que luego había planteado la cuestión adrede en el Parlamento, donde nadie parecía estar tomándoselo suficientemente en serio. No había sido preciso que sacara sus propias conclusiones en cuanto a por qué.

Narraway la estaba mirando de hito en hito.

—Te ruego que no juegues conmigo, Vespasia —dijo—. No te estoy pidiendo que traiciones la confianza de nadie, aunque solo sea confianza en una larga amistad. Me parece que sabes quién puso los cadáveres donde los encontraron y por qué lo hizo.

—Tengo mis conjeturas —admitió Vespasia—, pero me he guardado mucho de hacer preguntas. —Aquello era espantosamente difícil. Lo último que deseaba era denegarle algo a Narraway, pero no podía defraudar la confianza que habían puesto en ella; por nadie—. No se lo preguntaré, Victor. Creo que me diría la verdad, y entonces tendría que mentirte...

Narraway sonrió como si su respuesta lo divirtiera de veras, pero al mismo tiempo la miró apenado. Vespasia lo había lastimado, y saberlo le provocaba un sufrimiento increíble.

—Vespasia... —Narraway alargó el brazo sobre el mantel blanco y puso la mano encima de la de Vespasia, muy tiernamente pero con suficiente fuerza para que no pudiera retirarla—. ¿Realmente creías que iba a preguntártelo? ¡Por favor, reconóceme un poco más de sensibilidad y de cariño!

Vespasia lo miró y se enfureció consigo misma por la opresión que sentía en el pecho, impidiéndole hablar. Si lo hiciera, ambos pasarían vergüenza.

—No sé a ciencia cierta quién lo hizo —prosiguió Narraway—, pero tengo una corazonada muy convincente. Y ese hombre no haría algo tan macabro sin tener un motivo de peso. Mi conclusión es que lo hizo para obligar a que Pitt investigara a Kynaston porque cree que está cometiendo un delito de traición a su país. Lo que no sé es para quién ni por qué. Considero poco probable que sea por algo tan sórdido como el dinero. Hay algo más profundo, mucho más valioso para él. ¿Estás de acuerdo?

Vespasia notó que una lágrima le resbalaba por la mejilla y la invadió una abrumadora sensación de alivio.

—Sí, estoy de acuerdo —contestó—. Es terrible traicionar a tu país. Me cuesta imaginar algo peor, salvo quizá traicionarte a ti mismo.

El camarero llegó con el segundo plato. Guardaron silencio hasta que se marchó.

—Pues entonces debemos hacer una especie de test para decidir qué es lo que a Dudley Kynaston le importa más que su propio país —dijo Narraway—. Aunque tal vez esta noche no sea el momento más apropiado. Gracias por escucharme. No sabes cuánto deseaba compartir mis ideas contigo. Siempre consigues que las cosas se vean más claras. ¿Más vino?

Vespasia levantó su copa.

—Una deuda que el honor le exija pagar —dijo en voz baja.

—¿Qué deuda de honor puede ser mayor que la contraída con su país? —preguntó Narraway.

—No lo sé. Tenemos que averiguarlo.

16

Stoker pidió ayuda a dos colegas para descartar varios de los lugares en los que Kitty Ryder podía haber estado, pero estaban empezando a desesperarlo las pocas posibilidades que quedaban. ¿De quién tuvo tanto miedo para huir de Shooters Hill en plena noche, y encima sin llevarse sus pertenencias? ¿Qué había visto u oído en casa de Kynaston?

Stoker había hecho tantas preguntas sobre ella, escuchado tantos retazos de historias que tenía la impresión de conocerla. Sabía qué canciones le gustaban, qué chistes la hacían reír, que le encantaban las castañas asadas, las manzanas ácidas y el hojaldre aunque no comía mucho porque no quería perder la línea. Le gustaba pasear bajo la lluvia en verano, pero la detestaba en invierno. Deseaba adquirir conocimientos sobre las estrellas, y un día, si alguna vez tenía casa propia, tendría un perro. Stoker podía imaginarse a sí mismo gustando de todo aquello. Le recordaba los sueños que antaño tuviera con Mary. Parecía que hiciera siglos y, sin embargo, la emoción regresó con una intensidad que lo desconcertó. Se dio cuenta de cuánto extrañaba la amistad de una mujer. La ternura de tal relación era diferente de la de los hombres.

Kitty adoraba el mar, no las playas y los acantilados sino el horizonte infinito y los grandes navíos que navegaban como si tuvieran alas extendidas al viento. Si alguna vez llegaba a conocerla podría hablarle de algunos de los viajes que había efectuado y de los lugares que había visto. Nunca había podido contárselo a Mary porque odiaba el mar. Para ella significaba soledad, separación, una exclusión de cuanto le importaba. Los amplios horizontes del mar estaban llenos de sueños, y Mary era práctica.

¿Dónde había ido Kitty? ¿Seguía viva, o alguien ya la había encontrado y...?

Se negó a seguir ese hilo de pensamiento.

¿Dónde podía haberse escondido y aun así poder ver las cosas que amaba? Agua, barcos. Tenía que dejar de investigar todas las pistas y utilizar su inteligencia. Por lo que sabía de ella, si estaba asustada y sola, ¿dónde buscaría consuelo para armarse de valor o tomar una decisión?

En algún lugar donde pudiera ver agua, oler la sal de la marea, contemplar los pájaros a la luz evanescente del ocaso. Dejar que sus sueños también levantaran el vuelo, aunque solo fuese por un rato.

¿En Greenwich, junto al Royal Naval College? Demasiado cerca de Shooters Hill. ¿Y en la otra margen del río, cerca de la estación de ferrocarril, donde podría pasear por la orilla y contemplar los barcos fondeados? Algún lugar como ese. Ahí era donde iría.

No tenía una idea mejor. Faltaba poco para que anocheciera cuando bajó del tren y se dirigió hacia el río para contemplar la luz que agonizaba sobre las aguas en límpidos grises y platas. Un bajío resplandecía ardiente por la parte del oeste, reflejando las olas de la estela de una gabarra como si cada cresta estuviera encendida. Permaneció callado, embargado de placer, seducido por su inmaculada belleza. Nada podía estropearlo; estaba a salvo, fuera del alcance de la mano del hombre.

Aguardó hasta que los últimos rayos de sol se apagaron y sintió el frío en la piel. Entonces se volvió y vio a una mujer a pocos metros, contemplando todavía las aguas del río como si pudiera ver alguna esencia que la luz dejara tras de sí. Era alta, quizá solo cinco o diez centímetros más baja que él, y según lo que Stoker alcanzaba a ver de su rostro era de una belleza que lo dejó sin habla. Se quedó mirándola sin más. Parecía formar parte de aquel momento y lugar, del anochecer y del amplio cielo que se oscurecía, donde el único color que quedaba era un eco del ardiente sol que se había escondido por el oeste.

De pronto la mujer fue consciente de su presencia y abrió los ojos con miedo.

—¡No se asuste! —dijo Stoker enseguida, dando un paso hacia ella. Entonces se dio cuenta de que así solo empeoraría las cosas y se detuvo—. No voy a hacerle daño. Solo estoy contemplando... —Estuvo a punto de decir el crepúsculo, pero no era el color lo que lo había cautivado, era la cualidad de la luz, la delicadeza de las sombras. ¿Sonaría ridículo que un hombre dijera tal cosa?

Ella lo miraba fijamente. ¿Qué tenía que perder Stoker? Era una desconocida que nunca volvería a ver.

—... la manera en que cambia la luz —dijo, terminando la frase—. La oscuridad llega tan suavemente...

—Casi nadie se fija en eso —dijo sorprendida la mujer—. Piensan que es una especie de... muerte. ¿Usted es artista?

Stoker tuvo ganas de reír. La idea era tan absurda, tan lejana a la verdad, pero en realidad también era bonita.

—No —dijo quedamente—. Ojalá lo fuera. Solo soy una especie de policía...

El miedo volvió a adueñarse de su semblante. Stoker no debería haber dicho aquello.

—No un policía corriente —agregó enseguida—. Solo persigo a espías y anarquistas, personas que quieren cambiar el país...

—¿Qué está haciendo aquí? —preguntó ella.

—Dándome un respiro —contestó Stoker con sinceridad—. He estado buscando a una mujer durante semanas y todavía no la he encontrado. No es que me haya rendido, solo necesitaba... un poco de paz. Quizá se me ocurra alguna idea sobre dónde encontrarla.

—¿Es espía? —preguntó ella con curiosidad.

A Stoker se le escapó la risa.

—¡No! Es testigo, creo. Pero me consta que está en peligro. Quiero protegerla. —Debería ser más sincero. El crepúsculo, la percepción compartida del cielo sobre el río lo exigían—. Y quiero saber qué oyó o vio para que huyera. Lo dejó todo atrás, todas sus pertenencias, sus amigos, todo.

La mujer permaneció inmóvil.

—¿Y entonces qué?

—Entonces sabré con mucha más exactitud cuál es la traición y podré ponerle fin.

—¿Qué harán con ella? ¿La meterán en la cárcel porque no se lo dijo?

—¡Por supuesto que no! Nos aseguraremos de que esté a salvo...

—¿Cómo piensan hacerlo? ¿No sabrán que la han encontrado? ¿Por qué iba a nadie a creerla a ella y no a ellos?

Stoker la miró detenidamente. En la delicada penumbra gris su rostro era hermoso, no solo bello sino realmente hermoso. Su cabello parecía ser oscuro, pero no negro. A la luz del ocaso podría haber sido de cualquier color, incluso caoba. Y estaba asustada, con ganas de creerle pero incapaz de hacerlo.

—Kitty...

En cuanto el nombre salió de sus labios se sintió ridículo. ¡Estaba permitiendo que aquello le afectara, no podía ser tan pusilánime!

La mujer se paralizó, como un animal listo para huir pero sabedor de que sería inútil. La había atrapado un depredador mucho más fuerte y rápido que ella. Pero lucharía, Stoker pudo verlo en su expresión. Suspiró.

—¡La he estado buscando durante semanas! ¡Sabemos que Kynaston está revelando secretos pero no sabemos por qué! Ni cómo lo hace. No tiene sentido atraparlo solo a él, también necesitamos a las personas a quien se los pasa.

Ella no había dicho palabra; desde luego, no había dicho que fuera Kitty Ryder, pero Stoker lo sabía como si se lo hubiese dicho. Lo percibía en su silencio, en su miedo. Comprendió que no debía dar otro paso hacia ella.

—Me llamo Davey Stoker. Trabajo para la Special Branch. Ya no tiene por qué seguir huyendo. La llevaré a un lugar donde estará a salvo...

—¿La prisión? —Negó bruscamente con la cabeza. Estaba temblando—. ¡Allí no estaré a salvo! ¡La gente que va a por mí es más poderosa que ustedes! ¡Ustedes ni siquiera saben quiénes son!

—¡No! Nada de prisiones. ¿Por qué tendría que encarcelarla? No ha hecho nada malo. —De pronto supo qué iba a hacer exactamente—. La llevaré en tren, ahora mismo, a casa de mi hermana. Ella cuidará de usted. Nadie más lo sabrá, no habrá manera de que se enteren sus perseguidores. No estará encerrada. Podrá marcharse cuando quiera...

—¿Su hermana? ¿También es policía?

Stoker sonrió.

—No. Está casada y tiene cuatro hijos. En realidad no sabe nada sobre la Special Branch, aparte de que yo trabajo allí.

—¿No tiene esposa? ¿No se les ocurrirá buscar en su casa? —preguntó Kitty.

—No tengo esposa. Y supongo que podrían hacerlo. Pero no saben nada de Gwen. Y no será por mucho tiempo.

—¿Por qué lo hará? Acogerme, quiero decir.

—Porque se lo pediré —contestó Stoker simplemente—. Estamos... muy unidos.

Permaneció callada un momento antes de tomar la decisión.

—Voy con usted, pero no tengo dinero para tomar un tren... solo unas pocas monedas.

—Yo tengo. ¿Qué tal si antes cenamos? Tengo un hambre canina. ¿Le gusta el pescado con patatas fritas?

—Sí... pero...

Stoker lo captó al vuelo.

—No invito yo, irá a cuenta de la Special Branch.

Era mentira, pero entendía que Kitty necesitara creerlo. Probablemente también estaba hambrienta.

Kitty asintió y comenzó a caminar muy despacio de regreso a la calle. Stoker la alcanzó enseguida y caminaron uno al lado del otro, juntos pero sin tocarse, avanzando al mismo paso.

Gwen no vaciló en acoger a Kitty. Le bastó ver el rostro de Stoker, y luego el miedo y el sentido de la obligación que emanaban de la actitud de la chica que lo acompañaba, y abrió la puerta de par en par.

—Pasad —dijo, mirando directamente a Kitty—. Tomaremos una taza de té y luego te prepararemos una cama. Habrá que hacer malabarismos pero resultará. ¡No te quedes ahí parado, Davey! ¡Entra!

La calidez de la casa lo envolvió de inmediato y al mirar el rostro de Kitty vio su sonrisa. Gwen se la llevó arriba, dando instrucciones a Stoker para que pusiera el hervidor a calentar.

Una hora después ya habían hecho camas para que los niños durmieran juntos y se les había dicho que no pasaran la noche en vela, charlando. Gwen y su marido conversaban en la cocina y Stoker se sentó con Kitty en la sala, aunque estaba helada porque acababan de encender el fuego. Aquella habitación solo se utilizaba en ocasiones especiales, y se notaba.

Había llegado el momento de las explicaciones.

—¿Qué descubrió que la hiciera marcharse de noche, sin llevarse su ropa o siquiera un cepillo? —preguntó Stoker a media voz, pero sin indulgencia.

Kitty respiró profundamente, bajó la vista a las manos, entrelazadas con fuerza en su regazo, y comenzó.

—Descubrí que el señor Kynaston tenía una querida. Si lo piensas, no es tan difícil darse cuenta. —Levantó la vista un momento y volvió a bajarla—. La manera de explicar dónde iba, contestando preguntas que nadie le había hecho pero no las que sí, y solo te das cuenta después.

—¿Todo eso lo oyó? —interrumpió Stoker.

—En parte —contestó Kitty—. Casi todos los señores se olvidan de que tenemos oídos. Están tan acostumbrados a vernos, y casi siempre sin hablar, que no calculan que podemos atar cabos y entender cosas. O a lo mejor les da igual. Si queremos seguir sirviendo en su casa, no vamos a contárselo a nadie. Y no importa lo que pensemos de ellos. No creo que sea parte de algo...

Stoker estaba desconcertado.

—¿Qué descubrió que fuese tan malo?

—Que su querida era la señora Kynaston... No su esposa, sino la señora Kynaston viuda de su hermano, el del retrato que tiene colgado en el estudio y que tiene esa pinta.

—¿Está segura de que no estaba limitándose a cuidar de ella, por lo de su hermano?

Kitty le echó la misma mirada que Gwen le dirigía cuando decía algo completamente estúpido.

—Si alguien se encargara de cuidarme de esa manera, le daría una bofetada de aquí te espero —replicó—. Y luego una patada, tan alto como me lo permitiera la falda.

—Vaya... —Por un momento no se le ocurrió algo apropiado que decir. Se sentía ridículamente avergonzado—. ¿El señor Kynaston se había dado cuenta de que usted lo sabía y pensaba que se lo diría a su esposa?

Kitty encogió ligeramente los hombros.

—Lo dudo. Me figuro que ella lo sabía de sobras. Y, en cualquier caso, no querría pensar que yo estaba enterada. A veces tienes que aceptar cosas, y la única manera de soportar el daño que te hacen es fingir que nadie más las sabe.

Stoker estudió su rostro a la luz de las llamas. Vio que estaba asustada. Solo le había dicho lo que sabía que casi con toda seguridad él habría averiguado por su cuenta. Tal vez fuese doloroso o inmoral, pero era una tragedia de lo más común. Ni siquiera los poetas o los soñadores imaginaban que todos los matrimonios eran felices o leales.

—Señorita Ryder... necesito saberlo todo —insistió—. ¿De quién tiene miedo? Saber que el señor Kynaston tenía una aventura con la viuda de su hermano era desafortunado, pero, tal como usted misma ha dicho antes, los sirvientes saben todo tipo de cosas. ¿Le dijo algo a él?

Kitty abrió los ojos como platos.

—¡No! ¿Qué piensa que soy? ¿Una chantajista?

Estaba enojada pero también dolida. Stoker podría haberse mordido la lengua.

—¡No, no quería decir eso! Intento que me diga por qué huyó. Nada de lo que ha dicho hasta ahora va más allá de la mera infelicidad conyugal; profunda, quizá, pero nada de lo que deba preocuparse la Special Branch, y menos aún para que su vida corra peligro. ¿Qué hace que eso sea tan importante, Kitty?

—Fue la esposa del señor Bennett —contestó, mirándolo casi sin pestañear—. Pero antes estaba casada con otro... en Suecia.

Stoker pestañeó.

—¿Eso es importante? ¿O acaso me está diciendo que sigue casada con él? Entonces su matrimonio con Bennett sería bígamo. ¿Había dinero de por medio? ¿Heredó de Bennett?

Kitty negó con la cabeza.

—No lo sé. Diría que lleva una vida desahogada pero que no es rica.

—¿Y el señor Kynaston sabía que usted lo había descubierto? Por cierto, ¿cómo lo averiguó?

—La señora Ailsa estaba pasando un par de días con la señora Rosalind, cosa que hacía bastante a menudo. Tenía una crema especial para ella, preparada para mantener blancas y suaves las manos de las damas. Había hecho suficiente para las dos señoras, y le llevé un poco.

Miraba detenidamente a Stoker, sin apartar los ojos de su cara.

—Tiene un anillo que lleva siempre, más bien ancho y un poco chato, con piedras engarzadas, pero no como los corrientes. Solo piedras pequeñitas, y nunca se lo quita. Pero esta vez sí que se lo quitó, porque podría haberle entrado crema y quizá lo estropearía.

—Prosiga —la apremió Stoker.

—Entré para abrirle la cama y me la encontré sentada en el tocador, poniéndose crema en las manos. Los anillos estaban en la mesita de noche. Los aparté por si el cobertor les daba un golpe y los tiraba. Y entonces vi lo que había dentro de ese tan especial.

—¿Qué era? —dijo Stoker, impaciente.

—«Anders y Ailsa, julio de 1881. Para siempre» —contestó Kitty—. Debí quedarme paralizada, porque me volví hacia el espejo del tocador donde ella estaba sentada y vi que me estaba mirando fijamente. Quise decir algo pero tenía la lengua trabada y sentí que la habitación se bamboleaba como si estuviera en alta mar. Por la mirada de sus ojos, me habría matado. Entonces oí al señor Kynaston subir la escalera y caminar por el descansillo. De repente ella cambió como una mosquita muerta y se puso toda zalamera con él. Aproveché que la puerta estaba abierta para salir y bajar a la cocina.

—¿Cómo se comportó cuando volvió a verla? —preguntó Stoker.

Kitty palideció.

—Solo la vi una vez, mientras cruzaba el vestíbulo. Le oí decir al señor Kynaston que había desaparecido algo de su habitación, algo valioso. Tuve claro que iba a decirle que me lo había llevado yo. —Cerró los ojos, volvió a abrirlos súbitamente y miró de hito en hito a Stoker—. Hice una tontería. No podía permitirme perder el empleo, y tampoco mis referencias. ¡Nadie contrata a una doncella que roba! —Tragó saliva—. Me paré y dije a la señora Kynaston que subiría gustosa con ella a buscarlo. Y se lo dije mirándola a los ojos. Si lo que había escrito en aquel anillo era tan importante, ¡que también lo viera el señor! Se percató a la primera de mis intenciones y cambió de opinión. Le dijo que seguramente no lo había llevado consigo y que sentía haberse equivocado. Luego me lanzó una mirada asesina y subió a acostarse.

Stoker admiró su coraje, aunque no su sensatez.

—¿Contó a los señores Kynaston lo del anillo? —preguntó.

—No. Me fui a la cocina y aguardé a que todos se hubieran acostado. Luego me marché sin más. —Vaciló un momento—. Salí por la puerta trasera y me puse a caminar. No estaba lejos del *pub*, y sabía que me alojarían por una noche, y al día siguiente podría ir hasta casa de Harry. Sabía que me cuidaría. Pero al cabo de poco vino alguien haciendo preguntas, y vi claro que no podía quedarme. Tampoco sería justo para Harry porque yo no quería casarme con él. Me gusta mucho, pero no tanto.

—¿Y cómo llegaron la sangre y el pelo desde el patio hasta la calle? ¿Y los cristales rotos?

Bajó la vista, claramente avergonzada.

—No tiene sentido —dijo Stoker en voz baja—. Tengo que saberlo.

Kitty levantó los ojos.

—¡No estoy mintiendo! Todo lo que le he dicho es verdad. —Tragó saliva con dificultad—. La señora Ailsa vino a la cocina a por mí. Sabía que querría hacérmelas pagar. Llevaba un vaso en la mano y sonreía. Corrí hacia la puerta de atrás y me persiguió. Peleamos en la escalera. Me tiró de los pelos, pero la sangre era suya... Solo del dedo, cuando rompió el vaso. ¡No le dolió, lo juro! Ni siquiera intenté...

—Tranquilícese —dijo Stoker—. Gracias. No entiendo que fuera tan importante como para ir a por usted, pero seguro que tiene que ver con nuestra sospecha de traición. Se quedará aquí con Gwen. No hable de esto con nadie; de hecho, no hable con nadie hasta que yo le diga que todo está arreglado.

Kitty lo miró.

—¿Qué pasará si no los atrapa?

—Los atraparé —dijo Stoker con cierta dureza—. Siempre los atrapo. Pero no estoy solo. Somos muchos. Quédese aquí, estará a salvo. —Se levantó—. Gwen cuidará de usted hasta que yo regrese. Es posible que tarde en hacerlo. Estaré ocupado y... y usted estará a salvo si nadie sabe que está aquí. El apellido de Gwen es diferente del mío. Nadie de por aquí la relacionará conmigo. Por favor, haga lo que le digo.

Kitty asintió, sus ojos se arrasaron en lágrimas súbitamente al darse cuenta de que, al menos por un tiempo, estaría a salvo.

Stoker se despidió de Gwen y de su marido en la cocina, y volvió a darles las gracias. Luego salió a la noche sonriendo para sus adentros, caminando resuelto por la acera.

Pitt telefoneó a casa de Narraway y le dijeron que se había ido a la Cámara de los Lores. Una hora después había recibido un mensaje de Narraway en respuesta a su llamada. Se encontraron en el Embankment. Acababan de dar las diez de la mañana y la brisa de marzo soplaba con nueva suavidad. Costaba poco creer que la primavera comenzaría en cuestión de un par de días.

Pitt refirió brevemente a Narraway lo que Stoker le había contado al llegar a Keppel Street a las siete. Narraway escuchó mientras paseaban, sin interrumpir.

—Siendo así, parece inexorable que Ailsa Kynaston es la fuerza oculta tras la traición de Kynaston a su país —dijo Narraway cuando Pitt hubo terminado—. Las preguntas que quedan pendientes son por qué y a quién le pasa los secretos de nuestros planes de armamento submarino, ¡de los que puede depender nuestra supervivencia! ¡Tenemos que saber mucho más acerca de ella!

—Y acerca de Bennett también —agregó Pitt—. Tal vez acerca de su muerte. Quizá sea irrelevante, pero es más probable que guarde relación. Y tenemos que hacerlo muy deprisa.

Narraway esbozó una sonrisa con los labios prietos.

—En ningún momento he creído que me lo contara tan solo para satisfacer mi curiosidad. Eso hubiera estado bien durante una cena, cuando ya lo hubiese resuelto.

Pitt no se disculpó.

—Usted tiene contactos que yo no tengo, personas que conoce y que todavía no confían en mí. Voy a hablar con sir John Ransom para averiguar qué es lo que Kynaston sabe exactamente, y ver qué me puede explicar. Tengo que descubrir dónde está yendo la información, y a través de quién. ¡Menudo embrollo!

—Ponga cuidado cuando hable con Ransom —advirtió Narraway—. Quizá le cueste mucho creerlo. La familia Kynaston ha sido muy respetada durante generaciones.

Hizo una mueca al decirlo, imaginando la pena, la negativa a aceptar lo que al final demostraría ser inevitable.

—Ya se ha formado una idea al respecto —contestó Pitt, recordando lo que le había dicho Carlisle, y su tristeza por la traición de un amigo. Se volvió y sonrió a Narraway, un triste medio de comunicarle que no tenía intención de contarle cómo se había enterado. No era que no confiara en Narraway, pero no quería echar sobre sus hombros el peso de mantenerlo en secreto ante Vespasia. Ninguno de ellos sabía todavía cómo terminaría todo.

Narraway no lo presionó.

—Lo mantendré puntualmente informado —agregó Pitt, deteniéndose en medio del sendero. La brisa del río todavía era fresca, el sol que brillaba sobre el agua, engañoso—. Si se entera de algo que pueda ser útil, hágamelo saber.

Pitt recordó el estudio de Kynaston y los cuadros que le había dicho que representaban paisajes de Suecia, varios de ellos claramente vinculados a sus recuerdos. Los mencionó, dio las gracias a Narraway y se volvió para emprender el regreso hacia el puente de Westminster. No le apetecía en absoluto tener que contar a Ransom lo que ahora sabía, pero, puesto que era ineludible, cuanto antes lo hiciera, mejor. Así era su trabajo, al menos uno de sus aspectos más tétricos.

Ransom lo recibió de inmediato. Era un hombre sosegado, alto y delgado, de cabello gris y ralo.

—Esperaba que no viniera —dijo, meneando un poco la cabeza. Estaban en su despacho, un espacio amplio que había conseguido llenar de libros y papeles. Estaban abarrotados en las estanterías que cubrían tres de las paredes, y aun así se desparramaban amontonados en sillas e incluso en el suelo. Pitt se preguntó cuántas cosas habría perdido, o si en realidad sabía qué contenía cada montón. A juzgar por la firmeza de su mirada y su voz amable y precisa, supuso que sería lo segundo.

—También yo lo esperaba —contestó Pitt. Ambos estaban de pie. Por alguna razón, no parecía que fuera una ocasión apropiada para sentarse—. Me temo que ahora es necesario.

—¿Kynaston? —preguntó Ransom—. ¿O estoy adelantándome a lo que tiene que decirme?

—No, en realidad me lo pone más fácil —dijo Pitt sinceramente—. Todavía no está demostrado, pero no veo una explicación alternativa para lo que sé.

Ransom estaba pálido.

—Según parece he estado negando lo que, a decir verdad, ya había aceptado como cierto. Pero le agradezco que haya venido. ¿Piensa arrestarlo?

Pitt negó con la cabeza.

—Todavía no. Necesito pruebas antes de deshonrar a un hombre. No es preciso que le diga que no le permita acceder a cualquier material nuevo. Y necesito que dé a conocer al Gobierno la información que pueda haber pasado a nuestros enemigos; o incluso a nuestros amigos, si vamos al caso.

Ransom sonrió con tristeza.

—Cuando se trata de armamento, no siempre es fácil establecer la diferencia. No me ha ocurrido nada semejante desde que ocupo este cargo. Por supuesto, me lo había planteado, es algo que hay que hacer, pero en cierto modo la realidad es más dolorosa de lo que había previsto. ¿Qué demonios puede haberlo empujado a hacer algo así?

—Todavía no lo sé —contestó Pitt—. Quizá nunca lo sepamos.

Ransom lo miró con el ceño fruncido y una expresión de amargura.

—Supongo que usted se topa con este tipo de cosas una y otra vez, en su profesión. ¿Cómo puede seguir confiando en la gente? ¿O acaso no lo hace? —Se calló, buscando palabras para defender sus ideas—. ¿Aprende en quién confiar? ¿Existe algún método, alguna fórmula que usted utilice? ¿Cómo sabe si un hombre que aprecia y en quien ha creído durante años en realidad está sirviendo en cuerpo y alma a otras personas, a otros intereses, a un conjunto de ideales y principios completamente distintos? ¿Acaba por dudar de todo el mundo?

—No —contestó Pitt, sin darse tiempo para pensarlo—. Entonces estarías dejando que te arrastraran con ellos hacia la ruina. Con el tiempo y la experiencia te granjeas enemigos por un sinfín de motivos, pero también haces amigos. Personas que estarán abiertamente en desacuerdo contigo pero que nunca te traicionarán, ni siquiera cuando te equivoques.

Ransom permaneció callado.

—En realidad, a mí también me gusta Kynaston —agregó Pitt—. Quizá le alegrará saber que Kitty Ryder, la doncella que desapareció de su casa, está sana y salva. Preferiría que de momento no lo hiciera público, por su seguridad.

Ransom suspiró y se frotó la frente con la palma de la mano.

—Algo es algo. Aunque hay una pobre mujer muerta, sea quien sea.

—De hecho son dos, y les daremos cristiana sepultura —prometió Pitt—. Gracias por recibirme, señor.

Ransom le estrechó la mano y Pitt se marchó para dar el paso siguiente.

Narraway deliberó largo y tendido a quién debía abordar en relación con la muerte de Bennett Kynaston y la relación que había tenido con su hermano. Algunos datos eran fáciles de encontrar: nacimiento, colegio y universidad. Los comprobó, pero solo le sirvió para corroborar lo que ya sabía. Los hermanos Kynaston eran ricos, miembros privilegiados de la alta sociedad, extremadamente cultos y dotados de una inteligencia bastante superior a la media. Dudley quizá fuese el más serio de los dos. Bennett era el que tenía más encanto y de quien todo el mundo había esperado mayores éxitos. Nada indicaba que el futuro les pudiera deparar tragedia alguna.

Nadie estaría dispuesto a revelar secretos de buen grado. Narraway supo desde el principio que tendría que encontrar a alguien que hubiese contraído con él una deuda que no pudiera negarse a saldar. Le repugnaba cobrar una ayuda prestada voluntariamente. No obstante, la única alternativa que quedaba era aún peor. Elegir entre lo bueno y lo malo era sencillo; cualquiera podía hacerlo sin titubear ni un instante. Era la elección entre lo malo y lo que tal vez fuera peor lo que ponía a prueba el buen juicio.

Y, sin embargo, Narraway no vaciló. Se estuvo debatiendo consigo mismo mientras se dirigía a ver a Pardoe, el hombre cuya deuda se disponía a reclamar, pero no se apartó del camino. Mucho tiempo atrás él y Pardoe habían estado juntos en el ejército. Pardoe cometió un error. Fue una equivocación involuntaria que podría haberse interpretado como un acto de cobardía, y eso habría acabado no solo con su carrera militar, que a fin de cuentas tampoco le importaba demasiado, sino también con su posición social. Cobarde era una palabra que cerraba todas las puertas irrevocablemente. Narraway lo había encubierto, exponiéndose a cierto peligro aunque al final no sufrió consecuencia alguna. Ahora bien, como se había arriesgado por él, la deuda existía.

Fue a las oficinas de Whitehall donde trabajaba Pardoe y le dejó un breve mensaje en un sobre sellado. Dos horas después él y Pardoe se sentaban a cenar en el club de Narraway.

Narraway abordó el tema de inmediato. No había tiempo que perder, y comenzar con cumplidos sería casi insultante.

—Necesito que me ayudes —comenzó Narraway—. No te lo pediría si no tuviera un motivo de peso.

—Por supuesto —respondió Pardoe, aunque su semblante ya se había ensombrecido. Conocía demasiado bien a Narraway para figurarse que no iba a tener otra alternativa. Narraway nunca le había pedido nada y todo indicaba que había llegado el momento de saldar la deuda que había contraído con él. Pardoe carraspeó—. ¿Qué puedo hacer por ti?

—Háblame de Bennett Kynaston, Ailsa y Dudley —contestó Narraway.

—¿Qué pasa con ellos? —Pardoe estaba confundido—. Bennett hace años que murió. Creo que Dudley ha cuidado de ella en cierta medida, en nombre de Bennett. Sentía devoción por su hermano. Aunque seguro que eso ya lo sabes. No puede decirse que sea un secreto.

—Comencemos por cómo se conocieron Ailsa y Bennett. ¿Fue por mediación de Dudley?

—¡No, qué va! —Pardoe estaba claramente sorprendido—. Fue por casualidad, en Stafford, me parece. Ailsa había venido de vacaciones.

—¿Venido? ¿De dónde?

Pardoe no salía de su asombro.

—De Suecia. Ailsa es sueca. Creo que su nombre original era Ilsa y que se lo cambió para que sonara más escocés. Me parece que no quería que él supiera que era sueca.

—¿Por qué? —preguntó Narraway, perplejo—. Tenía entendido que tanto a Bennett como a Dudley les gustaba mucho Suecia.

—Y así fue hasta...

Saltaba a la vista que Pardoe estaba incómodo.

Narraway no podía permitirse pasar por alto nada.

—¿Hasta qué, Pardoe? No tengo tiempo para respuestas discretas.

Pardoe apretó la mandíbula y una vena comenzó a palpitarle en la sien. Era obvio que se sentía muy mal.

—Mira, Narraway, todo esto ocurrió hace mucho tiempo, y fue una tragedia privada. Sucedió cuando Bennett estaba de viaje en Suecia, y no puede guardar relación alguna con lo que sea que andes investigando. No fue culpa suya. Podría haberle ocurrido a cualquiera. ¡Tú deberías saberlo mejor que nadie!

Ahora fue Narraway quien se sorprendió.

—¡Caramba! ¿Por qué?

—Tú también has vivido la vida, y, sin duda, te has servido de tu encanto para librarte unas cuantas veces —dijo Pardoe con un dejo de resentimiento.

—¡Pardoe! —replicó Narraway con severidad. Detestaba tener que hacer aquello, pero se le daba demasiado bien para encontrarlo difícil—. Déjate de rodeos y cuéntame lo que ocurrió.

Pardoe se dio por vencido. Nunca podría haber negado el peso de su obligación. A cualquier otro quizá le habría dicho que se fuera al diablo, pero a Narraway, no. Su relación era vieja y estrecha, remontándose a la época en que fueron compañeros de armas en la India.

—Bennett era un tipo encantador —dijo Pardoe a media voz—. Lo era de natural, no lo fingía ni era un recurso que empleara a voluntad. Se tomó unas largas vacaciones, de varios meses, en Suecia. Vivía con una familia que se apellidaba Halversen. Todos se llevaban muy bien, excepto la hija pequeña, Ingrid, que tenía unos quince años. Una chiquilla deliciosa pero un poco soñadora, muy apasionada. Creo que todos lo somos, a esa edad.

Endureció el semblante. Se le tensaron los músculos de la espalda.

—Sigue —instó Narraway.

Pardoe continuó a regañadientes.

—Ingrid se enamoró de Bennett y le escribió cartas de amor que nunca echó al correo. Él no sabía nada. Cuando, finalmente, lo descubrió, se horrorizó. Su única intención era conversar amistosamente de vez en cuando con una chica de esa edad. Él tenía unos treinta años. ¡Quizá no fue todo lo atento que pudo haber sido, o quizá sí! En cualquier caso, el resultado es que Ingrid se sintió rechazada, humillada, incluso engañada. Se suicidó, y además de forma bastante dramática. Se ahogó en un arroyo cerca de su casa, pero fue a todas luces un suicidio. La familia culpó a Bennett y leyó sus cartas, y sacó la conclusión de que la había seducido y desvirgado, y que había muerto de tristeza y vergüenza.

—Qué desdichada tragedia —dijo Narraway en voz baja, tratando de imaginar el sufrimiento, el malentendido, la histeria de la juventud—. ¿Por eso Bennett no podía regresar a Suecia?

Estaba decepcionado, no parecía que guardara relación con la traición de Dudley, pero no se lo podía decir a Pardoe.

—¡Santo cielo, no! —Pardoe se rio, exasperado—. La familia lo consideró un violador y presentó cargos contra él. Todo el pueblo se había levantado en armas y lo arrestaron, en buena medida por su propia seguridad. El padre era un hombre con cierta influencia. Poco a poco fue convenciendo a las autoridades locales para que la denuncia prosperara y juzgaran a Bennett. Lo pintaron como un extranjero arrogante que iba por ahí seduciendo jovencitas demasiado decentes e inocentes para que no fueran engañadas. Abusar de la hospitalidad es uno de los crímenes más repulsivos en muchas culturas. Supone una traición de todo lo que es esencialmente bueno. Para algunas personas es prácticamente una negación de Dios...

—¡Ya lo sé! —interrumpió Narraway—. ¿Qué ocurrió? Bennett murió en Inglaterra, ¿no?

—Sí... sí. Cuando Dudley se enteró, se puso frenético. Fue a Suecia a remover cielo y tierra para rescatar a su adorado hermano.

—¿Y lo consiguió?

—Sí, pero lo pagó caro. El asunto degeneró en una batalla que se puso muy fea, y Dudley, finalmente, recabó la ayuda de un tal Harold Sundstrom, un personaje muy influyente. Usó su poder para sacar a Bennett bajo fianza y acto seguido escapar del país y regresar a Inglaterra. Desde Inglaterra convenció a las autoridades suecas para que dejaran correr el asunto. Les hizo ver que sería mucho mejor para la reputación de la familia y, sobre todo, de la pobre Ingrid. Pagó al juez de instrucción, o comoquiera que lo llamen en Suecia, para que dictaminara que la muerte había sido accidental, de modo que la chica pudiera recibir cristiana sepultura, sin la mancha del suicidio, fuera cual fuese la causa, ni la de haber sido prácticamente violada.

—Entendido —respondió Narraway. Lo que entendió fue que Dudley Kynaston había salvado la reputación, y posiblemente la vida, de su amado hermano y que había contraído una deuda con Harold Sundstrom que no terminaría de pagar hasta el fin de sus días... excepto mediante sucesivos y discretos actos de traición.

Pardoe no dijo más, pero su rostro reflejaba el sentimiento de que había sacado la misma conclusión.

17

A primera hora de la mañana siguiente Pitt estaba en la cocina de su casa con una taza de té caliente, una tostada recién hecha, mantequilla y mermelada. Lo acompañaban Stoker, Narraway, Vespasia y, por supuesto, Charlotte. Minnie Maude andaba atareada haciendo más tostadas, sosteniendo las rebanadas de pan con el tenedor tan cerca como podía de la puerta abierta de la estufa, donde el carbón estaba más caliente.

Narraway ya les había contado lo que había averiguado sobre la muerte de Ingrid y la acusación contra Bennett Kynaston, y cómo Dudley había contraído una deuda de honor al conseguir que Harold Sundstrom lo rescatara, posiblemente de morir.

—¿Entonces Ailsa era la esposa de su hijo, Anders Sundstrom, y luego su viuda? —dijo Charlotte para ordenar sus ideas—. ¿Y ahora está cobrando a Dudley la deuda contraída con Harold? —Frunció el ceño—. ¿Harold ha muerto?

—No —contestó Narraway—. He pasado buena parte de la noche consultando con personas que conozco. Harold Sundstrom es un hombre bastante importante. Desde luego, hace unos días estaba vivo. Se dedica a la investigación naval...

Dejó esta última frase flotando en el aire. Su implícita consecuencia quedaba clara.

Pitt permaneció callado un rato, dando vueltas a las piezas de aquel rompecabezas.

—¿Y Ailsa manipuló al hermano de su marido para que traicionara a su propio país porque es leal a Suecia? —preguntó, pensativo—. ¿O para ayudar al padre de su primer marido? Diríase que es un conflicto de lealtades bien raro.

—Y también una traición a Bennett —agregó Charlotte—. Rosalind dijo que Ailsa seguía estando tan enamorada de él que se veía incapaz de plantearse siquiera el casarse con otro... pero aun así tiene una especie de aventura con Edom Talbot.

Vespasia enarcó las cejas.

—¿Edom Talbot? ¡Santo cielo! ¿Por qué? Es una mujer guapa, sin duda, muy atractiva. No le costaría nada encontrar a alguien de su misma clase social. Y creo que eso le importa.

—A lo mejor está enamorada de él —sugirió Narraway.

—¡No, ni hablar! —dijo Charlotte enseguida—. Lo encuentra...

Se quedó buscando la palabra que se ajustara más exactamente.

—Repugnante —terció Pitt por ella, recordando cómo había descrito la escena que había visto en los espejos.

En lugar de desaprobación, que era lo que Pitt hubiera esperado, el rostro de Stoker reflejó cierta admiración.

—De modo que sigue enamorada de Bennett Kynaston, su difunto marido, es la nuera de ese tipo de un departamento de la Armada sueca y utiliza a Edom Talbot, que está próximo al primer ministro y a veces a Dudley Kynaston, para que pase nuestros secretos navales a los suecos —resumió Stoker con incredulidad—. No tiene sentido. Sobre todo si a eso le sumamos que fue ella quien estuvo intentando dar caza a Kitty Ryder. Hemos pasado alguna cosa por alto.

—Más bien muchas —dijo Narraway sombríamente.

—¿Ailsa sabía algo sobre Bennett y la muerte de Ingrid? —preguntó Vespasia.

—Tenía que saberlo —contestó Pitt—. Harold era su suegro cuando rescató a Bennett, con considerable esfuerzo y un alto coste.

Vespasia lo miró con el ceño fruncido, meditabunda.

—¿Cómo se apellidaba Ailsa antes de casarse con Anders Sundstrom?

Narraway retiró su silla y se levantó.

—Lo sabremos enseguida. Sigue siendo una ciudadana sueca residente en Gran Bretaña. Figurará en el registro. ¿Puedo usar el teléfono, Pitt?

—Por supuesto —contestó Pitt en el acto—. Está en el vestíbulo.

Narraway asintió y salió de inmediato. Oyeron sus pasos en el linóleo del pasillo.

Nadie habló hasta que regresó. Minnie Maude hizo más tostadas y volvió a llenar la tetera de agua hirviendo, y el único sonido fue el de las patas de *Uffie* en el suelo yendo detrás de ella.

Cuando Narraway regresó, la tensión de su cuerpo y la expresión de su rostro lo delataron.

—Venganza —dijo simplemente—. Ingrid Halversen era su hermana. Seguramente se casó con Bennett Kynaston con el propósito de vengarse, pero antes de que pudiera arruinarle la vida falleció, según parece, por causas naturales. Continuó su venganza con Dudley. Al fin y al cabo, él era quien había rescatado a Bennett de lo que ella consideraba de justicia.

Nadie lo discutió. En realidad, nadie dijo palabra. Ahora todo encajaba.

Charlotte fue la primera en hablar.

—O sea que deseaba una venganza exquisita, la deshonra además de la ruina —dijo lentamente—. Supongo que tenía intención de llevar a Dudley hasta un punto sin retorno y que luego lo habría desenmascarado...

—¿Tú crees? —dijo Vespasia—. Pues entonces todavía querrá hacerlo.

—¡Tenemos que evitarlo! —respondió Pitt—. Nos haría un daño inconmensurable. Perderíamos todo respeto, toda respetabilidad. Incluso nuestra Armada dejaría de creer en nosotros. Nuestros aliados, nuestros enemigos...

—Está claro —interrumpió Narraway—. Tiene una aventura con Talbot, a quien detesta. Por consiguiente, la mueve alguna otra razón. ¿Tiene algo que ver con la información que va de Kynaston a Sundstrom?

—¿Qué sabemos de Talbot? —preguntó Pitt, hablando para sí tanto como para los demás. Intentó apartar de su mente el desagrado que le inspiraba aquel hombre; sus propios sentimientos eran irrelevantes, así como el hecho de que Talbot lo detestara. Le sorprendió que fuese Vespasia quien contestara.

—Es un hombre ambicioso que desea pertenecer a la alta sociedad, que siempre lo considerará un advenedizo. Lamentablemente, se ha vuelto amargado y resentido...

Stoker se volvió bruscamente hacia ella, pero era demasiado consciente de su propia condición social para hacer algún comentario. Pitt sabía que la estaba viendo como una persona sumamente privilegiada que nunca se había sentido excluida, y mucho menos de la alta sociedad.

Vespasia reparó en la mirada de Stoker.

—No es que lo apruebe, señor Stoker, simplemente lo señalo como una posible explicación del comportamiento del señor Talbot. Quizá sea algo en lo que usted no ha pensado, pero casi todas las mujeres sabemos lo que es la exclusión social. Algunas incluso deseamos votar el Gobierno bajo el que vivimos, pero esa posibilidad no parece residir en un futuro cercano, puesto que no se toman en consideración nuestros medios ni nuestra inteligencia.

Había hablado con considerable gentileza, pero Stoker se puso rojo como un tomate. Estaba claro que nunca se había detenido a pensar en aquello; simplemente era parte de la vida, y siempre lo había sido. Levantó un poco el mentón y tragó saliva con cierta dificultad.

—Disculpe —dijo, mirándola de hito en hito—. Tiene razón. Nunca lo había pensado.

Vespasia le sonrió.

—Por lo menos, desde que se aprobó la ley sobre la propiedad de las mujeres casadas puedo ser dueña de mi ropa.

Stoker la miró asombrado. Vespasia se rio con ironía.

—Es demasiado joven para recordarlo. Solo lo menciono para convencerlo de que entiendo la ira ante lo que uno considera totalmente injusto. Me da un poco de lástima el señor Talbot. Probablemente es más inteligente y más capaz que muchos que siempre serán sus superiores, no debido a su habilidad o a su honor, sino a las circunstancias. Lo trágico es que quizás haya permitido que el resentimiento lo prive de los puestos que tiene a su alcance. Por más que sea comprensible, la ira sigue siendo un veneno, si bien de los que actúan lentamente, corroyendo el buen juicio, la misericordia y, finalmente, la vida.

De pronto fue consciente de que todos la estaban mirando y se ruborizó ligeramente.

Pitt fue el primero en hablar para romper el silencio. Vio a Vespasia bajo una nueva luz, tal vez más vulnerable de lo que nunca se había permitido mostrarse. Había dado por sentado que todas las puertas estaban abiertas para ella. Ahora que lo pensaba, estaba claro que no era así. Puede que fuese rica y de buena familia pero, más importante aún, seguía siendo verdaderamente guapa; no obstante, también seguía siendo una mujer. Su admiración por ella, incluso su amor, le habían llevado a olvidarlo, pero decirlo en voz alta sería una falta de tacto imperdonable.

—Pues entonces parece sumamente probable que Talbot también busque una especie de venganza vendiendo los secretos de la clase dirigente que se ha negado a aceptarlo debido a un prejuicio que le resulta intolerable —observó.

Charlotte tomó aire como si fuera a hablar pero acto seguido lo soltó sin abrir la boca.

—¿No estás de acuerdo? —preguntó Pitt.

Todos la miraron expectantes.

—Estoy de acuerdo en que es casi seguro que sea Talbot —contestó—, pero creo que la venganza podría haber esperado y que lo satisfará poco. Alcanzar el éxito hubiese sido mucho mejor. En mi opinión, su motivo más apremiante bien pudo ser el dinero.

—¿Dinero? —repitió Narraway—. ¿Sabe salgo sobre sus asuntos?

Charlotte le sonrió.

—He visto cómo se viste, y sé cuánto le cuestan a Thomas los trajes de ese tipo. ¡Y las camisas! Talbot lleva gemelos de oro. Me he fijado en varios pares diferentes. Y los zapatos. Y conozco los restaurantes que frecuenta. Podría alimentar a mi familia una semana entera con lo que vale un cigarro de los que fuma. Incluso me atrevería a decir que parte de los dijes que lleva Ailsa se los ha regalado él. Al margen de los acuerdos que tengan entre ellos, Talbot la desea físicamente, y cortejar a una mujer como ella conlleva hacerle regalos, comprar flores, ir en carruaje, cenar en los sitios mejores y más de moda. Posiblemente tenga que competir con Dudley Kynaston, que tiene dinero, posición y un considerable atractivo. Además es encantador y desenvuelto en sociedad. De hecho, su única desventaja es que ya está casado. Y, puesto que Ailsa no lo ama, pues en realidad lo odia, eso no supone la menor desventaja para ella.

Stoker la miró, luego miró a Pitt y, finalmente, bajó la vista.

—Creo que llevas toda la razón —convino Vespasia—. La cuestión es qué vamos a hacer al respecto. Y me parece que no disponemos de un tiempo ilimitado para decidirlo.

—Necesitamos pruebas, señor —intervino Stoker, dirigiéndose a Pitt—. Si lo hizo por venganza, no se me ocurre qué pruebas habrá. Pero si la señora Pitt está en lo cierto y, al menos en parte, lo hizo por dinero, sí que las habrá. Una vez que sabes qué buscas, el dinero que cambia de manos siempre deja rastro, sobre todo si procede de otro país. Y si ha gastado más de lo que gana, podemos descubrirlo.

—Dio a entender que había heredado una pequeña fortuna —señaló Pitt, recordando sus conversaciones con Talbot en Downing Street.

—Eso también podemos comprobarlo, señor —respondió Stoker—. Lo haré ahora mismo, si quiere.

—Sí —dijo Pitt, mirando en torno a la mesa, primero a Narraway y luego a Vespasia. Con una chispa de humor cayó en la cuenta de que Vespasia no ostentaba cargo alguno, ni en el Gobierno ni fuera de él, y que, sin embargo, buscaba su opinión con toda naturalidad, incluso delante de Narraway, que era su consejero de mayor confianza.

Le pareció ver un destello a modo de respuesta en los ojos grises de Vespasia, pero fue tan breve que no estuvo seguro.

Narraway asintió y se levantó.

—Investigaré más a fondo a Ailsa Kynaston y su pasado, así como otros contactos posibles, consultando con el amigo que he mencionado antes. Pitt, no dudo de que usted hará lo propio con Dudley Kynaston y sus colegas, con la esperanza de que estemos equivocados. Señor Stoker...

—¿Sí, señor?

—Preferiría que no entrara en detalles, pero confío en que tenga a la señorita Ryder en un lugar bien seguro.

Stoker se sonrojó.

—¡Sí, señor!

—¿Y su declaración escrita y firmada?

—Sí, señor.

—¿Ante testigos?

Hubo un breve titubeo, menos de un segundo.

—Sí, señor.

Narraway lo percibió.

—Pero no está seguro de que el testigo sea imparcial...

Stoker tragó saliva.

—Sí... señor.

Stoker había olvidado lo rápido que era Narraway. Había trabajado con él durante años, pero había adaptado su manera de pensar al trabajo con Pitt. Narraway ya pertenecía al pasado.

Pitt se sintió vagamente incómodo, pero no había tiempo para los sentimientos. Stoker había titubeado porque, sin duda, el testigo era alguien de su propia familia, su hermana o su cuñado. Se sorprendió sonriendo, pero por el mucho cuidado que había puesto Stoker y por su rígida honestidad, no por un error de cálculo.

Narraway debió de fijarse en la expresión de Pitt porque no insistió en el asunto. Pusieron fin a la reunión y se fueron a emprender sus respectivas tareas.

Vespasia llegó a su casa con la cabeza hecha un lío. Aquella absoluta falta de disciplina emocional era ridícula. No tenía dieciocho años, podía hacerlo mucho mejor. En cuanto entró en el vestíbulo, donde el ventanal de lo alto de la escalera derramaba la luz del sol sobre los escalones, la recibió su doncella.

—Señora, el señor Carlisle ha venido a verla. Según parece, es por un asunto urgente. —Tomó aire, mirándola con incertidumbre—. Le he dicho que no sabía cuándo estaría de vuelta. Podían pasar horas, o incluso todo el día, pero estaba decidido a aguardar. De modo que le he pedido que se acomodara en la sala de estar. Espero no haberme sobrepasado...

Vespasia echó un vistazo al reloj de pie que tenía a la derecha.

—Lo has hecho la mar de bien, gracias —dijo—. Es demasiado temprano para tomar té; tal vez le apetezca alguna otra cosa. Si es así, te avisaré. De lo contrario, preferiría que no nos molestaran.

—Sí, señora.

Aliviada de que no hubieran tenido que decirle que se había equivocado, se marchó presurosa.

Vespasia entró en la sala de estar, pensando qué debería decirle a Carlisle.

Carlisle se levantó. Como de costumbre, iba impecablemente vestido, pero parecía inquieto, incluso afligido, y daba la impresión de no haber dormido.

—Mis disculpas por molestarte —comenzó—, sobre todo a estas horas de la mañana, pero creo que el asunto es apremiante.

—Siendo así, seguramente estés en lo cierto —convino Vespasia, recobrando la compostura por la que era tan respetada, a veces incluso inspirando un temor reverencial—. En todos los años que hace que nos conocemos, nunca he visto que te dejaras llevar por el pánico. —Se sentó, de modo que él también pudiera hacerlo—. ¿Qué ha ocurrido?

Su peculiar semblante todavía conservaba su humor habitual, pero también una sombra de dolor.

—He tenido tiempo para reflexionar en lo que he hecho debido a mi indignación ante la traición de Kynaston —contestó—. Y me he dado cuenta de que mi reacción respondía en parte al miedo. No falta mucho para que cambiemos de siglo. Cambiarán muchas cosas. La reina es mayor y, según tengo entendido, está muy cansada. —Su propia voz sonó fatigada al decirlo—. Ha estado sola demasiados años. Como habrá tardado tanto en llegar, creo que el nuevo reinado será muy diferente.

Vespasia no lo interrumpió. Ella pensaba lo mismo.

—El equilibrio de fuerzas está cambiando —prosiguió Carlisle—. Veo sombras en muchas direcciones. Tal vez solo sea que me asustan, pero lo dudo. Ahora no podemos permitirnos una traición. Cada vez hay más tensión en la situación política mundial. No obstante, actué... —buscó la palabra apropiada— ... actué sin prever todas las consecuencias de lo que estaba haciendo ni cómo podría afectar a otras personas. Pitt no me acusó, pero podría haberlo hecho fácilmente. —La miró de hito en hito, sumamente preocupado—. Tengo una deuda con él y debo saldarla.

Vespasia deseaba ayudarlo con toda su alma, pero había límites que no podía traspasar.

—Si buscas información, querido, no puedo ayudarte —le dijo. Su tono fue amable pero también inflexible. No debía permitir que Carlisle pensara que acabaría cediendo.

El humor le mudó la expresión un instante.

—Si lo hicieras, lo aborrecería más de lo que imaginas —contestó Carlisle—. Eres una parte inamovible en un universo que se erosiona constantemente. Necesitamos contar con una Estrella Polar, un norte verdadero.

Vespasia pestañeó rápidamente para disimular las lágrimas que de súbito le arrasaron los ojos.

—Es el cumplido más raro que me hayan hecho jamás —dijo con la voz un poco ronca—, pero incuestionablemente uno de los mejores. ¿Qué puedo hacer para ayudarte, si no es darte información?

—Decirme qué puedo hacer para ser útil —contestó Carlisle.

—¿Qué podrías hacer que no se esté haciendo ya?

Vespasia estaba desconcertada. ¿Carlisle tenía algo en mente o lo buscaba con tanta discreción como aparentaba?

—Muchas cosas —dijo con un gesto de sus manos como para abarcar un amplio espacio—. No estoy limitado por la ley. La conozco bastante bien, pero hay aspectos de ella que no respeto en absoluto. Y si puedo correr riesgos cuando me conviene, ahora puedo hacer que me convenga.

Vespasia lo miró a la cara, vio la desesperación de sus ojos y le creyó.

—Te ruego que no robes más cadáveres y los pongas en lugares espectaculares e importantes —dijo irónicamente—. Hay otras maneras de llamar la atención de la gente.

Carlisle esbozó una sonrisa.

—¡Debes reconocer que hay pocos que den tan buen resultado!

—Lo reconozco, pero dudo de que algún juez se atreviera a hacerlo, con independencia de lo que pensara. En su mayoría no comprenden el sentido del absurdo. ¿Cómo iban a hacerlo? Pero aparte de eso —prosiguió Vespasia antes de que Carlisle pudiera contestar—, ¡no volverá a dar resultado durante una buena temporada!

—Por favor —suplicó Carlisle—. Algo...

¿Qué podía decirle Vespasia, sin traicionar la confianza de Pitt?

Carlisle se inclinó un poco hacia delante en el asiento, con el semblante muy serio.

—Kynaston está vendiendo los secretos de nuestro país a los

suecos, y sabe Dios a quién se los venden ellos. Vespasia, esto es demasiado importante para resguardar nuestros sentimientos. ¡No sé por qué lo está haciendo! Pero me consta que lo hace, y me figuro que su cuñada está implicada, y posiblemente ese rudo amante suyo, Talbot. Aunque no sé de parte de quién está. Seguramente de la de su banquero. Y me disculpo si lo estoy difamando.

—¿Eso piensas? —preguntó Vespasia enseguida—. ¿Que vive por encima de sus posibilidades? Con certeza, no una mera impresión.

Carlisle la miró fijamente, sin pestañear.

—¿Te gustaría saberlo? ¿Por algo más que... curiosidad?

Vespasia sabía lo que le estaba preguntando. Solo titubeó un momento. Era como saltar de un acantilado a un mar gélido. Si titubearas, si miraras hacia abajo, nunca lo harías.

—Sí. Me parece que me gustaría mucho saberlo —contestó Vespasia—. Me refiero a hechos, no a suposiciones. Las suposiciones ya me las hago.

Carlisle se inclinó hacia delante y la besó gentilmente en la mejilla. Fue un roce de los labios, una sensación de calor, nada más. Luego se levantó y se marchó. Vespasia oyó cómo se despedía de la doncella en el vestíbulo y le daba las gracias por haberle permitido aguardarla, y luego el ruido de la puerta principal al cerrarse.

Permaneció sentada media hora. Observó cómo transcurría en el reloj de la repisa de la chimenea. Luego se levantó y fue al teléfono para llamar a Pitt. No le entró el pánico hasta que vio que no podía ponerse en contacto con él.

¿A qué peligros había empujado a Carlisle? Aquello no era un juego, se trataba de alta traición. Si todavía no de asesinato, podría serlo en cualquier momento. Ahorcaban a la gente por asesinato, piratería y... traición. Si era culpable, Talbot no tendría nada que perder si lo mataba. Como no podía localizar a Pitt, tenía que llamar a Narraway. Lo que pensara de ella era lo de menos, por más que pudiera dolerle. Y le dolería. Ahora, cuando quizás estaba a punto de perderla, se dio cuenta de que su buena opinión sobre ella era más importante que la de cualquier otra persona, y de una manera diferente. Comprendió con un increíble sufrimiento que estaba enamorada de él.

Nadie se enamoraba a su edad. ¡Era indigno y absurdo! Y, sin embargo, también era tan real como las pasiones de la juventud, y más profundo. Había todas las ansias, las alegrías y la experiencia pasadas que añadirle, así como los sufrimientos y la infinita dulzura de la vida.

Descolgó el teléfono con mano temblorosa y pidió el número de Narraway. Le pareció que transcurrían minutos antes de oír su voz en el otro lado de la línea, pero en realidad fueron apenas unos pocos segundos.

Comenzó de inmediato.

—Victor, cuando he llegado a casa he encontrado a Somerset Carlisle esperándome, en un estado de angustia...

—¿Qué ha ocurrido? —interrumpió Narraway—. ¿Estás bien?

Había dejado traslucir su pánico. Debía controlarlo.

—Sí, gracias, estoy perfectamente. No soy yo lo que me preocupa. Escúchame bien, por favor.

No podía permitir que ahora pensara en su bienestar y que luego le resultara imposible decirle que Carlisle estaba en peligro.

—Su angustia se debía a lo que hizo con los cadáveres y al... horror general de todo este asunto —prosiguió más serena—. Le preocupa muchísimo la traición. Cree que se avecinan tiempos oscuros, algo más que un mero cambio. Teme por el futuro de todos nosotros. El cambio de siglo traerá consigo muchas novedades, cambios en el equilibrio de fuerzas en Europa...

Estaba levantando la voz y volvía a parecer asustada. Respiró profundamente y prosiguió con más calma.

—Teme que haya poco tiempo para detener a Kynaston y que si nos demoramos se escape, o que quien pasa los secretos encuentre otra manera de continuar. Están vendiendo nuestros secretos a los suecos, quienes podrían vendérselos a... cualquiera.

—Eso ya lo sé, querida —interrumpió Narraway—. El tiempo escasea, pero si no encontramos pruebas que impliquen a Talbot, nada podemos hacer. Y arrestar a Kynaston y no a Talbot, si es nuestro intermediario, solo sería un resultado a medias...

—¡Victor! Por favor... Carlisle parece saber que Talbot está implicado. Todo encaja demasiado bien para que no sea así. Ha ido en busca de pruebas de que Talbot tiene dinero que no ha ganado trabajando. Continúa viviendo por encima de sus medios...

—¿Ha ido adónde? —dijo Narraway, con sorprendente calma; apenas alteró su tono de voz.

—No lo sé. Me figuro que a casa de Talbot, o allí donde espere encontrar pruebas de sus ingresos...

—¿Se lo has dicho a Pitt?

—No consigo dar con él. No contesta al teléfono.

—¿Has dicho que Carlisle ha ido a buscar pruebas de que Talbot está cobrando importantes sumas de dinero que no puede justificar? —repitió cuidadosamente.

—Sí —contestó Vespasia con más firmeza—. Sabía que Talbot está implicado. Yo no le he dicho nada.

Titubeó. Debía explicarse antes de que Narraway le preguntara. Era sumamente doloroso que se hubiera comportado con tan poca discreción, tanto más cuanto que sabía que bien podría hacerlo otra vez. Su compasión por Carlisle y el entender lo que sentía eran demasiado poderosos para pasarlos por alto.

—¿Vespasia? —instó Narraway con apremio.

—Sí. Yo... Carlisle se sentía terriblemente culpable por la manera en que empujó a Pitt a investigar. Desea redimirse de esa deuda, cueste lo que le cueste.

—Ya nos ocuparemos de eso más adelante —le dijo Narraway—. Ahora mismo lo que debemos hacer es pensar dónde puede haber ido. Si tal como temes lo atrapa el propio Talbot, no sufrirá algo tan simple como un arresto por robo. En el mejor de los casos desaparecerá, posiblemente en Suecia, donde no podremos ir a por él, y se llevará consigo todo lo que sepa. En el peor, quizá mate a Carlisle...

A Vespasia se le heló la sangre en las venas. Tendría que habérselo impedido por más que a Carlisle le doliera o lo viera como un rechazo.

Narraway guardaba silencio al otro lado de la línea telefónica.

Vespasia tuvo la sensación de aguardar siglos. El tictac del reloj de pared contaba los segundos hacia la eternidad.

—Es poco probable que haya algo condenatorio en su casa —dijo Narraway por fin—. Veo más probable que esté en su banco. Me pregunto si Carlisle habrá pensado en eso.

—Pero no podemos investigar sus asuntos en su banco —dijo Vespasia a regañadientes—. Ni siquiera sé si Thomas podría...

—No es fácil —contestó Narraway—. Lo más seguro es que no, a no ser que se le ocurriera una mentira verdaderamente imaginativa... aunque en eso el mejor dotado parece que es Carlisle. —Hubo un ligero matiz de humor en su voz, no solo enojo—. Hay que averiguar en qué banco tiene su cuenta. Quizá nos cueste un rato, pero también le costará a Carlisle. Por favor, quédate...

Vespasia lo interrumpió, cosa que normalmente nunca haría.

—Victor, Talbot es un arribista. Para él es sumamente importante pertenecer a la elite. Estará en el banco más exclusivo que existe.

Citó su propio banco. Oyó el suspiro de alivio de Narraway.

—Sí, por supuesto. Gracias. ¿Crees que a Carlisle se le habrá ocurrido?

—Sí. —No abrigaba la menor duda. Se trataba de una sabiduría instintiva que Carlisle compartiría—. Te veré allí —agregó.

—¡No! ¡Vespasia! —dijo bruscamente—. Podría ser desagradable...

—No lo dudo —convino—, pero Carlisle me hará más caso a mí que a ti.

Y, antes de que Narraway pudiera seguir discutiendo, colgó el auricular, cortando la comunicación.

Casi una hora después estaban en el despacho del director del banco más prestigioso de Londres, donde, por supuesto, Vespasia era conocida y respetada. Narraway no, pero debido a su antiguo cargo como jefe de la Special Branch y como actual miembro de la Cámara de Lores, conocían su reputación.

El director era un hombre exquisitamente vestido, de rostro aquilino y poco más de sesenta años. Disimuló su nerviosismo tras una máscara de decoro, pero Vespasia se dio cuenta de que estaba tratando de salvaguardar el renombre del banco de un desastre que apenas alcanzaba a comprender.

—¡Pero si era parlamentario! —dijo una vez más—. Ha dicho que se trataba de un asunto de Estado de la mayor importancia. Que un elector suyo estaba involucrado en una transacción financiera que podía dar pie a una guerra si no se atajaba de inmediato. Me ha demostrado su identidad sin dejar lugar a dudas. Y, aparte de eso, lo conozco de vista. ¡Tiene una cuenta en nuestra entidad desde años! Tiene que estar... equivocada, señora.

Narraway miró al director y luego a Vespasia, pero no interrumpió.

—Permítame adivinar, sir William —dijo Vespasia esbozando apenas una sonrisa—. El señor Carlisle deseaba saber si el señor Edom Talbot había recibido pagos regulares y muy considerables desde Suecia durante el último año.

El director enarcó las cejas.

—¡Sí! Sí, en efecto. Ha dicho que eran fraudulentos y que podían involucrar al señor Talbot, e incluso al mismísimo primer ministro, en un escándalo abominable si sus temores estaban bien fundados. Le he asegurado que eran perfectamente legítimos y que todos los fondos estaban contabilizados.

—Pero gastados —dijo Vespasia secamente.

—Por supuesto. —Adoptó un aire sombrío—. Era su dinero y lo había obtenido legalmente. Todo el papeleo estaba en regla, se lo aseguro. El dinero se transfirió por los cauces habituales...

—¿De parte del señor Harold Sundstrom? —preguntó Vespasia.

Sir William palideció.

—Sí, aunque quizá no debería revelar su identidad, salvo que el señor Sundstrom es un respetable caballero de la Armada sueca. Lo comprobamos. No había nada cuestionable en las transacciones. Si no se hubiera tratado de un hombre con la posición del señor Carlisle, habría pasado por alto sus temores por completo.

—Pero no lo ha hecho —intervino Narraway por fin—. ¿Le ha mostrado las pruebas que ha pedido?

—No. Me he limitado a asegurarle que todos los papeles estaban en regla y que las cantidades coincidían más o menos con las que él calculaba —dijo sir William con fría formalidad—. Deseaba verlos, pero al final ha aceptado mi palabra.

Narraway apretó la mandíbula, con el semblante adusto.

—Y habrá informado al señor Talbot sobre la consulta del señor Carlisle.

—Por supuesto. He telefoneado a Downing Street. Se ha quedado consternado. Cosa que me ha llevado a concluir que tenía miedo de que los temores del señor Carlisle estuvieran bien fundados. De algún modo, el señor Talbot ha sido víctima de un fraude internacional. Yo no tenía ni idea pero...

—Yo sí —replicó Narraway al instante—. Si no desea que el banco sea cómplice de un acto de traición, sir William, guardará todos esos documentos en su caja fuerte y no permitirá a nadie que los vea o los toque. ¡Y a nadie significa a nadie! Ni siquiera al señor Talbot. La Special Branch vendrá a buscarlos en cuanto obtenga la orden judicial pertinente. ¿Entendido?

—¡Sí, señor, por supuesto! —respondió sir William.

Narraway sonrió.

—Gracias. La nación le quedará agradecida, aunque lo más

probable es que los ciudadanos nunca lleguen a enterarse. Pero me encargaré personalmente de que el primer ministro lo sepa. —Tomó a Vespasia del brazo—. Buenos días, señor.

Una vez en la calle soleada y ventosa Vespasia dio un suspiro de alivio y se volvió hacia Narraway, que estaba sonriendo.

—Gracias —dijo Narraway—. Suerte hemos tenido de las aspiraciones sociales de Talbot, pobre diablo. —Su rostro volvió a ensombrecerse—. Aunque ojalá sir William no se lo hubiese dicho. Supongo que era inevitable. Más vale que intentemos localizar a Pitt otra vez. No sería de extrañar que Talbot se diera a la fuga, y no dispongo de medios para detenerlo. —La tomó del brazo y comenzó a caminar apretando el paso—. Tenemos que encontrar un teléfono.

Vespasia detestaba decirlo, pero se impuso la sinceridad.

—Irás más deprisa sin mí, Victor. Por favor, ve... Talbot no solo huirá, quizá se lleve a Ailsa consigo y deje que Kynaston cargue con toda la culpa.

—Cosa que nos pondría en una situación bien complicada —convino Narraway sin aflojar el paso lo más mínimo—. O peor todavía, podría detenerlos él mismo, incluso matarlos si es necesario, y presentarse como un héroe.

—¿Cómo demonios lo haría, con todo ese dinero a su nombre? —preguntó Vespasia. Tuvo que correr un poco para no rezagarse porque Narraway todavía la sujetaba del brazo, cosa que resultaba un tanto indigna.

—Diciendo que era parte del plan para atrapar a Kynaston —contestó Narraway.

—¿Y qué pasa con Ailsa? ¡Ella no lo ama! —protestó Vespasia.

—Pues es muy posible que también tenga que deshacerse de ella —respondió Narraway—. Tal vez sea donde haya ido ahora, y no al banco, si sabe que vamos a por Ailsa. Es su palabra contra la de Kynaston, y Kynaston es quien robó los secretos.

A Vespasia le faltaba el aliento para poder discutir, incluso aunque tuviera algo útil que decir.

Doblaron una esquina y, tras mirar en ambas direcciones, Narraway cruzó la calle, prácticamente arrastrándola del brazo. Habían llegado a la discreta entrada de un club de caballeros y Narraway se paró en seco, obligándola a detenerse.

—No me dejarán entrar —le dijo Vespasia—. No pierdas tiempo discutiendo con el portero, pide el teléfono y llama a Thomas.

Narraway titubeó.

—¡Por Dios, Victor, hazlo de una vez! —le ordenó Vespasia.

Sin previo aviso la estrechó entre sus brazos y le dio un beso en la boca con intensa ternura, como si hubiese querido dárselo más largo si el tiempo lo hubiera permitido. Luego se volvió, subió resuelto la escalinata y entró por la puerta, dejando que se cerrara con un sonoro portazo a sus espaldas.

Vespasia se quedó plantada al pie de la escalinata, aturdida y fogosa por una súbita y abrumadora excitación, con la imaginación desbocada.

Narraway regresó al cabo de diez minutos, con desenvoltura y el rostro radiante de alivio.

—¿Has hablado con Thomas? —preguntó Vespasia, acercándose a él—. ¿Perseguirá a Talbot?

—Sí, con Stoker. —Narraway la tomó por los brazos, sosteniéndola de cara a él—. Ha sido un muy buen consejo: ¡hazlo de una vez! —repitió sus palabras exactamente con el mismo tono que ella había empleado poco antes—. Hay que tener el coraje de obedecer a las propias convicciones, ganes o pierdas. Vespasia, ¿quieres casarte conmigo?

Se quedó muda. Estaban en medio de la calle. Era lo menos romántico que cupiera imaginar. Y, sin embargo, sabía sin titubeos que lo más importante de su vida era que Narraway la amaba, no solo como un amigo, sino con el mismo fervor y apasionamiento con que ella lo amaba a él.

—Sí, quiero —contestó—. Pero discretamente, por favor. No en plena calle.

El semblante de Narraway se demudó con una felicidad tan

intensa que, al verlo, dos hombres que pasaban vacilaron un momento y cruzaron una mirada, pero Narraway no reparó en ello en absoluto.

—Viviré el resto de mi vida de modo que nunca te arrepientas —dijo con seriedad.

—No me había planteado tal posibilidad —contestó Vespasia, sonriendo—. El tiempo es demasiado maravilloso para desperdiciarlo con lo que no sea lo mejor. —Le acarició la mejilla con las yemas de los dedos, en un gesto íntimo y tierno—. Y ahora, por favor, ¿podríamos salir de la vía pública, para no seguir dando un espectáculo?

18

Pitt colgó el teléfono y se volvió hacia Stoker. Había pedido a la policía que fuera a casa de Talbot y a su despacho en Downing Street, pero fue por mera precaución. Ni por un momento pensó que regresara a alguno de esos sitios. Estaba de acuerdo con Narraway en que intentaría silenciar a Ailsa, el único testigo que sabía con toda exactitud lo que había hecho. Sin ella todavía podría tergiversar la verdad y aparecer como el héroe que había descubierto la traición de Kynaston y le había tendido una trampa. Puesto que había trabajado tan cerca del Gobierno, en concreto del primer ministro, serían muchos quienes estarían encantados de aceptar esa solución. Sería la manera perfecta de evitar un escándalo, cosa que Talbot, sin duda, sabía.

Pitt acababa de telefonear a casa de Ailsa. El mayordomo le había dicho que la señora Kynaston había salido a almorzar. No sabía con quién, pero la habían citado en un restaurante justo al otro lado del Tower Bridge. Al parecer, la pasarela que cruzaba el inmenso arco del puente desde lo alto de una torre hasta la otra proporcionaba una experiencia maravillosa. Pitt le había dado las gracias.

—Tower Bridge —dijo a Stoker—. El restaurante está justo debajo. Iremos en coche de punto. ¡Vamos!

—¿Cuánto hace que ha salido? —preguntó Stoker, siguiendo a Pitt a la calle y caminando a grandes zancadas hacia la esquina más próxima, donde sería más fácil encontrar un carruaje.

—Media hora —contestó Pitt, bajando a la calzada y agitando los brazos en alto al ver que se aproximaba un coche de punto.

El caballo frenó asustado, desplazando el carruaje hacia un lado.

—¡Tower Bridge! —ordenó Pitt mientras subía al carruaje. Stoker corrió al otro lado para subir a su vez—. ¡Tan deprisa como pueda! —gritó Pitt—. ¡Doblo la tarifa si llegamos a tiempo!

—¿A tiempo para qué? —inquirió el cochero—. Maldito loco.

—Para salvar la vida de una mujer —contestó Pitt—. ¡Espabile!

El carruaje arrancó con una sacudida y cobró velocidad hasta que estuvieron circulando como si les fuera la vida en ello. Viraban bruscamente, doblando las esquinas sobre dos ruedas, y atronaban las calles rectas, el conductor hacía restallar el látigo y los demás vehículos se apartaban a su paso.

Pitt y Stoker se agarraban al asiento y para entonces Stoker ya iba con los ojos cerrados. Pitt dejó de saber dónde estaba. El cochero, muy prudentemente, evitaba las calles principales.

Pitt tenía dos grandes preocupaciones por encima de todas las demás, incluso por encima de la de llegar demasiado tarde para impedir que Talbot matara a Ailsa. Lo que menos temía era que consiguieran llegar a tiempo y que le debiera al cochero mucho más de lo que podía pagar. Lo que más, que hubiese juzgado equivocadamente la situación y que al llegar se encontraran con que ni Talbot ni Ailsa estuvieran en algún lugar cercano al Tower Bridge.

Apretaba las manos con fuerza, no solo para evitar que con los bandazos acabara partiéndose la crisma sino también para intentar que su imaginación dejara de acrecentar la sensación de absoluta humillación. Había descuidado las normas que habían regido toda su vida, tomando decisiones que no tenía derecho a tomar. Su instinto inicial había sido acertado: no era adecuado para aquel trabajo. Le faltaban sensatez y sangre fría. Estaba haciendo conjeturas frenéticamente y al final defraudaría a todo el mundo.

Iban a toda velocidad por el Embankment. Si hubiese sido posible asomarse sin arriesgarse a partirse el cuello, habría visto la magnífica silueta del Tower Bridge como negras almenas gemelas recortadas en el cielo.

Stoker iba rígido en el asiento, con los ojos todavía cerrados. Tendría pesadillas después de aquel viaje. ¡Qué lástima, era un buen hombre y merecía algo mejor! Pitt se preguntó ociosamente si Kitty Ryder había estado a la altura de las expectativas de Stoker. La sonrisa de Stoker y su silencio sobre el tema le hicieron pensar que tal vez sí. Se alegró. Si aquello resultaba ser un completo fiasco, no sería culpa de Stoker. Se libraría de la culpa.

Pararon en seco. Faltó poco para que Stoker se cayera a la acera. Pitt se apeó con más formalidad, enderezándose como si hubiese viajado apretujado durante horas cuando en realidad había transcurrido menos de una.

—Ya hemos llegado, señor —dijo el cochero, triunfante. Estiró el cuello hacia las torres que se erguían hacia el cielo—. Es un puente bien bonito, ¿verdad? No verá otro igual en ninguna otra parte. ¡Esto es Londres! —Dedicó a Pitt una orgullosa sonrisa desdentada—. Serán nueve chelines y seis peniques, señor.

Una carrera cara. Prácticamente la mitad de la paga semanal de un agente y, puesto que había prometido doblarla, suponía casi la paga entera. Le ofreció veinte chelines.

—Gracias —dijo Pitt sinceramente.

El cochero miró los veinte chelines y soltó un hondo suspiro.

—Con diez bastará, señor. Lo he pasado bien. Aquí la vieja *Bessie* hacía años que no se marcaba una galopada como esta. —Sonrió—. Más de uno se habrá cagado de miedo a nuestro paso, ¿eh?

—Quédese los veinte —dijo Pitt generosamente—. Dele un premio a *Bessie*. ¡Se lo ha ganado con creces!

—Gracias, señor. Lo haré. —Cogió las monedas de la mano de Pitt y se las metió en el bolsillo—. Que tenga un buen día, señor.

Y caballo y cochero se alejaron al paso, sin prisas.

Tardaron diez minutos en encontrar el restaurante. Ya era muy tarde para almorzar y apenas quedaban unos pocos comensales.

De repente Stoker agarró el brazo de Pitt tan fuerte que le clavó los dedos.

Pitt se quedó inmóvil y fue volviendo la cabeza poco a poco para seguir la mirada de Stoker. Ailsa Kynaston y Edom Talbot caminaban cogidos del brazo hacia la salida que conducía a la escalera de la torre norte del puente. Iban muy arrimados, como los amantes. Ailsa iba con la cabeza bien alta, orgullosa de su estatura. Talbot se mostraba protector, como si quisiera protegerla, aunque de hecho la estaba sacando a la calle, donde comenzaba a llover con ganas.

Stoker lanzó una mirada inquisitiva a Pitt.

Demasiado tarde para echarse atrás. Había tomado una decisión. Tendría que aceptar las consecuencias.

Los siguieron a suficiente distancia para que pareciera casual, pero poniendo cuidado en no perderlos de vista.

Iban a cruzar el puente por la pasarela de arriba, el para entonces ya famoso paseo que se extendía sobre el río entero, de modo que disfrutarían de una de las vistas más espectaculares de Londres. Quizá mojarse fuese un precio que valía la pena pagar. Teniendo en cuenta que la lluvia ahora ya era torrencial, quizá tendrían el lugar para ellos solos.

¡Ellos solos! De pronto, el significado de aquellas palabras sacudió a Pitt como si le hubiesen dado un puñetazo. Comenzó a subir los peldaños de dos en dos a toda prisa, con Stoker pisándole los talones. Salieron de sopetón por la puerta de acceso a la pasarela. Para entonces el aguacero había adquirido proporciones de diluvio y apenas podían ver nada. Distinguieron dos siluetas junto a la barandilla, contemplando el panorama.

Se echaron a correr hacia ellas, aunque resbalando y medio cegados por la lluvia torrencial, oyendo solo el azote del agua y el chapoteo de sus pies.

Talbot era extraordinariamente fuerte. La agarró por detrás y se sirvió de su propio peso para levantarla. Ailsa pasó por encima del borde, quedó suspendida un momento, forcejeando, y luego se precipitó al vacío. Con el ruido atronador de la lluvia ni siquiera la oyeron chocar contra el río, pero Pitt tuvo claro que en cuestión de instantes se ahogaría en la corriente gélida y veloz.

Talbot se quedó mirando abajo un momento, luego dio media vuelta y vio a Pitt y a Stoker a pocos metros de él.

Pitt sonrió, aunque más bien enseñó los dientes.

Talbot sonrió a su vez.

—Un terrible accidente —dijo con la voz un poco ronca—. O tal vez haya sido un suicidio. La estaba persiguiendo. En realidad no era mi trabajo, más bien el suyo, pero ustedes parecen ser un poco lentos. —Tenía que levantar la voz para hacerse oír por encima del ruido, pero hablaba con absoluta firmeza—. Estaba pasando información secreta a una potencia enemiga, ¿o acaso no lo habían descubierto todavía? ¿Mejor así, tal vez? No podemos permitirnos un juicio público. Quedaríamos en ridículo. Nuestros enemigos se regocijarían y nuestros amigos perderían la fe en nosotros. Nos haría más daño que la información robada.

—Desde luego —convino Pitt, y respiró profundamente para dejar de temblar—. Los juicios por traición siempre son extremadamente embarazosos. Siempre hago lo posible para evitarlos. Los juicios por asesinato, en cambio, son harina de otro costal.

Talbot se petrificó.

Pitt volvió a sonreír.

—Edom Talbot, queda arrestado por el asesinato de Ailsa Kynaston. Una disputa entre amantes, supongo. Eso ha sido lo que parecía, ¿no cree, Stoker? Detención llevada a cabo por un ciudadano común, por supuesto, pero se sostendrá. Como bien ha dicho usted, nadie desea que se celebren juicios por traición. Nos hacen parecer incompetentes.

—Indudablemente, señor —convino Stoker—. Parece ser

que la dama lo rechazó. Cuesta mucho aceptar que las mujeres se rían de ti, señor, desdeñándote de esa manera. Lo he visto con mis propios ojos. Menuda memez elegir un lugar como este para decirle a un hombre irascible que has acabado con él.

Talbot lo fulminó con la mirada. Stoker le sonrió, tan sereno cono el sol que estaba reapareciendo entre las nubes desgarradas por el viento.

Pitt regresó río arriba, derecho a la Cámara de los Comunes y envió un mensaje al interior, en el que requería hablar de inmediato con Jack Radley sobre un asunto de Estado.

Tuvo que aguardar veinte minutos a que Jack saliera de la Cámara al vestíbulo, procurando no hacer ruido para evitar el eco del techo abovedado. Estaba muy pálido.

—¿Qué hay? —susurró entre el murmullo acallado y los pasos silenciosos de otros hombres que se juntaban, se separaban o entraban en la Cámara que él acababa de abandonar—. ¿Qué ha sucedido?

Pitt se lo contó sucintamente.

—Te he hecho salir para pedirte que aceptes el puesto para trabajar con Kynaston —concluyó.

—¡Pero si acabas de decir que es culpable de traición! —protestó Jack, casi gruñendo.

—Precisamente —convino Pitt, tomando el brazo de Jack. Se lo agarró con tanta fuerza que Jack se echó para atrás, sirviéndose incluso de su propio peso, aunque de poco le sirvió—. Ha enviado información muy valiosa a los suecos y, por consiguiente, sabe Dios a quien más, a fin de saldar una deuda de honor contraída por su hermano muerto. Voy a hacer que ahora les envíe información falsa para que salde la deuda que tiene... con nosotros.

Pasmado, Jack abrió los ojos y dejó de tirar tan de pronto que Pitt tuvo que recuperar el equilibrio.

—¿Lo harás? —preguntó Pitt.

Jack le estrechó la mano tan fuerte que Pitt hizo una mueca de dolor.

—¡Claro que lo haré! —contestó Jack con vehemencia—. ¡Nunca te arrepentirás, Thomas!

—Lo sé —dijo Pitt, estrechándole la mano a su vez—. ¡Ahora más vale que vaya a informar a Kynaston!

Pitt fue a ver a Kynaston aquella misma tarde. Lo encontró solo en su estudio, sentado bajo el retrato de Bennett. Estaba pálido pero sereno.

—Sé que ha muerto Ailsa —dijo en voz baja mientras Pitt cerraba la puerta—. ¿Habló con usted?

—No —contestó Pitt—, pero no fue necesario. Sé por qué la ha matado Talbot. He intentado salvarla pero ya era demasiado tarde. Aunque tal vez sea mejor así.

Se quedó de pie. Kynaston levantaba la vista hacia él con el rostro ceniciento y los ojos hundidos.

—¿Sabe...? —comenzó Kynaston con voz ronca.

—Sí. Seguramente mejor que usted —respondió Pitt—. Sé que era la hermana de Ingrid y que nunca perdonó a Bennett por su muerte...

Kynaston se levantó del sillón.

—¡No fue culpa de Bennett, por Dios! ¡Estaba encaprichada con él! Bennett nunca le dio... ¿Hermana de Ingrid? ¿Está seguro?

—¡Sí, claro que lo estoy! Y ahora poco importa la verdad —dijo Pitt con delicadeza—. Seguramente solo fue una tragedia, pero Ailsa le echó la culpa a Bennett. No podía aceptar que su adorada hermana fuera débil mentalmente y que estuviera obsesionada con un hombre que no la amaba. Fue Harold Sundstrom quien rescató a Bennett por usted, y así contrajo una deuda que nunca podría pagar: la deuda de Bennett. Puedo comprenderlo, pero sigue siendo traición.

—Lo sé —admitió Kynaston en voz baja—. Supongo que si

hubiese pensado con más claridad, siempre lo habría sabido. ¡Comenzó de una manera tan tonta! Una simple pregunta contestada. Parecía casi inofensivo, mero interés.

—Y usted estaba enamorado de Ailsa...

—Encaprichado —corrigió Kynaston—. ¡Ingrid solo tenía quince años! ¡Dios! ¿Cómo voy a culparla cuando tengo tan poco sentido común como ella? Luego fue demasiado tarde... Me aterroricé cuando encontraron ese cadáver en la gravera. Me dio mucho miedo que fuera la pobre Kitty. ¡Pensé que la habían matado para advertirme!

—Kitty está sana y salva —le aseguró Pitt. Resultaba absurdo que lo compadeciera, pero, sin embargo, así era.

—Me alegro. ¿Qué le ocurrirá a Rosalind? Ella tampoco se merece esto...

La decisión de Pitt era irrevocable y tenía intención de llevarla a cabo hasta sus últimas consecuencias. Una vez comprometido, sería imposible revocarla sin abochornar gravemente al Gobierno.

—No le ocurrirá nada —dijo Pitt con firmeza—. No tengo intención de arrestarlo. No he venido aquí para eso. Sé que ha estado pasando información secreta a Ailsa, que luego ella pasaba a Edom Talbot, quien a su vez se la vendía a Sundstrom, que resulta ser el padre del primer marido de Ailsa. ¿Quizá desconocía este último extremo?

Kynaston lo miró con los ojos hundidos. Hizo un gesto negativo, moviendo apenas la cabeza.

—Va a seguir pasando información naval a Sundstrom —prosiguió Pitt—. Encontraremos la manera para que lo haga. Evidentemente, Sundstrom sabrá que Ailsa ha muerto y que Edom Talbot la mató durante una disputa entre amantes. Al parecer ella lo rechazó y Talbot no pudo soportarlo. Lo juzgarán por asesinato y será hallado culpable.

—Pero... —balbució Kynaston.

Pitt le sonrió.

—Sir John Ransom le entregará la información que queremos que pase, y le proporcionaremos un nuevo contacto, ahora que Ailsa ya no está disponible. Le llegará a través de Jack Radley. Me consta que, finalmente, va a aceptar el puesto que usted le ofreció porque me he encargado de que así sea.

—¡Pero si es absolutamente leal! —protestó Kynaston—. Él nunca...

—Sí que lo hará, si se le ordena —le dijo Pitt—. Lo conozco muy bien. Recuerde que es mi cuñado. Hará un trabajo de primera enviando a Sundstrom toda clase de información.

Kynaston pestañeó.

—¿Quiere decir... desinformación?

—Exacto. Usted nos ha hecho mucho daño. Ahora nos hará mucho bien. Así es como pagará su deuda.

Kynaston volvió a sentarse en el sillón, con los ojos arrasados en lágrimas.

—Gracias —dijo con la voz tan ronca que apenas fue inteligible—. Gracias, Pitt.

OTROS TÍTULOS DE LA COLECCIÓN

EL HIJO PRÓDIGO

Colleen McCullough

Holloman, Connecticut, 1969. Una toxina letal extraída del pez globo ha sido robada del laboratorio de la universidad. Mata en minutos y no deja rastros.

Cuando los cadáveres empiezan a amontonarse, el capitán Carmine Delmonico no tarda en entrar en acción. Una muerte súbita durante una cena, seguida de otra durante una recepción de gala, solo parecen estar relacionadas por el veneno y la presencia del doctor Jim Hunter. Sin embargo, hay elementos que no cuadran. El doctor Hunter, un afroamericano casado con una blanca, se ha enfrentado al escándalo y a los prejuicios durante casi toda su vida. ¿Por qué iba a poner en peligro cuanto ha conseguido? ¿Acaso están tendiéndole una trampa? Y en ése caso, ¿quién?

Carmine y sus hombres deben seguir la pista e investigar a todos los excéntricos del campus universitario, y da igual si ello afecta a personas de su entorno más cercano.

La autora de *On, off* y *Muertes paralelas* vuelve a deleitarnos con una novela de suspense original y trama perfecta.

EL ESTUDIANTE

John Katzenbach

Para Timothy *Moth* Warner, cada día que pasa sobrio es una batalla ganada. Mientras intenta mantenerse alejado del alcohol, alterna sus clases de posgrado en la Universidad de Miami con las reuniones de un grupo de autoayuda para adictos. Su tío Ed, médico psiquiatra y alcohólico rehabilitado, es su gran apoyo moral.

Preocupado porque Ed ha faltado a una cita, Moth se dirige a la consulta de su tío y lo encuentra muerto en medio de un charco de sangre. Aparentemente, se ha disparado en la sien. Para la policía, se trata de un suicidio, y pronto se da el caso por cerrado.

Sin embargo, Moth está convencido de que fue asesinado. Dolorido y resuelto a encontrar al criminal, busca apoyo en la única persona en la que puede confiar: Andrea Martine, su ex novia y a la que no ve desde hace cuatro años. Pese a que está deprimida tras haber vivido una situación traumática, Andy no puede dejar de escucharlo.

Mientras luchan contra sus demonios interiores, los dos jóvenes se irán internando en un territorio oscuro y desconocido, habitado por una mente tortuosa y vengativa que no cejará ante nada para lograr su objetivo.

CUANDO ME HAYA IDO

Laura Lippman

En 1959, cuando Felix Brewer conoce a Bernadette *Bambi* Gottschalk en un baile de San Valentín, ella aún no ha cumplido los veinte. Felix la seduce con promesas, de las que sólo cumplirá algunas. Se casan y, gracias a los lucrativos negocios de él –no del todo legales en ocasiones– Bambi y sus tres pequeñas hijas viven en medio del lujo. Pero el 4 de julio de 1976 ese mundo confortable se derrumba cuando Felix, amenazado con ir a la cárcel, desaparece.

Aunque Bambi ignora el paradero de su marido y también el de su dinero, sospecha que existe una mujer que conoce ambos: Julie, la joven amante de Felix. Cuando diez años más tarde Julie también desaparece, todos suponen que se ha reunido con su antiguo amante..., hasta que descubren su cadáver en un solitario parque.

Ahora, veintiséis años después, Roberto *Sandy* Sánchez, un detective retirado de Baltimore que trabaja en antiguos casos sin resolver, investiga el asesinato de Julie. Lo que descubre es una oscura trama, una mezcla de amargura, celos, resentimiento, codicia y anhelos que se extiende a lo largo de cinco décadas, en cuyo centro se encuentra el hombre que, pese a haber desaparecido tiempo atrás, nunca ha sido olvidado por las cinco mujeres que lo amaban: el enigmático Felix Brewer.

La autora de *Lo que los muertos saben* vuelve a sorprender a los lectores con una novela inteligente, de ritmo impecable y plena de suspense.